Weihnachten
in der *kleinen*
Dorfbäckerei

WEITERE TITEL VON TILLY TENNANT

I# deutscher Sprache
Alle Herzen führen nach Rom
Die kleine Dorfbäckerei
Weihnachten in der kleinen Dorfbäckerei

In englischer Sprache
An Unforgettable Christmas Series
A Very Vintage Christmas
A Cosy Candlelit Christmas

From Italy with Love Series
Rome is Where the Heart is
A Wedding in Italy

Honeybourne Series
The Little Village Bakery
Christmas at the Little Village Bakery

Christmas in Paris
A Home at Cornflower Cottage
The Cafe at Marigold Marina
My Best Friend's Wedding
The Hotel at Honeymoon Station
The Little Orchard on the Lane
The Time of My Life

The Spring of Second Chances

Once Upon a Winter

Cathy's Christmas Kitchen

Worth Waiting For

The Waffle House on the Pier

The Break Up

The Garden on Sparrow Street

Hattie's Home for Broken Hearts

The Mill on Magnolia Lane

The Christmas Wish

The Summer Getaway

The Summer of Secrets

TILLY TENNANT

Weihnachten in der kleinen Dorfbäckerei

Übersetzt von Michaela Link

bookouture

Die Originalausgabe erschien 2016 unter dem Titel
„Christmas at the Little Village Bakery"
bei Storyfire Ltd. trading as Bookouture.

Deutsche Erstausgabe herausgegeben von Bookouture, 2023
1. Auflage September 2023

Ein Imprint von Storyfire Ltd.
Carmelite House
50 Victoria Embankment
London EC4Y 0DZ

deutschland.bookouture.com

Copyright © Tilly Tennant, 2016
Copyright der deutschsprachigen Ausgabe © Michaela Link, 2023

Tilly Tennant hat ihr Recht geltend gemacht,
als Autorin dieses Buches genannt zu werden.

Alle Rechte vorbehalten.
Diese Veröffentlichung darf ohne vorherige schriftliche
Genehmigung der Herausgeber weder ganz noch auszugsweise in irgendeiner
Form oder mit irgendwelchen Mitteln (elektronisch, mechanisch, durch
Fotokopie oder Aufzeichnung oder auf andere Weise) reproduziert, in einem
Datenabrufsystem gespeichert oder weitergegeben werden.

ISBN: 978-1-83790-699-4
eBook ISBN: 978-1-83790-698-7

Dieses Buch ist ein belletristisches Werk. Namen, Charaktere, Unternehmen,
Organisationen, Orte und Ereignisse, die nicht eindeutig zum Gemeingut
gehören, sind entweder frei von der Autorin erfunden oder werden fiktiv
verwendet. Jede Ähnlichkeit mit tatsächlichen lebenden oder toten Personen
oder mit tatsächlichen Ereignissen oder Orten ist völlig zufällig.

Für Sylvia, meine Nana, deren Freundlichkeit, Mut und Seelenstärke meine Inspiration sind. Genau wie ihre Hühnersuppe.

EINS

Die Welt war wie in Watte gepackt, die Landschaft weiß, so weit das Auge reichte. Vor ihnen hing ihr Atem in kleinen Wölkchen in der Luft, und federleichte Schneeflocken legten sich ihnen lautlos auf Mäntel und Mützen.

Tori umfasste Spencers Hand noch fester, und er sah sie mit einem breiten Grinsen immer wieder an. Sie stapften den Weg zur *Alten Bäckerei* entlang. Sein widerspenstiges, schwarzes Haar schaute vorwitzig unter seiner Wollmütze hervor und seine verblüffend blauen Augen funkelten vor Freude. Ihre kleine Gestalt war in einen dicken, wattierten Mantel eingepackt, sodass er ihr feuerrotes Haar unter der Mütze und dem Schal kaum sehen konnte – nur die perfekte Nase, die an ihrem Ende ein wenig nach oben zeigte. Ihre blauen Augen blinzelten ihn aus den Kleidungsschichten heraus an, und er konnte sich nicht erinnern, dass sie jemals toller ausgesehen hätte. Ihr Gesicht ließ sie erheblich jünger wirken, als sie es mit ihren achtundzwanzig Jahren war.

Er war so glücklich, wieder über die Wege und Felder von Honeybourne zu gehen, denn es bedeutete, dass sie zu Hause waren – zumindest er, obwohl er hoffte, dass es mit der Zeit auch für sie zu einem Zuhause werden würde. Er hatte seine Zeit in Colorado – als Austauschlehrer an einer Schule in Boulder – wirklich genossen. Ganz abgesehen davon, dass er dort Tori gefunden hatte, war es einfach ein wunderschönes Fleckchen Erde. Aber nach mehr als einem Jahr in der Ferne, einen kurzen Besuch zur Eröffnung der Alten Bäckerei im Frühjahr nicht mitgerechnet, und getrennt von dem Ort, an dem er seine Wurzeln hatte, war er nun froh, wieder hier zu sein.

»Ich wette, du hast nicht damit gerechnet, nach dem Schnee in Boulder hier noch mehr Schnee vorzufinden«, sagte er.

»In England schneit es doch auch oft.«

»Ja, aber gewöhnlich zu Ostern, nicht zu Weihnachten.« Spencer lachte. »Bei all den Liedern von weißer Weihnacht ist doch die größte Ironie, dass man im wirklichen Leben normalerweise frühestens im März ein paar Flocken zu Gesicht bekommt.«

»Mit Schnee komme ich zurecht. Damit lässt sich der Jetlag schneller überwinden.«

»Vielleicht hätten wir zu Hause doch noch ein Nickerchen machen sollen, bevor wir losgegangen sind, um die anderen zu treffen«, sagte Spencer nachdenklich. »Sie hätten es sicher verstanden, wenn wir das Wiedersehen aufgeschoben hätten, bis wir wieder ganz bei uns sind.«

»Die beste Methode, den Jetlag zu überwinden, ist, sich hindurchzukämpfen«, erklärte Tori unbeirrt. »Wenn du erschöpft bist, ist es deinem Körper egal, ob du glaubst, es ist Schlafenszeit oder nicht.«

»Wenn du meinst. Und hast du deinen Jetlag jetzt überwunden?«

»Nicht wirklich.« Tori grinste. »Ich habe nie behauptet, dass der Plan narrensicher ist.«

»Vielleicht ist es die falsche Sorte Schnee ... Wie behauptet sich unsere englische Variante gegen eure amerikanische?«

»Sie ist ein wenig nass.«

»Wag es ja nicht, dem irgendeine Bemerkung über die Engländer hinzuzufügen ...«

»Würde ich nie machen.« Tori lächelte. »Ich liebe die Engländer. Vor allem eine ganz spezielle Person liebe ich mehr als jede andere auf der Welt.«

Spencers Grinsen wurde noch breiter, und er drückte ihr die Hand. Er hatte so lange darauf gewartet, diese Worte zu hören. »Ich liebe dich auch«, sagte er.

Sie drehte sich mit einem schelmischen Glänzen in den Augen zu ihm um. »Oh, dachtest du, ich meine dich? Ich habe natürlich von deiner Freundin Millie gesprochen. Jemand, der so einen Schokoladenkuchen backt wie sie, ist meiner Liebe mehr als würdig.«

Spencer beugte sich vor und küsste sie sanft auf die Lippen. Sie waren kalt, aber unter seinen wärmten sie sich rasch ein wenig auf. »Genau deshalb liebe ich dich, ob mit Schokoladenkuchen oder ohne. Und du kriegst den Dreh langsam raus, was den britischen Sarkasmus betrifft.«

»Ich bin mir nicht sicher, ob das ein Kompliment ist.«

»Natürlich ist es eins.«

Tori zog die Augenbrauen hoch. Man konnte es gerade noch unter dem Rand ihrer rotblauen Bommelmütze mit dem Rentiermotiv erkennen. »Ist das jetzt auch britischer Sarkasmus?«

»Ich fürchte, ja.«

»Dann solltest du besser auf der Hut sein, Freundchen. Wir haben in Boulder vielleicht keinen Sarkasmus, aber Fäuste haben wir durchaus.«

Spencer warf den Kopf in den Nacken und lachte. Das Lachen hallte durch die eisige Luft. Dann zog er Tori in seine Arme und drückte ihr einen weiteren Kuss auf die Lippen, dieser leidenschaftlicher als der letzte. »Ich liebe dich wirklich, Tori Annabelle Dempsey.«

»Hey ...« Lächelnd löste sie sich aus dem Kuss, um wieder zu Atem zu kommen. »Wenn du das noch mal machst, schaffen wir es vielleicht nicht mehr bis zur Bäckerei.«

»Sie wären uns bestimmt nicht böse, wenn wir uns etwas verspäten würden.«

»Es wäre unhöflich. Haben dir deine Eltern denn gar nichts beigebracht?«

»Das kannst du sie in einigen Tagen, wenn sie aus Spanien zurückkommen, selbst fragen.«

Toris Lächelns verblasste. »Glaubst du, sie werden mich mögen?«

»Natürlich werden sie dich mögen. Und um ehrlich zu sein, ist es mir sowieso egal. Ich liebe dich, und das allein zählt.«

»Das hast du nicht gesagt, als du wegen des Treffens mit meinen Eltern so gestresst warst.«

»Das war etwas anderes.«

»Warum?«

»Darum. Deine Eltern sind ... Nun, sagen wir einfach, es gehört erheblich mehr dazu, sie zu beeindrucken, als das bei meinen Eltern der Fall ist. Väter neigen dazu, ihren Töchtern gegenüber einen ziemlich ausgeprägten Beschützerinstinkt an den Tag zu legen, nicht wahr?«

»Ach ja?«

Spencer nickte, dann ließ er sie wieder auf den Gehweg gleiten.

»Ich habe meine Zweifel«, sagte Tori. »Deine Eltern werden genauso schwer zu knacken sein wie meine.«

»Ach, du gibst also zu, dass deine Eltern schwierig sind!«

»Ein bisschen vielleicht.«

Spencer grinste. Aber dann wurde er wieder ernst. Es war schlimm genug, dass seine Eltern zum ersten Mal Tori und deren Eltern begegnen würden, aber die Tatsache, dass Toris Eltern Spencer schon kennengelernt und keinen Zweifel daran gelassen hatten, dass sie ihn nicht leiden konnten, beschwichtigte seine Ängste nicht unbedingt. Doch er versuchte, nicht allzu viel darüber nachzugrübeln. Tori hatte ihm gesagt, er solle sich keine Sorgen machen, und ihm kurz erklärt, dass das alles mit einem Mann namens Hunter zusammenhinge, den ihre Eltern als zukünftigen Ehemann für sie ins Auge gefasst hatten. Spencer könne schließlich nichts dafür, dass er nicht Hunter sei, hatte sie ihm versichert, mit der Zeit würden sie schon darüber hinwegkommen. Möglicherweise konnte er sich ja über Weihnachten in eine günstigere Position bringen, wenn alle ein wenig milder gestimmt und geneigt waren, ihre Nächsten zu lieben.

»Vielleicht hätten wir all das hinter uns bringen sollen, bevor wir die Hochzeit planen«, überlegte er laut. »Was ist, wenn unsere Eltern einander nicht mögen?«

»Nun, zumindest werden sie sich nicht oft begegnen, da deine Eltern in Spanien wohnen und meine in Colorado.«

»Es wird auf jeden Fall Wochenend-Bridge-Turnieren einen Riegel vorschieben.«

»Das wäre ja nicht so schlimm, aber was ist, wenn sie sich hassen und damit allen das Weihnachtsfest verderben?« Zum ersten Mal stahl sich Furcht in Toris Stimme. »Wir könnten natürlich ›vergessen‹, sie zur Hochzeit einzuladen, aber sie sind bereits unterwegs, um hier Weihnachten zu feiern. Das zumindest lässt sich also nicht mehr umgehen.«

»Meine Mum würde nie wieder mit mir sprechen, wenn wir sie nicht zur Hochzeit einladen, und Dad schlägt sich immer bei allem auf ihre Seite.«

»Das Gleiche gilt für meine Mom, aber ich wäre trotzdem bereit, es zu riskieren, wenn du es auch willst.«

Spencer versuchte zu lächeln, aber es gelang ihm nicht recht. Bestimmt lag es nur daran, dass sein Gesicht so kalt war. »Ich bin mir sicher, es wird alles wunderbar.«

»Nein, bist du nicht. Du kaust auf deiner Unterlippe.«

Er machte den Mund zu und zog sie an sich. »Das ist unser

erstes gemeinsames Weihnachtsfest – zumindest offiziell –, und ich werde nicht zulassen, dass uns das verdorben wird, weder durch Eltern noch durch sonst irgendetwas.«

»Das sehe ich genauso. Vielleicht ist das der Grund, warum wir diese Sache alle beide maßlos aufblasen. Sicher werden sich alle prima verstehen.« Sie reckte sich, um ihn zu küssen.

»Du hast recht.« Er lächelte und schaute in den Himmel. »Wir gehen besser weiter – ich bin mir sicher, das mit dem Schnee wird noch schlimmer. Und bei diesem Wetter ist außer uns bestimmt niemand so dumm, draußen zu sein. Wir könnten also auf dem Weg erfrieren, und niemand würde uns vor morgen Früh finden.«

»Unsere Leidenschaft würde uns warm halten.«

Spencer zog die Augenbrauen nach oben. »Versuchst du dich wieder an Sarkasmus? Denn wenn nicht, ist das das Kitschigste, was ich je gehört habe!«

»Natürlich.« Sie grinste. »Aber ich wäre trotzdem bereit, die Theorie zu überprüfen.«

»Es wäre sicherlich ein interessanter Fund, wenn jemand über unsere gefrorenen Leichen stolpert.«

»Also willst du nicht draußen bleiben und Schneeengel machen?«

»Ich bin Brite. Wir stehen auf Steuererklärungen, schlechten Service, guten Tee und verspätete Züge. Wir stehen *nicht* auf Schneeengel.«

Tori bückte sich, um eine Handvoll Schnee aufzuheben. »Ach ja?«, kicherte sie. »Wie wäre es mit einer Schneeballschlacht? Stehst du vielleicht darauf, Johnny English?«

»Oh, dafür haben wir Engländer durchaus einiges übrig. Soll das eine Herausforderung sein, Uncle Sam?«

»Es muss Auntie Sam heißen, bitte schön. Und ja, ganz genau!«

»Du weißt doch, dass ich ein Spezialist für etwas bin, das in diesen Breiten als Weißer Tod bekannt ist, oder?«

Sie kniff die Augen zusammen. »Was bedeutet das?«

»Es bedeutet das hier!« Spencer hob sie erneut hoch und schwang sie in eine Schneewehe, bevor er sich über sie warf und ihr Gesicht mit Küssen bedeckte. Kreischend versuchte sie, ihn wegzustoßen, aber dabei konnte sie die ganze Zeit nicht aufhören zu lachen.

»Ist das wirklich der Weiße Tod?«

»Na ja, für dich habe ich ihn ein wenig abgewandelt. Mit den Jungs aus unserer Schule habe ich in der Regel nicht in irgendwelchen Schneehaufen rumgeknutscht, aber das liegt daran, dass keiner von ihnen so heiß war wie du.«

»Spencer!« Tori kicherte, als er das Gesicht an ihren Hals drückte und an ihrem Ohrläppchen knabberte. »Wir kommen zu spät!«

»Das ist deine Schuld – du hast mich herausgefordert!«

»Aber du hast gesagt, du willst nicht erfrieren!«, gluckste sie.

»Ah, aber *so* schnell würden wir nicht erfrieren ...«

»Ok! Du hast gewonnen! Ich gebe auf!«

Sie küssten sich immer noch, als eine belustigte Stimme ertönte. Spencer fuhr hoch und entdeckte Dylan, seinen besten Freund, eingemummelt in einen riesigen Daunenmantel. Er schaute grinsend auf sie herab.

»Mr Johns! Und Ms Dempsey! Wenn die Kinder der Riversmeet-Grundschule euch jetzt sehen könnten ...«

»Sehr witzig, Dylan«, sagte Spencer und zog eine errötende Tori auf die Füße, bevor er ihr den Schnee abklopfte.

»Nicht wenn ihr eine Lungenentzündung kriegt. Und ich dachte, ich hätte schon an einigen seltsamen Orten Sex gehabt.«

»Wir hatten keinen Sex!«, gab Spencer entrüstet zurück.

»Es sah aber so aus, als wärt ihr kurz davor gewesen«, sagte Dylan unbekümmert. »Geht mich natürlich nichts an, aber es ist ein glücklicher Zufall, dass ich vorbeigekommen bin, weil ich euch damit Peinlichkeiten erspare.«

»Was soll denn das heißen?«

»Das heißt, dass Ruth Evans in ungefähr zehn Minuten hier auftaucht – auf der Suche nach euch bin ich eben an ihr vorbeigekommen. Sie würde sich königlich amüsieren, wenn sie die Nachricht von dieser kleinen Peepshow im Dorf herumtratschen könnte. Sie ist mittlerweile in einem Alter, in dem sie jegliche sexuelle Aktivität nur noch stellvertretend genießen kann, und Junge, wie muss sie das vermissen – sie ist ja ganz besessen von dem Gedanken, dass alle anderen es unentwegt treiben.«

Spencer warf Tori einen alarmierten Blick zu, aber sie verkniff sich lediglich ein Grinsen.

»Hilf mir auf die Sprünge – wer ist noch mal Ruth Evans?«, fragte sie.

»Du meinst, du erinnerst dich nicht an sie? Von unserem Besuch vor einem Jahr, als wir zur Eröffnung der Bäckerei hier waren?«, fragte Spencer. »Sobald sie erfahren hatte, dass wir zusammen sind, hat sie dich unerbittlich ausgefragt. Sie ist die größte Klatschbase auf dem Planeten!«

»Auf jeden Fall die größte Klatschbase von Honeybourne«, fügte Dylan hinzu.

Tori zog die Nase kraus. »Oh!«, sagte sie plötzlich. »Doch nicht die kleine alte Dame, die alle unter den Tisch getrunken und mir dann die persönlichsten Fragen aller Zeiten gestellt hat.«

»Das klingt ganz nach ihr. Hat man sie einmal kennengelernt, vergisst man sie nicht mehr.«

»Nun, wenn du keine Wiederholung dieser kleinen Unterhaltung erleben willst, sollten wir uns lieber sofort in Bewegung setzen«, sagte Dylan und deutete hinter sich.

»Du hast völlig recht.« Spencer sah beunruhigt zu Tori. Aber dann entspannte er sich und grinste, bevor er sich erneut zu Dylan umdrehte, der jetzt ebenfalls grinste. »Es ist verdammt schön, dich zu sehen!«, rief er und umarmte seinen Freund.

Dylan klopfte ihm erneut auf den Rücken. »Und wie! Wie war der Flug?«

»Gut«, sagte Spencer. »Aber wir haben kein Auge zugemacht, und es war so seltsam, wieder ins alte Haus zu kommen, nachdem ich so lange weg war. Die Geräusche sind total ungewohnt, und die Schatten befinden sich auch an den falschen Stellen.«

»Bist du sicher, dass ihr im richtigen Haus gelandet seid?« Dylan lachte, dann umarmte er Tori und gab ihr einen flüchtigen Kuss auf die Wange.

»Wie kommt es überhaupt, dass du hier draußen bist?«, fragte Spencer. »Ich dachte, wir wollten uns in der Bäckerei treffen.«

»Stimmt, aber Millie hat es beunruhigt, dass ihr noch nicht da wart – deshalb hat sie mich losgeschickt, um nach euch zu suchen. Sie dachte, ihr würdet irgendwo im Schnee feststecken oder so. Du weißt ja, dass sie sich immer um alle Sorgen macht. Wie sich herausgestellt hat, hatte sie nicht ganz unrecht.«

»Wir sollten uns lieber beeilen«, sagte Tori, deren Gesichtsausdruck jetzt entsprechend reumütig wirkte. »Ich fände es schrecklich, wenn wir ihr zusätzlichen Stress bereiten würden – ihr habt mit dem kleinen Oscar sicher schon genug um die Ohren.«

»Das kannst du laut sagen«, erwiderte Dylan, und sie setzten sich in Bewegung.

»Hält er euch nachts immer noch so auf Trab?«, fragte Spencer.

»Und ob. Nachts, tagsüber ... Du kannst es dir aussuchen, dieser Junge ist immer wach. Die Gesundheitsbeauftragte von der Gemeinde hat uns geraten, zu schlafen, wenn er schläft. Das reicht vielleicht aus, wenn man eine Katze ist, aber ein Mensch braucht etwas mehr Schlaf als immer nur zehn

Minuten am Stück – vor allem Millie. Sie sieht aus wie der wandelnde Tod. Ich weiß nicht, wie wir das mit der Bäckerei hätten machen sollen, wenn Darcie nicht gekommen wäre, um uns zu helfen. Sie ist wirklich ein Geschenk des Himmels.«

»Ich kann es kaum erwarten, sie kennenzulernen«, warf Tori ein. »Ich habe schon so viel von diesem kleinen Dynamo von Mädchen gehört.«

»Ich bin mir nicht sicher, ob wir sie immer noch als Mädchen bezeichnen können.« Dylan lachte. »Tatsächlich ist sie zweiundzwanzig und sieht nur so aus, als sei sie um die zwölf. Doch sie arbeitet sehr fleißig in der Küche, alle Kunden haben sie ins Herz geschlossen, und sie ist sehr vernünftig – man kann sich absolut auf sie verlassen und weiß, dass sie keinen Mist baut. Eigentlich sollte sie anfangs ja nur beim Backen helfen, aber sie macht sich langsam auch in so ziemlich jedem anderen Bereich unentbehrlich, und das schließt Oscars Versorgung mit ein. Sie ist einfach toll, und Millie liebt sie heiß und innig.«

»Also ist es kein Problem, dass sie bei euch wohnt?«, fragte Spencer.

»Nein, gar nicht. Wirklich schade, dass uns mein altes Cottage gegenüber nicht mehr zur Verfügung steht, aber wir haben einen kleinen Anbau an die Rückseite der Bäckerei gesetzt, und damit scheint sie glücklich zu sein. Sie hat ihren eigenen Eingang, ein kleines Bad und der Anbau ist obendrein mietfrei – das bekommt man heutzutage nicht sehr oft, also gehe ich davon aus, dass sie ganz zufrieden ist.«

»Kommt sie klar, so weit weg von zu Hause?«, fragte Spencer.

»Anscheinend. Es steht mir zwar nicht zu, das zu beurteilen, aber ich glaube, sie war ein wenig erleichtert, von dort wegzukommen. Sie redet nicht viel darüber, aber sie kommt wohl nicht besonders gut mit ihren Eltern aus. Ihr Dad ist ein Versager – interessiert sich mehr für seine Tauben als für andere Menschen, und ihre Mutter ist eher der unsichere Typ ...« Dylan rieb sich das Kinn. »Wenn ich es recht bedenke, ist Darcie auch ziemlich unsicher. Das hat sie wohl von ihnen geerbt. Ich glaube nicht, dass einer der beiden je Vater oder Mutter des Jahres war. Trotzdem, wie Millie nun mal ist, hat sie Darcie schon als Jugendliche ins Herz geschlossen. Sie nahm sie unter ihre Fittiche – Einkaufsausflüge und Übernachtungen und dergleichen. Sie hat sie aus dem Haus gelockt, versteht ihr? Die beiden stehen sich auf jeden Fall sehr nahe und ich denke, Darcie hat sie enorm vermisst, als Millie hierherzog.«

»Ist Darcies Mum oder ihr Dad mit Millie verwandt?«, fragte Spencer.

»Ihre Mum. Jane ist die Schwester von Millies Mutter.«

»Aber die Schwestern ähneln sich nicht?«

Dylan zuckte die Achseln. »Keine Ahnung. Klingt für mich so, als wäre auch Millies Mum ein wenig unberechenbar gewesen, aber ich kann mich da nur auf Erzählungen stützen – sie und Millie haben seit Jahren keinen Kontakt. Ich weiß nicht, was passiert ist, aber als Millie zweiundzwanzig war, hat ihre Mum Millies Vater von einem Tag auf den anderen sitzen lassen. Niemand weiß, wo sie sich aufhält. Es gibt nur die vage Idee, sie könnte irgendwo in der Gegend von Snowdonia leben. Anfangs hat Millie noch versucht, sie zu finden, ist aber immer wieder in Sackgassen gelandet, also wollte sie vielleicht einfach nicht gefunden werden.«

»Millie war damals im selben Alter wie Darcie heute«, sagte Spencer nachdenklich. »Sie hat mir gegenüber nie erwähnt, dass ihre Mutter abgehauen ist.«

»Das behält sie lieber für sich – sie will nicht, dass jeder denkt, sie würde herumjammern.«

»Es muss schwer sein, ihr nicht mitteilen zu können, dass sie mittlerweile einen Enkel hat«, sagte Tori.

»Nachdem Oscar geboren war, habe ich Millie gefragt, ob sie es nicht noch einmal versuchen will«, gab Dylan zurück.

»Ich habe ihr auch angeboten, ihr bei der Suche zu helfen. Aber sie will, dass alles so bleibt, wie es ist.«

»Wenn sie so damit klarkommt, dann ist es vielleicht am besten, wenn wir es nicht ansprechen«, erwiderte Spencer.

»Es ist gut, dass du auf sie achtgibst«, sagte Tori. »Und auch auf Darcie.«

»Nun, wir versuchen unser Bestes. Ihr kennt ja Millie, sie liebt es, sich um andere zu kümmern – damit stellt sie Mutter Teresa in den Schatten. Und sie findet es herrlich, Darcie um sich zu haben, obwohl ich mir manchmal nicht sicher bin, wer da wen braucht. Was mich daran erinnert ... Millie sagt, es sei schon ein wenig spät fürs Mittagessen, aber sie wird etwas zu knabbern auf den Tisch stellen und später ein richtiges Abendessen zubereiten. Das heißt, vorausgesetzt, ihr könnt so lange die Augen aufhalten.«

»He!« Spencer lachte. »So alt und gebrechlich sind wir auch wieder nicht!«

»Er meint, wir könnten vom Flug müde sein«, sagte Tori.

»Nein, das hat er nicht gemeint«, hielt Dylan verschmitzt dagegen. »Du bist vielleicht noch nicht alt und langweilig, Tori, aber dieser Bursche da ist es ganz sicher! Er tut nur so, als wäre er aufregend, um dich zu beeindrucken, aber du wirst schon bald die Wahrheit herausfinden.« Er wich Spencers Arm aus, als dieser versuchte, ihm spielerisch einen Schlag zu verpassen, dann gingen sie lachend weiter.

Sie waren alle bester Laune, während sie sich durch das immer dichter werdende Schneegestöber und die Verwehungen kämpften, die sich entlang der unter Schnee begrabenen Hecken, der weißen Felder und zugefrorenen Wasserläufe gebildet hatten. Trotz der Tatsache, dass Tori und Spencer ziemlich durchnässt waren, lachten sie ausgelassen über einen von Dylans schlüpfrigeren Witzen, als sie endlich an der Alten Bäckerei, beziehungsweise an seinem Zuhause, wie Dylan es nannte, ankamen. Nach seiner Warnung waren sie doch noch

Ruth Evans in die Arme gelaufen, Honeybournes dorfeigener Klatschtante, die sich entzückt gezeigt hatte, Spencer über Weihnachten zu Hause zu sehen, noch dazu mit Tori im Schlepptau. Schließlich gab sie ihr Bestes, sie alle in Spekulationen darüber zu verwickeln, ob Colleen, die Wirtin des *Dog and Hare*, sich möglicherweise ein Facelifting gegönnt hatte. Dylan entschuldigte sie taktvoll und erklärte, dass Millie mit dem Essen auf sie warte.

»Oh!«, rief Ruth aus, »ich hätte ihr doch bei den Vorbereitungen zur Hand gehen können! Ich wette, sie weiß gar nicht, wo ihr der Kopf steht!«

Niemand ließ sich auch nur eine Sekunde täuschen, nicht einmal Tori, die Ruth bisher erst ein einziges Mal begegnet war. Ruth würde nicht nur beim Kochen helfen, sie würde auch bleiben und mitessen wollen. Doch es gab Zusammenkünfte, die heilig waren, und das hier war eine davon. Millie, Dylan und Spencer hatten in der Vergangenheit eine Menge Probleme zusammen durchgestanden und sie gemeinsam überwunden, und es gab keine engeren Freunde als sie.

Als Dylan die Haustür öffnete, blickte Millie mit einem erwartungsvollen Lächeln auf, denn der arktische Luftzug von draußen brachte Spencer mit. Er war der Freund, der bei ihrer Ankunft in Honeybourne vielleicht ihr größter und festester Fels in der Brandung gewesen war, in einer Zeit, in der ihr Leben in Scherben gelegen hatte. Sie hätte sich von der Frau, der er vor achtzehn Monaten zum ersten Mal begegnet war, nicht stärker unterscheiden können. Ihr dunkles Haar war immer noch glatt, doch trug sie es jetzt länger und nicht mehr in einem Bob, und sie hatte mit der Schwangerschaft ein paar Pfund zugenommen, die ihr gut standen. Sie besaß immer noch eine erstaunliche, katzenhafte Schönheit, doch sie wirkte jetzt offener und weicher. Neben ihr stand eine andere junge Frau, etwas kleiner und sonst wie eine Kopie von ihr. Sie glich etwas weniger einer klassischen Schönheit, war aber auf ihre eigene Weise hübsch. Spencer nahm an, dass es Darcie war, Millies Cousine – die Familienähnlichkeit war unübersehbar. Sie hatte ein Baby auf dem Arm und sah still zu, wie Millie mit einem freudigen Kreischen auf die Neuankömmlinge zustürzte.

»Spencer!«, rief Millie, schlang die Arme um ihn und zog ihn fest an sich. Er hob sie hoch und wirbelte sie lachend herum. Als er Millie wieder absetzte, wandte sie sich als Nächstes Tori zu und umarmte auch sie. Es war die etwas zurückhaltendere Version einer Umarmung für jemanden, den sie nicht so gut kannte, aber die Herzlichkeit, die darin lag, war trotzdem unverkennbar.

»Es ist so schön, dass ihr wieder da seid«, sagte sie mit einem strahlenden Lächeln und trat einen Schritt zurück. »Ich kann es gar nicht erwarten, zu hören, wie es euch in Colorado ergangen ist.«

»Ich denke, du hast schon alles auf Facebook gelesen«, erwiderte Spencer lächelnd.

»Nun, du kannst es mir bei einem Tee noch einmal erzählen. Ich habe nämlich noch Mince Pies gemacht.«

»Du hast gebacken?«, fragte Tori. »Wow, wie hast du denn dafür noch Zeit gefunden?« Sie deutete mit dem Kopf auf die junge Frau mit dem Baby auf dem Arm. »Ist das Oscar?«

»Oh!« Millie lachte und lief hinüber, um das Kind zu nehmen. »Ja ... Spencer, Tori – ich möchte euch Oscar Hopkin-Smith vorstellen!« Sie küsste den Kleinen zärtlich auf den Kopf und blickte Tori lächelnd und mit ersichtlichem Stolz an.

»Er ist entzückend!«, gurrte Tori und trat näher, um ihn zu mustern.

»Dann kommt er wohl nach seiner Mutter«, sagte Spencer.

»He!« Dylan lachte. »Er kommt nach uns beiden.«

»Ähm ... nein, nur nach Millie.« Spencer grinste. »Wie alt ist er denn jetzt?«

»Zwei Monate. Er ist noch etwas klein, weil er ein paar Wochen zu früh kam, aber er haut die Milch weg wie nichts«, sagte Dylan mit nicht wenig Stolz in der Stimme.

Das Baby lutschte an seiner kleinen Faust, während es die neuen Gesichter betrachtete. »Er wird bald wieder hungrig werden«, erklärte Millie an niemand Speziellen gerichtet. »Ich hätte nie gedacht, dass Babys so viel Hunger haben können.«

»Na ja, er ist schließlich Dylans Sohn«, sagte Spencer. »Es überrascht mich, dass er euch noch nicht um eine Dose Heineken gebeten hat.«

»Ich hebe mir eine ganz spezielle für seinen ersten Geburtstag auf«, erklärte Dylan.

»Ich wette, das ist nicht mal ein Scherz«, erwiderte Spencer.

In diesem Moment schienen sich alle an die sechste Person im Raum zu erinnern.

»Oh, entschuldige bitte, Darcie!«, rief Millie und drehte sich zu ihr um. »Ich bin inzwischen so daran gewöhnt, dass alle in Honeybourne wissen, wer du bist, dass ich total vergessen habe, dass ihr drei euch noch gar nicht kennt. Spencer und Tori, das ist Darcie, meine Cousine.«

Darcie winkte zaghaft, und ein nervöses Lächeln umspielte ihre Lippen. »Hallo ...«

»Die berühmte Darcie!« Spencer lächelte. »Wir haben schon viel von dir gehört. Es ist schön, dich endlich einmal persönlich kennenzulernen.«

Darcie drehte sich mit einem fragenden Blick zu Millie um.

»Nur Gutes«, versicherte Tori ihr.

»Tatsächlich klang das alles nach einer Heiligen«, ergänzte Spencer.

Dylan ging zu ihr und legte der jungen Frau einen Arm um die Schultern. »Sie ist unser Engel. Nicht wahr, Darcie?«

In diesem Augenblick sah Spencer es. Er hatte selbst genug Jahre seines Lebens diesen sehnsüchtigen Gesichtsausdruck gehabt, dass er ihn überall wiedererkannt hätte. Darcie sah zu Dylan auf, und es war offensichtlich, dass sie hoffnungslos in ihn verliebt war. Spencers eigenes Lächeln verblasste, aber während Millie die freundschaftliche Zuneigung durchaus bemerkte, mit der der Vater ihres Kindes ihre jüngere Cousine behandelte, schien sie sich keine Sorgen zu machen. Spencer wünschte, er hätte genauso empfinden können, aber er war schon zu lange mit Dylan Smith befreundet, als dass er dessen Vergangenheit hätte ignorieren können. Dylan machte den Eindruck eines liebevollen Partners und hingebungsvollen Vaters, zufrieden mit einem geordneten Leben in einer Landbäckerei, aber er war immer noch Dylan. Millie und er waren das perfekte Paar, wie geschaffen füreinander ... Aber Spencer fragte sich, ob Dylan sich über Darcies unübersehbare Schwärmerei für ihn im Klaren war und ob er jemals in Versuchung kommen würde, sie auszunutzen. Er glaubte durchaus, dass Dylan sich geändert hatte, seit Millie in sein Leben getreten war, doch wenn man Dylan so gut kannte wie er, ließen sich leise Zweifel schwer unterdrücken. Wenn ein Streit ausbrach, ein Tag kam, an dem Oscar sich besonders schwierig aufführte, an dem Millie vielleicht nicht ganz so verliebt war wie er ... was dann?

Er versuchte, den Gedanken abzuschütteln. Es war ungerecht gegenüber seinem ältesten Freund, der so glücklich und zufrieden wirkte wie noch nie in seinem Leben. Die Liebe veränderte einen Menschen. Niemand wusste das besser als Spencer selbst.

Während Millie damit beschäftigte war, Kaffee zu kochen, setzte Tori sich neben Spencer und nahm sich einen Moment Zeit, um die Bäckerei zu würdigen. Sie hatte sie natürlich schon einmal gesehen, aber nur kurz, als sie zur großen Eröffnung gekommen waren – ihrem bisher einzigen Besuch in Spencers

Dorf. Danach waren sie sofort auf eine sehr aufregende Kurzreise zu den Wahrzeichen Englands aufgebrochen – eine Zeit, an die sie sich gern erinnerte, mit jeder Menge Burgruinen, malerischen Städtchen mit unaussprechlichen Namen, Regen, Teestuben und Sex. Sein Heiratsantrag am Tag der Eröffnung der Bäckerei hatte sie völlig überrumpelt, auch wenn sie ja gesagt hatte, aber während des folgenden turbulenten Urlaubs, hatte sie gewusst, dass es die richtige Entscheidung gewesen war. Spencer war etwas Besonderes, nicht wie die Sportskanonen und arroganten Draufgänger, mit denen ihre Eltern sie immer zu verkuppeln versucht hatten. Er hätte sich nicht mehr von dem besonderen Favoriten ihrer Eltern unterscheiden können – Hunter Ford. Igitt! Wie hatten sie je glauben können, dass sie sich auch nur für eine Sekunde zu einem Mann wie Hunter hingezogen fühlte? Und doch waren sie seit etwa fünf Jahren geradezu besessen von der Idee, dass sie ihn heiratete, und das war eindeutig der Grund, warum sie entschlossen waren, Spencer zu hassen, ganz gleich, wie sehr sie es zu leugnen versuchten. Hunter Ford mochte auf dem Weg zum Bezirksstaatsanwalt sein, und er sah vielleicht auf eine sehr offensichtliche Weise gut aus, aber er war arrogant, langweilig und egoistisch. Der aufmerksame, intelligente, kultivierte und bescheidene Spencer dagegen hatte das gütigste Herz, das ihr je bei einem Menschen untergekommen war. Und so sehr sie ihre Eltern liebte und obwohl sie sich stets bemüht hatte, ihnen alles recht zu machen, in diesem Fall hatte sie sich ihnen widersetzt. Es spielte keine Rolle, dass sie und Spencer niemals in einem riesigen Haus leben oder ihre Kinder auf eine Privatschule schicken würden, Hauptsache, sie konnte mit ihm ein Leben führen, das sie liebte.

Die Einrichtung der Bäckerei hatte sich seit ihrem ersten Besuch ein wenig abgenutzt – aus einem künstlichen Shabby-Chic war echter Shabby-Chic geworden. Die in Pastelltönen gestrichenen Tische und Stühle hatten mittlerweile einige

Kratzer und Schrammen, und die Tischdecken waren vom häufigen Waschen weich geworden, aber die ganze Bäckerei wirkte dadurch heimeliger. Die Holztheke glänzte, ein Zeichen dafür, dass sie täglich gründlich poliert wurde, die Glasvitrinen, in denen die Backwaren auslagen, waren blitzsauber, und in der Luft lag eine warme, einladende Süße. Untergründig sehnte sich Tori nach genau so einem Zuhause, und es war für sie offensichtlich, dass Millie und Dylan ihren kleinen Dorfladen liebten. Vielleicht würde sie in der Wildnis von Colorado dieselbe Ruhe und Behaglichkeit finden, selbst wenn dazu auch Bären gehörten und riesige Fichten, statt der Weizenfelder und Schafe. Aber würde Spencer dort glücklich werden? Es war eine Frage, über die sie noch nicht wirklich gesprochen hatten, und Tori vermutete, ein Grund dafür war, dass sie sich, was ihre gemeinsame Zukunft betraf, immer noch nicht ganz sicher war. Sie hatte den Verdacht, dass Spencer genauso empfand, und darüber zu reden würde bedeuten, dass sie zu einer Entscheidung gelangen mussten, die einer von ihnen später vielleicht bereuen würde.

Dylan fuhr sich mit einer Hand durch sein dichtes, sandfarbenes Haar, und seine haselnussbraunen Augen leuchteten amüsiert, als er sich auf einen Stuhl an ihrem Tisch fallen ließ. Oscar lag auf eine Weise über seiner Schulter, die Tori beunruhigend lässig fand, Oscar aber nicht das Geringste auszumachen schien, denn er kuschelte sich mit sehr zufriedener Miene an seinen Dad.

»Also«, begann er und grinste Tori an. »Er hat es also geschafft, dich dazu zu überreden, über Weihnachten den ganzen weiten Weg hierherzufliegen. Das muss Liebe sein. Und wenn man bedenkt«, er sah Spencer mit schelmischem Gesichtsausdruck an, »dass sie immer noch nicht herausgefunden hat, was für ein totaler Nerd du bist ...«

»Ich mag Nerds.« Tori griff lachend über den Tisch nach Spencers Hand, um sie zu drücken. »Und Streber und Trottel.«

»Das ist ein Glück, denn Spencer ist all das.«

»Danke ...« Spencer bedachte Dylan mit einem schiefen Lächeln. »Gut zu wissen, dass du hinter mir stehst.«

»Dafür bin ich da.«

Darcie und Millie kamen an den Tisch, jede mit einem Tablett mit Tassen, Zuckerdose, Milch und Löffeln in den Händen. Nachdem sie alles verteilt hatten, nahmen sie Platz. Tori griff nach einer Tasse und atmete tief ein.

»Riecht fantastisch. Fast so gut wie der Kaffee zu Hause.«

»Du kannst unmöglich den Kaffee meinen, den es im Lehrerzimmer der Riversmeet gibt«, protestierte Spencer. »Der schmeckt, als hätte jemand den Kaffeesatz aus der Recyclingtonne geholt und ihm eine zweite Chance gegeben.«

»Nein, den Kaffee meine ich nicht.« Tori lachte. »Es ist wahr. Ich weiß nicht, wie sie es genau hinkriegen, dass er so abscheulich schmeckt.«

»Muss wohl ein Schulding sein«, sagte Millie. »Wir wissen doch alle, wie das Schulessen ist.«

»Aber wenn es dort guten Kaffee gäbe, dann wären wir an dem Tag vielleicht nie ins Gespräch gekommen.« Tori lächelte Spencer an.

»Habt ihr euch so kennengelernt?«, fragte Darcie in zögerlichem Tonfall, der Tori sofort verriet, dass sie eine schüchterne junge Frau war, die normalerweise keine Unterhaltung anregte. Doch ihre Geschichte hatte sie offensichtlich so fasziniert, dass sie es jetzt trotzdem wagte.

»Ja, genau«, bestätigte Tori. »Ich habe mein Bestes gegeben, diesem Kaffee aus dem Weg zu gehen, und dann setzt sich dieser überaus süße Typ mit einer Tasse davon zu mir. Ich wollte ihn noch warnen, aber es war zu spät, und Junge, hinterher brauchte er wirklich Trost! Sobald er den Mund aufmachte und dieser Akzent herauskam, war mir klar, dass er am Auslandsprogramm teilnahm und im Austausch für einen meiner Kollegen da war. Zu meinem Glück entpuppte sich

Andy Bartowskis Ersatz als Charmeur. Eine Woche später waren wir zusammen.«

»Du hast dich also sofort in ihn verliebt?«, fragte Darcie.

»Sofort würde ich nicht sagen.« Tori schmunzelte. »Aber ich schätze, ich wusste ziemlich schnell, dass ich da jemand ganz Besonderen gefunden hatte.«

»Komisch, dass du das mir gegenüber nie so ausdrückst«, sagte Spencer und grinste verschmitzt.

»Ich kann doch nicht zulassen, dass dir die Bewunderung zu Kopf steigt, oder? Das würde nur zu Problemen führen.«

»Ich werde mein Bestes tun, angesichts deiner Heldenverehrung Ruhe zu bewahren.«

Tori warf ihm einen vernichtenden Blick zu, auch wenn er nur gespielt war, bevor sie Zucker in ihren Kaffee löffelte. Sein Lachen verriet ihr, dass er sie völlig durchschaute. »Also, Darcie«, sagte sie und drehte sich ihr wieder zu. »Wie man hört, hast du dich ziemlich gut in deiner neuen Umgebung eingerichtet.«

Sie nickte. »Es gefällt mir hier«, antwortete sie mit einem kurzen Blick zu Dylan, der Tori jedoch nicht verborgen blieb.

»Es ist so ein Glück, dass wir sie haben«, sagte Millie warmherzig. »Als Darcie anrief und fragte, ob sie herkommen und uns helfen könnte, war ich sofort begeistert. Ich hätte ohnehin jemanden einstellen müssen, weil Oscars Geburt fast unmittelbar bevorstand und die Bäckerei noch immer nicht richtig angelaufen war. Aber bei Leuten, die man nicht kennt, kann man sich nie richtig sicher sein, und wer also wäre besser geeignet gewesen als meine Cousine? Bei Verwandten gibt es keine solchen Zweifel, nicht wahr? Darum habe ich nicht gezögert, ihr Angebot anzunehmen.«

»Du hattest Lust auf einen Tapetenwechsel, was?«, fragte Tori Darcie.

»Ähm ... schon irgendwie«, antwortete Darcie.

Tori nahm ein gewisses Widerstreben wahr, das Thema

weiterzuverfolgen. Offensichtlich bedrückte sie etwas, etwas aus ihrer Vergangenheit, über das sie nicht sprechen wollte. Wahrscheinlich hatte es mit dem zu tun, was Dylan ihnen vorhin erzählt hatte, aber dabei handelte es sich offensichtlich um Dinge, die sie nicht von Darcie selbst erfahren würden und auch nicht in ihrer Gegenwart. Tori konnte sich einer gewissen Neugier nicht erwehren und nahm sich vor, wenn sie allein waren, Spencer zu fragen, was er wusste.

Millie schaltete sich ein. »Was ist mit euch beiden? Habt ihr schon ein Datum für die Hochzeit festgelegt? Und bitte sagt jetzt nicht nein, denn ich kann nicht glauben, wie lange ihr braucht. Wenn ich Dylan in der Heiratsfrage festnageln könnte, hätte ich blitzschnell einen Termin im Kalender, bevor er seine Meinung ändern könnte.«

»Ich würde meine Meinung nie ändern«, entgegnete Dylan. »Obwohl es doch gut so ist, wie es ist, oder nicht?«

»Oh, ich bin ja auch glücklich. Ich meine ja nur, wenn es irgendwann mal passiert.« Sie drehte sich wieder zu Spencer und Tori um. »Ihr habt die Verlobung im April bekannt gegeben, und nach dem, was ich zuletzt gehört habe, hattet ihr da noch kein Datum festgelegt.«

»Tut mir leid, dich zu enttäuschen, aber wir sind in dieser Frage immer noch nicht weitergekommen«, sagte Spencer.

»Vielleicht ein wenig«, korrigierte Tori ihn. »Zumindest haben wir eine ungefähre Vorstellung. Irgendwann nächsten Sommer. Aber wir haben in letzter Zeit so viel gearbeitet, und außerdem ist es irgendwie schwierig, sich mit so etwas zu beschäftigen, wenn man sich nicht einmal entscheiden kann, *wo* man heiraten will.«

»Klingt für mich nach einer billigen Ausrede«, sagte Millie und warf Spencer einen gespielt strengen Blick zu. »Herrgott, legt einfach ein Datum fest – über das Wo könnt ihr euch dann immer noch Gedanken machen.«

»Oh, jetzt kriege ich langsam Angst ...«, witzelte Spencer,

griff nach Toris Hand und streichelte sie in einer theatralischen Geste. »Am ersten Samstag im Juli! Ist das in Ordnung, Miss?«

Tori lächelte ihn an. »Erster Samstag im Juli geht klar.«

Spencer klappte der Unterkiefer herunter. »Wirklich? Ich meine ...«

»Ich weiß, dass es ein Scherz war, aber Millie hat recht. Wie wär's? Am ersten Samstag im Juli, du und ich? Wenn wir an dem Tag keine anderen Termine haben, lass uns heiraten!«

Millie klatschte mit einem kleinen Kreischen in die Hände. »Juchhu! Jetzt müssen wir Hochzeitszeitschriften kaufen und so! Bitte lasst mich die Torte backen! Es macht mir nichts aus, sie nach Boulder zu schicken ... oder sie sogar selbst hinzubringen!«

»Immer mit der Ruhe!« Dylan verschluckte sich, sodass sich Kaffee auf der makellos sauberen Tischdecke verteilte. »Wir haben nicht das Geld, um nach Colorado zu fliegen und einen Kuchen abzuliefern!«

»Und genau da liegt das Problem«, sagte Spencer, und sein Lächeln verblasste. »Versteht ihr jetzt, warum wir es aufgeschoben haben, konkrete Pläne zu schmieden? Wo auch immer wir heiraten, einer von uns wird Opfer bringen und auf Gäste verzichten müssen, die er gern dabeihätte, die aber nicht kommen können. Und das ist erst der Anfang der Probleme.«

Tori sah ihn mit einem warnenden Stirnrunzeln an, um das Gespräch in eine andere Richtung zu lenken. Sie konnte sich schon denken, worauf er anspielte – nämlich auf die Frage, wo sie nach der Hochzeit leben würden. Und obwohl sie sich auf eine angeregte Diskussion über Termine und die Wahl von Kleidern freute, war das etwas, das sie unter vier Augen klären mussten. Vorausgesetzt, einer von ihnen brachte den Mut auf, ehrlich zu sagen, was er wollte, und der andere war mutig genug, zuzuhören und vielleicht einem Kompromiss zuzustimmen.

Sie betrachtete die Gesichter der Menschen ihr gegenüber:

Der gut aussehende Dylan mit seinem unerschöpflichen Arsenal an Scherzen; Millie, die mit jedem gut auszukommen schien; und die süße, arglose Darcie. Sie waren liebenswerte Menschen – freundlich, fürsorglich, herzlich. Und Honeybourne war voller anderer liebenswerter Menschen, wie sie bei ihrem letzten Besuch festgestellt hatte, und entsprach genau der Postkartenidylle eines ländlichen Englands, wie sie es sich immer vorgestellt hatte. Aber konnte sie hier leben? Auf Dauer? Es gefiel ihr zwar gut hier, aber ihr Zuhause war Boulder, und sie liebte es sehr. Sie liebte ihren Job an der Riversmeet, die Kinder ihrer Klasse, die Softball-Mannschaft, die sie trainierte, die Campingausflüge in die Wälder von Colorado im Sommer mit gerösteten Marshmallows und Liedern am Lagerfeuer ... Konnte sie all das aufgeben, um hierherzukommen? Konnte sie all das für Spencer aufgeben?

Sie blickte zu ihm auf. Sein Gesicht verzog sich gerade zu einem Lächeln, bei dem man die Grübchen in seinen Wangen sah, da Dylan schon wieder einen Witz riss, aber bevor sie Zeit hatte, über etwas anderes nachzudenken, wurde die Tür der Bäckerei aufgerissen, und die alte Ruth Evans kam hereingestürmt und mit ihr ein Wirbel von Schneeflocken.

Millie drehte sich mit offenem Mund zu ihr um. »Ruth ...«, begann sie entrüstet, aber sie bekam keine Gelegenheit, den Satz zu beenden.

»Dylan!«, rief Ruth. »Du musst schnell kommen ... Doug ist vom Dach seines Pubs gefallen!«

ZWEI

»Scheiße!« Dylan starrte Ruth an. »Sind Sie sich sicher?«

»Natürlich bin ich mir sicher!«, quietschte sie. »Ich habe es mit eigenen Augen gesehen!«

»Wer ist jetzt bei ihm?«, fragte Millie.

»Nur Colleen«, antwortete Ruth. »Ich bin auf dem Weg hierher bei Frank Stephenson vorbeigegangen, um zu sehen, ob er helfen kann, aber er hat nicht aufgemacht.«

Unter weniger dramatischen Umständen hätte Spencer darüber gelächelt. Das Problem bei Ruth Evans war, dass viele Menschen ihr die Tür nicht öffneten, denn es konnte Stunden dauern, bis man sie wieder loswurde. Auch wenn sie es gut meinte, sie war eine Klatschtante, die sich in alles einmischte, ganz gleich, wie man es betrachtete, und einige im Dorf hatten dafür einfach keine Zeit. Tori wandte sich ihm mit einem fragenden Gesichtsausdruck zu. »Doug ist der Wirt des Pubs, und Colleen ist seine Frau. Du hast sie bei der Eröffnung der Bäckerei kennengelernt, erinnerst du dich noch?«, erklärte er ihr knapp.

»Und Frank? Arbeitet er auch im Pub?«

»Nein – er ist Landwirt ...« Spencer drehte sich wieder zu

Ruth um. »Ist Doug okay?«

Ruth schüttelte den Kopf. »Keine Ahnung. Er kann sprechen, aber es geht ihm nicht gut.«

»Das ist immerhin etwas«, stellte Dylan munter fest. »Komm, wir verschwenden unsere Zeit. Millie, ruf einen Krankenwagen, ja? Ich laufe zum Pub und schaue, was ich tun kann.«

»Colleen hat bereits den Krankenwagen gerufen«, ließ Ruth sich wieder hören und rieb ihre knochigen Hände aneinander.

»Gut«, sagte Dylan. »Dann lass uns gehen.«

»Ich komme mit ...«, begann Spencer und drehte sich dann Tori zu. »Kommst du ohne mich zurecht?«

»Ich kann auch mitkommen«, erklärte Tori energisch. »Ich kenne mich ein wenig mit Erster Hilfe aus.«

»Ich auch«, warf Millie ein. »Ich kann helfen.«

»Oscar braucht dich hier«, entschied Dylan und drückte ihr einen Kuss auf die Stirn. »Du willst immer helfen, ich weiß, aber du hast selbst gesagt, dass er bald etwas zu trinken bekommen muss, und das kann ihm im Moment niemand außer dir geben.«

Millie nickte knapp. Es war für alle offensichtlich, dass sie nicht glücklich darüber war, aber es war das Vernünftigste, das sah sie ein.

»Kann ich auch mitkommen?«, fragte Darcie.

Spencer wollte gerade sagen, dass das vielleicht keine gute Idee war und zu viele Köche den Brei verdarben – oder zumindest die Rettung von Pub-Wirten im Schnee erheblich erschwerten –, als Dylan sich einschaltete.

»Mittlerweile ist es mir egal, wer mitkommt.« Er verschwand für einen Moment in einem Hinterzimmer, und als er wieder auftauchte, warf er Darcie einen rosafarbenen Mantel zu. »Wir sollten einfach aufhören zu quatschen und zusehen, dass wir zu ihm kommen.«

Einer nach dem anderen gingen sie hinaus, und Millie blieb

allein mit ihrem Baby in der Bäckerei zurück. Noch ehe sich die Tür hinter ihnen geschlossen hatte, hörte Spencer, wie Oscar zu weinen begann.

Von dem heftigen Schneefall waren nur noch vereinzelte zarte Flocken geblieben, und am Himmel wechselten sich Wolken mit einer tief stehenden Sonne ab, die die Landschaft in ein gleißendes Weiß hüllte. Sie brauchten ein paar Minuten länger als sonst, um den alten Pub im Herzen Honeybournes zu erreichen, aber sie waren eine entschlossene kleine Gruppe. Selbst Ruth Evans, die mit Abstand älteste Frau im Dorf (obwohl niemand genau wusste, wie alt sie war), hielt mit Dylans langen Schritten mit und zeigte keine Anzeichen von Müdigkeit. Ihre Unterhaltung beschränkte sich auf das Allernötigste. Dylan und Spencer konzentrierten sich darauf, die wichtigsten Details des Unfalls von Ruth in Erfahrung zu bringen und keinerlei Spekulationen über andere Themen, wie sie die alte Frau gern und ungeachtet der Situation einbrachte, zuzulassen, bis sie die krumm und schief geneigten Dächer des alten Pubs vor sich sahen. Auf dem mit einer dicken Schneeschicht bedeckten Dach des unteren Stockwerks führte eine Spur vom Schornstein bis zur Dachkante. Im Garten darunter befanden sich zwei Gestalten, eine lag auf dem Boden und die andere saß daneben. Eine lange Leiter lehnte an der Seitenwand des Gebäudes, und verschiedene Werkzeuge waren darunter auf dem Boden verstreut.

»Wenigstens war es nicht das große Dach«, stellte Dylan fest, als sie darauf zugingen. »Sonst müssten wir jetzt seine Beerdigung organisieren.«

Spencer biss die Zähne zusammen und sagte nichts. Es war eine kühle Betrachtungsweise, aber er musste seinem Freund recht geben.

»Der Schnee hat wahrscheinlich seinen Sturz zusätzlich

gebremst«, überlegte Tori laut.

Die sitzende Gestalt schaute in ihre Richtung und begann hektisch zu winken. »Er ist hier!«, rief sie.

Dylan lief schneller, und die anderen folgten ihm, abgesehen von Ruth, die zum ersten Mal an diesem Morgen Anzeichen von Ermüdung zeigte.

»Was ist passiert?« Dylans Stimme war angespannt, als er sich hinhockte, um sich die Sache gründlicher anzuschauen. Doug starrte ihn nur wütend an, antwortete aber nicht. Er schien bei klarem Verstand zu sein, auch wenn er fast so weiß war wie der Schnee unter ihm und er offensichtlich starke Schmerzen hatte. Colleen, die seine Hand umklammerte, wandte sich weinend Dylan zu, während ihr die Wimperntusche über das Gesicht lief.

»Ich habe ihm gesagt ... Ich habe ihm gesagt, dass er nicht da hochgehen soll ...«, schluchzte sie.

»Es ist alles gut«, sagte Spencer sanft und hockte sich neben Dylan. Er legte einen Arm um Colleen.

Sie sah sich um, und für einen Moment wirkte sie verwirrt. »Spencer Johns?«

»Genau der«, antwortete er lächelnd.

»Ich dachte, du wärst in Amerika ...«

»Ich habe dir doch erzählt, dass er nach Hause gekommen ist«, verkündete Ruth mit überlauter Stimme. Dann drehte sie sich zu Tori um und fügte in genauso lautem Flüsterton hinzu: »Armes Ding. Muss der Schock sein, der sie so bekloppt macht.«

Tori schenkte ihr ein kleines Lächeln, richtete dann ihre Aufmerksamkeit jedoch wieder auf die neben ihrem verletzten Mann sitzende, verstörte Frau.

»Ich bin über Weihnachten zu Hause«, sagte Spencer geduldig zu Colleen. »Und hast du die Buchung von Toris Eltern, die im Pub wohnen werden, schon vergessen?« Sie starrte ihn nur an, und Spencer wurde klar, dass sie wahrscheinlich tatsächlich unter Schock stand, genau wie Ruth vermutete. Es hatte keinen Zweck, dieses Thema weiterzuverfolgen, während ihr Mann im Schnee lag. »Das ist jetzt nicht wichtig. Wir müssen an Doug denken, nicht wahr?«

Colleen nickte kaum merklich, dann begann sie von Neuem zu weinen.

»Was hat man euch gesagt, wie lange es dauern wird, bis der Rettungsdienst da ist?«, fragte Dylan und blickte in den Himmel, der sich nun wieder mit Schnee zu füllen schien.

»Ich ... ich kann mich nicht erinnern«, schniefte Colleen. »Aber ich wünschte, sie würden sich beeilen.«

»Er zittert«, sagte Tori. »Colleen, könntest du eine Decke von drinnen holen, um ihn zuzudecken? Und ein großer Regenschirm wäre auch gut.«

Colleen schaute zur Eingangstür des Pubs und dann zu Tori zurück, und ihr Gesichtsausdruck machte allen Anwesenden klar, dass sie nur mit Mühe die Nerven behielt. Offensichtlich hatte sie die Frage von Tori nicht richtig mitbekommen.

»Ich könnte dir beim Suchen helfen«, schlug Darcie mit leiser Stimme vor. Sie war so still gewesen, dass die anderen fast vergessen hatten, dass sie da war.

»Ich kann Doug nicht allein lassen«, sagte Colleen und umklammerte seine Hand so fest, dass ihre Knöchel weiß hervortraten.

Doug brummte etwas in der Richtung, dass es ihm hervorragend ginge. Es war offensichtlich, dass sein Zustand vieles war, aber sicherlich nicht hervorragend.

»Natürlich«, beruhigte Dylan ihn. »Spiel trotzdem ein wenig mit.« Er wandte sich an Ruth. »Könnten Sie Darcie helfen, im Pub alles zusammenzusuchen, was wir brauchen?«

Die Gelegenheit, unbeaufsichtigt im Haus ihrer Nachbarn herumzuschnüffeln, fand Ruth offensichtlich aufregender als den Umständen angemessen war. »Aber sicher kann ich das!«

Sie packte Darcie an der Hand und zog sie mit überraschender Kraft zur offen stehenden Tür des Pubs, während Spencer Dylan und Tori zu sich heranrief und die Stimme senkte.

»Einer von uns sollte noch einmal den Notruf wählen. Es lässt sich nicht abschätzen, was Colleen in ihrer Verfassung getan hat – nach allem, was wir wissen, könnte sie bei Domino's Pizza angerufen haben.«

»Gute Idee«, sagte Dylan. »Das ist auf jeden Fall besser, als hier untätig herumzustehen.« Er drehte sich zu Tori um. »Du hast gesagt, du kennst dich ein wenig mit Erster Hilfe aus ... Meinst du, wir dürfen ihn bewegen? Bei dieser Kälte erleidet er sonst noch einen Schock, oder?«

»Na ja ... deshalb habe ich um die Decken gebeten.«

»Dann sollten wir ihn aus dem Schnee holen«, begann Spencer, aber Tori bremste ihn.

»Wir können ihn nicht bewegen, denn wir haben keine Ahnung, was er für Verletzungen hat, und vielleicht richten wir damit größeren Schaden an, als wenn wir ihn im Schnee liegen lassen. Wir werden ihn vorerst so warm und trocken wie möglich halten und warten, bis die Sanitäter ihre Arbeit gemacht haben.«

Spencer nickte zustimmend, dann gingen er und Tori zurück zu Colleen, um zu sehen, ob sie sie vor dem drohenden Nervenzusammenbruch bewahren konnten, während Dylan das Ganze mit grimmiger Miene beobachtete, die Arme vor der Brust verschränkt. Gerade als er in den Pub gehen und nachsehen wollte, wo die Decken blieben, kamen Ruth und Darcie wieder herausgeeilt. Darcie trug eine Steppdecke, die sie offensichtlich aus einem der Betten genommen hatten, und Ruth war mit einem Sonnenschirm aus dem Biergarten bewaffnet.

»Das war das Beste, was wir auftreiben konnten«, verkündete Ruth. »Einen Regenschirm habe ich nirgends gefunden ... Vielleicht wenn ich noch mal zwanzig Minuten gehabt hätte, um in den Schränken nachzusehen, aber Darcie hat mich nicht gelassen.«

»Ich dachte, es wäre besser, schnell irgendwas herzubringen, als ihn draußen im Schnee liegen zu lassen«, verteidigte sich Darcie.

Dylan nickte. »Ich denke, das war eine gute Entscheidung.« Er nahm Ruth den Schirm ab und rammte ihn, so gut es ging, in den Boden. Tori begann, Doug in die Decke zu wickeln. Während sie arbeiteten, verblasste das wenige an Farbe, das er noch im Gesicht gehabt hatte. Dylan wechselte besorgte Blicke mit den anderen, während Colleen keine Sekunde lang seine Hand losließ. Die Wimperntusche tropfte jetzt von ihren Wangen auf ihre Kleidung.

»Der Krankenwagen ist gleich da«, sagte Spencer und schob sein Handy zurück in die Tasche.

»Wurde aber auch Zeit«, murmelte Dylan und zog sich den Kragen gegen die Kälte so hoch wie möglich.

Spencer bedachte Tori mit einem halb entschuldigenden Blick. Honeybourne war ein winziges Dorf, aber es schien für große Dramen wie geschaffen. Er hätte wissen müssen, dass ihm kein gewöhnlicher Empfang zu Hause bevorstand.

Drei Stunden später stapften Dylan, Spencer, Tori und Darcie wieder durch die Tür der Alten Bäckerei. Ruth war bei Colleen im Krankenhaus geblieben, während Doug untersucht wurde. Nach dem ersten Eindruck der Ärzte hatte er sich beide Beine gebrochen, aber sie waren sich keineswegs sicher, ob das schon das ganze Ausmaß seiner Verletzungen war. Es gab eine lange Liste von unaussprechlichen Scans und Tests, die durchgeführt werden sollten, bevor sie ein abschließendes Urteil abgeben wollten. Dylan hatte Ruth und Colleen angewiesen, sie anzurufen, wenn sie Hilfe brauchten oder wenn sie bereit waren, nach

Honeybourne zurückzufahren. Er würde sie abholen, Schnee hin oder her.

Millie ging auf und ab, Oscar auf ihrer Schulter, und klopfte ihm auf den Rücken, damit er ein Bäuerchen machte. Als die Tür geöffnet wurde, drehte sie sich um, und der Ausdruck der Erleichterung auf ihrem Gesicht bedurfte keiner Worte.

»Er ist jetzt im Krankenhaus«, berichtete Dylan als Antwort auf ihre unausgesprochene Frage.

»Was ist passiert?«, fragte Millie. »Warum um alles in der Welt war er überhaupt auf dem Dach?«

»Darauf haben wir immer noch keine Antwort«, sagte Spencer. »Aber ich wette, er könnte im Moment eins deiner Kräuterheilmittel gut gebrauchen.«

»Davon habe ich seit einer ganzen Weile keins mehr zubereitet«, gab Millie zweifelnd zurück. »Und ich hatte keine Zeit, um in den Hecken nach Pflanzen zu suchen, die ich dafür brauche. Meint ihr, ich sollte es tun?«

»Überlass das dem Krankenhaus«, sagte Dylan. »Mach dir darüber keine Gedanken. Vielleicht kannst du ihm ja ein Stärkungsmittel brauen, wenn er nach Hause kommt, falls du das Bedürfnis hast, all die alten Gerätschaften hervorzukramen und etwas für ihn zu tun.«

»Wer weiß, wann das sein wird«, sagte Spencer.

»Ist es so schlimm?« Millie streichelte Oscar über den Rücken. »Haben sie gesagt, dass er lange im Krankenhaus bleiben muss?«

»Ziemlich schlimm, glaube ich. Die Ärzte sind noch dabei herauszufinden, was genau er sich getan hat.«

»Arme Colleen …«, murmelte Millie. Oscar machte endlich ein Bäuerchen, und Dylan, der jetzt ohne Mantel und in Socken vor dem Feuer stand, nahm ihn ihr ab, um ihn an sich zu drücken. »Sie liebt Doug sehr … Ich weiß nicht, was sie ohne ihn tun würde.«

»Na ja.« Spencer nahm an einem der Tische Platz. »Zu seinem Glück war sein Schutzengel gerade im Dienst, denn das hätte auch erheblich schlimmer ausgehen können.«

»Bist du klargekommen, während wir weg waren?«, fragte Dylan.

Millie nickte. »Es kamen keine Kunden, falls du das meinst, also musste ich mich wenigstens darum nicht kümmern. Nur Oscar und ich waren hier. Es schneit so heftig, dass sich heute hier niemand Tee und Scones gönnen will.«

»Aber ich will welche!« Spencer grinste. »Mir ist so, als hätte man uns vor einer gefühlten Ewigkeit Tee und Mince Pies versprochen.«

»Die könnt ihr kriegen.« Millie lächelte. »Ich wette, ihr seid vollkommen durchgefroren.« Dann wandte sie sich an Darcie. »Wärst du so lieb und würdest die Sachen zur Theke bringen, die wir heute Morgen gebacken haben? Wir sollten wahrscheinlich zumindest den Anschein einer Bäckerei wahren, auch wenn heute niemand kommt, um etwas zu kaufen. Ich werde die heißen Getränke machen.«

Darcie nickte und eilte durch eine Tür nach hinten zu den Öfen, während Millie hinter die Theke ging und verschiedene Geräte einschaltete. Schon bald erfüllten das Zischen von Dampf und das Klirren von Porzellan den Raum, und während alle langsam auftauten, drehte sich das Gespräch um Spekulationen darüber, wie Colleen und Doug wohl zurechtkommen würden. Es war nur noch eine Woche bis Weihnachten, und obwohl sie den Pub wahrscheinlich für ein oder zwei Tage schließen konnten, würden sie in einer geschäftigen Woche wie dieser viel Umsatz einbüßen, wenn sie noch länger geschlossen hätten.

»Schickt nicht die Brauerei jemanden vorbei?«, fragte Millie in die Runde, während sie Tori einen Becher heiße Schokolade hinstellte.

»Das *Dog and Hare* ist ein unabhängiges Lokal«, erklärte

Dylan. »Ich weiß nicht, ob es so läuft, wenn sie nicht an eine bestimmte Brauerei gebunden sind, und der Pub gehört ihnen zu hundert Prozent.«

»Oh«, erwiderte Millie nachdenklich. »Was werden sie dann tun?«

»Ich nehme an, sie werden sich etwas überlegen müssen, aber im Moment sind sie wahrscheinlich mit wichtigeren Dingen wie Dougs Verletzungen beschäftigt.«

»Es trägt sicher nicht zu seiner Genesung bei, wenn er sich zusätzlich auch noch mit der Sorge herumplagen muss, dass sein Unternehmen den Bach runtergeht«, überlegte Spencer laut, als Millie ihm einen Becher reichte.

»Ganz bestimmt nicht.«

»Tja, es wird schwierig sein, jemanden zu finden, der ihnen helfen könnte – zumindest langfristig«, meinte Dylan. »Wir arbeiten hier täglich schon lange, aber Doug und Colleen haben noch längere Arbeitstage.«

»Vergiss nicht, dass auch wir Geld verlieren werden ohne ihre Pastetenbestellungen«, rief Millie ihm ins Gedächtnis. »Wenn es irgendeine Möglichkeit gibt, den Pub offen zu halten, wäre das für uns genauso gut wie für alle anderen. Im Winter, wenn keine Touristen kommen, ist es schon schwer genug. Wir können es uns nicht leisten, auch noch unsere Stammkunden zu verlieren.«

»Da hast du vielleicht nicht ganz unrecht«, murmelte Dylan und sah sich im Café um, das abgesehen von ihrer kleinen Gruppe leer war. Sein Blick fiel auf Darcie, die gerade mit einem Blech mit Ofenschlupfern aus der Küche hereinkam. »Vielleicht könnten wir jemanden entbehren, der Colleen ein paar Stunden am Tag hilft, bis Doug wieder auf den Beinen ist.«

Darcie schaute von der Theke auf. Sie sah zu Millie und dann wieder zu Dylan.

»Darcie?«, sagte Millie zweifelnd. »Was sollen wir denn ohne sie machen?«

»Du hast selbst gesagt, dass wir ohne die Bestellungen vom *Dog and Hare* in Schwierigkeiten sind.«

»Aber ich komme ohne Darcie nicht zurecht.«

»Wenn es sein muss, werden wir es schon hinbekommen. Besser, wir legen uns ein wenig ins Zeug, als dass wir auf diese Einnahmen verzichten.«

»Es könnte mehr als nur ein wenig sein«, entgegnete Millie. »Du weißt, dass ich ihnen gern helfe, aber es könnten Monate vergehen, bis Doug wieder einsatzbereit ist, falls er sich eine ernsthafte Verletzung zugezogen hat. Und wir könnten so oder so pleite gehen, denn ich weiß nicht, wie wir mit Oscar und der Bäckerei ohne Hilfe zurechtkommen sollen, ob nun mit oder ohne die Bestellungen vom *Dog and Hare*.« Millies Stimme wurde immer lauter, und es schien, als überzeugte sie sich selbst davon, dass ein Verhängnis unmittelbar bevorstand, wie auch immer sich die Situation entwickelte.

»Du hast doch gerade gesagt, dass wir die Bestellungen brauchen ...« Dylan versuchte Oscar zu beruhigen, der zu weinen begann.

»Ich weiß, dass ich das gesagt habe! Kein Grund, mich anzuschnauzen!«, blaffte Millie.

»Ich schnauze dich nicht an ...«

»Es hat sich aber verdammt noch mal so angehört!« Millie schniefte und drehte allen den Rücken zu.

»Ich wollte dich nicht verärgern ...«, murmelte Dylan und ging zu ihr.

»Nein ...« Sie scheuchte ihn mit einer knappen Handbewegung weg. »Beachte mich einfach nicht ... Hormone und Stress, keine gute Mischung.«

»Ich verstehe, was du meinst, Millie«, schaltete Spencer sich ein, »und so ungern ich es zugebe – Dylan könnte recht haben. So wie ich es sehe, müssen wir eine Versammlung einberufen, sobald wir etwas über Dougs Zustand wissen. Honeybourne hat sich in der Zeit, die ich weg war, doch bestimmt nicht so sehr verändert, oder? Wir sind eine Gemeinschaft, die sich gegenseitig hilft, und ich wüsste nicht, warum es diesmal anders sein sollte. Niemand wird wollen, dass der Pub über Weihnachten geschlossen bleibt, und wenn wir um Hilfe bitten, werden wir sie wahrscheinlich auch bekommen. Ich meine«, er blickte zu Tori, »für den Anfang würden wir dort aushelfen – oder?«

»Natürlich!« Tori strahlte ihn an.

Dylan nickte ernst, als Millie einen Schritt von ihm wegtrat. Sie wirkte jetzt wieder vollkommen gefasst.

»Ich könnte hingehen«, erbot sich Darcie in der darauffolgenden Stille. »Ich weiß zwar nicht viel über die Arbeit im Pub, aber es macht mir nichts aus, wenn es helfen würde. Wir schließen um fünf, manchmal auch früher, wenn nicht viel los ist, also könnte ich anschließend in den Pub gehen.«

»Du stehst in aller Herrgottsfrühe auf«, wandte Millie vorsichtig ein. »Ich weiß nicht, ob du dir darüber im Klaren bist, was für ein langer Tag das wäre, wenn du danach noch in einen Pub gehst, wo du bis weit über unsere normale Schlafenszeit hinaus arbeiten würdest.«

»Was ist mit Jasmine?«, ergriff Spencer plötzlich das Wort.

Ein breites Grinsen zeichnete sich auf Dylans Gesicht ab. »Gott, was bin ich doch für ein Idiot. Darauf hätte ich auch selbst kommen können! Wenn jemand etwas über diesen Pub weiß, dann meine Schwester! Sie hat ein paar Jahre dort gearbeitet, bevor sie ihren Kunsthandwerkladen aufgemacht hat.«

»Aber würde sie monatelang jeden Abend dort sein wollen?«, fragte Millie zweifelnd. »Ganz zu schweigen von ihren drei Kindern und einem Geschäft, das sie zu führen hat.«

»Was mich zu meiner ursprünglichen Idee zurückbringt«, sagte Spencer. »Wir berufen eine Versammlung ein und versuchen, Freiwillige zu finden, die abwechselnd aushelfen.« Er sah

Tori an, und sie nickte. Plötzlich verstand sie seinen Gedankengang. »Tori und ich werden einige Schichten übernehmen – das macht bestimmt Spaß, und wir haben ja sonst nicht viel anderes zu tun.«

»Ähm ... du vergisst vielleicht eine Kleinigkeit, nämlich dass deine Eltern aus Spanien herkommen, um etwas Zeit mit dir zu verbringen«, gab Millie zu bedenken.

»Keineswegs!« Spencer grinste. »Ich bin mir sicher, dass wir sie irgendwo dazwischenschieben können. Toris Eltern wollten ja ohnehin im Pub wohnen, wir müssen also schon aus diesem Grund dafür sorgen, dass er geöffnet bleibt. Meine Eltern bekommen ja schon das Gästezimmer bei mir im Haus, und wir können unmöglich alle dort unterbringen. Sie haben bestimmt schon allein deshalb nichts dagegen, weil sie, wenn ich mich nicht irre, selbst einige Stunden an der Bar des *Dog and Hare* verbringen werden. Bestimmt wollen sie ebenfalls helfen.«

»Und dann wäre da noch das kleine Fest namens Weihnachten«, warf Dylan ein.

»Kein Problem.« Spencer lächelte. »Für Weihnachten sind wir mehr oder weniger gerüstet. Also haben wir schon drei Freiwillige – das ist doch ein guter Anfang, oder? Und ich bin mir sicher, dass Jasmine zustimmen wird, damit wären wir also schon zu viert.«

»Wir könnten Ruth fragen«, schlug Millie vor. Dylan zog die Augenbrauen hoch. »Wir wollen ihre Gäste halten und nicht vergraulen. Außerdem, so wie die alte Ruth Evans den Whiskey in sich hineinschüttet, wird kein Gewinn übrig bleiben, wenn sie hinter der Theke steht.« Er warf Millie einen unsicheren Blick zu. »Auch ich könnte vielleicht hier und da eine Stunde übernehmen, wenn du eine Weile allein mit Oscar zurechtkommst.«

»Oder ich könnte eine Stunde an der Bar arbeiten, und du bleibst zu Hause und kümmerst dich um das Baby«, versetzte

Millie und stemmte die Hände in die Hüften. »Wir leben schließlich im einundzwanzigsten Jahrhundert.«

»Okay.« Dylan hob abwehrend die Hände. »Ich wollte nicht chauvinistisch klingen – ich dachte nur, dass du deine Abende nicht damit verbringen willst, Frank Stevenson sich abwechselnd über das Wetter und darüber, dass die Dinge einfach nicht mehr so sind wie in den Fünfzigern, beschweren zu hören.«

»Aber für eine Stunde könnte es eine nette Abwechslung sein.« Spencer verstand, dass einer intelligenten, kreativen Frau wie Millie manchmal zu Hause die Decke auf den Kopf fiel.

Millie nickte. »Ich bin der Meinung, wir sollten erst einmal abwarten, bis wir wissen, über welche Zeitspanne wir reden und was Colleen braucht.«

Es folgte gemurmelte Zustimmung rundherum.

»Da das jetzt geklärt ist«, fuhr Millie fort, »wer möchte einen Mince Pie?«

Dylan grinste. »Ich dachte schon, du fragst nie.«

Darcie widmete sich dem Abräumen der Tische. Alle hatten sich verdrückt – Spencer und Tori waren in Spencers leeres Haus und Millie und Dylan zu ihren Verpflichtungen als Eltern zurückgekehrt, während Ruth Evans noch immer mit Colleen im Krankenhaus ausharrte. Oscar weinte schon wieder, und Dylan brachte ihn gerade nach oben, während Millie sich draußen in den winzigen Garten hinter der Bäckerei gesetzt hatte, dick eingepackt gegen die Kälte. Sie brauchte so dringend eine Pause, dass Eis und Schnee ein kleiner Preis dafür waren.

Alles, was man aus dem restlichen Haus hörte, waren das leise Summen der Kühlschränke und Oscars Geschrei, nur unterbrochen von Dylans Versuchen, ihn zu beruhigen. In der ersten Zeit hatte Darcie Oscars stundenlanges Weinen gestört, aber sie lernte zunehmend, es auszublenden. Es war schließlich nicht ihr Baby, und sie wusste, auch wenn sie bei seiner Versorgung half, konnte sie ihn einfach seinen Eltern zurückgeben und verschwinden, sollte ihr alles zu viel werden. Nicht dass es in diesem Dorf viele Orte gab, wo man hingehen konnte.

Als sie ihren Job in ihrer Heimatstadt Millrise verloren hatte, war ihr die Chance, die Midlands hinter sich zu lassen und Millie in Honeybourne zu helfen, gerade recht gekommen. Denn damit kehrte sie nicht nur bitteren Erinnerungen an eine gescheiterte Beziehung den Rücken, sondern auch Eltern, denen es egal zu sein schien, ob sie da war oder nicht. Sie war unglücklich gewesen, und obwohl sie sich verzweifelt nach etwas gesehnt hatte, das sie aus der Tristesse ihres Lebens herausholte, hatte sie doch zu große Angst gehabt, selbst die Initiative zu etwas zu ergreifen. Aber dann war der Anruf von Millie gekommen und hatte ihr etwas in Aussicht gestellt, das sich nach einem wunderbaren Abenteuer anhörte – von zu Hause wegzugehen und irgendwo ganz neu anzufangen, ohne den Ballast ihres alten Lebens. Und das in der Gesellschaft von Menschen, bei denen sie sich sicher fühlte. Millie hatte ihr Leben umgekrempelt, indem sie von Millrise weggegangen war – vielleicht konnte sie selbst das auch. Dylan und Millie hatten ihr zwar nicht viel Lohn versprechen können – eigentlich nur ein Taschengeld –, aber ihr dafür ein kostenloses Dach über dem Kopf zugesagt und so viel zu essen, wie sie nur herunterbrachte als Gegenleistung für ein paar Stunden Unterstützung am Morgen. Sie hatte sich schnell an das Leben bei ihnen gewöhnt und es anfangs auch genossen. Aber das war, bevor sie merkte, dass sie sich in Dylan verliebt hatte.

Es war ihr gar nicht aufgefallen, wie die Gefühle sich angeschlichen hatten. Er brachte sie zum Lachen, er sah gut aus und er war nett. Er fragte immer, wie es ihr ging, ob sie etwas brauchte, und bezog sie in Entscheidungen, die die Bäckerei betrafen, mit ein. Außerdem hörte er sich ihre Meinung an, als wäre sie ihm wirklich wichtig. Noch nie hatte jemand so viel

Interesse an ihr gezeigt, nicht einmal ihre eigenen Eltern. Und nicht nur das, er war auch immer so geduldig und liebevoll Millie und Oscar gegenüber, dass kein Zweifel an seinem guten Herz bestehen konnte. Und dann, eines Tages, als er sie unschuldig in eine freundschaftliche Umarmung zog, hatte sie einen unerwarteten Stich in ihrem eigenen Herzen verspürt: die erste Warnung. Es hatte als vage, unerklärliche Sehnsucht begonnen, und ganz gleich, wie sehr Darcie sich bemühte, das Gefühl zu ignorieren, die Sehnsucht wurde stärker, bis sie zu einem Schmerz angewachsen war, der ihr das Herz zu brechen drohte. Jedes Mal, wenn sie ihn jetzt ansah, konnte sie nur daran denken, wie seine Lippen schmecken würden, wenn sie auf ihre eigenen träfen. Und dann sah sie Millie an, für sie weniger eine Cousine als eine Schwester, und die Schuldgefühle drohten sie zu überwältigen.

Sie hatte schon einmal erwähnt, dass sie vielleicht wieder gehen würde – ihr erster Impuls war gewesen, aus der Situation zu fliehen, bevor sie außer Kontrolle geriet –, aber sowohl Millie als auch Dylan schienen gesichts der Idee so aufrichtig am Boden zerstört, dass sie es nicht über sich brachte. Also saß sie hier fest, in einem Dorf, in dem sie nie weit genug von Dylan Smith wegkam, um ihn zu vergessen, und wo sie gezwungen war, mit anzusehen, wie er eine andere liebte, die ihr selbst ebenfalls am Herzen lag.

Ihre Gedanken wurden vom Zuschlagen der Hintertür unterbrochen. Millie kam hereingestürmt und brachte die Kälte mit in den Raum.

»Der Himmel ist heute Abend so klar. Es sieht wunderschön aus, aber ich denke, der Schnee überfriert noch und morgen ist es dann ein Albtraum. Du hattest doch nicht vor, irgendwohin zu fahren, oder?«

»Eigentlich wollte ich nach Salisbury.« Darcie wischte mit einem Lappen einen Tisch ab. »Ich muss noch ein paar Last-Minute-Geschenke kaufen.« Das entsprach zwar nicht ganz der

Wahrheit, aber sie brauchte einen Grund, das Haus zu verlassen.

»Oh ...«, sagte Millie. »Ich bin mir nicht sicher, wie zuverlässig die Busse bei den tückischen Straßenverhältnissen sind. Vielleicht kann Dylan dich fahren. Er kommt ziemlich gut mit vereisten Straßen zurecht.«

»Ich werde es wahrscheinlich um ein oder zwei Tage verschieben«, antwortete Darcie, während sie über einen besonders hartnäckigen Flecken auf dem Tisch rubbelte. Sie schenkte der Sache viel mehr Aufmerksamkeit als nötig, aber sie traute sich nicht, Millie in die Augen zu sehen, nicht solang der Gedanke daran, mit Dylan allein im Wagen zu sitzen, sie beherrschte. »Blöd, dass ich nicht selbst fahren kann. Ich finde es schrecklich, ständig auf euch zwei oder die öffentlichen Verkehrsmittel angewiesen zu sein.« Sie holte tief Luft und zwang sich aufzuschauen. »Was den Pub betrifft ...«

»Ja?« Millie nahm einen Besen aus dem Schrank und nutzte Darcies Zögern, um mit schräg gelegtem Kopf fortzufahren. »Klingt, als hätte Oscar sich endlich beruhigt. Der arme Dylan ist sicher schon ganz verzweifelt, aber zumindest haben wir jetzt mit ein wenig Glück eine Stunde für uns. Ich weiß nicht, was ich ohne euch beide machen würde – ich würde wahrscheinlich durchdrehen.«

Darcie biss sich auf die Unterlippe. Sie war im Begriff gewesen, Millie zu sagen, sie hätte darüber nachgedacht und wolle im Pub aushelfen, solang Doug außer Gefecht gesetzt war. Falls irgend möglich, hätte sie gern für eine Weile im Pub gewohnt. Vielleicht reichte ja ein wenig Abstand von Dylan und Millie, um sie von ihren unangemessenen Gefühlen für ihn zu kurieren, aber sie wollte auf keinen Fall nach Millrise zurück, wenn sie es vermeiden konnte. Es schien eine gute Lösung zu sein. In dem kleinen Dorf war man im Pub so weit von der Bäckerei entfernt wie nur möglich, wenn man nicht gleich ganz weggehen wollte. Aber ohne zu ahnen, welchen

Schmerz sie ihr zufügte, hatte Millie es wieder einmal geschafft. Wie konnte Darcie Millie jetzt sagen, dass sie wegwollte? Wie konnte sie die beiden allein lassen, wenn sie wusste, wie sehr sie sich auf sie verließen?

Millie machte sich daran, den Boden zu fegen. »Entschuldige, was wolltest du über den Pub sagen?«

»Es ging nur um die Versammlung ... Wann wollten wir die noch gleich einberufen? Und machen wir das hier oder im *Dog and Hare*?«

Millie hielt in der Arbeit inne und stützte das Kinn auf den Besenstiel. »Wahrscheinlich sollten wir uns treffen, sobald wir Genaueres über Dougs Zustand und Colleens Pläne wissen. Ich habe zugesagt, dass ich Spencer Bescheid gebe, und Dylan wird mit seiner Schwester sprechen, um zu hören, was sie denkt. Sie war großartig, als wir mit der Bäckerei noch ganz am Anfang standen, und sie hat ein echtes Händchen dafür, solche Dinge zu organisieren.«

»Jasmine?«, fragte Darcie zweifelnd.

»Ja ...« Millie runzelte die Stirn. »Was ist mit ihr?«

»Es ist nur so, dass sie schon so viel zu tun hat mit den Drillingen und ihrem eigenen Laden.«

»Ich weiß, aber sie scheint immer Zeit zu haben, um irgendwo mit anzupacken. Sie ist eine absolute Powerfrau. Ich weiß nicht, wie sie es macht, aber was immer es ist, sie sollte es in Flaschen abfüllen und verkaufen. Sie würde ein hübsches Sümmchen damit verdienen und ich wäre die Erste in der Schlange.«

Darcie sagte nichts, sondern wischte weiter die Tische ab.

»Es ist so still da oben«, bemerkte Millie, während sie weiterfegte. »Ich wette, Dylan ist zusammen mit Oscar eingeschlafen.« Als Darcie nicht aufschaute, füge sie hinzu: »Ist alles in Ordnung?«

»Wie bitte?«, fragte Darcie.

»Mit dir? Mir ist aufgefallen, dass du in letzter Zeit nicht ganz du selbst zu sein scheinst. Ich weiß, dass das Leben in Honeybourne manchmal etwas zu ruhig und langweilig sein kann und du bist jünger als ich und an mehr Aufregung gewöhnt ...«

Darcie wünschte, die Sehnsucht nach mehr Aufregung wäre das einzige Problem in ihrem Leben gewesen. Sie hatte das Gefühl, davon gab es im Moment mehr als genug, wenn auch nicht ansatzweise von der richtigen Sorte. »Mir geht's gut. Ich bin einfach reif für eine Weihnachtspause, das ist alles.«

»Hast du das Gefühl, du solltest Weihnachten zu Hause sein? Ich weiß, es ist nicht immer einfach mit deiner Mutter und deinem Vater, aber sie sind deine Eltern, und ich würde es vollkommen verstehen, wenn du die Feiertage bei ihnen verbringen möchtest.«

»Ihr würdet mich vermissen – wie wollt ihr allein mit allem klarkommen?«, fragte Darcie mit einem schwachen Lächeln.

»Ich weiß. Aber ich weiß auch, dass deine Mum und dein Dad dich an Weihnachten vermissen werden, ganz gleich, was du denkst.«

»Wir haben darüber geredet und es ist in Ordnung für sie. Sie verstehen, dass dieses Jahr eine Ausnahme ist. So haben sie einen Vorwand, ein ruhiges Fest zusammen zu verbringen und alles vielleicht ein bisschen anders zu machen.«

Weil sie es beide wussten, ließ sie unausgesprochen, dass ihre Eltern ihre Abwesenheit ohnehin kaum bemerken würden. Darcie dachte nicht gern darüber nach. Sie hatte sich oft gefragt, ob sie mit einem Bruder oder einer Schwester etwas weniger einsam aufgewachsen wäre, aber ihr war schnell klargeworden, wie sinnlos das war, denn sie hatte weder das eine noch das andere, und wie viele Fragen sie sich diesbezüglich auch stellte, es würde an den Tatsachen nichts ändern. Es war ohnehin ein zweischneidiges Schwert, denn dass sie Einzelkind war, hatte bedeutet, dass Millie immer sehr an ihrem Wohlergehen interessiert gewesen war, da sie schon früh bemerkt hatte, wie wenig emotionale Unterstützung sie von ihren Eltern bekam. Das hatte sie einander näher gebracht, als es normalerweise bei einem solchen Altersunterschied der Fall gewesen wäre.

Millie schwieg wieder einen Moment. »Nun, du weißt, dass wir es schrecklich fänden, dich zu verlieren, aber wenn du über Weihnachten nach Millrise fahren willst, würden wir das natürlich verstehen ... Ich meine, für die Weihnachtstage, oder auch wenn du ganz dorthin zurückkehren wolltest. Du warst großartig in den vergangenen Monaten, aber es ist eine lange Zeit, um von zu Hause weg zu sein.«

Darcie stutzte. Millie schien immer zu merken, was in ihrem Kopf vorging, und das war gelinde gesagt beunruhigend. Allerdings trafen Millies Vermutungen nicht völlig ins Schwarze, und Darcie war nur zu glücklich damit, sie in Bezug auf einige Einzelheiten im Dunkeln tappen zu lassen ... Einzelheiten, die ihre Beziehung zerstören würden, wenn sie ans Licht kämen. »Ich brauchte eine Verschnaufpause und musste ein Weilchen von zu Hause weg. Für den Moment ist alles in Ordnung für mich, so wie es ist.«

»Na schön, ich meine ja nur ... Es hat nichts mit uns zu tun, oder?«

»Wie meinst du das?«

»Gehen Dylan und ich dir auch nicht auf die Nerven? Ich mache mir immer Sorgen, und ich weiß, dass das hier viel Arbeit ist. Und Dylan kann manchmal ein bisschen viel sein, aber er ist ein guter Mensch.«

»Nein, gar nicht«, antwortete Darcie und wünschte jetzt, Millie würde das Verhör beenden.

»Ist es das Zusammenleben mit Oscar? Er weint oft, und das treibt *uns* schon in den Wahnsinn, also muss es für dich schwer sein.«

»Nein«, beteuerte Darcie erneut. »Ich habe kein Problem damit.«

Ohne ein weiteres Wort marschierte sie in die Küche, um das Wasser in ihrem Eimer zu wechseln und gegen die Tränen anzukämpfen, die sie verraten würden. Zum Teufel mit Millies Freundlichkeit. Wenn Darcie sie doch nur aus irgendeinem noch so geringfügigen Grund hassen könnte, würde sie sich nicht selbst so sehr dafür verachten müssen, dass sie in ihren Partner verliebt war.

So voll war es im winzigen Café von Millies Bäckerei schon seit einer ganzen Weile nicht mehr gewesen. Wer jetzt noch kam, musste mit einem Stehplatz vorliebnehmen. Spencer fühlte sich daran erinnert, wie er Tori zum ersten Mal mit nach Honeybourne genommen und ihr einen Antrag gemacht hatte.

Darcie und Millie waren damit beschäftigt, alle mit heißen Getränken zu versorgen, während sie sich auf die Versammlung vorbereiteten, und Spencer lächelte stolz, als er Tori beobachtete, die sich freiwillig gemeldet hatte und jetzt hinter der Ladentheke stand, wo sie ihr Bestes gab, herauszufinden, wie man die monströse Kaffeemaschine bediente. Dylan hatte Oscar vor sich in der Babytrage und verteilte an der Theke Kuchen. Und obwohl es in der Dorfbäckerei so laut war wie noch nie, schlief Oscar selig. Spencer ahnte, dass der Säugling seine Eltern wahrscheinlich später in der Nacht wachhalten und nerven würde, aber zumindest bedeutete es, dass er nicht mit seinem Geschrei jede Unterhaltung erschwerte, wenn die Versammlung begann.

Er drehte sich zu Colleen um, die abgekämpft und blass neben ihm saß und die Hände rang, während ihr nervöser Blick hierhin und dorthin huschte. Menschen winkten oder murmelten ihr eine Begrüßung zu; einige machten kurz an ihrem Tisch Halt und erkundigten sich nach Dougs Zustand, aber Spencer konnte an Colleens geistesabwesenden Antworten erkennen, wie schwer es ihr fiel, sich zusammenzureißen. »Ist alles in Ordnung mit dir?«, fragte er. »Kann ich dir irgendetwas bringen?«

Colleen schüttelte den Kopf.

Ruth, die an ihrer anderen Seite saß, tätschelte der Wirtin des *Dog and Hare* die Hand. »Wir kriegen das alles schon hin«, versprach sie ihr. »Nicht wahr, Spencer?«

Er wollte gerade etwas erwidern, als die Tür mit einem Windstoß aufging und Dylans Schwester Jasmine eintrat. Sie hatte ihre ganze Familie mitgebracht – Rich, ihren Mann, und die Drillinge Rachel, Rebecca und Reuben, die alle mindestens dreißig Zentimeter gewachsen waren, seit er sie das letzte Mal gesehen hatte. Aber ihr erstaunlicher Wachstumsschub war nicht der Grund, dass es ihm die Sprache verschlug. Es war eine unerwartete Reaktion darauf, Jasmine nach seiner monatelangen Abwesenheit wiederzusehen. Sie war so schön wie immer, mit ihren bonbonrosa Locken, die unter einer Wollmütze in skandinavischem Stil hervorlugten, den geblümten Gummistiefeln und dem langen, pflaumenfarbenen Mantel. Die Kälte des Tages hatte ihre Wangen gerötet, und in ihren haselnussbraunen Augen tanzte die Aufregung. Sie hatte ihren ganz eigenen Stil und ihre eigene Sicht auf die Welt, und sie sah nicht aus wie andere Frauen, aber gerade deshalb hatte er sich in sie verliebt.

Auch heute noch hatte sie alles, in das er sich einst verliebt hatte. Er versuchte, den Gedanken abzuschütteln, während sie sich im Raum umschaute und ihr Blick auf ihn fiel.

»Spencer!«, kreischte sie und kam an seinen Tisch gestürzt.

Er stand auf, um sie zu umarmen, und als er sie an sich zog, brachte ihr Duft Gefühle zurück, die seine Gedanken durcheinanderwirbeln ließen. Wo kam das denn jetzt her? Es geschah plötzlich und war wild und unberechenbar. Er hatte nicht damit gerechnet, so zu reagieren, und er wollte es auch nicht. Er gehörte jetzt zu Tori, wie also konnte er so für Jasmine empfinden?

»Es tut mir so leid, dass wir uns nicht vorher treffen konnten, aber Rich war wegen einer Deadline verhindert, und Reuben hatte die Grippe – die anderen beiden mussten dann unbedingt mit einer Pseudogrippe versuchen gleichzuziehen, und du weißt ja, wie das ist ...«

»Ich weiß.« Spencer lächelte. »Ist schon gut.«

Rich und die Drillinge gesellten sich zu ihnen und Spencer fragte sich, wie viel sein Gesicht verriet, als sie ihn begrüßten. Das hier war ganz und gar nicht gut.

»Schön, dich zu sehen!«, rief Rich.

Spencers Gedanken wanderten zurück zu jener stürmischen Nacht im vergangenen Jahr, als er Rich mitgeteilt hatte, er liebe seine Frau ... Dachte Rich jetzt noch an diese Worte? Oder war das für ihn erledigt? Spencer jedenfalls hatte gedacht, für ihn wäre es das, aber wie es schien, waren manche Menschen, so wie Jasmine Green, einfach zu verführerisch. Spencer und Jasmine hatten sich natürlich, nachdem alles herausgekommen war, noch einmal bei der festlichen Eröffnung der Bäckerei in diesem Frühjahr gesehen. Aber irgendwie war dieser Besuch so flüchtig und so voller Termine und Aufregung wegen seines Heiratsantrags gewesen, dass er es geschafft hatte, alle Gedanken an Jasmine zu verdrängen. Es war schwer zu sagen, was sich jetzt geändert hatte. Vielleicht waren zwanzig Jahre Verliebtheit zu lang, um in ein paar Monaten ganz abzuklingen, ganz gleich, was sonst noch passierte.

Er wandte sich an Reuben und hielt ihm förmlich die Hand hin. »Wie läuft's denn so?«

»Kommen Sie bald zurück an die Schule?«, fragte Reuben.

Jasmine und Rich brachen in Gelächter aus. »Nur immer heraus damit, mein Sohn!«, gluckste Rich. Dann wandte er sich an Spencer. »Sie haben nicht viel übrig für den Austauschlehrer, der für dich hergekommen ist.«

Spencer schaute sich im Raum um, als ob ihm plötzlich etwas sehr Wichtiges eingefallen wäre.

»Ich hatte gedacht, ich würde ihn vielleicht heute sehen«, bemerkte er. »Kommt er gewöhnlich zu den Dorfveranstaltungen?«

»Er wohnt nicht einmal im Dorf«, sagte Rich. »Kommt jeden Tag von Salisbury hierher.«

Spencer nickte. »Das Landleben ist ihm wohl zu ruhig, was?«

»Könnte sein, obwohl ich Salisbury auch nicht unbedingt als blühende Metropole bezeichnen würde.«

»Nein.« Spencer lachte. »Aber zumindest gibt es dort ein paar anständige Geschäfte und mehr als einen Pub.« Er schaute auf die Drillinge hinab. »Ich sollte die Frage wahrscheinlich nicht stellen, aber was stimmt denn nicht mit Mr Bartowski?«

»Er ist schon ganz in Ordnung, er ist nur …« Rebecca suchte nach dem richtigen Wort.

»Seltsam«, beendete Rachel den Satz für sie. Spencer zog die Augenbrauen hoch.

»Er ist nicht so wie Sie«, warf Reuben ein. »Sie sind witzig.«

»Und er nicht?«, hakte Spencer nach. »Ich glaube, das macht ihn besser als mich, denn ich bin mir nicht sicher, ob Lehrer witzig sein sollten.«

»Sie wissen doch, was wir meinen«, wandte Rebecca errötend ein.

»Sie sind einfach netter«, ergänzte Rachel.

»Hast du vor, bald zurückzukommen?«, fragte Jasmine.

»So ist es gedacht, und mein Aufenthalt in Colorado wurde ja bereits einmal verlängert, wie du weißt. Ich habe also keine Ahnung, wie lange ich noch bleiben darf. Aber wir sind uns noch nicht sicher, wo wir nach der Hochzeit leben wollen. Ich könnte die Staatsbürgerschaft beantragen und in den USA bleiben, aber Tori ist bereits EU-Bürgerin, weil ihre Großeltern aus Irland stammen, daher könnten wir einfach hierbleiben, was erheblich einfacher wäre. Das heißt aber nicht, dass es die richtige Entscheidung ist oder dass sie damit glücklich wäre.«

»Es ist auf jeden Fall eine schwierige Entscheidung«, stimmte Rich ihm zu. »Viel Glück dabei, es auszufechten – war schön, dich kennenzulernen, denn wenn sie auch nur die geringste Ähnlichkeit mit Jasmine hat, wird sie die Debatte gewinnen, und du wirst, ehe du dich's versiehst, in Colorado leben.«

»So schlimm wäre das nun auch wieder nicht.« Spencer lächelte. »Aber ich würde Honeybourne vermissen.«

»Und Honeybourne würde dich vermissen«, erwiderte Jasmine. »Sehr sogar.«

Er zuckte die Achseln. »Ich nehme an, ihr habt euch inzwischen alle daran gewöhnt, dass ich weg bin. Schließlich bin ich jetzt schon über das geplante Jahr hinaus in Amerika.«

»So ist das mit der Liebe«, sagte Rich und schaute auf, nur um festzustellen, das Tori jetzt auf sie zukam. Die junge Frau trocknete sich die Hände an einem Geschirrtuch ab. »Wenn man vom Teufel spricht ...«

Jasmine stieß ihm einen Ellbogen in die Rippen, und er grinste.

»Hallo, Tori!« Jasmine zog sie in eine warmherzige Umarmung. »Kümmert sich mein bester Freund gut um dich?«

»Das tut er.« Toris Lächeln war etwas bemüht, als sie sich von ihr löste. »Er macht mich sehr glücklich.«

Spencer warf ihr einen Seitenblick zu. Die beiden Frauen waren sich bisher nur ein einziges Mal begegnet, nämlich bei der feierlichen Eröffnung der Bäckerei, aber Toris Reaktion auf Jasmines Begrüßung war selbst dafür, dass die beiden sich kaum kannten, kühl. Hatte Tori schon im Vorbeigehen etwas zwischen ihm und Jasmine wahrgenommen? Er hatte sein Bestes getan, seine Gefühle zu unterdrücken, aber vielleicht waren seine Bemühungen einfach nicht besonders erfolgreich. Wenn seine Gefühle dermaßen offen zutage lagen, konnte das durchaus Probleme nach sich ziehen.

»Das ist gut«, antwortete Jasmine anerkennend.

»Hallo, Kinder«, sprach Tori weiter und lächelte alle drei schon herzlicher an, obwohl die Drillinge ihr Lächeln nur schüchtern erwiderten.

Rich umarmte Tori ebenfalls, wurde aber sofort von Frank Stevenson abgelenkt, der ihm quer durch den Raum etwas zurief.

»Tut mir leid ...« Er sah Tori mit einem entschuldigenden Achselzucken an, und sie lachte.

»Es muss schwer sein, so gefragt zu sein.«

»Was soll ich sagen?« Rich grinste, als er wegging, um herauszufinden, was Frank wollte.

»Es wird zweifellos etwas mit Cider zu tun haben«, bemerkte Jasmine, die Rich kopfschüttelnd nachsah. »Man könnte meinen, wir würden im Amerika der zwanziger Jahre leben, so eine Geheimniskrämerei machen sie um das Zeug.«

»Wollen Sie mitkommen, Kuchen holen?«, fragte Rachel an Tori gewandt, und Reuben und Rebecca nickten eifrig. Tori warf Spencer einen raschen Blick zu, der ebenfalls aufmunternd nickte, und ließ sich von den Kindern mit zu Dylan nehmen, der mit einem Tablett voller gebackener Köstlichkeiten auf sie wartete.

»Sie ist wirklich reizend«, sagte Jasmine zu Spencer, während sie Tori nachschauten.

»Ja, das ist sie.«

»Bist du glücklich?«

Spencer sah sie von der Seite an. »Natürlich. Warum fragst du?«

»Ich wollte es einfach nur wissen. Du darfst mir doch schließlich immer noch wichtig sein ... Du siehst übrigens gut aus.«

»Du auch.«

»Ach, ich sehe aus wie eine berufstätige Mutter von drei Kindern, du brauchst nicht zu lügen.« Sie lachte. »Aber du siehst toll aus. Das Leben in Amerika bekommt dir gut.«

»Es gefällt mir dort, aber ich weiß nicht, ob ich für immer bleiben will.«

»Das könnte zu einem Problem werden.«

»Ich weiß.«

»Habt ihr schon darüber gesprochen?«

»So halb. Ich glaube, keiner von uns traut sich zu sagen, was er wirklich will.«

»Und was wäre das?«

»Ich möchte nach Hause kommen. Aber das hier ist nicht Toris Zuhause, und ich habe Bedenken, ob Honeybourne ihr genug zu bieten hat.« Spencer zögerte. Sollte er Jasmine all das überhaupt erzählen? Aber irgendetwas in ihm ließ ihn weiterreden. Jasmine hatte etwas an sich, das die Menschen dazu einlud, sich ihr anzuvertrauen, ob es nun richtig war oder nicht. »Am Anfang würde sie sich wahrscheinlich wohlfühlen, aber das hält vielleicht nicht an.«

»Liebt ihr euch?«

»Ja, natürlich.«

»Dann werdet ihr es hinbekommen.«

Spencer lächelte verhalten. »Ich wünschte, ich wäre da auch so zuversichtlich.«

»Bist du dir nicht sicher, ob du sie genug liebst?«, fragte Jasmine.

»Doch, natürlich tue ich das!«

»Was ist es denn dann?«, drang Jasmine weiter in ihn, unbeeindruckt von der plötzlichen Verärgerung in seiner Stimme.

Spencer stieß einen langen Seufzer aus. Er wusste, dass Jasmine nicht neugierig sein wollte, sie war einfach nicht die Art Frau, die über die Entscheidungen anderer urteilte. Wenn sie fragte, geschah es aus echter Anteilnahme, und es gab keinen Grund, ihr die Schuld an seiner Verwirrung zuzuschieben. Er mäßigte seinen Ton. »Es ist einfach eine schwierige Entscheidung, nicht wahr?«

»Aber wenn du sie genug liebst, ist alles andere egal.«

Er schenkte ihr ein kleines Lächeln. »Du hast mich schon immer durchschaut.«

»Du bist wie ein Bruder für mich. Natürlich durchschaue ich dich.«

Wie ein Bruder. Wie sehr hatte es Spencer einst gehasst, diese Worte aus ihrem Mund zu hören, und doch war es alles, was er je von ihr bekommen hatte ... außer an dem Tag, an dem sie auf ihn zugegangen war. Das war nach dem Gewitter gewesen, in dem er fast sein Leben verloren hätte, verletzlich und verwirrt wegen ihrer Gefühle und nicht in einer Verfassung, in der es richtig gewesen wäre, ihr zu sagen, was er für sie empfand, was er immer für sie empfinden würde. Er hätte sie damals küssen können und sie hätte es geschehen lassen, sich vielleicht sogar eingeredet, dass sie ihn liebte. Vielleicht hätte ihn das sogar für eine Weile glücklich gemacht. Aber es wäre eine Lüge gewesen. Er hatte genug Lebenserfahrung, um zu wissen, dass Jasmine Rich liebte und dass sich daran niemals etwas ändern würde, ganz gleich, wer diese Liebe von außen in Frage stellte. Und so hatte er sie abgewiesen und die Entscheidung getroffen, Honeybourne zu verlassen und zu versuchen, Jasmine Green zu vergessen. Das war die richtige Entscheidung gewesen, aber manchmal fragte er sich, was hätte sein können ...

Er bemerkte Ruth, die an einem Tisch in der Nähe saß und eifrig ihrer Unterhaltung folgte. Mist! Warum war diese Frau so verdammt gut darin, Geheimnisse herauszukriegen? Und warum war sie immer in den denkbar ungünstigsten Momenten zur Stelle? Spencer fragte sich, wie lange sie schon gelauscht hatte und wie viel sie dem, was sie gehört hatte, entnahm. Und vor allem: Würde sie Tori etwas davon erzählen?

Er hatte gerade beschlossen, sie beiseitezunehmen, um ihr gegenüber so vorsichtig wie möglich anzudeuten, dass sie das Gehörte für sich behalten müsse, als Frank Stevenson um Ruhe bat und alle im Café verstummten. Ihre Versammlung wurde jetzt eröffnet, und es sah so aus, als müsste alles andere warten.

DREI

Genau dem hatte Darcie mit ihrem Angebot, ein paar Schichten im Pub zu übernehmen, entgehen wollen. Sie blickte zu Dylan hinüber, der eine weiße Schürze über seiner Jeans trug und mit den Inhabern des Zeitungskiosks redete, während er ein Bier zapfte. Gott, ihm schien es so leicht zu fallen, einfach gut auszusehen, und der Klang seines entspannten Gelächters ließ ihr Herz höherschlagen und ihr Gesicht vor Scham brennen. Wie war das nur passiert? Sie hatte angeboten, einige Schichten pro Woche zu übernehmen, nachdem Millie ihr versichert hatte, dass sie in der Bäckerei auch ohne sie zurechtkämen, und bevor sie wusste, wie ihr geschah, ließ sich Dylan für die gleichen Schichten einteilen, nachdem seine Schwester ihm versprochen hatte, dass sie an den Abenden, die er weg war, bei Millie bleiben würde. Darcie hatte zwar Bedenken geäußert, ob sie überhaupt fähig war, hinter dem Tresen zu arbeiten, aber sie hatte es in dem Glauben getan, dass Colleen oder vielleicht auch Jasmine, die schon früher im Pub eingesprungen war, ihr helfen würden. Der letzte Mensch, den sie hier um sich haben wollte (und der perverserweise zugleich der einzige Mensch war, den sie sich dort wünschte), war

Dylan. Dabei hatte doch der ganze Sinn der Sache darin bestanden, von ihm wegzukommen. Jetzt saß sie im Fegefeuer fest.

Als Colleen ihr auf die Schulter tippte, wirbelte sie herum.

»Alles in Ordnung?«

»Oh ... ja ...«, stammelte Darcie. Sie reichte Colleen die Essensbestellung weiter, die sie, wie sie erst jetzt merkte, schon seit fünf Minuten in der Hand hielt. Unterdessen hatte sie Dylan angestarrt und ihr Schicksal verflucht. Zumindest war im Pub heute Abend nicht viel los, denn sie war sich sicher, dass sie anderenfalls keine große Hilfe gewesen wäre. »Zwei Pasteten mit Sauce für den Tisch dort drüben.« Sie zeigte auf zwei ältere, in ein Kartenspiel vertiefte Männer mit Biergläsern vor sich.

»Jim und Saul«, bemerkte Colleen mit einem schwachen Lächeln. »Sie lieben Millies Pasteten. Ich habe den Verdacht, dass es daran liegt, dass sie Millie lieben, aber mir soll es recht sein, wenn es Geld in unsere Kasse bringt.«

»Warum kaufen sie die Pasteten dann nicht direkt bei Millie und essen sie zu Hause?«, fragte Darcie und begriff sofort, dass das die falsche Bemerkung gewesen war.

Colleen zog lediglich die Augenbrauen hoch. »Warum bleiben unsere Stammgäste nicht einfach alle zu Hause? Ich weiß es nicht und will es auch nicht wissen, solang wir durch sie im Geschäft bleiben.«

Darcie runzelte die Stirn, als Colleen den Zettel mit der Essensbestellung nahm und in die Küche ging. Sie kannte Colleen nicht besonders gut, aber sie hatte sie noch nie so bitter erlebt, und es wäre leicht gewesen, sie nicht zu mögen. Wahrscheinlich war es stressig, wenn der eigene Mann mit zwei gebrochenen Beinen über Weihnachten im Krankenhaus lag und Abend für Abend eine ganze Schar von Außenstehenden in den Pub kam und versuchte, einem die Führung der Kneipe aus der Hand zu nehmen, während man für die Gäste weiter lächeln musste. Colleen war auch nicht so makellos zurechtgemacht wie sonst, und das bestätigte nur Darcies Vermutung, dass Colleen immer noch etwas neben sich stand.

Ihre Gedanken wurden erneut von Dylans Lachen unterbrochen. Diesmal unterhielt er sich mit einer schlanken Blondine ungefähr in seinem Alter, die er Amy nannte. Amy ... Darcie meinte sich von irgendwoher an den Namen zu erinnern. Sie hatte ihn schon einmal gehört, konnte aber nicht recht sagen, wo und warum. Nach der Art zu urteilen, wie Amy sich das Haar über die Schultern warf und ihre Brust herausstreckte, schien sie einiges für Dylan übrigzuhaben, und obwohl er die Aufmerksamkeit sichtlich genoss, spürte Darcie, dass er nicht interessiert war. Seine Loyalität Millie gegenüber machte ihn nur umso attraktiver. Wenn er ein fremdgehender Mistkerl gewesen wäre, wie der Ex-Freund, den sie in Millrise zurückgelassen hatte und der es sich nicht hatte nehmen lassen, ihre einzige Freundin zu verführen, wäre es Darcies vielleicht möglich gewesen, ihn zu hassen, statt sich danach zu sehnen, selbst in den Genuss dieser Loyalität zu kommen.

Er schaltete den CD-Player hinter der Theke ein. Sofort dröhnte »Last Christmas« von Wham aus den Lautsprechern, und Amy klatschte begeistert in die Hände.

»Ah, ich liebe diesen Song!«, kreischte sie und machte sich daran, ihn Dylan auf eine Weise ins Ohr zu krähen, die es Darcie erschwerte zu entscheiden, ob sie ihr ins Gesicht schlagen oder sich übergeben wollte. Sie war froh, dass Millie nicht im Pub war, obwohl sie den Verdacht hatte, dass Amy nur aus diesem Grund derart unverschämt mit ihm flirtete.

»Na ja, es ist ja nicht mehr lange hin und ich dachte, es wäre an der Zeit, ein wenig Weihnachtsstimmung aufkommen zu lassen«, verkündete Dylan grinsend.

»Nur noch fünfmal schlafen«, sagte Amy mit einer dummen Kleinmädchenstimme, die offensichtlich sexy sein

sollte, aber klang, als hätten die Teletubbies sie hypnotisiert.
»Was wird in deinem Strumpf sein?«

»Keine Ahnung«, antwortete er. »Ich glaube nicht, dass ich brav genug für Geschenke war. Und bei dir?«

»Meine Beine«, quiekte sie und bekam einen Lachanfall.

Dylan blickte Darcie mit einem wissenden Lächeln an und kam zu ihr herüber.

»Sturzbesoffen«, sagte er leise und nickte in Amys Richtung, die immer noch über ihren eigenen Scherz kicherte. »Sie hat noch nie viel vertragen.«

»Kennst du sie gut?«

Bei dieser Frage errötete Dylan. Darcie hatte ihn noch nie so verlegen erlebt. »Sie wohnt seit ein paar Jahren hier.«

»Ist sie verheiratet? Ich habe sie bisher nicht mit jemandem zusammen gesehen.«

»Ihr Mann ist beruflich viel unterwegs. Ich glaube, im Moment befindet er sich in Düsseldorf oder so ... Irgendein langweiliger Job im Finanzsektor – ich habe vergessen, was.« Er senkte die Stimme. »Wenn er weg ist, fällt ihr immer ein wenig die Decke auf den Kopf. Ich glaube, sie braucht eine Menge ... Wie dem auch sei, er ist im Moment nicht zu Hause, aber ich gehe davon aus, dass er bald zurückkommen wird.«

»Oh.«

»Hast du schon mal versucht, ein Bier zu zapfen?« Es war offensichtlich, dass er nicht weiter darüber reden wollte, und vielleicht war es wirklich das Beste, das Thema fallen zu lassen.

»Noch nicht.«

»Soll ich dir zeigen, wie es geht?«

»Zieht man nicht einfach am Hahn?«

»Wenn du mehr Schaum als Bier haben willst, dann ja, aber dafür wird niemand bezahlen wollen. Es gibt einen kleinen Trick, wie man genau die richtige Krone bekommt. Hier ...« Er nahm ein Bierglas aus dem Regal hinter sich und reichte es ihr.

»Du musst es schräg halten. So«, sagte er und legte seine

Hände über ihre, während sie das Glas unter den Zapfhahn hielt.

Bei der Berührung erstarrte sie und konnte kaum atmen. Dies war ihre wildeste Fantasie und gleichzeitig ihr schlimmster Albtraum. Seine Hände auf ihren fühlten sich heiß an, und er rückte noch näher, um besser zufassen zu können. Es war, als wäre er mit erotischer Anziehungskraft aufgeladen und sie spürte, wie dieser Magnetismus sie jetzt durchströmte. Die Tatsache, dass er die Wirkung, die er auf sie hatte, gar nicht zu bemerken schien, machte ihn nur noch verführerischer.

»Zieh am Hahn«, forderte er sie auf, »ganz sanft. Lass das Bier an der Innenseite des Glases hineinlaufen, indem du es schräg hältst ... Siehst du?«

Sie beobachtete, wie das Glas sich füllte, aber sie konnte an nichts anderes denken als an seinen Geruch und das Gefühl seiner Hände auf ihren.

Als das Bier den Rand des Glases erreichte, trat er von ihr weg. »Du kannst den Zapfhahn jetzt loslassen.« Er sah sie mit einem Grinsen an. »Na bitte – du hast gerade dein erstes perfektes Bier gezapft.«

»Und was soll ich jetzt damit machen?«, fragte Darcie ein wenig benommen von dem Erlebnis, jetzt da es vorüber war.

Er nahm ihr das Glas aus der Hand und führte es an die Lippen. »Es macht keinen Sinn, es zu verschwenden«, verkündete er und zwinkerte ihr zu, während er die Hälfte des Bieres in einem Zug hinunterkippte.

Sie beobachtete, wie er das Glas auf die Theke stellte, als einer der Männer – Jim oder Saul, Darcie hatte keine Ahnung, welcher welcher war – an den Tresen kam, um noch etwas zu trinken zu bestellen. Gott sei Dank hatten sich bei der Versammlung jede Menge Freiwilliger gemeldet, sodass sie nicht allzu oft im Pub würde arbeiten müssen. Vielleicht fand sich das nächste Mal jemand anders, der eine Schicht mit ihr übernahm, aber jetzt musste sie erst einmal diese hier so schnell wie möglich hinter sich bringen.

Spencer drückte die Tür des *Dog and Hare* auf, Toris Hand fest in seiner, während Rich die Nachhut bildete. Jasmine war bei Millie und Oscar in der Bäckerei geblieben, und die Drillinge befanden sich alle auf einer Übernachtungsparty eines Schulfreundes. Rich hatte die ausdrückliche Erlaubnis bekommen, Dylan ein wenig hochzunehmen, während der sich in der Rolle eines echten Barkeepers versuchte. Zumindest hatte Jasmine es so ausgedrückt. Spencer hätte sich lieber noch einen ruhigen Abend mit Tori gemacht, bevor am nächsten Tag seine und ihre Eltern eintreffen würden, hatte sich durch einen Anruf von Rich jedoch überreden lassen. Rich schien wirklich sehr erpicht auf ihre Gesellschaft zu sein, und aus Angst, ihn zu kränken, wagte Spencer nicht, es ihm abzuschlagen. Der Waffenstillstand zwischen den beiden Männern sah von außen sehr belastbar aus, aber Spencer fragte sich, wie viel von seinen Enthüllungen in der Unwetternacht Rich noch im Gedächtnis geblieben war. Immerhin schien er ihm hier einen Olivenzweig zu reichen, und angesichts der Tatsache, dass Spencer in jener Nacht verkündet hatte, er wolle ihm seine Frau stehlen, würde er sein Friedensangebot nicht ausschlagen. Und wenigstens war Jasmine nicht bei ihnen, denn obwohl Spencer genau wusste, dass es wichtig war, war er nicht imstande gewesen, ihr Gesicht aus dem Kopf zu bekommen, nachdem sie die Bäckerei verlassen hatten. Er war sich nicht sicher, ob es auf Dauer leichter oder schwerer werden würde, wenn er sie öfter sah.

Zu dritt stampften sie sich an der Tür den Schnee von den Stiefeln und gingen zur Theke, wo Dylan sie mit einem breiten Grinsen begrüßte. Er sah seltsam deplatziert aus auf der anderen Seite des Tresens, und es war sogar noch merkwürdiger, Darcie einige Schritte entfernt einen Gast bedienen zu sehen. Spencer kam es vor, als sei er in eine Art Paralleluniversum geraten. Aber das zerknitterte Lametta und die Papierketten, mit denen die Bar geschmückt war, und die Craquelé-Kugeln am Baum – von denen einige, da war Spencer sich sicher, älter waren als er selbst, denn er konnte sich an kein einziges Weihnachten erinnern, an dem er nicht denselben Schmuck dort hätte hängen sehen –, riefen ihm ins Gedächtnis, dass er sich ganz eindeutig in seinem eigenen Universum befand, auch wenn es möglicherweise ein bisschen verrückt geworden war. Dies war der Ort, an dem sein Dad ihm zu seinem achtzehnten Geburtstag das erste Bier spendiert hatte, so wie sein Großvater seinem Dad zum Achtzehnten eine Generation zuvor bei einem anderen Wirt. Der Pub war der Ort, an dem Spencer seinen Eltern, Lewis und Jenny, seine Absicht kundgetan hatte, zu studieren, und an dem sie selbst sich mit einer Feier, die alle bisherigen in den Schatten gestellt hatte, vom Dorf verabschiedet hatten, bevor sie nach Barcelona aufgebrochen waren, zu einem neuen Lebens- und Karriereabschnitt. Das *Dog and Hare* war schon fast seit der Gründung des Dorfes ein fester Bestandteil von Honeybourne und hatte schon viele Kriege und Skandale erlebt. Eine Quizmaschine, die in der Ecke piepte, war das einzige Zugeständnis an ein modernes Lokal. Davon abgesehen war der Pub genauso unaufdringlich und traditionell, wie Spencer ihn seit Kindertagen kannte.

»Unglaublich«, sagte Rich, »Dylan arbeitet hier, und trotzdem steht das Gebäude noch. Es ist ein Weihnachtswunder.«

»He!« Dylan lachte. »Ich habe heute Abend die Erlaubnis, Unruhestifter hinauszuwerfen, also sei lieber nett zu mir, denn in keinem anderen Pub wird man dich bedienen.«

»Es gibt keinen anderen Pub in Honeybourne«, sagte Spencer. »Und du solltest besser tun, was er sagt, Rich, oder es wird auf das Spezialgesöff auf dem Parkplatz vor dem Zeitungskiosk hinauslaufen.«

»Ich glaube, da habe ich auch Hausverbot.« Rich grinste.

»Was darf ich dir geben?«, fragte Dylan und sah ganz bewusst Tori an. »Ich frage dich, weil ich das Gefühl habe, ich bekomme aus den beiden kein vernünftiges Wort heraus, bis sie sich genug über mich lustig gemacht haben, und das kann unter Umständen eine halbe Stunde dauern.«

»Oh, ich weiß nicht.« Tori lächelte. »Was trinkt man denn hier so?«

»Entgegen dem äußeren Anschein haben wir Flaschenbier, das sich wahrscheinlich nicht sehr von dem unterscheidet, das man bei dir zu Hause trinkt. Wenn überhaupt, ist es stärker, aber keineswegs schlecht.«

»Ich glaube, ich sollte etwas Englisches trinken«, sagte Tori.

»Wie wär's mit einem Snakebite?«, schlug Rich vor.

»Snakebite Black«, warf Dylan ein.

»Was zum Teufel ist das denn?«, fragte Tori.

»Cider, Lagerbier und schwarzer Johannisbeersirup«, erklärte Spencer ihr. »Noch bevor man sein erstes Glas geleert hat, wird einem garantiert schlecht, du solltest dich also vielleicht lieber an Bier halten.«

»Oh«, rief Tori. »Eine Herausforderung! In diesem Fall her mit dem Snakebite, Jungs!«

»Ich wusste doch, dass es einen Grund hat, warum ich dich mag!«, sagte Rich. »Jasmine wäre stolz auf dich.«

Spencers Blick schweifte durch den Raum, während Dylan Toris Getränk zubereitete und Rich ihn weiter ärgerte. Darcie hatte ihren Austausch verfolgt, aber als sich ihre Blicke jetzt trafen, schaute sie schnell weg. Er gewann den Eindruck, dass sie einen Freund brauchte, und wenn er richtig lag, was ihre Gefühle für Dylan betraf, dann gab es vielleicht keinen geeigneteren Freund als ihn. Wer wusste schließlich mehr über unerwiderte Liebe als er?

Während Dylan und Rich weiter Geplänkel austauschten, ging er an der Theke auf sie zu. »Wie gefällt es dir hier?«

Darcie sah von ihrem Block auf, auf dem sie herumkritzelte. »Entschuldigung ...« Sie errötete. »Wolltest du etwas zu essen bestellen?«

»Nein, danke. Ich habe mich nur gefragt, wie dir deine erste Schicht hinter der Theke gefällt.«

»Oh ... es ist ganz okay.«

»Aber du möchtest das lieber nicht zu deinem Beruf machen?«

»Ich muss mich erst noch in all die verschiedenen Getränke einfinden, die die Leute bestellen.«

»Das wirst du im Handumdrehen heraushaben.«

»Hast du je in einem Pub gearbeitet?«

»Als Student habe ich ein paar Wochen in einer Bar in Bournemouth gejobbt.«

»Dann wirst du ja keine Probleme haben, wenn du an der Reihe bist.«

»Zuerst muss ich mein Gedächtnis etwas auffrischen – es ist lange her.« Spencer lächelte. »Und wie gefällt dir das Leben in Honeybourne? Wahrscheinlich ist es Welten entfernt von dem, was du aus deiner Heimat kennst, oder?«

»Es ist ganz anders, ja. In Millrise kannte man gerade mal seine Nachbarn und die Menschen, mit denen man zusammenarbeitete. Hier weiß jeder im Dorf, wer du bist.«

»Das kann am Anfang ziemlich einschüchternd sein, oder? Sogar ich habe das ein bisschen gespürt, als ich von der Universität zurückkam. Plötzlich konnte ich mich nicht mehr nur um meine eigenen Angelegenheiten kümmern, ob es mir gefiel oder nicht. Aber die Leute hier sind okay, und es gibt viel schlimmere Orte zum Leben.«

»Oh, das weiß ich. Ich meine, sieh dir nur an, wie alle mithelfen, damit der Pub nicht schließen muss. Und Millie hat mir erzählt, wie alle geholfen haben, die Bäckerei wieder in

Schwung zu bringen. Ich kann mir nicht vorstellen, dass das woanders auch so wäre.«

Spencer nickte vage. Er konnte nicht umhin, sich zu fragen, was Millie Darcie sonst noch von ihrer ersten Zeit in Honeybourne erzählt hatte. Jetzt gehörte sie genauso zum Dorf wie alle anderen auch, aber das war nicht immer so gewesen. Vielleicht sollte er das Thema lieber vermeiden, nicht dass er noch in irgendwelche Fettnäpfchen trat.

Rich kam zu ihnen hinübergeschlendert und stellte Spencer ein Glas hin. »Ich habe dir bestellt, was du immer nimmst, da du ja nicht da warst.«

»Hallo, Darcie«, sagte Tori und gesellte sich mit einem abscheulich aussehenden Gebräu in der Hand zu ihnen. Sie nahm einen Schluck und verzog das Gesicht. »Wow!«

»Ziemlich eklig, oder?«, erkundigte Spencer sich. »Geschieht dir recht, wenn du unsere Warnungen nicht beherzigst.«

»Ich glaube, ich könnte mich daran gewöhnen«, versetzte Tori halsstarrig.

»Also, worüber tuschelt ihr zwei hier?«, fragte Rich.

»Ich habe Darcie nur erzählt, dass wir viele gute Leute hier im Dorf haben«, antwortete Spencer. »Natürlich abgesehen von dir. Ich habe ihr geraten, sich von dir fernzuhalten.«

»Stimmt, ich mache immer Ärger«, sagte Rich lachend, »aber die richtige Art von Ärger.«

»Gibt es da eine richtige Art?«, fragte Tori.

»Das siehst du doch.« Rich warf sich in die Brust, und Tori kicherte.

»Was immer er dir erzählt, glaub ihm kein Wort«, rief Dylan von der anderen Seite der Theke, während er ein Bier für einen aus der Jim-Saul-Kombo zapfte. Darcie schaute über die Theke, lächelte aber nicht wie alle anderen. Spencer fand, dass sie richtig verängstigt wirkte.

»Also«, Rich richtete seine Aufmerksamkeit wieder auf Tori und Spencer, »freut ihr euch auf die Ankunft eurer Eltern?«

»Ich bin mir nicht sicher, ob ich es als Vorfreude bezeichnen würde«, antwortete Spencer. »Die Formulierung ›Alle Schotten dicht machen‹ passt da besser.«

»Ich freue mich auf jeden Fall darauf, Lewis und Jenny zu sehen«, sagte Rich. »Wie lange ist es jetzt her, dass sie nach Spanien ausgewandert sind? Sechs Jahre?«

»Sieben.«

»Meine Güte, wie die Zeit vergeht.«

»Stimmt. Aber ich habe mich so daran gewöhnt, dass es seltsam sein wird, sie hier zu haben.«

»Aber du hast sie doch sicher zwischendurch mal getroffen, oder?«, fragte Tori verwirrt.

»Das schon, aber immer nur kurz und mit einer gewissen Erleichterung, wenn es vorbei war.« Spencer lachte. »Sie können ein bisschen ... exzentrisch sein.«

»Ein bisschen?« Rich grinste.

»Sag jetzt lieber nichts Falsches«, mischte Dylan, der jetzt zu ihnen kam, sich ein.

Bei seinem Erscheinen eilte Darcie sofort ins Hinterzimmer. Spencer schaute ihr nach, sagte jedoch nichts, und niemand sonst schien es zu bemerken.

»Ich jedenfalls freue mich schon sehr darauf, sie wiederzusehen. Hier war es ohne sie viel zu normal.«

Spencer lächelte und wünschte, er hätte sich auf die Ankunft seiner Eltern in Honeybourne nach sieben Jahren Abwesenheit genauso freuen können wie alle anderen. Noch weniger freudig sah er der Aussicht entgegen, sie Toris Eltern vorzustellen. Die hatten aus irgendeinem unerfindlichen Grund beschlossen, die Weihnachtstage seien eine gute Zeit, um in ein winziges Dorf zu reisen, von dem sie noch nie gehört hatten, und seine Eltern kennenzulernen. Tori hatte ihnen erklärt, es sei eine schwierige Entscheidung gewesen, aber in

Ermangelung einer anderen Gelegenheit müsse sie an Weihnachten verreisen, damit Spencer sie endlich seinen Eltern vorstellen könne. Außerdem läge ja noch ein ganzes Leben voller Weihnachtsfeste vor ihnen, um es ihnen gegenüber wieder gutzumachen. Aber natürlich wollten Toris Eltern während der Feiertage nicht von ihr getrennt sein. Noch beunruhigender für Spencer war der Gedanke, dass es ihnen wahrscheinlich eher darum ging, alles zu torpedieren, als mit ihrer Tochter zusammen zu sein – die sie im Grunde vor den Kopf gestoßen hatte, indem sie Weihnachten mit ihrem Freund und dessen Eltern zu verbringen gedachte (einem Freund, für den sie absolut nichts übrighatten). Bestimmt waren sie darüber so sauer, dass sie fester denn je entschlossen waren, diese Verbindung ihrer Tochter zu zerstören.

Obwohl er nun schon über ein Jahr in Boulder gelebt hatte, war Spencer ihren Eltern nur ein einziges Mal begegnet. Sie hatten sich ihm gegenüber kalt und abweisend gezeigt, und das hatte zum ersten richtigen Streit zwischen ihm und Tori geführt. Danach waren sie übereingekommen, dass es wahrscheinlich am besten war, den Kontakt auf ein Minimum zu beschränken, bis sich ihre Eltern an den Gedanken gewöhnt hatten, dass der Mann, den Tori heiraten würde, nicht irgendeine Sportskanone namens Hunter Ford war, wie sie es sich wünschten, sondern ein Engländer, den sie nicht besonders mochten. Spencer bezweifelte, dass Tori ihnen inzwischen überhaupt von ihrer Verlobung erzählt hatte, denn er war sich ziemlich sicher, dass sie in dem Fall bereits mit einer Schrotflinte auf seiner Türschwelle aufgetaucht wären. Vielleicht hätte er vor seinem Antrag bei ihnen um ihre Hand anhalten sollen, auch wenn ihn der Gedanke zu Tode ängstigte, denn indem er das verabsäumt hatte, war ihre Abneigung gegen ihn möglicherweise ins Unermessliche gestiegen. Er hatte Tori nach der Reaktion ihrer Eltern auf die Bekanntgabe der Verlobung gefragt, und sie hatte lediglich gesagt, es sei alles in Ordnung.

Die ganze Sache lag ihm mittlerweile derart im Magen, dass er nicht mehr nachzufragen wagte und sich mit Toris vagen Antworten zu dem Thema begnügte. Als er erwähnt hatte, dass seine Eltern von Spanien nach England fliegen würden, um die Weihnachtszeit in Honeybourne zu verbringen und dass er nach Hause fliegen wolle, um sie zu sehen, hatte er erwartet, sie würde ihm sagen, sie werde Weihnachten mit ihren Eltern verbringen. Stattdessen hatte sich die Sache dahingehend entwickelt, dass sie Weihnachten mit ihm und seinen Eltern in England verbringen wollte. Daraufhin hatte sich schnell abgezeichnet, dass Toris Eltern diese Idee so ungeheuerlich fanden, dass sie beschlossen hatten, zu Weihnachten ebenfalls nach Honeybourne zu kommen, um auf die eine oder andere Weise mit ihrer Tochter zusammen zu sein. Wann immer Spencer darüber nachdachte, wurde ihm ganz anders, aber er versuchte, das Ganze zu verdrängen, in der Hoffnung, dass das alles ein böser Traum war, der sich in Luft auflösen würde. Jetzt, angesichts der unmittelbar bevorstehenden Ankunft beider Elternpaare, war es unmöglich zu leugnen, dass es definitiv passieren würde. Gott allein wusste, was sie voneinander halten würden oder vielmehr, was Mr und Mrs Dempsey von Honeybourne halten würden.

Er nahm einen Schluck von seinem Bier und dachte mit Sehnsucht an die Zeit, als er noch jung und ledig gewesen war und das größte der Probleme seines Lebens darin bestanden hatte, an ein neues Set Top-Trump-Karten heranzukommen. Natürlich war er damals noch sehr jung gewesen, aber das war so ziemlich das letzte Mal, dass sich das Leben in seiner Erinnerung von seiner unkomplizierten Seite gezeigt hatte.

»Meine Eltern wohnen hier im Pub«, sagte Tori und riss Spencer damit aus seinen Grübeleien. »Ich habe es mit Colleen besprochen, und sie ist immer noch einverstanden mit dieser Lösung, da sie jetzt Hilfe hat. Und Spencers Eltern werden mit uns bei Spencer wohnen.«

»Das klingt vernünftig, zumal das Haus früher ihnen gehört hat«, bemerkte Rich.

»Ach wirklich?« Tori sah Spencer an und er nickte.

»Ich habe es ihnen abgekauft, als sie weggezogen sind.«

»Ich wusste gar nicht, dass dir das Haus gehört«, antwortete Tori. »Das wird Daddy glücklich machen.«

»Noch nicht ganz«, sagte Spencer rasch. »Auf dem Haus liegt zwar nur noch eine winzige Hypothek, aber es ist trotzdem eine Hypothek.«

»Oh. Nun, wir brauchen ihm ja nichts davon zu erzählen«, versetzte sie fröhlich, nahm einen weiteren Schluck von ihrem Drink und schaffte es diesmal sogar, nicht das Gesicht zu verziehen.

Spencer warf Dylan, der nur grinste, einen hilflosen Blick zu. Er hatte noch nie zu impulsiven Handlungen geneigt, aber irgendwohin durchzubrennen erschien ihm in diesem Augenblick äußerst verlockend.

Ein Snakebite hatte schnell zum nächsten geführt – und zum übernächsten. Tori war sich keinesfalls sicher, ob das Getränk ihr schmeckte, auch wenn sie jedes neue Glas, das ihr hingestellt wurde, austrank. Aber sie mochte die freundliche Atmosphäre im *Dog and Hare*. Jeder, der hereinkam, wurde herzlich begrüßt, und alle schienen sich zu kennen.

Dylan reichte Tori ein drittes (oder möglicherweise viertes) Glas über den Tresen, während Spencer von Ruth Evans zu einem Verhör über irgendetwas weggezogen wurde. »Geht aufs Haus«, sagte er mit einem Lächeln.

»Das ist aber nett.« Tori lachte. »Womit habe ich das verdient?«

»Zunächst einmal hältst du es mit Spencer aus«, antwortete Dylan. »Das muss doch ein oder zwei Freigetränke wert sein.«

»Du schaffst es noch, dass ich mich frage, ob ich einen

Fehler gemacht habe.« Tori nahm einen Schluck. »Gibt es irgendetwas über meinen Verlobten, das ich wissen sollte? Hat er ein dunkles und schreckliches Geheimnis?«

»Weit gefehlt«, sagte Dylan. Er schaute lächelnd in Spencers Richtung. »Weißt du, er ist ein guter Kerl, einer von den besten. Und das kann ich nicht von vielen behaupten.«

»Er hat erzählt, dass ihr euch mal sehr nahegestanden habt.«

»Das haben wir. Irgendwie tun wir es immer noch. Aber ich nehme an, mit der Entfernung ändert sich einiges. Ich war traurig, als er nach Amerika ging, aber alle haben verstanden, dass er es tun musste.«

Tori schwieg nachdenklich und nahm noch einen Schluck von ihrem Getränk. Etwas, das er tun musste ... Das hörte sich nicht so an, als hätte Spencer Honeybourne nur für einen Tapetenwechsel verlassen, aber er hatte ihr nie eine andere Erklärung dafür geliefert. Hatte er etwas zu verbergen? Sie schaute zu ihm hinüber und sah, wie er Ruth ein nachsichtiges Lächeln schenkte, sodass sich in seinen Wangen die Grübchen bildeten, die sie so lieb gewonnen hatte. Sie konnte nicht glauben, dass er irgendetwas vor ihr verheimlichte.

»Er ist mit dir aufgewachsen? Und mit deiner Schwester? Wie ich gehört habe, wart ihr alle drei gut befreundet.«

»Ja ...«, antwortete Dylan, und Tori bemerkte plötzlich eine Veränderung in seinem Tonfall. Verbarg jetzt Dylan etwas vor ihr, oder ließ der Alkohol ihre Fantasie blühen?

»War er denn glücklich hier?«, hakte Tori nach. »Bevor er in die USA ging?«

»Oh ja ...« Dylan wischte mit einem Lappen etwas verschüttetes Bier vom Tresen. »Ich glaube, er hatte es manchmal satt, single zu sein. Und er hatte seinen Anteil an Problemen, wie jeder andere auch, aber er war glücklich. Das Dorf ist ein großartiger Ort zum Leben ... Vielleicht findest du es ja selbst irgendwann heraus, nicht?«

»Vielleicht.« Tori lächelte.

»Also, was hältst du bisher vom Dorfleben, nachdem du ein wenig Zeit hattest, dich einzugewöhnen?« Dylans Tonfall war wieder normal, als hätte es den seltsamen Moment zwischen ihnen nie gegeben.

»Es ist wunderschön. Beschaulich. Genau so, wie man sich ein englisches Dorf vorstellt.«

»Ah, das sagst du jetzt, aber warte nur, bis all die Skandale ans Licht kommen ...«

»Ich wette, du kennst jeden einzelnen davon.«

»Ich kenne einige, aber Ruth ... Eine halbe Stunde mit Ruth, und du weißt alles. Das heißt, wenn du die zusätzlichen Informationen über ihre Blasenprobleme erträgst.«

»Ich dachte, sie hätte ein Reizdarmsyndrom.« Tori lachte. »Zumindest hat Spencer das gesagt.«

»Ich glaube, sie hat alles. Wenigstens erzählt sie das gern. Sie kann sich absolut nicht merken, was du ihr vor zehn Minuten mitgeteilt hast oder was sie dir schon eine Million Mal über ihre Krankheiten berichtet hat, aber frag sie nach Frank Stevensons Affäre im Jahre 1987, und sie spult sämtliche Einzelheiten ab.«

Tori kicherte. »Frank hatte eine Affäre? Er sieht so unschuldig aus!«

»Lass dich von niemandem hier täuschen. Wir mögen wie ein Haufen Landeier wirken, aber es gibt hier jede Menge dunkle Geheimnisse.« Er schaute auf und sah Ruth an der Theke entlangschlendern. »Wenn man vom Teufel spricht ...«, flüsterte er, und Tori brach erneut in Gekicher aus.

»Oh, Dylan«, trällerte Ruth und reichte ihm ein leeres Schnapsglas. »Zum Glück arbeitest du nicht jeden Abend hier, sonst würde ich noch zur Alkoholikerin.«

»Das ist sie schon ...« Dylan formte die Worte hinter vorgehaltener Hand und an Tori gerichtet, und neben der vagen Befürchtung, Ruth könnte es mitbekommen haben, verspürte

Tori erneut den Drang, loszulachen. Jetzt, da sie die volle Wirkung seines Charmes zu spüren bekam, konnte Tori verstehen, warum alle im Dorf Dylan so sehr zu lieben schienen.

»Ich muss mal für kleine Jungs.« Spencer kam zu Tori und drückte ihr einen Kuss auf die Wange.

»Ich auch«, rief Rich.

»Zusammen?«, fragte Dylan.

»Wenn man muss, dann muss man«, antwortete Rich unbekümmert, während er Spencer zu den Toiletten folgte.

Inzwischen war Terry vom Zeitungskiosk an die Theke getreten und hatte Dylans Aufmerksamkeit auf sich gezogen. »Was kann ich für dich tun?«, fragte er sie.

»Es ist schön zu sehen, dass sie sich nach allem, was passiert ist, so gut verstehen«, sagte Ruth und schaute in die Richtung, in die Spencer und Rich gerade verschwunden waren.

»Wen meinen Sie?«, fragte Tori.

»Spencer und Rich Green.«

»Sie haben sich früher nicht vertragen? Was ist denn passiert?«

»Oh, und dieser Dylan Smith ...«, fuhr Ruth fort, während sie mit lüsternem Blick zusah, wie er ein Guinness zapfte. »Was würde ich nicht alles für einen Kuss und eine Knuddeleinheit in einer dunklen Ecke mit diesem Mann geben.«

»Was ist zwischen Spencer und Rich vorgefallen?«, fragte Tori noch einmal.

»Er hat sich verändert, seit er Millie kennengelernt hat«, fuhr Ruth fort. »Es gab mal eine Zeit, da war er ein sehr unartiger Junge.«

»Dylan?«, fragte Tori.

»Oh ja, aber das hat sich mit Millies Auftauchen total geändert. Eine Weile habe ich mich gefragt, ob dein Spencer nicht ein bisschen in Millie verliebt war.«

»Spencer stand auf Millie?« Tori wurde langsam schwindelig von dem Gespräch.

»Wie bitte?«, fragte Ruth und drehte sich zu Tori um, als hätte sie ganz vergessen, dass sie da war. »Oh nein, Spencer war in jemand anders verliebt ... Ich habe vergessen, in wen ...«

»Könnte es Ihnen wieder einfallen, wenn Sie eine Minute darüber nachdenken?«, fragte Tori. Sie vermutete, dass sie die Antwort bereits kannte, obwohl sie nicht wirklich hätte sagen können, was es war, das sie auf der Versammlung zur Rettung des Pubs zwischen Spencer und Jasmine beobachtet hatte und das bei ihr die Alarmglocken zum ersten Mal hatte schrillen lassen. Es war eher eine vage Intuition angesichts der Art, wie er reagierte, wenn sie in der Nähe war. Sie wünschte sich jedoch verzweifelt, dass sie sich irrte, und vielleicht lieferte Ruth ihr ja die gewünschte Antwort.

»Er ist ein reizender Junge. Sie können sich wirklich glücklich schätzen.«

»Ich weiß«, sagte Tori, von Minute zu Minute frustrierter über den Verlauf des Gesprächs. Sie sah sich mit mehr Fragen als Antworten konfrontiert. Es war kein Scherz gewesen, als Dylan gesagt hatte, Ruths Gedächtnis sei miserabel. »Hatte er in seiner Jugend viele Freundinnen?«

»Ich kann mich nicht erinnern ... Nein, ich erinnere mich an keine einzige.«

»Aber er muss doch wenigstens eine einzige Freundin gehabt haben? Sie haben gerade gesagt, er sei in jemanden verknallt gewesen.«

»Warum fragen Sie ihn das nicht selbst«, schlug Ruth vor und deutete in Richtung der Herrentoiletten, wo Spencer und Rich gerade lachend wieder auftauchten.

»Es ist wirklich schön zu sehen, dass die beiden sich so gut verstehen«, fügte sie hinzu, und es sah nicht so aus, als würde Tori noch mehr aus ihr herausbekommen.

Es war schon nach Mitternacht, als Dylan und Darcie durch die Eingangstür der Alten Bäckerei traten. Millie war in einem der Sessel im Wohnbereich des Hinterzimmers eingeschlafen, während Jasmine Oscar leise etwas vorsang. Das Baby schien in ihren Armen zufriedener zu sein, als Darcie es je bei irgendjemandem gesehen hatte. Ein wenig beschwipst von all den Drinks, die ihm verschiedene Gäste ausgegeben hatten, war Dylan auf dem Heimweg eine lebhafte Begleitung gewesen, und er hatte Darcie wegen allem Möglichen ein wenig aufgezogen, angefangen von ihrer ernsthaften Art bis hin zu der Frage, wann sie sich einen Mann schnappen und selbst Kinder bekommen würde. Das musste sie wirklich nicht haben, und sie war erleichtert, als sie die Bäckerei erreichten. Endlich konnte sie sich in ihr Zimmer einschließen und versuchen so zu tun, als existiere Dylan Smith und sein charmantes dummes Gesicht nicht.

»Hallo«, sagte Jasmine, als sie den Raum durchquerten. »Wie ist es gelaufen? Hat es Spaß gemacht, Wirt und Wirtin zu spielen?« Sie wedelte mit einer Hand vor ihrem Gesicht, als ihr Bruder sich vorbeugte, um Oscar zu betrachten. »Oh, dein Atem verrät mir, dass du den Abend in vollen Zügen genossen hast, Dylan. Manches ändert sich, zum Beispiel bist du Vater geworden, aber anderes, wie zum Beispiel dass du niemals Nein zu einem Bier sagst, ändert sich nie.«

»Es wäre unhöflich gewesen, nichts zu trinken, wo mir doch alle gesagt haben, ich solle mir auch einen Drink genehmigen.« Er grinste.

Millie bewegte sich in ihrem Sessel, und er wankte zu ihr, um sie zu küssen.

»Uh!«, rief sie, stieß ihn von sich und rieb sich die Augen. »Du riechst, als hättest du mehr getrunken als ausgeschenkt!«

»Spricht man so mit der Liebe seines Lebens?«

»Du hast mich gerade mit einem nach Bier schmeckenden Kuss geweckt! Da darf ich ja wohl ein wenig mürrisch sein.«

»Komm mit nach oben, und du kriegst was Besseres als einen Bierkuss ...«

»Oh Gott!«, kreischte Jasmine. »Schwester im Raum!«

Dylan warf den Kopf in den Nacken und lachte. »Na, dann ab mit dir, Schwesterherz! Geh zu Rich, dann bist du auch nicht mehr im selben Raum mit uns.«

Jasmine runzelte die Stirn und schaute zur Tür. »Wo ist Rich denn?«

»Ähm ...« Dylan sah Darcie an. »Wo ist Rich? Wir sind doch mit ihm zusammen losgegangen, oder?«

In diesem Moment klopfte es an der Tür. Darcie lief hin, um zu öffnen, und Rich kam über die Schwelle gestolpert. »Bist du hier, Liebling?«, rief er, während er Darcie ins Wohnzimmer folgte.

Jasmine verdrehte die Augen. »Herzlichen Dank, Dylan, er ist ja noch betrunkener als du. Ich dachte, der Barkeeper soll die Gäste davor bewahren, sich zu sehr zu betrinken.«

»Er ist nicht zu betrunken«, verteidigte Dylan sich, »er ist genau richtig betrunken.«

»Damit hat er recht, meine kleine Hippiebraut«, verkündete Rich und ließ sich ohne Umstände in einen Sessel fallen.

»Anscheinend muss ich eher dich nach Hause bringen als andersherum«, sagte Jasmine stirnrunzelnd.

»Ihr könntet doch hierbleiben«, schlug Dylan vor.

»Und wo sollen sie schlafen?«, fragte Millie.

»Oh ...« Dylan zuckte die Achseln.

»Ich mache euch einen Kaffee, bevor ihr geht«, erbot sich Millie. Sie erhob sich aus dem Sessel und ging in Richtung Küche.

»Ich helfe dir!«, rief Dylan ihr nach und schloss sich ihr wankend an. Es folgte das Klirren einer Metallkanne, die über die Fliesen in der Küche kullerte, dann zischte Millie einen Fluch und Dylan lachte. Jasmine schaute rasch zu Oscar, aber der Lärm schien ihm nicht das Geringste auszumachen.

Darcie setzte sich neben Jasmine. »War Oscar brav?«, erkundigte sie sich.

»Der reinste Engel«, sagte Jasmine und sah voller Zärtlichkeit auf den kleinen Jungen hinab, dem gerade wieder die Augen zufielen.

»Du hattest schon immer ein Händchen für Babys«, sagte Rich. »Du bist die reinste Babyflüsterin.«

»Ich bin etwas aus der Übung«, erwiderte sie mit einem Lächeln. »Es war schön, mal wieder richtig zu kuscheln. Ich weiß, wie schwer es am Anfang ist, anderen sein Baby anzuvertrauen – mir ging es ganz genauso, als unsere Kinder geboren wurden –, aber ich glaube, Millie gewöhnt sich langsam an die Idee, bei Oscar Hilfe anzunehmen. Sie hat fast den ganzen Abend geschlafen, also hatte sie es wohl wirklich nötig.«

»Ich wette, sie fühlt sich jetzt großartig«, pflichtete Darcie ihr bei. »Seit ich hier bin, war sie jeden Tag vollkommen erschöpft, schon vor seiner Geburt.«

»Die letzten Schwangerschaftsmonate sind die Hölle«, stimmte Jasmine ihr zu. »Und weil Oscar zu früh kam, gesellten sich noch die Sorgen um ihn hinzu.«

»Glaubst du, dass er deshalb so viel weint?«, fragte Darcie.

»Vielleicht hat sich der Stress von der Mutter auf ihn übertragen«, überlegte Jasmine. »Babys kriegen so etwas instinktiv mit.«

»Wahrscheinlich weint er, weil ihm klar geworden ist, dass er Dylan zum Dad hat«, lallte Rich mit geschlossenen Augen aus seinem Sessel.

»Wenn diese Regel zuträfe, dann hätten unsere Kinder selbstmordgefährdet sein müssen«, schoss Jasmine zurück. Rich öffnete die Augen nicht und antwortete auch nicht, sondern grinste lediglich vor sich hin. Sie sah Darcie an. »Vielleicht sollte ich vorschlagen, Oscar heute Nacht mit zu uns zu nehmen? Dann hättet ihr alle drei mal eine Pause vom Wecken um vier.«

»Wir müssen sowieso aufstehen, um die Backöfen anzustellen«, sagte Darcie.

»Ja, aber zumindest braucht ihr euch dann nicht noch um ein Baby zu kümmern. Das wäre doch was. Außerdem hätte ich ihn schrecklich gern bei mir, und meine Bande übernachtet bei Freunden, das heißt, das Haus ist heute Nacht leer.«

»Meinst du nicht, es ist schon etwas spät, um mit ihm rauszugehen?«

»Wenn ich ihn ordentlich einpacke, sollte das kein Problem sein.«

Die Vorstellung, ausnahmsweise morgens aufzuwachen, ohne dass ein schreiendes Baby das Radio in der Küche übertönte, während sie dort arbeitete, war verlockend. Darcie glaubte keine Sekunde, dass Millie Jasmines Angebot annehmen würde, aber sie hoffte es. »Soll ich sie fragen gehen?«

Aus der Küche kam ein lautes Kichern, gefolgt von einem zweiten Klirren, einem weiteren Kichern und dann nichts weiter. Jasmine sah Darcie mit hochgezogenen Augenbrauen an. »Vielleicht nicht unbedingt jetzt, was?«

Darcie spielte nervös mit ihren Fingern und wünschte, sie könnte aufhören die Ohren zu spitzen. Es war offensichtlich, dass durch Millies unlängst aufgeholten Schlaf und Dylans berauschten Zustand Triebe geweckt worden waren, die seit einer ganzen Weile für die beiden nicht mehr im Vordergrund gestanden hatten. Sie taten in der Küche so einiges, aber Kaffeekochen gehörte wahrscheinlich nicht dazu.

Ein paar Minuten später erschien Millie mit zwei Bechern, und Dylan folgte mit dem Rest. Beide grinsten breit, und Millie hatte rosige Wangen, während Dylan einfach nur äußerst zufrieden mit sich wirkte.

»Wir haben überlegt, ob ich nicht Oscar heute Nacht mit zu uns nehmen soll«, sagte Jasmine, als Millie einen Kaffeebecher auf den kleinen Tisch neben sie stellte. »Ich dachte, es würde euch vielleicht guttun, mal eine Nacht freizuhaben, und ich habe ein leeres Haus, also würde es keine Umstände machen.«

»Oh, das ist sehr nett von dir«, begann Millie, »aber ich weiß nicht ...«

»Ich finde, das ist eine großartige Idee«, unterbrach Dylan sie. Millie funkelte ihn an, aber er schenkte ihr nur ein schmachtendes Lächeln.

»Komm schon, Mill. Wir haben seit Ewigkeiten keine Nacht mehr durchgeschlafen, und du bist doch sicher genauso kaputt wie ich. Ich wette, auch Darcie würde gern mal eine Nacht herrlich ungestört schlafen. Habe ich recht, Darcie?«

»Ähm ...« Darcie schaute von Dylan zu Millie und wieder zurück. Was sie wollte, wusste sie genau, aber sie hatte Zweifel, ob ihre Meinung hier wirklich gefragt war.

»Ich habe selbst drei Kinder«, sagte Jasmine behutsam, »darum bin ich mir sicher, dass ich eine Nacht lang mit dem kleinen Oscar klarkommen werde. Du brauchst ein wenig Ruhe, auch wenn du es abstreitest. Als ich heute Abend kam, um ihn dir abzunehmen, bist du praktisch sofort eingeschlafen, also weiß ich, dass es eine Lüge ist, wenn du behauptest, es gehe dir gut.«

»Ich habe jetzt genug Schlaf bekommen, sodass ich wahrscheinlich ohnehin die halbe Nacht wach liegen werde.«

»Bist du übergeschnappt?« Dylan fasste Millie an den Schultern. »Lass sie ihn mitnehmen! Um Himmels willen, bitte lass sie ihn für eine Nacht mitnehmen! Ich bin fix und fertig und würde alles für eine einzige Nacht, in der ich nicht von einem sehr zornigen, kleinen Menschen vollgekotzt werde, tun.«

»Er ist unser Baby!«

»Ja, und ich liebe ihn mehr als mein Leben, aber ich brauche etwas Schlaf! Du brauchst etwas Schlaf ... Darcie braucht etwas Schlaf ... Jasmine nicht so sehr.«

Jasmine kicherte. »Ich glaube, du bist überstimmt, Millie.

Du musst akzeptieren, dass du nicht alles allein schaffen kannst, und ich will dir helfen. Ich bin immerhin seine Tante.«

Millie sah Rich an, der leise in seinem Sessel schnarchte. »Was ist mit ihm?«

»Wir könnten ihn in diesem Sessel sitzen lassen, und er würde vor Heiligabend nicht aufwachen«, sagte Jasmine trocken. »Aber er wird schon wieder nüchtern werden, wenn wir ihm etwas Kaffee einflößen, und dann schaffe ich ihn hier raus.«

Millie knabberte an einem Fingernagel und sah Oscar an, der jetzt friedlich in Jasmines Armen schlief. »Na schön.« Sie seufzte. »Ich werde ein Nervenbündel sein, aber lass es uns für eine Nacht versuchen.«

Darcie räusperte sich.

»Was ist?«, fragte Millie.

Darcie zögerte. »Ich habe überlegt, ob es Jasmine helfen würde, wenn ich mit zu ihnen gehe, um mich um Oscar zu kümmern. Ich meine, ich weiß ein wenig darüber Bescheid, was er gernhat und was nicht – natürlich nicht mehr als du, Millie –, aber ich habe gesehen, was hilft, ihn zu beruhigen, und ich wäre dort vielleicht nützlicher als hier. Dann hättet ihr das Haus mal für euch allein.«

»Der Grund, warum ich dazu Nein sage, ist, dass du genauso erledigt bist wie wir«, schaltete Dylan sich ein. »Und ich finde, du solltest ebenfalls in den Genuss von ein paar Stunden ungestörtem Schlaf kommen. Wegen der Arbeit müssen wir ohnehin früh aufstehen, und wenn du wirklich helfen willst, dann wäre deine Unterstützung morgen Früh hier wahrscheinlich gefragter. Jasmine schafft das schon, nicht wahr, Jas?«

Seine Schwester nickte. »Auf jeden Fall. Es ist wirklich lieb von dir, aber ich kriege das schon hin. Es wird mir sogar Spaß machen.«

Darcie schenkte ihr ein kleines Lächeln. »Wenn du dir sicher bist.«

»Absolut sicher«, sagte Jasmine. »Sobald also jemand eine Tasche für den kleinen Burschen gepackt hat, verschwinde ich und lasse euch alle ein wenig schlafen.«

Der Wecker schrillte trotzdem zu früh, auch wenn sie eine Nacht ungestörten Schlafes hinter sich hatten. Darcie öffnete ein Auge. Draußen war es dunkel und still, und es fühlte sich so an, als sei es mitten in der Nacht. Für die meisten Menschen war es ja auch mitten in der Nacht. Außerdem war es kalt in ihrem Zimmer. Sie drückte auf die Schlummertaste und kuschelte sich in ihr Kissen. Während sie wieder eindöste, hörte sie, wie Millie und Dylan aufstanden – im Badezimmer wurde der Wasserhahn aufgedreht, und im Flur erklangen leichte Schritte und Getuschel. Es brachte sie immer noch nicht dazu, die Augen zu öffnen. *Nur noch zehn Minuten ...*

Darcie drehte sich um und schaute auf die Uhr.

»Scheiße!«, rief sie und setzte sich ruckartig auf. Wie war das bloß passiert? Aus zehn Minuten Dösen war eine Stunde geworden. Millie und Dylan waren sicherlich schon am Rotieren und hinkten ihrem Zeitplan wahrscheinlich jetzt schon hinterher, weil sie nicht da gewesen war, um ihnen zu helfen. Sie wollte sich gar nicht ausmalen, was für ein Stress gerade in der Küche herrschte.

Sie schwang sich aus dem Bett, schlüpfte in ihre Hausschuhe und lief ins Bad. In wenigen Minuten hatte sie sich die Zähne geputzt, irgendeine Jeans übergestreift und sich einen Kamm durch die Haare gezogen, dann war sie auch schon auf dem Weg in die Küche.

Das Radio lief. Das Radio lief *wirklich* laut. Darcie runzelte die Stirn, als sie Gekicher hörte. In der Tür blieb sie stehen. Dylan wirbelte Millie zu den Klängen irgendeines alten Songs aus den Sechzigern herum, während die Arbeitsflächen voller Mehl, Butterklecksen und allerlei Obst waren. In der Küche herrschte oft Chaos, wenn sie arbeiteten, aber das hier war ein regelrechtes Gemetzel. Millie hatte Mehl über ihrem ganzen Rücken und im Haar, außerdem weiße Handabdrücke auf ihren Brüsten, während Dylans Gesicht von Marmeladenflecken verunziert war. Der Geruch aus den Öfen verriet Darcie, dass sie etwas gebacken hatten, aber in diesem Moment backten sie definitiv nichts und sie wirkten wegen ihres verspäteten Auftauchens auch nicht gestresst. Aber wie es aussah, hatten die beiden gerade anderweitig die Hitze hochgedreht. Sie hatten ihre Hilfe überhaupt nicht vermisst, weil sie selbst nicht ernsthaft arbeiteten.

»Das macht einen sehr hygienischen Eindruck«, bemerkte Darcie kühl. Aber dann brannte ihr Gesicht, als ihr klar wurde, wie sich das anhörte, und sie bereute ihre Worte sofort.

Die beiden wirbelten zu ihr herum.

»Guten Morgen!« Millie strahlte und schien Darcies Sarkasmus überhaupt nicht bemerkt zu haben. »Hast du gut geschlafen?«

»Ja«, sagte Darcie rasch. »Tut mir leid, dass ich so spät aufgestanden bin – ich werde sofort loslegen.«

»Keine Sorge«, beruhigte Dylan sie. »Setz dich doch erst einmal. Wir haben hier alles unter Kontrolle und dachten uns, wir lassen dich heute mal ausschlafen. Tatsächlich bin ich gerade dabei, Pfannkuchen für dich zu machen.«

»Pfannkuchen? Aber ...«

»Keine Widerrede. Pflanz auf der Stelle deinen Allerwertesten auf einen Stuhl!«

Darcie hob zu einer Antwort an, aber dann seufzte sie nur und tat wie geheißen. Sie zog einen Hocker unter einer der Arbeitsflächen hervor und setzte sich. Verdammt, warum musste er so nett sein? Das hier war die reinste Folter, und jedes Mal, wenn sie einen Grund suchte, sich nicht zu ihm hingezogen zu fühlen, fiel ihm nichts Besseres ein, als das zu untergraben. Und dann war sie gezwungen, seine Liebe für Millie zu sehen, die ebenfalls reizend war und die die ehebrecherischen Gedanken ihrer Cousine nicht verdient hatte. Darcie glaubte schon, dass sie, wenn Dylan jemals wieder in seine alten Gewohnheiten verfiel – über die Ruth Evans sie kurz nach Oscars Geburt an einem stillen Mittwochnachmittag im Café nur zu gern ins Bild gesetzt hatte – die Entschlossenheit aufbringen würde, ihn zurückzuweisen, und sei es auch nur, weil sie Millie so gernhatte. Aber sie konnte sich dessen nicht sicher sein, und es war etwas, das sie innerlich zerriss. Denn so eine Art von Frau war sie nicht und wollte sie auch nicht sein. Für sie war Moral immer so einfach gewesen: Es gab richtig und falsch, und es stand außer Frage, die Grenze jemals zu überschreiten. Aber mittlerweile war alles so kompliziert geworden, dass sie gar nicht mehr wusste, wer sie war oder woran sie glaubte. Wenn so Liebe aussah, wollte sie sie nicht.

Dylan zog Millie an sich, drückte ihr einen Kuss auf die Lippen und tätschelte ihr den Po, als sie eine Pirouette drehte, um nach den Öfen zu sehen. »Also schön«, sagte er und klatschte in die Hände. »Pfannkuchen à la Smith ...« Während er laut die Musik aus dem Radio mitpfiff, holte er eine alte Steinzeugschüssel aus einem Unterschrank und begann etwas Mehl abzumessen und dann die Eier, die Milch und das Wasser hinzuzufügen, bevor er alles kräftig verquirlte. Währenddessen schaute er immer wieder lächelnd zu Darcie. Er sah aus wie ein kleiner Junge, der zum ersten Mal eine Arbeit verrichtete, die sonst den Erwachsenen zufiel, und der um die Anerkennung seiner Mummy bettelte. Das Ganze war so lächerlich entzückend, dass Darcie nicht wusste, ob sie sich in seine Arme werfen oder weinend weglaufen wollte. Es tat einfach zu weh, und sie war sich nicht sicher, wie lange sie das noch aushalten würde.

»Ich brauche ein wenig frische Luft«, verkündete sie und sprang von ihrem Hocker. Dylan schaute von der Schüssel auf und betrachtete dann durch das Küchenfenster den dunklen Himmel.

»Du willst rausgehen?«, fragte er verwirrt.

»Nur für eine Minute.«

»Aber es ist eiskalt da draußen!«

»Ich ziehe mich warm an«, rief Darcie und rannte bereits in Richtung Tür.

Kein einziges Fenster in Honeybourne war beleuchtet, und auf den Straßen war kein Geräusch zu hören. Es war, als läge die ganze Welt in einem Dornröschenschlaf. Darcie blies sich in die Hände, als sie durch die Gasse ging, und wusste selbst nicht, wohin sie wollte oder warum, nur, dass sie wegmusste, um einen klaren Kopf zu bekommen. Das orangefarbene Licht der Straßenlaternen bildete Heiligenscheine in der frostigen Luft, während die Sterne – mehr als sie jemals an dem von Licht verunreinigten Himmel in Millrise gesehen hatte – auf sie herabblinzelten, gewaltige Schneisen glitzernden Staubs. Zumindest war noch niemand auf den Beinen, der ihren Kummer hätte beobachten können, denn sie war sich ziemlich sicher, dass man ihr deutlich ansah, wie sie sich fühlte. Die Leute sagten ihr immer, sie hätte absolut kein Pokerface, aber sie hatte diese Eigenschaft nie als Belastung empfunden ... zumindest bis jetzt nicht.

Sie war kaum zwei Straßen weit gelaufen, als jemand ihren Namen rief, und sie hörte das Tappen von weich besohlten Schuhen auf dem Pflaster hinter ihr. Sie gab einen Laut von sich, der halb einem erstickten Weinen, halb einem zornigen Knurren glich. Natürlich musste Dylan ihr folgen. War es nicht einfach typisch für ihn, sich Sorgen zu machen? Und selbst wenn es nicht auf seinem Mist gewachsen war, dann hatte Millie ihn ihr nachgeschickt.

»Ich weiß, dass es hier in der Gegend nicht viel Kriminalität gibt«, sagte er, als er sie einholte, »aber manchmal finde ich, dass einige der Gartenzwerge ein bisschen unheimlich dreinblicken, darum würde ich es an deiner Stelle vermeiden, hier allein im Dunkeln rumzulaufen.«

»Ich bin sicher, dass das kein Problem ist«, versetzte Darcie in der Hoffnung, dass ihre knappe Antwort als Hinweis genügen würde, sie in Ruhe zu lassen.

»Was ist denn los?«

»Nichts. Ich wollte nur etwas frische Luft schnappen.«

Einen Moment lang ging er schweigend neben ihr her und nur das Geräusch seiner Turnschuhe am vereisten Rand des Gehwegs, wohin man den Schnee des vergangenen Tages geschoben hatte, war zu hören. »Millie macht sich Sorgen, dass du Heimweh haben könntest und dich nicht traust, uns zu sagen, dass du nach Millrise zurückwillst.«

»Das hat sie mir gegenüber auch erwähnt. Ich habe ihr versichert, dass es mir gut geht.«

»Den Eindruck machst du allerdings nicht ... wenn ich das so sagen darf.«

»Darfst du, aber du irrst dich. Ich bin einfach nur ... müde, das ist alles.«

»Du willst also nicht weg aus Honeybourne?«

Gott, sie wollte nicht weg und doch musste sie gehen. Um ihres Verstandes willen und bevor sie etwas Unverzeihliches tat, das sie nie wiedergutmachen konnte, etwas das vielleicht sein Leben zerstörte und ihres gleich mit. Es gab keine Antwort, die sie ihm auf seine Frage hätte geben können, also schwieg sie.

»Es ist schon fast Weihnachten«, sagte er.

»Ich weiß.«

»Also ... willst du über Weihnachten nach Hause fahren?

Es ist noch mehr Schneefall vorhergesagt, aber wenn du willst, dass ich dich hinfahre, kriegt Millie es bestimmt hin –«

»Bitte, ist schon in Ordnung. Ich will nicht, dass du mich nach Hause fährst, und Millie würde es nicht hinkriegen.«

»Okay«, sagte er langsam. »Vielleicht schaust du einfach, wie es in den nächsten Tagen läuft? Über Weihnachten werden wir die Bäckerei für ein paar Tage schließen, und vielleicht fühlst du dich nach einer Pause besser und siehst wieder positiver in die Welt. Sollte es dir, wenn wir wieder öffnen, immer noch so gehen, bringe ich dich nach Hause. Wie hört sich das an? Und du brauchst dir keine Sorgen zu machen, dass du Millie und mich im Stich lässt. Wir sind einfach dankbar dafür, dass du bisher für uns da warst. Niemand würde dir auch nur den geringsten Vorwurf machen.«

»Danke«, murmelte Darcie.

»Und, kommst du wieder rein?«

Sie blieb auf dem Weg stehen und drehte sich zu ihm um. »Hättest du etwas dagegen, wenn ich noch ein bisschen hier draußen bleibe?«

Sein Gesichtsausdruck verriet eine gewisse Frustration. »Es ist halb sechs Uhr morgens! Ich weiß, dass ich gerade sagte, wir haben hier nicht viel Kriminalität, aber ich wäre glücklicher, wenn du nicht im Dunkeln durch die Straßen laufen würdest.«

»Fünf Minuten. Dann komme ich wieder und bin bereit für die Arbeit, versprochen. Ich möchte einfach nur fünf Minuten allein sein.«

»Das kannst du doch auch in der Bäckerei.«

»Nein, kann ich nicht«, fuhr sie ihn an. »Entschuldige«, fügte sie hinzu. »Das war unnötig.«

Er tat die Entschuldigung mit einem Achselzucken ab. »Mach dir nichts draus, wir haben alle unsere Momente, in denen wir nicht ganz wir selbst sind, das weiß ich nur zu gut.«

»Bitte ...«

Er stieß einen Seufzer aus, schaute sich auf der verlassenen

Straße um und war sichtlich hin- und hergerissen. Schließlich gab er nach. »Wenn du in dreißig Minuten nicht zurück bist, schicke ich einen Suchtrupp los, und zwar die furchteinflößendere Hälfte des Bäckereimanagements.«

Darcie schenkte ihm ein schwaches Lächeln. »Eine halbe Stunde.«

Er nickte, dann drehte er sich um und ging wieder in die Richtung, aus der er gekommen war. Darcie sah ihm nach, bis die Dunkelheit ihn verschluckte. Sie atmete die frostige Luft ein und traf eine Entscheidung. Sie würde die Weihnachtstage abwarten und dann nach Millrise zurückkehren.

VIER

Spencer saß zu Hause am Küchentisch, starrte in den düsteren Himmel und wartete auf die Morgendämmerung. Sein Drama kam kleiner, stiller daher, aber es bedrückte ihn genauso wie Darcie das ihre. Es war schön, endlich wieder zu Hause zu sein, aber in vielerlei Hinsicht erfüllte es ihn mit Besorgnis, und auf eine Art konnte er es kaum erwarten, wieder zu verschwinden und Honeybourne und seine schmerzhaften Erinnerungen hinter sich zu lassen. In Amerika konnte er so tun, als sei er jemand anders, und sein neues Leben ließ ihm keine Zeit, über Vergangenes nachzugrübeln. Hier dagegen gab es kein Entkommen, und die Ankunft seiner Eltern würde alles nur noch schlimmer machen.

Er legte die Hände um den nur noch lauwarmen Kaffeebecher. Eigentlich wollte er gar keinen Kaffee, aber er wusste nicht, was er so früh am Morgen sonst tun sollte, und daher hatte er sich trotzdem einen gemacht. Tori schlief immer noch in seinem Bett. Das für sich war schon seltsam und ungewohnt. In Colorado hatten sie getrennte Wohnungen, und obwohl sie häufig beieinander übernachteten, fühlte sich das hier anders an. Als würden sie zusammenleben, ein Gefühl, das noch verstärkt wurde durch die Tatsache, dass sie beide zu müde gewesen waren, um sich zu lieben. Sie hatten ohne ein Aufflammen von Leidenschaft eng umschlungen nebeneinandergelegen, wie ein Paar, das schon jahrelang zusammen war. Aber das war doch normal, oder nicht? So sollte sich die Sache entwickeln. War es nicht gut, dass ihre Beziehung sich jetzt so alt und solide anfühlte wie sein Zuhause?

Er erhob sich, ging ins Wohnzimmer und kramte in der alten Anrichte, die seine Grandma der Familie hinterlassen hatte. Dann nahm er ein Fotoalbum heraus und setzte sich damit aufs Sofa.

Die meisten der Fotos darin waren über zehn Jahre alt. Heutzutage machte man Fotos mit Handys, Tablets und Digitalkameras, und sie schienen ihm irgendwie vergänglicher, weniger real, abgespeichert an virtuellen Orten, die man nicht mit der Hand öffnen oder anfassen konnte. Sogar die Erinnerungen selbst fühlten sich nicht verlässlich an, nicht so wie die, die er jetzt in Händen hielt. Er lächelte in sich hinein, während er in dem Album blätterte. Da war ein Foto von ihm als Zehnjährigem auf dem Rücken eines Elefanten in Indien. Ein weiteres bei einem Protestmarsch in London zusammen mit seiner Mum, als er zwölf war. Sie liebte Demonstrationen und hatte ihn zu so vielen Veranstaltungen mitgeschleppt, dass er sich bei den meisten kaum noch daran erinnerte, worum es eigentlich gegangen war. Als Kind hatte er noch viel weniger eine Ahnung davon gehabt, was diese Demonstrationen wirklich bedeuteten, aber er hatte sich immer gewünscht, sie stolz und glücklich zu machen. Er wusste schon damals, wie wichtig ihr diese Dinge waren, also hatte er sie begleitet. Aber dann hatte er angefangen, mit Dylan herumzuhängen, der sich darüber lustig machte. Spencer war so verzweifelt darauf bedacht gewesen, die Verbindung zu Jasmine aufrechtzuerhalten, dass er sofort alle Protestaktionen eingestellt hatte. Seine Mum hatte traurig gewirkt, als er sich das erste Mal geweigert hatte, sie zu begleiten, es aber mit stiller Würde hingenommen, was fast noch herzzerreißender gewesen war, als wenn sie wütend geworden wäre. Nachdem sie das zweite und dritte Mal ohne ihn gegangen war, hörte sie auf, ihn zu fragen, obwohl Spencer sich manchmal gewünscht hatte, sie würde es weiterhin tun.

Noch mehr Fotos: Von Hochzeiten und Taufen, von Geburtstagsfeiern, von Freunden der Familie, die gekommen und gegangen waren, von Schulausflügen und Sommerfesten. Da stand er auf einer Kostümparty, den Arm um Jasmine gelegt, Peter Pan und Wendy, die die Wangen aneinanderdrückten und in die Kamera lachten. Er war ihr bester Freund, und er hatte gehofft, ja sogar angenommen, dass mit der Zeit mehr daraus werden würde. Aber diese Schlacht hatte er verloren, und jetzt war Rich der Mann, der sie für immer im Arm halten und all ihre Geheimnisse hüten würde.

Seine Gedanken kehrten zu Tori zurück und die Schuldgefühle schnitten ihm ins Herzen. Er schlug das Album zu und schob es wieder in den Schrank. Er liebte Tori, nicht wahr? Er hatte ihr einen Antrag gemacht, plante ein Leben mit ihr ... Herrgott, er würde sie in Kürze seinen Eltern vorstellen.

Was zum Teufel war los mit ihm?

Als sich das Tageslicht ins Schlafzimmer stahl, streckte sie eine Hand nach ihm aus, und fand seine Seite des Bettes kalt und leer vor. Tori entdeckte Spencer im Tiefschlaf auf dem Sofa, eine Decke bis zum Kinn hochgezogen. Es ließ ihn jungenhaft und verletzlich aussehen, und obwohl ihr warm ums Herz wurde, fielen ihr jetzt Bruchstücke von dem Gespräch ein, das sie am vergangenen Abend im Pub geführt hatte. Wenn es da noch alte Gefühle zu klären gab, würde er es nicht vor ihr verheimlichen, oder? Er würde nicht zulassen, dass sie in eine Ehe mit ihm einwilligte und erwog, Tausende von Meilen umzuziehen, um mit ihm zusammen zu sein, wenn er sich selbst nicht sicher war. Ein plötzliches, verzweifeltes Verlangen nach ihm erfüllte sie, der Drang, sich seiner Liebe zu vergewissern, und sie beugte sich vor, um ihn zu küssen. Er öffnete die Augen und schenkte ihr ein müdes Lächeln.

»Was machst du hier unten?«, fragte sie. »So viel Platz im Bett beanspruche ich nun auch wieder nicht, oder?«

Er setzte sich auf und klopfte auf das Sofa, damit sie sich zu ihm setzte. Dann schlang er die Arme um sie. »Ich konnte nicht schlafen, also bin ich nach unten gegangen, um etwas zu trinken, und ich wollte dich nicht stören, indem ich mich mit eiskalten Füßen wieder zu dir ins Bett lege. Darum habe ich beschlossen, hier unten zu bleiben.«

»Deine Füße hätten mir nichts ausgemacht. Du hättest sie an meinem heißen Hintern wärmen können.«

»Dein Hintern ist heiß«, pflichtete er ihr bei, »aber ich bin mir nicht sicher, ob er in erster Linie als Fußwärmer herhalten sollte.«

Tori drückte ihre Nase an seinen Hals. »Komm zurück ins Bett, dann wärme ich dich von oben bis unten.«

»Das würde ich gern, aber ich glaube, ich sollte hier lieber noch etwas aufräumen, bevor meine Eltern eintreffen.«

»Für mich sieht es okay aus.«

»Es ist aber nicht wirklich okay. Ich war seit Monaten nicht hier, also liegt wahrscheinlich überall zentimeterdick der Staub.«

»Aber das ist das letzte Mal, dass wir das Haus für uns haben werden, jedenfalls bis nach Weihnachten, dann kann der Staub doch vielleicht noch eine halbe Stunde warten ...«

Spencer presste seinen Mund auf ihren und die Zweifel, die sie gequält hatten, schmolzen dahin. Wenn sie zusammen waren, fühlte sich alles richtig an, und es war schwer zu verstehen, wie sie jemals anders hatte empfinden können. Sie glaubte daran, dass er sie liebte, und wenn er sie küsste, war sie sich dessen sicher.

»Nur eine halbe Stunde?«, fragte er. »Mit dir ist das nie genug.«

»Ich weiß«, flüsterte sie und erlaubte sich, im Meer seiner Augen zu versinken, als sie sich vorbeugte, um ihn erneut zu küssen. Er war ihre Zukunft, und was immer in seiner Vergangenheit war, sie musste es loslassen und daran glauben, dass es in der Vergangenheit bleiben würde. »Ich habe gelogen, in der Hoffnung, dass du zu putzen vergisst, wenn ich dich erst in meinen Fängen habe.«

»Ach, was soll's ...« Spencer rollte sie auf den Rücken und legte sich auf sie. »Wer braucht ein Bett, wenn er hier unten ein Sofa hat?«

Jasmine stieß die Tür der Bäckerei auf, und als sie Oscar im Autositz sowie die Taschen hereinschleppte, kam Darcie hinter der Theke hervorgelaufen, um ihr zu helfen. Es schneite schon wieder, und Jasmine schüttelte sich die Flocken von der Kapuze, während sie Darcie den Autositz mitsamt Oscar überließ. Millie hatte gerade einem ihrer Fans aus dem Pub sein Wechselgeld gegeben – Jim oder Saul, Darcie wusste immer noch nicht, wer wer war – und als der Mann den Laden verließ, nahm Millie Oscar aus seinem Sitz und drückte ihn fest an sich.

»Hey, kleiner Mann. Hast du dich bei Tante Jasmine gut amüsiert?«, gurrte sie.

»Er war ein Goldstück«, sagte Jasmine. »Und du siehst heute Morgen wie eine ganz andere Frau aus«, fügte sie mit einem anerkennenden Nicken hinzu.

»Ich fühle mich auch wie eine andere Frau. Ich hatte vergessen, dass man die Nacht nicht nur zum Stillen und Bäuerchen machen, sondern auch zum Schlafen nutzen kann. Kam er mit der abgepumpten Milch klar?«

»Das war überhaupt kein Problem.«

»Hast du Zeit für eine Tasse Tee?«

Jasmine sah auf ihre Armbanduhr. »Ich muss vor dem Mittagessen die Drillinge abholen, aber eine schnelle Tasse Tee sollte drin sein.« Sie setzte sich an einen freien Tisch, und Millie wollte ihr Oscar gerade zurückgeben, als Darcie sich einschaltete.

»Setz du dich auch hin«, sagte sie zu Millie. »Im Moment ist es ruhig, ich bringe euch den Tee an den Tisch.«

»Oh, du bist ein Engel.« Millie lächelte. »Aber du setzt dich doch zu uns, nicht wahr? Es spricht nichts dagegen, wenn sonst niemand hier ist. Die Pasteten für Colleen sind erst in einer halben Stunde fertig.«

Darcie nickte und ging, um den Tee zu kochen, während Jasmine und Millie Oscar betüddelten und Jasmine detailliert Bericht über die vergangene Nacht erstattete. Als Darcie zurückkam, schüttelte Millie gerade verwundert den Kopf.

»Wie hast du es geschafft, dass er so ruhig war?«, fragte sie. »Eure Nacht klingt wie ein Traum.«

Jasmine lächelte. »Das macht wahrscheinlich die Übung. Und es ist so viel einfacher, wenn es sich nicht um das eigene Kind handelt. Und selbst wenn er die ganze Nacht geweint hätte, ich wusste ja, dass ich ihn irgendwann wieder abgeben werde. Man betrachtet die Situation mit anderen Augen und es ist viel stressiger zu wissen, dass so dein Leben für die nächsten Jahre aussieht.«

»Erinnere mich nicht daran«, seufzte Millie. Sie küsste den jetzt schlafenden Oscar auf den Kopf und wiegte ihn in den Armen. »Dylan sagt das Gleiche, aber es ist schwer, sich nicht wie eine Versagerin zu fühlen.« Sie drehte sich mit einem Lächeln zu Darcie um, während sie ihr eine Tasse Tee einschenkte. »Ich weiß nicht, was ich ohne meine wunderbare Cousine täte.«

Darcie setzte sich zu ihnen, blieb aber stumm. Ihr Plan,

nach Weihnachten wegzugehen, stand für sie immer noch fest, aber schon jetzt begannen sich wegen der Entscheidung Schuldgefühle in ihr zu regen.

»Und«, sagte Millie, »wie ging es Rich heute Morgen?«

Jasmine verdrehte die Augen. »Er war so schlecht gelaunt wie immer, wenn er einen Kater hat.«

»Aber es war in Ordnung für ihn, dass Oscar über Nacht bei euch war?«

»Ich bezweifle, dass er es überhaupt mitgekriegt hat – er war mehr oder weniger bewusstlos, sobald sein Kopf das Kissen berührt hatte. Ich habe mit Oscar in Reubens Zimmer geschlafen. Ich kann dir sagen, da wurde erheblich weniger geschnarcht.«

»Oh, das glaube ich gern. Mein kleiner Oscar schnarcht nicht. Er erzeugt zwar alle möglichen Geräusche und einige Gerüche, aber schnarchen tut er nicht.«

»Dann kommt er wohl nach seinem Dad«, sagte Jasmine und zog die Augenbrauen hoch. Sie wandte sich Darcie zu. »Hast du dich von der Pub-Schicht mit meinem Bruder erholt?«

»Die war ganz in Ordnung«, antwortete Darcie vorsichtig.

»Also hat er dich nicht dazu gebracht, zu Slade von der Weihnachts-CD mit ihm auf dem Tresen zu tanzen? Es wäre nicht das erste Mal gewesen, dass das *Dog and Hare* in den Genuss dieses Vergnügens kommt.«

»Nein, er hat sich den größten Teil des Abends mit Rich und Spencer unterhalten.«

»Ich verstehe ... War Tori auch da?«

»Oh ja! Aber sie hat eigentlich nur zugesehen, wie die beiden sich betrunken haben. Gegen Ende des Abends hat sie mir sogar ein bisschen hinter dem Tresen geholfen.«

»Wundert mich nicht, dass sie dann langsam genug von den beiden hatte«, schnaubte Jasmine. »Aber es war trotzdem nett von Tori, dir zu helfen. Sie ist wirklich nett. Ich freue mich so für Spencer, dass er die richtige Frau für sich gefunden hat.«

Millie schaute konzentriert in ihre Teetasse, und Darcie fiel die plötzliche Stille auf. Hatte sie da etwas verpasst?

»Wie dem auch sei ...«, nahm Jasmine das Gespräch wieder auf. »Oscar war so ein braver Junge, dass ich gedacht habe ...«

Millie schaute auf. »Du würdest ihn wieder hüten?«

»Natürlich. Die letzte Nacht mit ihm hat mir sogar ins Bewusstsein gerufen, wie sehr ich ein Baby zu Hause vermisse. Es hat mich ganz sehnsüchtig gemacht.«

Millies Augen weiteten sich. »Du meinst doch nicht etwa ...«

»Doch, ich will noch eins.«

»Aber du hast doch schon drei!«, kiekste Darcie, bevor sie sich beherrschen konnte.

»Stimmt.« Jasmine lachte. »Aber die Drillinge werden in ein paar Monaten zehn und sind schon ziemlich selbstständig. Bald werden sie mich überhaupt nicht mehr brauchen. Ich glaube, ich hätte gern noch ein Kind, bevor ich zu einer unfruchtbaren Hülle verschrumpelt bin.«

»Bei dir könnte eins mehr leicht auch vier mehr bedeuten«, warf Millie düster ein.

»Das weiß ich auch«, antwortete Jasmine. »Aber ich denke, die Wahrscheinlichkeit dass es wieder Mehrlinge werden, ist ziemlich gering.«

»Was die Statistik betrifft, bin ich mir da nicht so sicher, aber ich glaube, du versuchst dich ohnehin vor allem selbst zu überzeugen.«

»Vielleicht.« Jasmine lächelte.

»Hast du schon mit Rich darüber gesprochen?«, fragte Millie.

Jasmine rümpfte die Nase. »So ähnlich. Gerade eben, bevor ich von zu Hause losgegangen bin.«

»Und es ist nicht besonders gut angekommen?«

»So könnte man es ausdrücken. Tatsächlich klang es so wie ›Nur über meine Leiche‹.«

»Ihr habt wirklich schon alle Hände voll zu tun«, gab Millie zu bedenken.

»Schlag dich nicht auch noch auf seine Seite!« Jasmine lachte. »Du sollst *mir* Rückendeckung geben!«

»Aber ich kann ihn verstehen. Der arme Rich kommt nicht gut mit Stress klar.«

»Wir haben drei auf einmal gut hinbekommen, deshalb verstehe ich nicht, warum ein weiteres Kind ihm den Rest geben sollte.«

»Jetzt, wo seine Karriere langsam in Schwung kommt, muss er mehr arbeiten. Und wenn ich es recht bedenke, gilt das Gleiche auch für dich.«

»Stimmt, aber wir haben ein gutes Unterstützungsnetz, und wir sind schließlich nicht die ersten berufstätigen Eltern auf der Welt. Ich bin sicher, wir schaffen das.«

Millie sah nicht überzeugt aus. Sie stieß den Atem aus. »Was bringt dich auf die Idee, dass er nachgeben wird?«

»Wird er nicht«, entgegnete Jasmine mit einem unartigen Grinsen. »Aber wir werden sehen, wie er es über Weihnachten aushält, wenn ich ihm seine ehelichen Rechte verweigere.«

»Wirklich hinterhältig«, sagte Millie.

»Ich weiß ...«

Das Gespräch wurde von Dylan unterbrochen, der ein riesiges Plastiktablett durch die Eingangstür bugsierte.

»Wie ist es gelaufen?«, fragte Millie neugierig.

Er klopfte sich den Schnee vom Mantel. »Sie wirkten sehr zufrieden, aber ich nehme an, wirklich wissen werden wir es erst, wenn ihre Kunden sie probiert haben.«

»Ein neuer Pub im Nachbardorf«, erklärte Millie angesichts Jasmines fragendem Blick. »Sie wollen einen Monat lang unsere Fleischpasteten testen, aber wir hoffen, dass sie zu einem wichtigen Abnehmer werden.«

»Das sind ja großartige Neuigkeiten«, sagte Jasmine.

»Auf jeden Fall können wir den Auftrag gut gebrauchen. In

den letzten Monaten war es hier sehr ruhig, was gut für die erste Zeit mit Baby war, aber nicht so toll fürs Geschäft.«

»Andererseits war es ziemlich kalt«, bemerkte Jasmine, »und die Leute haben in der Hektik vor Weihnachten andere Dinge im Kopf gehabt. Im Sommer wird es besser werden.«

Dylan setzte sich zu ihnen an den Tisch. »Wir haben genug Ideen, falls sie sich nicht darauf einlassen. Die Bäckerei werden wir auf jeden Fall nicht kampflos aufgeben. Schließlich hätte ich ohne diesen Laden meine wunderschöne Freundin und mein lautstarkes Baby nicht.« Er beugte sich vor, um Millie einen leidenschaftlichen Kuss auf den Mund zu drücken.

Darcie wandte den Blick ab und schaute auf den Schnee, der sich draußen auf dem Fenstersims sammelte. Es tat ihr leid, dass sie im Sommer nicht mehr hier sein würde, um ihnen zu helfen, ihre Expansionspläne umzusetzen, aber auf lange Sicht war es für alle Beteiligten besser so. Und dass Dylan Millie in diesem Moment liebevolle Blicke zuwarf, war fast mehr, als sie ertragen konnte. Wie sollte sie so weiterleben? Sie fühlte sich wie eine tickende Zeitbombe, die jeden Moment hochgehen und ihnen alles verraten konnte. Das durfte sie nicht riskieren – es trieb möglicherweise einen Keil zwischen sie und Millie, und das würde sie nicht zulassen, ganz gleich, was sonst noch geschah.

»Niemand in Honeybourne würde diese Bäckerei kampflos aufgeben«, sagte Jasmine. »So ist das hier, wir unterstützen uns gegenseitig.«

»Ich weiß.« Millie lächelte Darcie an, zum Zeichen, dass auch sie Teil dieser Unterstützung war.

Das verstärkte Darcies Schuldgefühle nur noch, vor allem, als sie daran dachte, wie wenig Unterstützung sie Millie geboten hatte, als ihr Ex-Freund gestorben war. Sie war damals noch jung gewesen – zumindest hatte sie sich erheblich jünger gefühlt, als sie das jetzt tat –, und sie hatte nicht wirklich verstanden, was passiert war. Aber sie erinnerte sich noch lebhaft an den Tag, an dem Millie beschlossen hatte, ihre Heimatstadt zu verlassen. Darcie hatte damals nicht versucht, sie davon abzubringen. Am Ende war alles gut geworden, aber die Sache hätte auch ganz anders ausgehen können. Vielleicht war das einer der Gründe, warum sie das Bedürfnis verspürt hatte, herzukommen und Millie in der Bäckerei zu helfen. Aber selbst dieses reine Motiv wurde mittlerweile durch etwas getrübt, für das sie sich jetzt schämte.

»Also ...«, sagte Dylan, griff nach Millies Tasse und nahm einen Schluck. »Weshalb habt ihr alle so heimlichtuerisch geschaut, als ich reinkam?«

Millie und Jasmine sahen sich an und brachen dann in Gelächter aus. Dylan warf Darcie einen verwunderten Blick zu. »So witzig, ja?«

»Bitte hör auf, hin und her zu laufen, du machst mich ganz krank.« Tori klopfte auf das Sofa neben sich. Spencer schüttelte den Kopf. Die Sonne war inzwischen aufgegangen, der Schnee lag in hohen Verwehungen im Garten, und die Wolken am Himmel sahen nach weiterem Schneefall aus. Spencer und Tori waren den ganzen Morgen damit beschäftigt gewesen, das Haus auf Vordermann zu bringen und weihnachtlich zu schmücken. Als seine Eltern wegzogen, hatten sie Spencer fast ihren gesamten Weihnachtsschmuck vererbt, und obwohl das Zeug schon ein wenig mitgenommen war – das Lametta war an manchen Stellen zerrissen und zerknittert, die Glaskugeln hatten Kratzer und Risse, die Elfenfigur einen halben Flügel verloren –, entlockte ihm der Anblick ein Lächeln. Endlich stellte sich so etwas wie Weihnachtsstimmung bei ihm ein, wenn auch nicht so, wie er sie kannte. Es war, als wäre es das alte und gleichzeitig ein neues Weihnachten: dieselbe alte Dekoration, ein neues und ganz anderes Leben.

»Du kriegst mich nicht auf dieses Sofa«, antwortete er. »Es

würde nur wieder schmutzig enden, und in ungefähr zehn Minuten müssen sich meine Eltern daraufsetzen.«

»Es kann gar nicht schmutzig werden, wenn uns nur zehn Minuten bleiben, stimmt's?«

»Mir würden dafür zehn Minuten ausreichen, und neben dir zu sitzen, ist einfach zu verlockend. Es würde natürlich nicht besonders toll werden, aber du solltest dich vielleicht schon einmal an den Gedanken gewöhnen, wie es ist, wenn ich alt bin und nicht mehr länger als zehn Minuten durchhalte.«

Tori kicherte. »Setz dich bitte einfach hin.«

»Ich kann nicht.«

»Ich dachte, deine Eltern wären ziemlich cool? Das hat Dylan zumindest gesagt.«

»Das sind sie auch. Deshalb bin ich ja so nervös bei der Vorstellung, dass du sie gleich kennenlernst. Sie sind ein bisschen *zu* cool.«

»Geht das überhaupt? Wie kann man zu cool sein?«

»Glaub mir, es geht.«

»Na ja, wenn sie dich hervorgebracht haben, können sie doch nicht so übel sein.«

»Du kennst sie noch nicht. Heb dir dein Urteil für nachher auf.«

Mit einem tiefen Seufzer setzte sich Spencer schließlich doch neben sie. »Das ist verrückt, nicht wahr? Wir sollten uns über so etwas gar nicht den Kopf zerbrechen, sondern uns stattdessen nur darum scheren, was wir füreinander empfinden. Warum regen wir uns so auf?«

Tori stupste ihm spielerisch gegen die Brust. »Ich rege mich nicht auf, Schatz. Du bist derjenige, der hier den Nervenzusammenbruch hat.«

»Es ist dir also egal, ob deine Eltern mich mögen oder nicht? Ehrlich?«

»Das habe ich nicht gesagt, aber es ist mir nur wichtig, wenn es dir wichtig ist.«

Spencer gab ihr einen sanften Kuss auf die Nase. »Gott, ich wünschte, ich könnte bei der ganzen Angelegenheit entspannter sein. Bevor unsere Eltern ins Spiel kamen, als es nur um uns beide und dass wir Spaß haben ging, war alles so viel einfacher. Jetzt fühlt es sich plötzlich wie die reale Welt an.«

»Es ist die reale Welt, Dummkopf. Es war schon immer die reale Welt, wir haben sie nur sehr klein gehalten. Aber wenn es uns ernst damit ist, in die nächste Phase einzutreten, wenn es *dir* ernst damit ist – und das hoffe ich, denn immerhin sind wir jetzt seit acht Monaten verlobt – dann müssen wir den Schritt auch tun. Stimmt's?«

Spencer nickte. »Du hast recht. Aber ich werde mir die Bemerkung verkneifen, dass ich es dir immer gesagt habe, wenn du zu dem Schluss kommst, dass meine Eltern so durchgeknallt und peinlich sind, dass du mich doch nicht heiraten willst.«

»Ich mag durchgeknallte und peinliche Leute. Darum habe ich mich überhaupt mit dir eingelassen.«

»Haha, sehr witzig.«

Es klopfte an der Haustür und Spencer sprang auf. »Sie sind da!«

»Juchhu!«, kreischte Tori, stand ebenfalls auf und griff nach seiner Hand. »Lass uns die Eltern kennenlernen!«

Spencer konnte sich einen Lacher nicht verkneifen, auch wenn sein Magen Purzelbäume schlug. Wenigstens einer von ihnen freute sich darauf, seine Mum und seinen Dad zu sehen. Wenn ihn jemand gefragt hätte, hätte er nicht einmal in Worte fassen können, was ihm eigentlich so ein Unbehagen bereitete. Aber immer wenn Lewis und Jenny Johns in der Nähe waren, hatte er das unbestimmte Gefühl, sie in irgendeiner Weise zu enttäuschen. Er war nicht so interessant oder mutig oder spontan wie sie. Er verfolgte kein irre romantisches Forschungsprojekt als Astrophysiker wie sein Dad in Barcelona, und er war auch kein erfolgreicher, freiberuflicher Journalist und politischer Aktivist wie seine Mum. Er fuhr weder Motorroller noch tanzte er drei Abende die Woche Flamenco, und er malte auch nicht, betätigte sich nicht als Bildhauer, spielte nicht Geige oder tat sonst irgendetwas von den erstaunlichen Dingen, mit denen sie sich beschäftigten. Er war lediglich Lehrer in einer Dorfschule. Er war einfach nur Spencer. Irgendwie fühlte sich das nie an, als sei es genug, ganz gleich, wie oft sie ihm sagten, dass sie stolz auf ihn waren.

Aber als er und Tori gemeinsam die Haustür öffneten, bereit zu lächeln und für Umarmungen, standen nicht etwa Spencers Eltern davor, vielmehr erblickten sie Ruth Evans.

»Ah«, sagte Spencer, weil er nicht wusste, was er sonst sagen sollte.

Tori warf Spencer einen schnellen Blick zu, bevor sie Ruth anstrahlte. »Was können wir für Sie tun?«

»Oh, ihr habt euch zu Hause ja schon richtig gemütlich eingerichtet, als wärt ihr bereits ein Ehepaar«, sagte Ruth und schob sich vorwärts, als wollte sie so unauffällig über die Schwelle treten, dass sie es nicht bemerkten, bis sie im Haus stand.

»Oh nein, noch nicht so ganz«, entgegnete Spencer und versperrte ihr geschickt den Weg, Ruths heimlichem Manöver mehr als gewachsen. »Wir erwarten nur ...«

»Lewis und Jenny«, fiel Ruth ihm ins Wort. »Ich weiß. Dylan Smith hat mir erzählt, dass sie jeden Moment eintreffen müssten.«

Spencer starrte sie an. Er konnte nicht anders. Ruth hatte seltsame Vorstellungen von Grenzen, aber das hier war selbst für ihre Verhältnisse eine neue Stufe der Unverschämtheit. Sie wusste, dass seine Eltern jede Minute kommen würden, und dass er sie Gott weiß wie lange nicht gesehen hatte, und trotzdem hielt sie es für einen guten Zeitpunkt, vorbeizuschauen? Nicht nur das, sie wusste auch, dass sie zum ersten Mal seine Verlobte treffen würden. Die Welt war verrückt geworden ... oder vielleicht war er auch verrückt, weil er sich wunderte, dass Ruth einen Besuch ausgerechnet jetzt für passend hielt.

Und wie aufs Stichwort fuhr ein Auto mit dem Logo von Countrywide Vehicle Hire vor, und seine Eltern stiegen aus.

»SPENCER!« Ein Schrei gefolgt von einem Wirbel von Stoff, und dann wurde Ruth praktisch umgeworfen, so eilig hatte Jenny es, zu ihrem Sohn zu gelangen. Sie umarmte ihn und zog ihn an sich. »Ich bin ja so glücklich, dich zu sehen!«

»Hallo, Mum!«, rief Spencer, dem ihre kräftige Umarmung fast die Luft abdrückte. »Ich freue mich auch, dich zu sehen.«

Mit einem breiten Lächeln löste er vorsichtig ihre Arme von seinem Hals. Als er aufschaute, sah er, dass sein Dad Tori anlächelte, aber dann richtete Lewis seine Aufmerksamkeit auf Spencer.

»Wie geht es dir, mein Sohn?« Er klopfte ihm auf den Rücken, bevor er ihn zu einer väterlichen Umarmung an sich zog. »Wir haben uns viel zu lange nicht gesehen.«

»Das ist wahr, Dad.« Spencer löste sich von ihm und nahm Toris Hand.

»Mum, Dad ...«

»Das muss unsere künftige Schwiegertochter sein!«, kreischte Jenny und packte Tori, um sie in die zweite übertrieben heftige Umarmung des Tages zu ziehen.

»Die bin ich, ja«, sagte Tori lachend, verblüfft über die Begeisterung und Vertraulichkeit der Begrüßung.

»Freut mich, dich kennenzulernen.« Lewis grinste sie an.

»Oh, Lewis«, sagte Jenny, hielt Tori um Armeslänge von sich weg und musterte sie, »sie ist genauso hübsch wie auf den Fotos!«

»Das stimmt.« Lewis nickte. »Wir haben schon so viel von dir gehört, Tori, dass wir das Gefühl haben, du gehörst bereits zur Familie.«

Tori betrachtete Spencer mit einem verwunderten Lächeln. »Ach ja?«

»Natürlich.« Spencer grinste verlegen. »Worüber hätte ich mit meinen Eltern am Telefon sonst reden sollen, wenn nicht über die Liebe meines Lebens?«

Hinter ihnen räusperte sich Ruth, die das Gespräch aufmerksam verfolgt hatte, und alle drehten sich um.

»Oh, hallo, Ruth«, sagte Jenny mit erheblich weniger Begeisterung, als sie Tori und Spencer gegenüber an den Tag gelegt hatte. »Lange nicht gesehen. Wie geht es Ihnen?«

Spencer konnte das Stöhnen, das in ihm aufstieg, kaum unterdrücken. War seine Mum wirklich schon so lange von Honeybourne weg, dass sie die erste Regel für die Eröffnung eines Gesprächs mit Ruth Evans vergessen hatte? Man durfte sie nie, wirklich niemals, fragen, wie es ihr ging.

»Na ja ...« Ruth holte Luft, aber Spencer fiel ihr rasch ins Wort.

»Mum, Dad, vielleicht können wir uns später im *Dog and Hare* mit Ruth unterhalten? Heute steht Frank Stephenson hinterm Tresen, und ich meine, Sie wollten ihm helfen, nicht wahr, Ruth?«

»Ja, ich ...«

»Wunderbar!«, sagte Spencer. »Dann wäre das geklärt. Wir sind gegen acht im Pub.«

Er führte seine Eltern und Tori ins Haus, schloss die Tür und ließ Ruth im Schnee stehen. Tori starrte ihn an.

»Ich kann nicht fassen, dass du die arme alte Dame einfach da draußen stehen lässt!«, rief sie halb lachend, aber dennoch leicht schockiert.

»Glaub mir«, sagte Lewis mit einem Kichern, »die alte Dame ist zäher, als sie aussieht. Sie hat wahrscheinlich genug Whiskey im Blut, um tagelang einer Unterkühlung zu trotzen.«

Spencer nickte zustimmend. »Wenn du in Honeybourne leben willst, musst du noch eine Menge über seine Einwohner lernen, sonst wirst du hier in den Wahnsinn getrieben.« Kaum hatte er das gesagt, biss er sich auf die Unterlippe, und er wurde rot, ehe er den Blick senkte. Sie hatten vage darüber gesprochen, wo sie nach der Hochzeit leben wollten, und jeder hatte Angst, etwas zu sagen, das den anderen verärgern könnte. Aber dies war das erste Mal, dass er eine Bemerkung gemacht hatte, die zeigte, dass er offensichtlich davon ausging, sie würden in England landen. Er hatte es vollkommen unbewusst getan, aber es war nicht in Ordnung und Tori würde es auch so sehen. Ihm war klar, dass es auf der einen oder der anderen Seite Tränen geben würde, denn obwohl sie es nicht direkt ausgesprochen hatte, wusste er, dass Tori genauso gern in Colorado leben würde, wie er nach England zurückkehren wollte.

Aber was immer sie dachte, sie war offensichtlich zu wohlerzogen, es im Beisein seiner Eltern zu sagen und würde warten, bis sie allein waren. Stattdessen drehte sie sich zu ihnen um und lächelte. »Wie war euer Flug?«

»Langweilig«, antwortete Lewis, »wie alle Flüge. Wenn man in ein Flugzeug steigt, hat man nur den einen Wunsch, nämlich so schnell wie möglich wieder auszusteigen.«

»Das sehe ich ganz genauso«, sagte Tori. »Als wir vor ein paar Tagen aus den Staaten kamen, erschien mir der Flug ewig. Ich glaube, wenn man mir einen Fallschirm gegeben hätte, hätte ich ihn nur zu gern benutzt.«

»Oje.« Jenny lächelte. »Dann bin ich froh, dass sie dir keinen Fallschirm gegeben haben, sonst wäre das wirklich ein seltsames Weihnachtsfest geworden. Sind deine Eltern schon da?«

»Noch nicht. Sie werden morgen mit dem Flugzeug hier eintreffen und wir holen sie ab – ich dachte, es wäre einfacher, da sie noch nie in Großbritannien waren.«

»Sehr klug«, sagte Lewis. »Die öffentlichen Verkehrsmittel können eine echte Feuertaufe sein. Sie würden euch nie wieder besuchen wollen.«

Spencer wand sich innerlich. Da war sie wieder, die Vorannahme, dass sie sich in England niederlassen würden, nur dass diesmal sein Dad in das Fettnäpfchen getreten war. Man konnte Lewis seinen Fehler nicht übelnehmen, aber es würde weder bei Tori noch bei ihren Eltern gut ankommen, wenn das weiterhin passierte. Er nahm sich vor, später, wenn Tori außer Hörweite war, in Ruhe mit seinen Eltern zu reden, und ihm wurde klar, dass er sie wahrscheinlich schon früher hätte informieren sollen. »Lasst mich euer Gepäck ins Schlafzimmer bringen«, bot er an, um wieder auf sicheres Terrain zu gelangen.

»Ich hoffe, du hast es nicht für nötig gehalten, dein Bett für uns frei zu machen.« Jenny folgte ihm ins Wohnzimmer.

»Wir haben uns gedacht, es wäre schöner für euch, das größere Zimmer zu haben«, sagte Tori.

»Das zufällig das Schlafzimmer ist ... und natürlich früher mal eures war«, ergänzte Spencer.

Jenny winkte ab. »Das ist doch nicht nötig. Wenn man auf dem Boden einer Baracke in São Paulo geschlafen hat, kommt man auch mit einem kleinen Zimmer in einem hübschen englischen Cottage zurecht. Es ist wirklich nicht nötig, dass ihr euch Gedanken darüber macht, wo wir schlafen.«

»Sprich für dich selbst«, sagte Lewis. »Ich bin in den letzten Jahren auf viel zu vielen Laborstühlen eingeschlafen, als gut für meinen Rücken war. Ich nehme das Angebot von ein wenig Luxus gern an, und du kannst ja deine Baracke in Südamerika behalten.«

Jenny gab ihm einen Klaps auf den Arm, aber sie tat es mit einem Lächeln.

»Ernsthaft, du willst unserem einzigen Sohn sein Bett wegnehmen?«

»Ja.« Lewis grinste. »Ohne zu zögern.«

»Deine Kochkünste haben sich definitiv verbessert«, sagte Jenny und führte eine Gabel mit der Lasagne zum Mund, die Spencer aufgetischt hatte. Er nahm mit einem breiten Grinsen am Tisch Platz und griff nach der Pfeffermühle.

»Schlimmer konnten sie aber auch nicht werden. Und Tori hat mir geholfen, vergesst das nicht.«

»Das erklärt es«, sagte Lewis lachend und wandte sich dann an Tori. »Hast du vor Spencer schon einen Mann kennengelernt, der eine Dose Bohnen anbrennen lassen kann?«

»Mir war nicht bewusst, dass ich so einen Mann kenne«, erwiderte Tori lächelnd.

»Es ging weniger um meine mangelhaften Kochkünste als vielmehr darum, dass ich abgelenkt wurde«, protestierte Spencer. »Wahrscheinlich hast du mir von einer gerade erst entdeckten Supernova erzählt oder Mum hat mir Fotos aus irgendeinem kriegserschütterten Land gezeigt, aus dem sie gerade zurückgekehrt war. Kein Wunder, wenn man dann Bohnen auf dem Herd vergisst. Es war nicht leicht, in einem Haus voller Genies aufzuwachsen.«

»Nun, ich werde mich nicht dafür entschuldigen, dass du eine interessante Kindheit hattest«, konterte Jenny.

»Ich würde es auch gar nicht anders haben wollen ...« Spencer nahm sich etwas Salat auf den Teller. »Aber es gab auf jeden Fall eine Menge alltäglicher Fertigkeiten, die ich erst lernen musste.«

»Du warst eben ein Spätentwickler«, sagte Jenny und zwinkerte Lewis zu. Spencer kniff die Augen zusammen, aber das, wovon er befürchtet hatte, sie würde es sagen, blieb unausgesprochen. Stattdessen richtete sie ihre Aufmerksamkeit auf Tori. »Also, erzähl uns etwas von dir. Wir haben Spencers Version gehört, aber erzähl uns selbst, wie tickst du?«

»So kompliziert bin ich gar nicht.« Tori lachte. »Und ich bin sicher nicht in einem Haus voller Genies aufgewachsen. Meine Kindheit war ziemlich konventionell. Meine Eltern sind beide

Anwälte, und ich habe eine ganz normale Erziehung genossen. Sie haben immer ziemlich viel gearbeitet, daher verbrachte ich eine Menge Zeit bei meiner Grandma, die allerdings vor fünf Jahren gestorben ist. Sie sind gute Menschen, ich hatte eine glückliche Kindheit.« Sie zuckte die Achseln. »Sonst gibt es eigentlich nicht viel zu erzählen.«

»Es muss doch noch mehr in dir stecken«, beharrte Jenny. »Was ist mit deiner Persönlichkeit? Was magst du, was begeistert dich, was macht dich zornig? Du musst doch Hoffnungen und Träume für die Zukunft haben.«

»Ich mache mir nicht viel Gedanken über die Zukunft. Im Moment bin ich glücklich mit Spencer. Ich wünsche mir, zu heiraten und eine Familie zu gründen, vielleicht noch eine Beförderung im Job, und dann werden wir sehen, wie das Leben sich entwickelt.«

»Eine gute Philosophie.« Lewis nickte anerkennend. »Du kannst deine Lebensreise planen, bis die Sterne erlöschen, aber das Leben wird dich auf die eine oder andere Weise immer zu Umwegen zwingen. Das Beste, was man tun kann, ist, mit dem Strom zu schwimmen.«

»Ich nehme an, es wird eine große Umstellung für dich sein, in England zu leben«, pflichtete Jenny ihrem Mann bei, »und du willst dir im Moment sicher nicht zu viele andere Komplikationen schaffen.«

Spencer verschluckte sich an seinem Wein. »Mum!«, prustete er. »Wir haben noch gar nicht entschieden, wo wir nach unserer Hochzeit leben werden.«

»Oh? Dann kommt ihr also vielleicht gar nicht nach England?«

»Wir denken noch darüber nach«, sagte Tori.

»Aber, aber ...« Jenny schaute zu Lewis. »Colorado ist so weit weg.«

Spencer starrte sie an. »Wie kannst du das sagen, wo dich deine Arbeit doch gewöhnlich viel weiter wegführt?«

»Das ist etwas anderes. Ich lebe ja nicht dauerhaft an diesen Orten.«

»Du wohnst in Spanien! Welchen Unterschied macht es für dich, ob ich in England bin oder nicht?«

»Wir sind nur in Spanien, bis das Forschungsprojekt deines Dads abgeschlossen ist, danach ziehen wir vielleicht wieder um. Und Spanien ist viel näher an England als Amerika. Ich werde meine Enkelkinder besuchen wollen, nicht wahr?«

»Nun mal langsam! Von Kindern hat bisher niemand gesprochen!«

»Natürlich nicht«, sagte Jenny mit irritierend ruhiger Stimme. »Aber es wird doch passieren, oder?«

»Ich denke schon ... aber dann werden Toris Eltern genauso erpicht darauf sein, ihre Enkelkinder zu sehen. Und wir können nicht davon ausgehen, dass es für sie in Ordnung wäre, ständig Tausende von Meilen anzureisen.«

»Ich bin mir sicher, dass sie es tun würden, wenn es nötig wäre.«

»Ich mir auch, aber darum geht es gar nicht.« Spencer griff nach seinem Weinglas und nahm einen Schluck. Warum endeten Unterhaltungen mit seinen Eltern immer in Frustration? Er hatte sich gewünscht, dass dies ein nettes Essen werden würde, bei dem sie Tori näher kennenlernten, und jetzt verwandelte es sich in ein Schlachtfeld. Tori warf ihm einen hilflosen Blick zu. Offensichtlich setzte es sie unter Druck, im Zentrum einer Auseinandersetzung zu stehen, und das war ihr gegenüber nicht fair. Er zwang sich zu einem kleinen Lächeln. »Also, Mum ... schafft es deine spanische Haushälterin inzwischen, ihre Kleider anzubehalten?«

Jenny zog die Brauen hoch. »Na ja, wir haben sie seit mindestens drei Monaten nicht mehr dabei überrascht, dass sie nackt putzt, aber wir haben den Verdacht, es liegt eher an den sinkenden Temperaturen als an der Strafpredigt, die wir ihr jedes Mal halten, wenn wir sie erwischen. Ich habe nichts gegen FKK-Anhänger, aber der einzige Vollmond, den ich nach einem langen Arbeitstag sehen will, ist der am Himmel.«

Toris Augen weiteten sich. »Sie putzt nackt?«

»Nur wenn sie denkt, wir sind nicht da. Am Anfang haben wir noch gelacht, aber dann wurde es uns doch langsam zu viel.«

»Sie hat behauptet, sie tut es, weil ihr heiß wird«, ergänzte Lewis und kaute genüsslich. »Aber sie ist fast neunzig, deshalb glauben wir, es ist reine Streitlust bei ihr ... wie in diesem Gedicht.«

Tori runzelte die Stirn und sah Spencer fragend an.

»Du kennst es wahrscheinlich nicht«, erklärte Jenny, »aber es geht ungefähr so: Wenn ich alt bin, werde ich Lila und Rot tragen und alles tun, um die Leute zu ärgern, einfach nur, weil ich alt bin.«

»So wie Ruth«, sagte Spencer mit einem Grinsen. Tori lächelte verwirrt. »Nein, von dem Gedicht habe ich noch nie gehört. Aber ich werde es auf jeden Fall nachschlagen.«

»Wie dem auch sei«, nahm Jenny den Faden des Gespräches wieder auf, »ich habe das Gefühl, dass Bonita die darin beschriebene Lebensphase erreicht hat. Aber sie ist verdammt fleißig und zuverlässig, und ich würde mich wirklich nicht von ihr trennen wollen, trotz der gelegentlichen Peepshows.«

»Wenn wir jemals eine Haushaltshilfe einstellen, werde ich mich vorher vergewissern, ob sie dazu neigt, sich auszuziehen, wenn sie den Staubsauger rausholt.« Spencer lächelte. »Ich bin mir nicht sicher, ob ich so tolerant wäre wie ihr.«

»Ich auch nicht«, sagte Tori, »vor allem wenn sie jung und sexy ist. Ich würde nicht wollen, dass sie meinen Mann auf Abwege führt.«

»Ich glaube nicht, dass du dir in dieser Hinsicht Sorgen zu machen brauchst«, sagte Lewis. »Spencer war noch nie das, was man einen Frauenheld nennen würde.«

»Danke, Dad.« Spencer runzelte die Stirn. »Das klingt, als wäre ich der totale Loser, der nie eine Freundin abgekriegt hat.«

Tori lachte, schien aber unsicher, ob das angebracht war.

Jenny drehte sich ihr zu. »Wir haben tatsächlich jahrelang gedacht, er sei schwul.«

»Mum! Muss das sein? Wie du sehen kannst, bin ich durch und durch hetero, ihr braucht euch also keine Sorgen mehr zu machen.«

»Ich hätte kein Problem damit gehabt«, antwortete Jenny. »Das habe ich dir auch oft genug gesagt. Ich wollte nur, dass du offen und ehrlich uns gegenüber bist.«

»Und ich habe dir jedes Mal gesagt, dass ich nicht schwul bin«, entgegnete Spencer und bemühte sich um einen ruhigen Tonfall.

»Ja ... Das ist uns klar geworden, als du angefangen hast, Jasmine Smith wie ein verirrter Welpe auf Schritt und Tritt zu folgen. Du warst so offensichtlich verknallt, dass wir unseren Irrtum eingesehen haben.«

Spencer schob sich eine Gabel voll Lasagne in den Mund, damit er nicht zu antworten brauchte, und hoffte, dass Tori nicht dahinterkommen würde, dass Jasmine Smith jetzt Jasmine Green war. Nicht weil er etwas zu verbergen hatte, sondern nur, weil er irgendwie nie dazu gekommen war, Tori die Wahrheit zu sagen. Das Problem war, dass ihm langsam klar wurde, er würde immer etwas für Jasmine empfinden, und manchmal machte er sich Sorgen, dass das für Außenstehende ein bisschen offensichtlicher war, als es sein sollte.

»Du hast noch nie eine Freundin namens Jasmine erwähnt«, sagte Tori und ihre Augen verengten sich. War sie bereits dahintergekommen?

»Oh nein, er war nie mit Jasmine zusammen – der Trottel hat sie nie gefragt«, fügte seine Mutter hilfreicherweise hinzu. »Er war mit ihrem Bruder befreundet. Sie wohnen immer noch im Dorf.« Sie wandte sich an Spencer, ohne zu bemerken, dass sein Gesicht brannte. »Ich freue mich schon darauf, Dylan wiederzusehen. Wer hätte gedacht, dass er sesshaft wird und sich ein Baby zulegt?«

Tori schaute von einem zum anderen, sagte jedoch nichts, sondern reimte sich aus dem, was sie gerade gehört hatte, die Wahrheit zusammen.

»Aber das ist jetzt alles Vergangenheit«, sagte Spencer und zwang sich zu einem Lachen. »Ich war ein dummer Teenager. Und sie ist seit Jahren verheiratet.«

»Mit Rich Green.« Jenny schnaubte. »Er ist in Ordnung, aber mir war nie klar, was er hat, das du nicht hast.«

»Zum Beispiel Muskeln«, sagte Spencer in der Hoffnung, dass der Versuch, witzig zu sein, die Situation entschärfen würde. Was würde Tori aus all dem machen? In dieser Hinsicht war ihre Beziehung noch nie auf die Probe gestellt worden. Er hatte keine Ahnung, ob sie eifersüchtig war oder nicht, aber er hatte auch keine Lust, es herauszufinden – schon gar nicht in seinem eigenen Zuhause, wenn es so viele andere Probleme aufrühren konnte.

»Hast du dich nicht sogar mal mit Dylan Smith geprügelt?«, fragte Lewis und sah Spencer nachdenklich an.

Oh Gott, nicht das auch noch!

»Du hattest eine Schlägerei?« Tori drehte sich zu ihm um, und ihre Augen weiteten sich erschrocken.

»Es war nichts Ernstes, und wir sind wieder miteinander im Reinen«, beteuerte Spencer rasch.

»Ich kann mir dich in einer Schlägerei einfach nicht vorstellen.«

»Nun, es war eigentlich keine, denn das würde voraussetzen, dass beide Parteien in der Lage sind, zu kämpfen. Es war vielmehr so, dass Dylan mir einen Schlag verpasst hat und ich danach auf dem Boden lag.«

»Ich kann mir auch keinen prügelnden Dylan vorstellen«, sagte Tori kopfschüttelnd. »Dafür wirkt er zu liebenswürdig.«

»In diesem Dorf geht mehr vor sich, als auf den ersten Blick ersichtlich«, bemerkte Jenny. »Es wirkt zwar vielleicht wie die perfekte Postkartenidylle, aber im Laufe der Jahre gab es genug Skandale, um selbst die langlebigste Soap mit Drehbüchern zu versorgen.«

»Das höre ich hier ständig. Seid ihr deshalb weggegangen?«

»Oh nein.« Jenny lachte. »Warum sollte ich mir diesen ganzen Spaß entgehen lassen? Nein, wir sind weggezogen, als man Lewis das Forschungsprojekt angeboten hat. Ich gehe davon aus, dass wir eines Tages zurückkommen werden.«

Spencer sah sie über den Rand seines Glases hinweg an. Nur mit dem größten Sarkasmus hätte er sagen können, dass ihn diese Aussicht freute. Angesichts der Komplikationen, die sie ihm bereits nach weniger als einem Tag zu Hause bereitet hatten, wurde ein Eheleben in Amerika von Sekunde zu Sekunde verlockender.

Ruth nieste erneut viel lauter als notwendig, und Spencer hatte keinen Zweifel, dass sie es seinetwegen tat. Ruths Gedächtnis war nicht mehr das, was es einst gewesen war, aber wenn es um kleinliche Vorwürfe ging, trafen sie genauso sicher ihr Ziel wie eine von Jasmine Greens Abfuhren. Spencer warf Tori und seinen Eltern, die an der Theke des *Dog and Hare* standen, einen entnervten Blick zu. Anscheinend waren seine Mum und sein Dad nach ihrem langen Reisetag und nachdem sie ihren Sohn blamiert hatten kein bisschen müde und bereit für ein Gelage im Pub, den sie immer noch liebevoll als ihr Lieblingslokal bezeichneten. Dabei lebten sie jetzt in einem trendigen Vorort von Barcelona, in dem es jede Menge Bars gab.

»Wirklich«, sagte Spencer noch einmal zu Ruth, »es tut mir leid, dass Sie in den Schneesturm geraten sind. Ich hätte Sie ja hereingebeten, aber ...«

»Er hat seine Manieren vergessen«, schaltete Jenny sich ein

und grinste ihren Sohn schelmisch an. »Aber wir haben ihm eine ordentliche Standpauke gehalten, und er wird es nicht wieder tun.«

Spencer verkniff sich seinerseits ein Grinsen. Auf das mitunter ziemlich peinliche Auftreten seiner Eltern konnte er zwar gut verzichten, aber ihren Humor hatte er durchaus vermisst.

Ruth brummte etwas vor sich hin, während sie ein Bierglas abtrocknete, erwiderte jedoch nichts – was für sich genommen schon seltsam war. Das Glas brauchte eigentlich nicht poliert zu werden, aber vermutlich gab es ihr das Gefühl, wie eine richtige Tresenkraft zu wirken. Man hatte ihr die Tätigkeit nicht abschlagen können, nachdem Ruth ein Gesicht gemacht hatte, als würde sie gleich in Tränen ausbrechen, weil man sie aus dem Rettungsplan für den Pub gestrichen hatte. Als man dann ihr Alter und ihren Gesundheitszustand ins Feld geführt hatte, war sie erst recht am Boden zerstört gewesen. Am Ende war es einfacher gewesen, sie gewähren zu lassen. Colleen erwies sich ebenfalls wieder als einsatzbereit und wirkte so glücklich wie seit Tagen nicht, weil Doug endlich zu Hause war. Er konnte zwar noch nicht wieder arbeiten, aber Spencer vermutete, dass Colleen sich während seiner Abwesenheit nachts in dem großen Haus sehr verlassen gefühlt hatte. Er konnte verstehen, dass es sie aufmunterte, dass er zurück war. Gerade saß Doug im Wohnzimmer, sah fern und fühlte sich wahrscheinlich etwas nutzlos, aber zumindest wirkte er beruhigt und schien froh, wieder zu Hause zu sein. Das alles konnte sich schon am nächsten Tag ändern, wenn Toris Eltern eintrafen und die größte Gästesuite bezogen, denn er hatte so eine Vorahnung, dass sie es schaffen könnten, noch mehr Wirbel zu verursachen als seine Eltern.

Es blieb ihnen erspart, weiter vor Ruth zu Kreuze zu kriechen, weil jetzt Jasmine und Millie erschienen, kichernd wie zwei Schulmädchen, die sich nach draußen geschlichen hatten, bereits betrunken vom heimlich probierten Selbstgebrannten ihrer Eltern. Beim Anblick von Jenny und Lewis breitete sich ein Lächeln auf Jasmines Gesicht aus, und sie stürzte mit einem Kreischen auf die beiden zu.

»Hallo!«, rief sie in einem Wirbel rosafarbener Locken und Wolle und legte die Arme um alle beide. »Ich freue mich ja so, euch zu sehen!«

Nach herzlichen Umarmungen und Bekundungen des Entzückens trat Jasmine schließlich einen Schritt nach hinten, um die Neuankömmlinge zu mustern. »Ihr seht wirklich gut aus«, urteilte sie anerkennend. »Tatsächlich seht ihr beide umwerfend jung aus. Wie schafft ihr das bloß? Habt ihr ein mysteriöses Gemälde auf dem Dachboden stehen oder so etwas?«

»Schön wär's.« Jenny lachte und strich sich mit einer Hand über ihre schwarze Lederjacke, sichtlich geschmeichelt, aber zu bescheiden, das Kompliment anzunehmen. Doch mit ihrem Engelshaar, der gesunden Sonnenbräune und ihren Jeans und den Stiefeln, die ihre langen, schlanken Beine zur Geltung brachten, sah sie für ihr Alter wirklich gut aus. Spencer musste sich ein Grinsen verkneifen – er wusste, dass sie wahrscheinlich fand, Eitelkeit sei intellektuell unter ihrer Würde.

»Es muss an der Sonne liegen«, sagte Lewis fröhlich, dem es weniger als seiner Frau widerstrebte zuzugeben, dass er eine Figur hatte, wegen der die meisten Männer seines Alters vor Neid erblassen würden. Das war umso überraschender, wenn man bedachte, dass er die meiste Zeit seines Lebens in einem fensterlosen Labor eingesperrt war oder in abgedunkelten Räumen mit unaussprechlichen Atomteilchen experimentierte. Er wandte sich Millie zu. »Und Sie müssen die Göttin sein, die es geschafft hat, Dylan Smith zu zähmen.«

Millie errötete. Spencer konnte sich nicht entscheiden, ob es an dem unverblümten Kompliment lag oder an der Erwähnung von Dylans nicht gerade chorknabenhafter Vergangenheit, dass ihr Gesicht brannte, aber er vermutete, dass es ein wenig von beidem war.

»Ich bin Millie.« Sie streckte ihnen die Hand hin. Lewis schob ihre Hand beiseite und zog sie in eine Umarmung.

»Ist mir eine große Freude, Sie kennenzulernen, Millie. Und Sie sind allein hier, wie ich sehe. Erzählen Sie mir nicht, dass Dylan zu Hause sitzt und auf das Baby aufpasst?«

»Ich habe darauf bestanden, dass heute Mädelsabend ist und wir in den Pub gehen«, sagte Jasmine. »Er hatte also keine andere Wahl. Er besucht Rich und die Drillinge bei uns zu Hause. Ich fand, Millie hatte einen freien Abend verdient, da sie seit Oscars Geburt nicht mehr ausgegangen ist.«

Lewis grinste Spencer an. »Jetzt kann mich wahrscheinlich nichts im Leben mehr überraschen. Bist du dir sicher, dass Dylan nicht von Außerirdischen entführt und durch eine Kopie ersetzt worden ist?«

»Wenn sich jemand mit so etwas auskennt, dann du«, lachte Jasmine.

»Oh, Außerirdische sind überhaupt nicht mein Gebiet. Dunkle Materie und fehlende Teilchen des Universums – das ist schon eher mein Ding. Das heißt aber nicht, dass ich die Existenz von Leben auf anderen Planeten ausschließe. Ich mache mir nur nicht so viele Gedanken darüber wie einige meiner Kollegen.«

»Da wir gerade über Leben auf anderen Planeten sprechen«, schaltete Jenny sich ein und umarmte Millie ihrerseits herzlich, »wie kommt Dylan mit dem Vatersein zurecht? Wenn es einen Mann in diesem Dorf gegeben hat, bei dem ich mir nicht vorstellen konnte, dass er je häuslich wird, dann war er es. Ich weiß nicht, was Sie an sich haben, aber Sie sollten es in Flaschen abfüllen und verkaufen.«

»Er ist einfach erwachsen geworden«, meldete Jasmine sich zu Wort, in dem Versuch, das Gespräch in sicherere Gewässer zu lenken.

Spencer lächelte Jasmine an, und als er das tat, spürte er einen Blick auf sich. Er drehte sich um und sah, dass Tori ihn mit aufmerksamer Miene musterte: Nachdenklich, fragend, fast kühl. Das Lächeln, das er ihr schenkte, war wenig selbstsicher, und obwohl er keinen Grund hatte, sich für irgendetwas zu schämen, fühlte er sich plötzlich schuldig.

»Also«, sagte Jasmine an Tori und Spencer gewandt, »habt ihr euch schon an das halsbrecherische Tempo in Honeybourne gewöhnt?«

»Es war eine interessante Erfahrung«, antwortete Tori und bedachte sie mit einem höflichen Lächeln.

»Wirklich interessant wurde es, als meine Eltern aufgetaucht sind.« Spencer lachte verlegen.

»Ich hoffe, du meinst das positiv«, sagte Jenny.

»Ich spendiere eine Runde«, verkündete Jasmine. »Und dann will ich hören, was alle so getrieben haben.«

Als Jasmine ihre Getränkewünsche entgegennahm und dann hinter den Tresen sprang, um alles selbst zu organisieren, verblasste Toris Lächeln. Ruth befragte währenddessen Frank Stephenson wegen einer Sache, die sie im Zeitungskiosk aufgeschnappt hatte, Jenny und Lewis machten sich Sorgen wegen einer Unstimmigkeit beim Bargeld in Lewis' Brieftasche, und Colleen war mit einer Essensbestellung von Jim oder Saul beschäftigt. Tori drehte sich zu Spencer um, mit einem Gesichtsausdruck, der nach Beruhigung verlangte.

Er nahm sie in die Arme, küsste sie flüchtig und lehnte sich dann zurück, um ihr Gesicht zu studieren. »Alles okay bei dir?«, fragte er leise. »Willst du schon schreiend nach Hause rennen?«

»Noch nicht.« Sie schüttelte den Kopf und ließ den Blick durch den mit dunklem Holz getäfelten Pub wandern, wo der alte Weihnachtsschmuck im orangefarbenen Lampenlicht glitzerte und die Quizmaschine in der Ecke surrte und blinkte, während an den Tischen alte Freunde miteinander plauderten und lachten. »Vielleicht wäre es hier gar nicht so übel.«

»Was soll das denn heißen?«

»Wenn es dir so viel bedeutet, nach der Hochzeit hier zu leben, dann könnten wir es doch versuchen. Du hast hier schon ein Haus, also macht es in vieler Hinsicht Sinn. Jobs könnten ein Problem sein, aber die Staatsbürgerschaft wird mit meiner irischen Abstammung keine Schwierigkeit darstellen, und ...«

»Ist das wirklich dein Ernst? Du würdest hierherziehen?« Spencers Augen weiteten sich.

»Sicher. Ich meine nicht, dass wir die Situation nicht in einem Jahr oder so noch einmal neu beleuchten könnten, aber ...«

Spencer presste seine Lippen auf ihre. »Das würdest du für mich tun? Ich bin sprachlos.«

»Erwarte jetzt aber nicht, dass ich in allen Dingen nachgebe.«

»Das würde ich nie tun.«

»Ich weiß. Aber lass dich nicht dazu verleiten, es zu vergessen.«

Spencer küsste sie erneut. Doch als er eine Stimme hinter sich hörte, löste er sich mit einem breiten Grinsen von ihr.

»Könnt ihr zwei euch das nicht für später aufheben? Ich bin sicher, dass es sehr vergnüglich ist, aber wir müssen uns jetzt ernsthaft dem Trinken widmen.« Mit einem zufriedenen Blick hielt Lewis sein Bierglas in die Höhe, während Jasmine Spencer und Tori ihre Gläser auf die Theke stellte.

Tori sah Spencer mit einem schwachen Lächeln an. »Würde hier leben bedeuten, dass wir uns jeden Abend betrinken müssen? Denn ich bin mir nicht sicher, ob meine Leber das verkraftet.«

»Es würde alles das bedeuten, was du willst«, antwortete Spencer. »Solang wir nur zusammen sind.«

Sie senkte die Stimme, während sich die anderen wieder über Lewis' Forschungsprojekt unterhielten. »Noch eine Sache. Bitte sag mir die Wahrheit, und ich werde nie wieder danach fragen. Ich würde viel aufs Spiel setzen, wenn ich herkomme … Es gibt keine unerledigten Angelegenheiten, von denen ich wissen müsste, oder? Sag mir, dass du mich nie enttäuschen wirst.«

Spencers Blick flackerte unwillkürlich zu Jasmine hinüber, die unkontrolliert über irgendetwas kicherte, das sein Dad gerade gesagt hatte, ihre Wangen umrahmt von ihren Locken und ihre Augen sprühend vor Intelligenz und Humor. So schnell, dass wahrscheinlich niemand sonst es bemerkt hätte, konzentrierte er sich wieder auf Tori, und der Ausdruck in ihren Augen sagte ihm, dass sie sich sicher sein musste. Sie schenkte ihm ihr Herz, gab für ihn ihr Zuhause und das Leben dort auf, und sein Versprechen war das Mindeste, was er ihr geben musste. Für sie konnte er seine dummen Gefühle für Jasmine im Zaum halten, oder etwa nicht? Immerhin war es nicht so, als würden sie ihn weiterbringen. Jasmine gehörte zu Rich – das war immer so gewesen und würde so bleiben, also hatte es keinen Zweck, Gefühle für sie zu haben. Und er liebte Tori. Er wusste nicht, ob es möglich war, zwei Menschen zu lieben, aber er wusste, dass das, was er für Tori empfand, echt war.

Er strich ihr das Haar hinters Ohr und lächelte sie an. »Es gibt nichts, worüber du dir Sorgen machen müsstest. Ich bin jetzt mit dir zusammen, und ich liebe dich, und wenn du damit glücklich bist, ist das alles, was wir brauchen.«

Sie nickte. »In Ordnung. Das genügt mir.«

FÜNF

Fast überall lag Schnee, in hohen Wehen auf Wegen, in Gassen und an den Hauswänden aufgetürmt. Die Gehsteige jedoch waren freigeräumt, und eine tief am Himmel hängende Sonne schien grell und strahlend in einem Winkel auf die Dächer herab, dass Darcie die Augen zusammenkneifen musste. Sie hätte eine Sonnenbrille aufsetzen können, aber mitten im Winter wäre ihr das lächerlich vorgekommen. Jetzt blinzelte sie durch das Busfenster, als der Turm der Kathedrale von Salisbury am Horizont auftauchte.

Dylan war am Abend zuvor gegen elf mit Oscar in seinem Autositz nach Hause gekommen, kurz vor Millie, die in Begleitung von Spencer, Tori, Jenny und Lewis erschienen war. Die beschwipste Millie hatte darauf bestanden, Darcie solle sich den Tag freinehmen. Sie hatte sich darin ergangen, dass sie für ein Mädchen ihres Alters zu still und zu ernst sei und losziehen und shoppen gehen, sich für Nikolausmützen und singende Rentiere begeistern solle wie alle anderen auch, und zwar in einer Stadt von normaler Größe, nicht in einem Kaff wie Honeybourne. Darcie konnte sich nicht vorstellen, Millie könnte jemals wegen Nikolausmützen und singender Rentiere in Verzückung geraten sein, aber Dylan hatte ihr uneingeschränkt zugestimmt und Darcie erklärt, sie müsse sich mal loseisen, weil sie in letzter Zeit wirklich nicht sie selbst gewesen sei. Und obwohl sie nicht besonders erpicht darauf war, allein durch eine Stadt zu laufen, die sie nicht kannte, hatte sie zugestimmt, mit dem Bus nach Salisbury zu fahren, um sich dort umzusehen. Beim Verlassen der Bäckerei hatte Hochbetrieb geherrscht, trotz der frühen Stunde, und ihre Einwände, dass sie Hilfe bei Oscar brauchten und nicht rechtzeitig alle Waren ausliefern konnten, waren auf taube Ohren gestoßen.

Der Bus kam abrupt zum Stehen, und einige Fahrgäste stiegen aus, während noch mehr einstiegen. Für Darcies Geschmack waren hier schon zu viele Menschen, und die Leiber, die sich um sie herum drängten, verstärkten den Mief und die Hitze, die von den Heizlüftern zu ihren Füßen ausging. Sie schwitzte in ihrem schweren Mantel und wollte ihn gerade ausziehen, als sich ein Junge auf den freien Platz neben sie setzte, sodass es viel schwieriger wurde, ihre Arme aus den Ärmeln zu bekommen, ohne dem Jungen die Ellenbogen ins Gesicht zu stoßen. Er nickte ihr flüchtig zu und schenkte ihr ein kurzes Lächeln. Sie nahm sich einen Moment Zeit, ihn zu begutachten. Sie schätzte, dass er ungefähr im gleichen Alter war wie sie selbst – vielleicht zweiundzwanzig oder so –, und er hatte rotblonde Haare und intelligente, haselnussbraune Augen, die sie an Dylan erinnerten. Gott, in letzter Zeit schien sie alles an Dylan zu erinnern, und das war ganz und gar nicht das, was sie wollte.

»Heiß hier drin, nicht wahr?«, sagte er.

Überrascht, dass er das Wort an sie richtete, sah Darcie ihn direkt an.

»Ein bisschen«, antwortete sie und blickte rasch wieder aus dem Fenster.

»Fährst du nach Salisbury?«, hakte er nach.

Mit einem kurzen Nicken drehte sie sich wieder zu ihm um.

»War klar«, sagte er. »Wohnst du dort?«

»Nein.«

»Habe ich mir gedacht. Dann irgendwo hier in der Nähe?«

»Eigentlich nicht.«

»Keine Sorge«, sprach er weiter, »ich verwickele dich nicht in ein Gespräch, wenn du nicht mit mir reden willst. Ich dachte nur ...«

Darcie merkte, wie sie errötete. Sie hätte es auf die Hitze geschoben, begriff aber, dass der Grund ein anderer war: Jetzt, wo sie richtig hinsah, stellte sie fest, dass er tatsächlich sehr attraktiv war. Und es war eigentlich nicht ihre Art, so unhöflich zu sein. Plötzlich schämte sie sich für ihre knappen Antworten.

»Ist schon gut ... Tut mir leid, ich habe nur darüber nachgedacht, was ich heute noch alles erledigen muss.«

»Du machst Weihnachtseinkäufe?«

»Wahrscheinlich ... nicht wirklich. Um ehrlich zu sein, ich brauchte einfach mal einen Tag für mich allein.«

»Das verstehe ich. Manchmal würde ich auch am liebsten einfach abhauen.«

»Wohnst du noch bei deinen Eltern?«

Er schüttelte den Kopf. »Das wäre viel einfacher. Ich wohne mit fünf anderen Jungs in einer Studentenbude.«

»Hier in der Nähe?«

»In Winchester. Ich bin auf dem Weg zu meinen Eltern, die in Salisbury wohnen.«

»Gefällt es dir in Winchester?«

»Die Stadt ist in Ordnung. Die Studentenbude ... Na ja, sagen wir mal so, wenn man Wert auf Privatsphäre und hygienische Sanitäranlagen legt, ist man dort fehl am Platz.«

»Klingt spaßig.«

»Es ist immer was los – Tag und Nacht. Manchmal ist das okay, aber manchmal würdest du am liebsten jemanden verprügeln, und wenn man lernen muss, ist es schrecklich. Was ist mit dir? Wohnst du noch bei deinen Eltern?«

»Nein, bei meiner Cousine.«

»Verstehe. Das muss lustig sein. Aber du bist nicht aus der Gegend – zumindest wenn man nach deinem Akzent geht.«

»Ich komme ursprünglich aus Staffordshire. Meine Cousine hat in Honeybourne eine Bäckerei gekauft, und ich helfe ihr bei der Arbeit.«

»Klingt cool.«

»Ist es eigentlich gar nicht. Dein Leben klingt wesentlich vergnüglicher.«

»Du warst also nicht auf der Uni?«

»Irgendwie hat sich das nie ergeben. Ich bin mir ohnehin nicht sicher, ob ich klug genug dafür wäre.«

Er zuckte die Achseln und schenkte ihr ein warmherziges Lächeln. »Das kann man erst wissen, wenn man es versucht hat. Hattest du nie Lust dazu?«

»Ich habe früher nie wirklich darüber nachgedacht. Niemand in meiner Familie hat studiert, also kam das in meiner Lebensplanung einfach nicht vor.«

»Wenn ich nicht studiert hätte, wäre ich von meinen Eltern enterbt worden. Aber ich bin nicht besonders weit von zu Hause weggegangen – so kann ich meiner Mum meine Wäsche zum Waschen bringen und kriege einmal die Woche eine anständige Mahlzeit vorgesetzt.«

Darcie konnte sich ein Lächeln über seine Ehrlichkeit nicht verkneifen. »Ich bin mir sicher, sie ist überglücklich, einmal die Woche deine stinkenden Socken gebracht zu bekommen.«

»Tatsächlich riechen sie sehr gut. Nach Rosenblättern.«

»Bevor oder nachdem sie gewaschen wurden?«

»Vorher – das ist doch klar.«

»Was studierst du eigentlich?«

»Jura. Und dummes Daherreden. Es ist anstrengend, aber das ist in Ordnung.«

»Jura oder das dumme Daherreden?«

»Beides.« Er grinste. »Also, du besorgst heute keine Weihnachtsgeschenke?«

»Nein, ich habe alles, was ich brauche.«

»Dann bist du also vollkommen frei ... heute, meine ich. Wenn du nichts einkaufen musst und mit niemandem verabredet bist, dann bist du frei.«

»Woher willst du wissen, dass ich mich mit niemandem treffe?«

»Das war nur geraten. Du hast die Ausstrahlung von jemandem, der heute mit niemandem verabredet ist.«

»Wilde Spekulation.«

»Das ist meine scharfsinnige Intuition als angehender Anwalt.«

Der Bus hielt an, und der Fahrgasttanz wiederholte sich, als einige ausstiegen und andere einstiegen. Es schien, als würde der Bus mit jeder sich der Stadt nähernden Haltestelle voller werden. Aber der junge Mann blieb sitzen.

»Du hast mir immer noch nicht deinen Namen verraten«, sagte er, als der Bus sich rumpelnd wieder in Bewegung setzte.

»Das liegt daran, dass ich dich gerade erst kennengelernt habe.«

»Du willst ihn mir nicht sagen? Wie wär's, wenn ich rate?«

Darcie lächelte und wartete mit vor der Brust verschränkten Armen und hochgezogener Augenbraue ab. Ganz schön frech, dieser Bursche. Manche würden sogar sagen, unverschämt, und er war anmaßend, aber sie fand ihn trotzdem irgendwie süß. Sie begann ihren Flirt zu genießen, denn sie erkannte ihre Unterhaltung jetzt als das, was sie war. Und es fühlte sich gut an.

»Mal sehen ...« Er kniff die Augen zusammen und verzog vor lauter Konzentration das Gesicht, wie ein altmodischer Zauberkünstler, der so tat, als könne er Gedanken lesen.

»Alice?«

Darcie schüttelte den Kopf.

»Fearne ... Rachel ... Mia?«

»Nein. Ganz kalt.«

»Oh ... Etwas Exotischeres? Okay ... Alexandretta?«

Wieder schüttelte sie den Kopf.

»Peony?«

Darcie brach in lautes Kichern aus. »Nie und nimmer.«

»Eher traditionell? Mary?«

»Nein.«

»Eleanor?«

»Nein.«

»Englebert!«

Darcie schnaubte. »Red keinen Blödsinn!«

»Es wäre allerdings wahnsinnig witzig gewesen, wenn es gestimmt hätte.«

»Ich kann dir versichern, dass ich nicht Englebert heiße. Wer heißt denn überhaupt Englebert?«

»Komm schon, erlöse mich von meinem Elend. Es ist fast Weihnachten. Du wirst dich eindeutig nicht später mit mir auf einen Kaffee treffen, und du wirst mich wahrscheinlich auch nicht anrufen, wenn ich dir gleich meine Handynummer gebe, also verrate mir wenigstens deinen Namen, mit dem ich mich dann in den Schlaf weinen kann.«

Sie konnte sich ein breites Lächeln nicht verkneifen, und obwohl untergründig die Frage an ihr nagte, ob es klug war, so vertrauensselig zu sein, gab sie ihm seine Antwort. »Darcie.«

»Darcie? Hübscher Name.«

»Danke. Jetzt bist du dran.«

»Willst du raten?«

Sie schüttelte den Kopf. »Ich bin schrecklich schlecht im Raten, und wir würden den ganzen Tag hier festsitzen.«

»Nathan.«

»Okay. Hallo, Nathan.«

»Also ... lag ich bei den anderen Sachen richtig?«

»Welchen Sachen?«

»Du weißt schon ... Dass du dich nicht auf einen Kaffee mit mir verabreden und mich nicht anrufen wirst, wenn ich dir meine Handynummer gebe.«

»Warum sagst du das?«

Er zuckte die Achseln. »Nur so ein Gefühl. Ich habe so meine Erfahrungen gemacht.«

»Wir sind nicht alle gleich.«

»Genau darauf setze ich.« Er holte einen Umschlag aus seiner Manteltasche und riss eine Ecke ab. »Du hast nicht zufällig einen Stift bei dir? Ich fürchte, der Akku meines Handys ist so gut wie leer, also muss ich auf die altmodische Weise flirten.«

»Gut, dass du dir wenigstens deine Nummer merken kannst, ohne auf deinem Handy nachschauen zu müssen. Ich könnte das nicht.« Darcie kramte in ihrer Handtasche herum und holte einen Stift heraus, den er mit einem Grinsen entgegennahm.

»Siehst du, noch ein glücklicher Zufall«, sagte er.

»Was ist ein glücklicher Zufall?«

»Dass du einen Stift hast, und ich mich an meine Handynummer erinnern kann, ohne nachschauen zu müssen.«

»Ich habe immer einen Stift bei mir.«

»Eine Frau, die für alles gewappnet ist – ich bin jetzt schon verliebt.« Er gab ihr das Stück Papier und den Stift zurück. Auf den Zettel hatte er seinen Namen und seine Handynummer gekritzelt. Er sah aus dem Fenster. »Das ist meine Haltestelle.«

Darcie nickte. Zuerst hatte sie sich nicht unterhalten wollen und keinen Wert auf seine Gesellschaft gelegt, aber jetzt fand sie es schade, dass er ausstieg. Sie schloss die Finger um den Zettel mit seiner Telefonnummer und lächelte, als der Bus anhielt und Nathan aufstand.

»Verlier die Nummer nicht, ja?«, sagte er. »Du könntest sie

später noch brauchen, wenn du zu dem Schluss kommst, dass ich es wert bin, ein Risiko einzugehen.«

»Ich werde sie nicht verlieren«, versprach sie. Und dann schenkte er ihr ein letztes Lächeln, bevor er aus dem Bus stieg.

Spencer hatte vergessen, wie ausgelassen seine Eltern sein konnten, und er hatte noch nie versucht, mit ihnen mitzuhalten, wenn es ums Trinken ging. Doch der heutige Morgen frischte sein Gedächtnis auf. Der Pub hatte sich immer weiter gefüllt, und alle waren bester Laune gewesen, als sie kamen, um Mr und Mrs Johns willkommen zu heißen. Irgendwann hatte Spencer den Überblick darüber verloren, wie viel er getrunken hatte. Nachdem immer wieder Gläser vor ihm aufgetaucht waren, hatte er einfach aufgehört, sich Gedanken zu machen, woher sie kamen, und sie fröhlich ausgetrunken.

Er sah sich in dem winzigen Gästeschlafzimmer um. Auf jedem freien Fleck türmten sich Kisten und schwarze Müllsäcke voller alter Sachen, die er eigentlich schon längst hätte aussortieren sollen, wozu er aber nie gekommen war. Neben sich hörte er einen leisen Seufzer, als Tori sich im Schlaf umdrehte und das Gesicht an seine Schulter schmiegte. Er strich ihr eine widerspenstige Locke von der Wange und küsste sie sanft, so sanft, dass sie nicht aufwachte, was ihm ein Lächeln entlockte. Es spielte keine Rolle, dass ihr Atem selbst dem stärksten Zecher zur Ehre gereicht hätte oder dass ihre Wimperntusche verschmiert war, weil sie zu betrunken gewesen war, um sich vor dem Zubettgehen abzuschminken – für ihn war sie der schönste Anblick, den er sich beim Aufwachen vorstellen konnte. Auch seine Eltern schienen sie zu mögen, sodass es jetzt nur noch eine Partei zu überzeugen galt, auch wenn es die bei Weitem schwierigere sein würde. Heute war der Tag der Entscheidung: Tori hatte ihren Teil getan, und jetzt war es an der Zeit, dass Spencer sich seiner Herausforderung stellte.

Er legte einen Arm um sie und schloss die Augen, um noch einmal einzudösen. Aber kurz darauf hörte er Schritte durch den Flur poltern, und dann erbrach sich jemand geräuschvoll in die Toilettenschüssel. Es klang, als ob mindestens ein Elternteil die Früchte des vergangenen Abends erntete. Gut, dass ihm nicht auch schlecht war, denn immerhin teilten sie sich ein Bad.

»Da verträgt wohl jemand keinen Alkohol«, murmelte Tori. Spencer grinste.

»Hört sich so an.«

»Da du hier bist und mit mir redest, kannst du es nicht sein.«

»Nein. Aber ich habe den Verdacht, dass Mum und Dad wesentlich mehr getrunken haben als wir. Es lag daran, dass ihnen ständig jemand einen ausgegeben hat.«

»Niemand hat so viel getrunken wie Ruth. Diese Frau ist ein Fass ohne Boden.«

»Ich bin bereit zu wetten, dass sie heute nicht mal einen Kater hat.«

»Ihre Leber muss in Alkohol konserviert sein.«

»Das liegt an den Stärkungsmitteln, die sie von Millie bekommt. Vielleicht sollte ich Mum und Dad etwas davon besorgen.«

»Ermutige sie nicht noch ...« Tori öffnete die Augen, die blauer waren als der Winterhimmel vor ihrem Fenster, und sah ihn lächelnd an. »Wir brauchen sie heute in nüchternem Zustand.«

Sein eigenes Lächeln verblasste. Niemand musste ihn an die bevorstehende Begegnung der beiden Elternpaare erinnern, und der letzte Abend hatte anscheinend nur dazu gedient, Tori, die jetzt beide Parteien kannte, klarzumachen, dass es eine stressige Zeit werden würde. Das war etwas, das Spencer sich schon selbst zusammengereimt hatte, obwohl er sich große

Mühe gab, nicht darüber nachzugrübeln. Aber Toris unbewusstes Eingeständnis hatte ihm all diese Ängste umso deutlicher gemacht und jetzt lachten sie ihm ins Gesicht.

»Wann landet das Flugzeug?«, fragte er.

»Erst am späten Nachmittag. Wir haben jede Menge Zeit, deine Leute nüchtern zu kriegen.«

»Ich habe mich eher gefragt, wie viel Zeit mir noch bleibt, um aus dem Fenster zu springen.«

Tori kuschelte sich noch enger an ihn. »Es wird schon alles gut gehen – mach dir keine Sorgen.«

»Meinst du? Vergiss nicht, dass ich nicht Hunter Ford bin ... Ich bin nur ein Grundschullehrer.«

»Das bin ich auch. Und ich bin sehr froh, dass du nicht Hunter Ford bist.«

»Aber du erzählst mir ständig, wie enttäuscht deine Eltern sind, dass du Lehrerin geworden bist.«

»Sie sind nicht enttäuscht. Zumindest nicht von dem Lebensstil oder dem Beruf, den ich mir ausgesucht habe, auch wenn sie sauer sind, dass ich mich nicht für Hunter entschieden habe. Sie haben sich einfach nur vorgestellt, ich würde jemanden finden, der etwas ...«

»Der besser verdient und mehr Sexappeal hat?«, beendete Spencer ihren Satz.

»So ähnlich. Aber du sagst immer, mit dir und deinen Eltern sei es ähnlich.«

»Ja, vermutlich.«

»Wahrscheinlich verstehen wir uns deshalb so gut.«

»Der Unterschied ist, dass wir meinen Eltern eine Flasche Wein hinstellen können, und schon vergessen sie die Enttäuschung über ihren einzigen Sohn und amüsieren sich blendend. Deine Eltern trinken nicht, was sollen wir also tun?«

»Was ich immer gemacht habe – ich lebe mein Leben, so wie es mir gefällt, und schere mich einen feuchten Kehricht darum, was sie denken. Sie können es akzeptieren oder sich aufregen, aber ich werde mir darüber keine grauen Haare wachsen lassen.«

Spencer seufzte. »Ich wünschte, ich könnte das genauso sehen. Aber heute Nachmittag werde ich mich zwei Elternpaaren gegenübersehen, die enttäuscht von mir sind.«

Tori küsste ihn. »Du nimmst das viel zu ernst.«

»Es ist wichtig. Es geht um unsere Zukunft.«

»Genau. Es ist *unsere* Zukunft, und die von niemandem sonst. Solang unsere Beziehung standhält, ist das alles, was mich interessiert.«

»Du bist unglaublich, weißt du das?«

»Irgendwie schon ... Also, wirst du mich jetzt endlich küssen?«

»Meine Eltern sind im Nebenzimmer.«

»Und das bedeutet, du kannst mich nicht küssen?«

»Ein Kuss wird nicht genug sein.«

»Verdammt richtig.« Tori griff unter die Decke, und er erstarrte.

»Tori!«, rief er schrill.

»Sag mir, dass du nicht willst«, hauchte sie.

»Natürlich will ich.«

»Wo liegt dann das Problem?«

Sie küsste ihn, und er rollte sie auf den Rücken und schaute ihr in die Augen. Er wollte sie, und es fühlte sich an, als hätte er sie noch nie so sehr begehrt, fast als wüsste er, dass Probleme im Anmarsch waren und dies das letzte Mal sein würde. »Es ist das Zimmer direkt neben unserem. Sie werden uns hören ...«

»Dann müssen wir eben ganz leise sein, nicht wahr?«

Es war eine unlautere Methode, das wusste er, aber Spencer hatte die Hilfe seiner Mutter in Anspruch genommen, damit sie Tori beschäftigte, während er Millie aufsuchte. Er gab vor, sie nach einem ihrer wunderbaren Tränke fragen zu wollen, mit dem sich der Stress auf ein erträgliches Maß reduzieren ließ. Aber er wollte auch reden, und Millie war eine gute Zuhörerin, übrigens genau wie Dylan manchmal, wenn er in der Stimmung war und den nötigen Ernst aufbrachte. Auf Spencers Bitte hin hatte Jenny darauf bestanden, dass Tori sie zu dem Supermarkt etwas entfernt vom Dorf begleitete, damit sie für das Weihnachtsessen einkaufen und sich zugleich noch ein wenig besser kennenlernen konnten, und trotz seiner wahren Motive fand Spencer, dass das gar nicht so schlecht war. Lewis hatte zu seiner Freude den Motorroller wiederentdeckt, den er in der Garage zurückgelassen hatte. Er sprang sogar an, obwohl Spencer seit einem Jahr weg gewesen war und das Ding nicht hatte warten können, und Lewis hatte sich mit Begeisterung in die Bastelei gestürzt, was sich bis weit in den Nachmittag hinziehen würde. Wer auch immer sich da am frühen Morgen auf der Toilette übergeben hatte – Spencer fragte nicht nach, und da sie beide genauso frisch wirkten wie der klare Morgen, mit dem der Tag sie begrüßte, vermutete er, dass diese Sache inzwischen ausgestanden war.

Als Spencer nun die Tür der Dorfbäckerei aufdrückte, fand er Millie mit Ruth anstelle von Darcie hinter der Theke vor, während Dylan hinten mit einem Blech Sodabrot kämpfte.

»Spencer!« Millie, die sich Oscar in einer Babytrage vor die Brust geschnallt hatte, lächelte. »Bist du heute allein hier? Ich hörte, es wurde noch ein ziemlich wilder Abend, nachdem ich gegangen war ... Ich nehme an, bei dir zu Hause sind alle verkatert?«

»Eigentlich geht es ihnen gar nicht schlecht. Mum ist mit Tori einkaufen gefahren, und Dad schraubt an seinem Motorroller herum.« Er blickte zu Ruth hinüber. »Sie sehen auch recht munter aus, und dabei haben Sie uns alle unter den Tisch getrunken.«

Ruth grinste. »Wenn man sich einmal mit jemandem eine

Flasche Navy Rum geteilt und das überlebt hat, kann man alles trinken, was das *Dog and Hare* zu bieten hat.«

»Was darf's denn sein?«, fragte Millie fröhlich.

Spencer hielt inne und schaute zu Ruth hinüber, die ihn mit ein wenig zu viel Interesse beobachtete. Er musste mit Millie reden und zwar allein, weil Millie genau das Richtige tun und sagen würde, um ihn zu beruhigen. Auch sie schien seine gegenwärtige missliche Lage zu erkennen, denn sie drehte sich zu Ruth um.

»Wäre es ein Problem für Sie, für mich ins *Dog and Hare* zu laufen? Ich glaube, wir haben ihnen heute Morgen zu wenig geliefert, und ich will Colleen, was das Mittagsgeschäft angeht, nicht im Regen stehen lassen. Es wäre toll, wenn Sie ein halbes Dutzend Pasteten in den Pub bringen könnten.«

Ruth sah aus, als wollte sie Einwände erheben, aber dann nickte sie. »Bevor Sie auch nur Fleischpastete sagen können, bin ich wieder da.«

»Wenn Sie rübergehen und mit Dylan sprechen, wird er Ihnen die Sachen geben, die Sie hinbringen sollen. Sagen Sie ihm einfach, dass er es tun muss, weil ich gerade Spencer bediene, und außerdem will Oscar vielleicht auch gleich etwas trinken.«

Ruth begab sich in die Küche, und Millie wandte sich wieder Spencer zu. »Ich merke immer, wenn bei dir etwas im Busch ist. Also, raus damit, worum geht es?«

»Ich weiß. Deshalb wollte ich ja mit dir reden ... Ich meine, mir ist klar, dass du viel um die Ohren hast, und früher konnte ich immer mit Jasmine sprechen, aber ...«

»Natürlich. Setz dich, und ich hol uns etwas zu trinken.«

»Nein.« Spencer schüttelte den Kopf. »Ich will dir nicht noch mehr Umstände machen. Ich will nur ...« Er zögerte.

»Was?«

Spencer senkte die Stimme. »Ich weiß, dass du nicht immer einverstanden damit bist, wie sehr sich alle auf deine Kräutermischungen verlassen, aber ... Gott, Millie, ich könnte jetzt wirklich etwas gebrauchen, das mich beruhigt.«

»Meine Stärkungsmittel?« Millie lächelte. »Wenn du um so etwas bittest, weiß ich, dass es ernst ist. Du bist nicht wie Ruth, die mich jeden Tag nach irgendetwas fragt, das Falten beseitigt oder den Postboten dazu bringt, sich in sie zu verlieben. Bist du wirklich so gestresst? Ich weiß nicht, ob ein Stärkungsmittel dir da mehr helfen würde als eine schöne Tasse Kamillentee und ein gutes Gespräch, wenn ich ehrlich bin. Und ich versuche nicht, mich davor zu drücken, dir etwas zusammenzumixen, denn du weißt, dass ich alles tun würde, wenn ich überzeugt wäre, es würde dir helfen.«

Spencer nahm an einem freien Tisch Platz, und Millie setzte sich zu ihm. »Meine Mum und mein Dad sind da, das ist schon schlimm genug. Aber nachher kommen auch noch Toris Eltern an, und ich habe das Gefühl, ich explodiere gleich vor lauter Anspannung.«

Millie runzelte die Stirn. »Warum? Es ist vielleicht etwas nervenaufreibend, weil es deine zukünftigen Schwiegereltern sind, aber du kennst sie doch schon, und normalerweise hast du in solchen Situationen keine Minderwertigkeitskomplexe. Sei einfach du selbst, dann bist du wunderbar, und alles wird gut.«

»Sie mögen mich überhaupt nicht – Toris Eltern. Ich weiß nicht, ob ich das schon mal erwähnt habe. Sie hatten sich vorgestellt, dass sie den Sohn eines Freundes der Familie heiratet. Er hat natürlich alles, was ich nicht habe, warum sollten sie sich also etwas anderes wünschen?«

»Aber Tori hat ihnen gesagt, dass du der Richtige für sie bist? Und sie wissen, dass ihr euch verlobt habt?«

»Ja. Zumindest glaube ich das.«

»Unter den Umständen werden sie sich sicher bemühen, mit dir auszukommen, oder?«

»Ja, aber ...« Spencer brach ab. Was genau versuchte er eigentlich zu sagen? Millie hatte recht, es war nicht nachvollziehbar, warum er sich so aufregte. Der Stress kam von woanders, von irgendeinem Ort in ihm selbst, aber er konnte nicht den Finger darauf legen.

»Hast du versucht, Tori zu sagen, wie du dich fühlst?«

»Nicht wirklich. Ich wüsste gar nicht, wo ich anfangen soll.«

»Du kannst nicht viel tun, um das zu ändern, wenn du nicht einmal mit ihr reden kannst.«

»Oh, ich kann mit ihr reden. Ich meine, sie ist großartig, natürlich ist sie großartig, und wir können über fast alles reden ...«

»Dann verstehe ich nicht, wo das Problem liegt.«

»Ich kann mit ihr über fast alles reden. Nur nicht darüber.«

Millie runzelte die Stirn. »Tut mir leid, Spencer, aber was du sagst, ergibt nicht viel Sinn. Vielleicht kannst du mit mir durchgehen, was du mit ihr besprechen willst? Wenn du es hier ausprichst, du deine Gedanken ordnest, hilft es dir vielleicht, das Ganze selbst besser zu verstehen.«

Spencer lächelte verkrampft. Millie war so geduldig und verständnisvoll, kein Wunder, dass es ihr sogar gelungen war, Dylan zu zähmen. Sie hatte so eine Art, einem bis in die Seele zu blicken und das Gute dort zu sehen. Und was auch immer kaputt war, sie konnte es wieder heil machen. Es war eine seltsame, aber wunderbare Eigenschaft. Er atmete tief ein. Er konnte Millie vertrauen, und vielleicht würde es guttun, seinen Gefühlen Luft zu machen, so ungreifbar und schwer zu formulieren sie auch waren.

»Ich habe so eine schreckliche Vorahnung«, sagte er langsam, »und ich weiß einfach nicht, ob wir die Sache wirklich durchziehen können ...«

Millies Augen weiteten sich. »Empfindest du das wirklich so?«

Er seufzte. »Keine Ahnung. Ich liebe Tori, aber ich bin mir so unsicher. Irgendwann werde ich ihr wehtun, oder ich bin einfach nicht gut genug, oder sie wird sich wünschen, sie hätte diesen blasierten Bastard geheiratet, auf den ihre Eltern so scharf sind. Ich weiß nicht einmal, was in meinem eigenen Kopf vor sich geht, und es jagt mir eine Scheißangst ein. Ich bin ein echt nerviger Trottel, nicht wahr?«

»Nein.« Millie lächelte. »Du bist ein guter Mensch, der versteht, was für eine große Verpflichtung eine Ehe ist und der das ernst nimmt. Du willst einfach alles richtig machen und alle sollten so sein, bevor sie sich unbedacht in eine Ehe stürzen, die vielleicht von Anfang an zum Scheitern verurteilt wäre. Aber du musst Tori sagen, was du fühlst.«

Er schüttelte den Kopf. »Sie würde es nicht verstehen, nicht so wie du. Stattdessen würde sie es persönlich nehmen, und wahrscheinlich mit mir Schluss machen. Ganz zu schweigen davon, dass ihre Eltern bei der ersten Andeutung von Schwierigkeiten frohlocken würden.«

»Bist du dir da sicher? Wie wäre es, wenn du vorschlägst, die Hochzeit noch ein bisschen zu verschieben? Ich weiß, als ich dich neulich bedrängt habe, hast du von Juli gesprochen, aber das war aus einer Laune heraus, nicht wahr?«

»Das würde sie genauso persönlich nehmen, und ich könnte ihr keinen Vorwurf daraus machen. Die Sache ist die ...« Er fuhr sich mit einer Hand durchs Haar und blickte in Richtung Küchentür. »Ich dachte selbst, alles läuft gut bei uns, bis ich zurückkam.«

»Nach Honeybourne? Aber es ist nicht das erste Mal, dass du wieder nach Hause kommst, seit du mit Tori zusammen bist. Du warst zur Eröffnung der Bäckerei hier und ...«

»Ich weiß. Aber ich bin nicht geblieben. Ich hatte keine Zeit, sie wirklich zu sehen ...«

»Jasmine.« Millie streichelte Oscar über den Kopf, um ihn zu beruhigen. »Darüber habe ich mir auch schon Gedanken gemacht.«

»Du hast es gemerkt? Hast du es mir angesehen?«

»Eigentlich nicht. Doch solche Gefühle vergisst man nicht so leicht, und ich weiß, wie viel sie dir bedeutet hat. Aber glaubst du wirklich, das ist der Kern des Problems? Oder dient sie nur als Begründung für deine Zweifel und Ängste, eine Bindung einzugehen, die kaum etwas mit einer alten Flamme zu tun haben?«

Er zuckte die Achseln. »Ich wünschte, ich wüsste die Antwort auf diese Frage. Ich habe mich noch nie für bindungsscheu gehalten.« Er lächelte schwach. »Das war immer Dylans Spezialgebiet.«

»Genau. Es ist schon komisch, wie das Leben manche Dinge auf den Kopf stellt. Möchtest du, dass ich mit Tori rede? Oder mit Jasmine?«

»Und was willst du ihnen sagen? Ich würde wie ein Mistkerl dastehen, und sie hätten jedes Recht, mich für einen zu halten – ich fühle mich ja selbst wie ein Mistkerl, weil ich dieses Gespräch führe oder diese Gedanken überhaupt habe. Tori ist eine unglaubliche Frau und mehr, als ich mir erhoffen konnte oder verdient habe, und ich sollte sie so schnell ich kann vor den Traualtar führen. Du bist der einzige Mensch, dem ich all das sagen kann und der mich nicht dafür verurteilt.«

»Das ist dein Hauptproblem. Du denkst, dass du das Glück nicht verdienst, und wenn du nicht vorsichtig bist, wird das zu einer sich selbst erfüllenden Prophezeiung. Ich weiß das, weil mir das um ein Haar selbst passiert wäre, als ich damals nach Honeybourne kam. Du warst derjenige, der mich gerettet hat – mit deiner Weisheit, deinem Verständnis und deiner Unterstützung. Du hast mir gezeigt, dass jeder Mensch, der versucht, anderen Glück zu schenken, es genauso auch selbst verdient. Du solltest dir ein wenig davon für dich aufheben. Wenn irgendjemand Glück verdient, dann du, Spencer, und wenn du anfängst, das zu glauben, wirst du vielleicht nicht mehr beim ersten Anzeichen dieses Glücks ein Selbstzerstörungsprogramm in Gang setzen.«

Spencer schwieg einen Moment lang und schaute aus dem Fenster.

»Liebst du Tori?«, fragte Millie sanft.

Er wandte sich ihr wieder zu und nickte.

»Dann liebe sie. Nichts anderes zählt am Ende, wenn du daran festhältst.«

Spencers Antwort wurde von Ruth unterbrochen, die mit Dylan durch den Laden auf sie zukam.

»Ich habe mir die Bestellung für das *Dog and Hare* noch einmal angesehen«, begann Dylan und trat zu ihnen an den Tisch, Ruth direkt hinter sich. »Aber ich kann nicht erkennen, dass etwas fehlt. Zumindest hat Colleen alles als erhalten abgehakt.«

»Oh ...« Millie lächelte geistesabwesend. »Dann habe ich wohl etwas durcheinandergebracht.«

Dylan schaute zwischen ihr und Spencer hin und her und runzelte kurz die Stirn, dann nickte er. »Alles in Ordnung bei dir, Spencer?«

»Wir sprachen gerade über die Ankunft von Toris Eltern«, erklärte Millie. »Ich glaube, Spencer will wissen, ob er sich hier verstecken kann, bis Weihnachten vorbei ist.«

»Ich würde dir keinen Vorwurf machen, Kumpel«, sagte Dylan und schlug ihm grinsend auf den Rücken. »Genau so geht es mir an jedem Weihnachten.« Mit einem weiteren Nicken ging Dylan wieder in die Küche. Ruth blieb mit erwartungsvoller Miene neben ihrem Tisch stehen. Und dann begann Oscar zu weinen.

Millie bedachte Spencer mit einem entschuldigenden Lächeln. »Ich sollte ihm besser etwas zu trinken geben, bevor bei der Lautstärke noch die Ziegel vom Dach fallen.« Sie wandte sich an Ruth. »Kommen Sie hinter der Theke eine halbe Stunde lang allein zurecht?«

Ruth trottete davon, und Millie sah wieder zu Spencer. »Hast du immer noch das Gefühl, dass du das Zeug brauchst, von dem wir geredet haben?«, fragte sie leise, während sie beobachtete, wie Ruth sich hinter der Theke alles zurechtlegte, was sie benötigte. »Ich könnte dir später etwas zusammenmischen.«

Spencer schüttelte langsam den Kopf. »Ich glaube, du hast recht. Es ist mein Kopf, den ich in Ordnung bringen muss, und wahrscheinlich kann das kein Trank bewirken.«

»Das glaube ich auch. Aber hör auf, dir von deinem Kopf sagen zu lassen, was du tun sollst, und folge deinem Herzen. Manchmal ist der Instinkt der beste Ratgeber.«

Spencer stand auf. »Danke, Millie. Ich weiß nicht, wie ich überhaupt je ohne dich zurechtgekommen bin.«

»Jederzeit gern.« Sie lächelte. »Wir sehen uns später. Und viel Glück.«

Jenny fluchte, als ihr der Gang wieder herausrutschte. »Tut mir leid«, murmelte sie mit einem Blick auf Tori, die neben ihr saß. »Ich bin Rechtslenker-Autos nicht mehr gewöhnt und schon seit Jahren nicht mehr bei Schnee gefahren.«

»Ich habe kein Problem mit ein paar Kraftausdrücken.« Tori lächelte.

»Das ist ein Glück, denn du wirst heute vielleicht noch einige zu hören bekommen. Es wäre wahrscheinlich sicherer für uns gewesen, auf Lewis' Motorroller zu springen, statt dass ich dieses Ding hier fahre.«

»Du machst das gut«, antwortete Tori. »Bei Schnee zu fahren ist für jeden anstrengend. Wir sind zu Hause daran gewöhnt, aber nicht einmal ich setze mich bei Schnee hinters Steuer, es sei denn, es lässt sich nicht vermeiden.«

»Ein Segen, dass du so höflich bist«, murmelte Jenny und spähte auf die Straße vor ihnen, »aber ich weiß, dass es nur das ist: Höflichkeit. Ich bin eine Schande für alle Autofahrerinnen von heute. So viel zu meinem Beitrag, was die Gleichberechtigung der Frau angeht.«

»Wie weit ist es denn noch bis zum Laden?«

»Ich habe keinen blassen Schimmer. Als wir Honeybourne verließen, war er noch nicht einmal gebaut. Ich glaube, Spencer sagte, es seien ungefähr drei Meilen, und die Straße ist schnurgerade. Ich bezweifle, dass sie ihn zwischen Bäumen versteckt haben, damit er sich harmonisch in die Landschaft einfügt, also müssten wir ziemlich dämlich sein, wenn wir ihn verfehlen.«

»Kommt ganz drauf an, wie viel Schnee darauf liegt«, sagte Tori trocken.

»Gutes Argument.« Jenny lachte. »Jetzt weiß ich, dass wir auf derselben Wellenlänge sind. Lass uns umdrehen und die Einkäufe den Jungs überlassen, dann können sie im Schnee danach suchen.«

»Was müssen wir denn heute besorgen?«

»Hab ich vergessen ... Irgendwo in meiner Tasche ist eine Einkaufsliste.«

»Es ist nur so, dass es mir, nun ja, ein wenig albern vorkommt, die ganze Strecke hierherzufahren, es sei denn, es handelt sich um etwas wirklich Wichtiges. Hat Spencer das vielleicht eingefädelt? Damit wir uns anfreunden?«

Jenny warf ihr ein Grinsen zu. »Du bist wirklich nicht dumm, was? Er will nur, dass alle miteinander auskommen – es bedeutet ihm viel.«

»Oh, ich habe nichts dagegen. Und das ist typisch für ihn.«

»Er war schon immer sehr um Harmonie bemüht – schon als Kind hasste er Streit und Auseinandersetzungen.«

»Wie war er denn so?«

»Als Junge?«

Tori nickte.

»Still, nachdenklich ... Er hat lieber die Nase in ein Buch gesteckt, als auf Bäume zu klettern. Nachdem er sich mit Dylan angefreundet hatte, wurde er ein wenig aufgeschlossener. Nicht dass ich ein Problem damit hatte, dass er gern las.«

»Zwischen den beiden gibt es einen Altersunterschied von

ein paar Jahren, nicht wahr? Spencer hat gesagt, er ist älter als Dylan. Wie sind sie so gute Freunde geworden? Von meiner Arbeit mit den Kindern in der Riversmeet-Grundschule weiß ich, dass sich die Jahrgangsstufen normalerweise nicht groß mischen.«

Jenny zuckte die Achseln. »Um ehrlich zu sein, ich habe keine Ahnung. Lewis und ich haben uns zuerst auch über ihre Freundschaft gewundert, aber sie hat Spencer aus seinem Schneckenhaus geholt, also war es am Ende natürlich etwas Gutes.«

»Aber sie haben sich mal geprügelt ... Worum ging es dabei?«

»Spencer wollte es damals nicht erzählen, und er hat es seither nie wieder erwähnt.«

»Erzählt er euch denn sonst alles?«

Jenny schwieg einen Moment lang. »Ich glaube schon.«

»Dann ist es schon ungewöhnlich, oder?«

»Ein bisschen«, räumte Jenny ein.

»Fragst du dich nicht, warum er es euch nicht erzählt hat?«

»Das ist seine Sache. Ich war nie der neugierige Typ Mutter. Und schließlich war er kein kleiner Junge, als es passiert ist – sie waren beide erwachsene Männer und alt genug, um das Problem selbst zu lösen. Wenn er so weit ist, wird er es mir erzählen. Wenn nicht, muss ich es vielleicht nicht unbedingt wissen.«

Tori verstummte und ließ sich Jennys Bemerkung durch den Kopf gehen. Da sie wusste, wie ihre eigene Mutter in einer solchen Situation reagiert hätte, konnte sie nicht ganz glauben, dass Jenny sich damit zufriedengeben würde, ohne auch nur ein Wort der Erklärung zu verlangen. War ihr Spencer denn nicht wichtig? Wollte sie nicht wissen, was den Streit zwischen ihm und seinem angeblich besten Freund ausgelöst hatte – ein Streit, der allen Berichten zufolge dazu geführt hatte, dass sie danach jahrelang nicht miteinander gesprochen hatten?

»Ich glaube, da vorne ist das kapitalistische Höllenloch«, vermeldete Jenny und nickte in Richtung eines riesigen Gebäudes mit Flachdach am Horizont.

»Das was?«

»Der Supermarkt«, antwortete Jenny.

»Du gehst wohl nicht gern einkaufen.«

»Es ist ein notwendiges Übel. Aber ich mag unabhängige Geschäfte, nicht diese Monster der Mittelmäßigkeit. Es gibt in Barcelona ein paar hübsche Läden, und wenn es geht, kaufe ich dort meine Lebensmittel.«

»Ich wollte schon immer mal nach Spanien«, sagte Tori, die das Gefühl hatte, dass ein Themenwechsel angebracht war. »Ich bin bisher kaum außerhalb der USA unterwegs gewesen.«

»Vielleicht, weil ihr da so weit weg von allem seid.« Jenny bog auf den riesigen Parkplatz des Supermarktes ein. »Viele Amerikaner kommen nicht viel außerhalb ihres Heimatlandes herum, glaube ich.«

»Amerika ist so groß, dass die meisten es wahrscheinlich nicht einmal schaffen, ihr eigenes Land ganz zu sehen«, pflichtete Tori ihr bei und stieg aus dem Auto.

Jenny warf ihr einen Seitenblick zu, bevor sie den Wagen abschloss. »Es ist ein unglaubliches Land. Ich nehme an, es wäre nicht leicht, wegzuziehen ... Falls du dich entscheidest, nach England zu kommen, nachdem ihr geheiratet habt, meine ich.«

Tori schaute zu dem Geschäft hinüber, wo Neonlichter die Überfülle der Waren darin anpriesen. Das hier war kein Gespräch, das sie mit Jenny führen wollte, zumindest nicht bis sie sich selbst Klarheit über einige Dinge verschafft hatte. Je mehr sie über Spencers Vergangenheit erfuhr, desto stärker wurde das Gefühl in ihr, dass ein Leben in Amerika, weit weg von allen Erinnerungen, vielleicht die beste Entscheidung für ihre Zukunft war. Langsam dämmerte ihr, dass der Mann, in den sie sich verliebt hatte, ein anderer war als der, den sie in seinem Heimatdorf vor sich hatte. Vielleicht gab es hier zu viel Geschichte. Aber sie erkannte auch, dass er auf die gleiche Weise in Honeybourne verwurzelt war wie sie in ihrer Heimat. Ihm würde es genauso schwerfallen wie ihr, sich für immer davon zu verabschieden. Sie konnte mit ihm reden, versuchen, ihn mit Argumenten zu überzeugen, und er würde für sie bestimmt einen Kompromiss eingehen – aber war das ihm gegenüber fair?

»Es sieht ziemlich voll da drinnen aus«, sagte sie mit Blick auf das Geschäft.

»Man kann sich kaum vorstellen, dass irgendjemand dumm genug ist, bei diesem Wetter einkaufen zu gehen. Ich habe die Welt bereist und mit eigenen Augen Diktaturen, Armut, unglaubliche Beweise von Mut und Selbstlosigkeit sowie einige der seltsamsten Bräuche in den entlegensten Winkeln der Erde gesehen ... aber die britische Neigung zum Einkaufen überrascht mich immer wieder. Wenn in diesem Moment jemand das Ende der Welt verkündete, würden die Leute sich trotzdem noch für herabgesetzte Fernsehgeräte anstellen.«

Tori lachte. Sie mochte Jenny und Lewis sehr. Die beiden hatten Spencer offensichtlich zu dem Mann gemacht, der er war, doch in vielerlei Hinsicht waren sie ganz anders als er – freimütiger, bestimmter in ihren Ansichten, nicht ganz so mitfühlend. Aber sie waren witzig und intelligent und neugierig auf die Welt, genau wie Spencer. Sie war sich allerdings nicht sicher, was ihre Eltern von Jenny und Lewis halten würden, und das stellte möglicherweise ein riesiges Problem dar.

Die Garagentür stand weit offen, und aus einem alten CD-Player schallte The Who, während Lewis an seinem Motorroller herumwerkelte.

»Als wärst du nie weg gewesen«, sagte Spencer, der lächelnd am Türrahmen lehnte.

»Ich wünschte, ich könnte dasselbe von dir sagen«, antwortete Lewis, bevor er Staub von einer großen Schraubenmutter pustete. »Mein armer Roller ist ziemlich eingerostet, weil niemand damit gefahren ist.«

»Ich wäre auch nicht damit gefahren, wenn ich zu Hause gewesen wäre.«

»Aber du hättest ihn gelegentlich mal angelassen.«

Spencer runzelte die Stirn, sagte jedoch nichts.

Lewis richtete sich auf. »Macht nichts. Ich weiß, du hast wichtigere Dinge, um die du dich kümmern musst.«

»Erinnere mich nicht daran. Sind Mum und Tori schon wieder zurück?«

»Noch nicht, nein. Deine Mum äußert sich immer sehr deutlich dazu, wie sehr sie Ladenketten hasst, aber wenn sie dann einen solchen Laden betritt, ist die Verwandlung unglaublich. Sie lässt sich schnell von all den materialistischen Dingen verführen, von denen sie behauptet, sie bräuchte sie nicht – wahrscheinlich kommt sie mit einem Haufen sehr unethischer Kosmetikartikel und Jammie-Dodgers-Gebäck zurück.«

»Wahrscheinlich.« Spencer lachte. »Immerhin, bei den Keksen kann ich ihr im Zweifelsfall helfen.« Er rieb sich die Hände. »Es ist aber wirklich ungemütlich hier drin. Willst du nicht den Heizkörper einschalten? Ich kann ihn für dich herausholen und etwas Öl einfüllen.«

»Ich komme schon klar – die Arbeit an diesem Roller hat mich ins Schwitzen gebracht.« Er wischte sich die Hände an einem Lappen ab und musterte seinen Sohn schweigend einen Moment lang.

»Was?«, fragte Spencer, der sich unter dem forschenden Blick seines Vaters plötzlich unbehaglich fühlte.

»Deine Mum meint, du hättest Zweifel.«

Spencer blinzelte. »In Bezug worauf?«

»In Bezug auf Tori.«

»Das hat sie gesagt?«

»Jepp.«

»Natürlich habe ich keine Zweifel. Das ist doch lächerlich!«

Lewis kratzte sich am Kopf. »Siehst du, das sagst du zwar, aber Frauen haben ein Näschen für so etwas. Wir Neandertaler stapfen durch die Gegend, zeigen auf glänzende Dinge und brummen etwas vor uns hin, aber die Frauen ... Ihnen entgeht nichts. Eine Frau würde wahrscheinlich noch vor dir Bescheid wissen, und besonders deine Mutter irrt sich selten.«

»Diesmal irrt sie sich.«

»Wenn du es sagst.«

»Dad ...«, murmelte Spencer warnend.

Lewis hob die Hände zu einer Geste der Kapitulation. »Ich erzähle dir nur, was sie gesagt hat – erschieß nicht den Boten. Wenn du sagst, es ist alles in Ordnung, dann ist es ja gut. Wir wollen dich nur wissen lassen, dass wir für dich da sind, wenn du reden willst.«

Spencers Gedanken wanderten zu all den Gelegenheiten in den vergangenen Jahren, als er jemanden zum Reden gebraucht hätte und sie nicht da gewesen waren. Aber es erschien ihm kleinlich, das auszusprechen. Vielleicht war es genauso sehr seine Schuld – mit seinem angeborenen Hang, Dinge unter Verschluss zu halten und andere vor dem zu verschonen, was er als Zumutung empfand – wie ihre, weil sie sich in einem anderen Land aufhielten. Wenn er darum gebeten hätte, wären sie ihm wahrscheinlich auch zur Hilfe geeilt.

»Und der Hochzeitstermin«, fuhr Lewis fort, »steht also fest?«

»Irgendwie schon ... glaube ich.«

»Das klingt, als wärst du dir da nicht sicher.«

»Es ist einfach so, dass wir noch keine konkreten Pläne gemacht haben.«

»Nun, wenn es soweit ist, vergiss nicht zu pfeifen, falls du

Geld brauchst, um die Sache durchzuziehen. Ich weiß, traditionell bezahlt die Familie der Braut die Hochzeit, aber wenn du mich fragst, ist das alles Quatsch.«

»Danke, Dad. Ich habe dich und Mum vermisst, weißt du das?«

»Das kann ich mir vorstellen.« Lewis wandte seine Aufmerksamkeit wieder dem Motorroller zu. »Wenn du für immer in Amerika lebst, wirst du uns noch wesentlich mehr vermissen.«

»Tori steht ihren Eltern ebenfalls sehr nah. Ihr würde es genauso schwerfallen, sie zurückzulassen, und ich bin bereits daran gewöhnt, ohne euch zurechtzukommen. Ich würde euch vermissen, aber ich habe nie behauptet, dass ich damit nicht fertig werde.«

»Und du glaubst, sie würde ohne ihre Eltern nicht zurechtkommen?«

»Das musste sie noch nie – genau darauf will ich ja hinaus.«

Lewis nickte vor sich hin, während er mit einem Lappen über die Kotflügel wischte. »Du weißt, wie man jemandem Schuldgefühle einredet, nicht wahr? Das ist ein Trick, den du von deiner Mutter gelernt hast.«

»Sei nicht albern. Ich stelle nur die Fakten dar. Dein wissenschaftliches Gehirn liebt Fakten, schon vergessen?«

Grinsend schaute Lewis auf. »Da hast du mich erwischt. Also, kann ich deiner Mum sagen, du bist glücklich und dir sicher und dass die Sache über die Bühne gehen wird?«

»Ja, absolut«, antwortete Spencer mit mehr Überzeugung, als er empfand. Wenn er es nur oft genug und mit genug Gefühl wiederholte, würde es vielleicht zur Wahrheit werden.

Am Ende war es sinnlos gewesen, noch länger in Salisbury zu bleiben. Darcie hatte ihre letzten Weihnachtseinkäufe bereits vor einer Woche erledigt, und viel Geld, um es für etwas anderes auszugeben, besaß sie nicht. Die hölzernen Stände eines Weihnachtsmarktes, an denen handgestrickte Wollsachen und selbstgemachtes Spielzeug, geröstete Esskastanien, Donuts mit Zuckerguss, Schweinebraten-Sandwiches und duftender Glühwein feilgeboten wurde, säumten die Straßen. Und obwohl Darcie damit deutlich mehr in Weihnachtsstimmung kam als bisher in diesem Jahr, war sie von dem, was man an den Ständen kaufen konnte, nicht wirklich in Versuchung geführt worden. Sie hatte ihr Versprechen Millie und Dylan gegenüber gehalten und ihr Bestes getan, um die freie Zeit zu nutzen: Sie war ungefähr eine Stunde lang durch Geschäfte gebummelt, hatte die Kathedrale und den Fluss besichtigt, aber danach wollte sie nur noch zurück in die Bäckerei.

Unterschwellig hatte sie gehofft, Nathan in der Stadt wiederzusehen, obwohl er einige Haltestellen vor dem Stadtzentrum ausgestiegen war, aber das passierte nicht. Was sie kaum daran hinderte, ihre Gedanken ab und zu in seine Richtung wandern zu lassen. Je länger sie an sein süßes Lächeln dachte und die Art, wie ihm das Haar keck über ein Auge fiel, sodass er die liebenswerte Angewohnheit entwickelt hatte, es aus dem Weg zu pusten, desto mehr wünschte sie sich, die Handynummer zu wählen. Doch so einfach war das nicht – bei ihr war so etwas nie einfach. Der Gedanke war zwar durchaus verlockend, aber er machte sie auch nervös und verunsicherte sie. Sie war nicht gut in sozialen Situationen, vor allem nicht bei Personen, die sie nicht kannte, und sie schien immer das Falsche zu tun und zu sagen. Er war ein Jurastudent, klug und gebildet ... Was sollte er schon von einem Mädchen wie ihr wollen, das keine Ausbildung und keinen anständigen Job hatte und eigentlich nichts von der Welt wusste? Sie hatte langfristig nichts zu bieten, und an etwas Kurzfristigem war sie nicht interessiert. One-Night-Stands oder flüchtige Affären waren einfach nicht ihr Ding. Sie suchte eher nach einer festen Beziehung. Wäre jemand wie Nathan dafür der Richtige?

Als sie kurz nach der Mittagszeit wieder im Bus saß, holte sie den Papierschnipsel mit seiner Telefonnummer hervor. Der Sonnenschein am Morgen hatte rasch Wolken Platz gemacht, und es begann wieder zu schneien, so fein, dass es eher Schneeregen war. Aber der Himmel versprach weiteren Schneefall. Die Stadt zog an ihr vorüber, ein festlicher Reigen aus bunten Lichtern und hell erleuchteten Schaufenstern. Die Menschen eilten durch die Straßen, um letzte Vorbereitungen zu treffen, damit Heiligabend kommen konnte und sie mit Freunden und Familie feiern konnten, mit Wein auf dem Tisch, Weihnachtsliedern aus dem CD-Player und der Gewissheit, dass alles perfekt war. Der Bus hielt an, und eine Frau mit einem Kleinkind stieg ein und setzte sich in die Sitzreihe vor Darcie. Das Kind aß warme Donuts, deren süßer Duft Darcie in die Nase stieg. Sie lächelte verlegen, als der kleine Junge sich über den Sitz beugte und sie angrinste, das Gesicht voller Zuckerguss.

»Hallo ... sind die Donuts lecker?«

»Setz dich hin«, schimpfte die Frau und zog ihn zurück auf seinen Platz.

Darcie blickte wieder aus dem Fenster. Dann sah sie noch einmal auf die Telefonnummer in ihrer Hand. Ohne nachzudenken, speicherte sie den Kontakt in ihrem Handy und schickte dann eine SMS ab.

Nach einer Diskussion per Telefon über das aktuelle Wetter in England und die Tatsache, dass die britischen Behörden anscheinend einfach nicht in der Lage waren, auch nur die größten Straßen befahrbar zu halten, wenn sie mit einer Schneeflocke konfrontiert waren, hatten Toris Eltern beschlossen, selbst vom Flughafen aus nach Honeybourne zu fahren, damit weder Tori noch Spencer sich bei potentiell tückischen Straßenverhältnissen ins Auto setzen mussten. Spencer war sich nicht sicher, ob das die Sache für ihn besser oder schlechter machte. Aber zumindest ersparte es ihnen eine lange und unangenehme gemeinsame Autofahrt, auch wenn es bedeutete, dass sein Magen sich in der Wartezeit zusammenkrampfte. Er hatte plötzlich viel mehr Zeit, darüber nachzudenken, was alles schiefgehen konnte, während es auf der anderen Seite nicht viel gab, womit er sich hätte ablenken können. Sie waren gerade im *Dog and Hare* und hatten sich jetzt schon mindestens viermal das Zimmer angesehen, das Colleen auf ihre Bitte hin für die Dempseys reserviert hatte.

Toris Handy bimmelte. Sie sah Spencer an und klickte dann auf die SMS. »Das Taxi ist gerade in Honeybourne angekommen!«, kreischte sie.

Spencer schaute über den Rand der Kaffeetasse, die er in der Hand hielt. Im *Dog and Hare* Kaffee zu trinken, fühlte sich seltsam an. Doch es war wohl das Vernünftigste, die Finger vom Alkohol zu lassen, zumindest bis er einen weiteren Versuch gestartet hatte, Toris Eltern davon zu überzeugen, dass er kein totaler Loser war. Wenn er sie mit einem Bierglas in der Hand begrüßte, würde ihm das mit Sicherheit nicht gelingen. Es erschien ihm auch passender, sie hier zu treffen, da sie bis nach Weihnachten im Pub wohnen würden, und seine Eltern waren erst mal im Haus geblieben, um ihnen ein wenig Raum zum Atmen zu lassen, bevor sie die Situation weiter verkomplizierten. Glücklicherweise war es ziemlich ruhig im Pub. Er war sich nicht sicher, ob zwei abstinent lebende Anwälte so scharf darauf gewesen wären, dort zu wohnen, hätten sie das Lokal am vergangenen Abend gesehen. Und wenn es heute Abend wieder hoch herging ... Nun, daran wollte er jetzt noch nicht denken. Er würde mit seinen Eltern ein Wörtchen reden müssen, so viel stand fest, da sie die Hauptverursacher des gestrigen Tumults waren.

»Wunderbar«, sagte er in dem Versuch, enthusiastischer zu klingen, als er sich fühlte, was unter diesen Umständen nicht sehr schwer war. »Dann sind sie auf der Autobahn also zügig vorangekommen.«

Tori sprang von ihrem Platz auf, ging zum Fenster und schaute mit um den Leib geschlungenen Armen hinaus.

»Habt ihr etwas von ihnen gehört?«, rief Colleen von hinter der Theke, wo sie gerade die Zapfhähne abwischte.

»Ja!« Tori wirbelte zu ihr herum. »Sie sind fast da!« Sie wandte sich wieder dem Fenster zu, um weiter hinauszuschauen.

Spencer bedachte Colleen mit einem hilflosen Lächeln, und sie lächelte unverbindlich zurück. Er holte tief Luft und wünschte jetzt, er hätte doch einen von Millies Tränken genommen. Dann hätte er sich zumindest selbst einreden können, gelassener zu sein, selbst wenn das alles Humbug war, wie manch einer glaubte. Stattdessen war ihm nur übel, und er riskierte einen Blick auf den Zigarettenautomaten, während er sich fragte, ob dies ein guter Zeitpunkt war, um mit dem Rauchen anzufangen.

Zehn Minuten später eilte Tori zur Tür. Sie riss sie auf und warf sich in die Arme eines hochgewachsenen Mannes mit ergrauendem Haar, der tadellos in Anzug und Krawatte gekleidet war. Darüber trug er einen dunkelblauen Wollmantel und sah aus, als wäre er auf dem Weg zu einem geschäftlichen Termin, ungeachtet der Tatsache, dass er Urlaub hatte.

»Daddy!«, rief sie.

Sie hatte ihre Eltern erst vor Kurzem noch in Boulder gesehen, und Spencer staunte ein wenig über die Begeisterung, mit der sie ihn begrüßte. Vielleicht war sie wegen dieses Besuches genauso nervös wie er, aber während er nur nervös war, äußerte sich ihre Aufregung in übertriebenem Enthusiasmus.

Der Begrüßung folgte ein »Mommy!«, woraufhin sie stürmisch eine Frau umarmte, die genauso distinguiert wirkte wie ihr Mann – eine imposante Blondine, die aussah, als sei ihr die

Botoxnadel nicht fremd und die ebenfalls einen langen Wollmantel trug, darunter eine weiße Bluse und einen Bleistiftrock.

»Ich bin so glücklich, dass ihr kommen konntet!«, quietschte Tori atemlos. »Ich bin mir sicher, dass ihr England lieben werdet!«

Nach der Art zu urteilen, wie die beiden sich im Pub umsahen, schienen sie allerdings jetzt schon entschlossen, England kein bisschen zu mögen. Und dann, als Spencer aufstand und zu ihnen hinüberging, drehten sie sich gemeinsam zu ihm um. Das Grinsen auf seinem Gesicht war wie festgetackert, und es fühlte sich an, als könnte es Risse kriegen, sollte er nicht stillhalten. Wenn sie beim Anblick des Pubs enttäuscht gewirkt hatten, sahen sie jetzt, als Spencer ihnen die Hand reichte, geradezu niedergeschlagen aus.

»Mr und Mrs Dempsey, es ist mir eine Freude, Sie wiederzusehen.«

Mit großer Förmlichkeit schüttelten die beiden Spencer die Hand, ein himmelweiter Unterschied zu der herzlichen Begrüßung, mit der seine Eltern Tori am Tag zuvor begegnet waren.

»Hier werden wir also wohnen?« Mr Dempsey sah sich erneut im Pub um.

»Ist es hier nicht malerisch?«, fragte Tori. »Wisst ihr, dass dies das einzige Lokal im Dorf ist?«

»Ja, das weiß ich«, sagte Mrs Dempsey. »Ich habe es überprüft. Das nächste gute Hotel ist meilenweit entfernt.«

In ihrer Stimme schwang eine Herablassung mit, bei der sich Spencer die Nackenhaare aufstellten. Sie waren gerade erst eingetroffen, und hatten innerhalb weniger Sekunden ihre Abneigung nicht nur ihm, sondern auch seinem Zuhause gegenüber deutlich gemacht, was noch viel mehr schmerzte. Das nächste *gute Hotel* mochte meilenweit entfernt sein, aber im Moment war er sehr versucht, sie direkt dort hinzufahren und da abzuladen. Wenn sie jetzt schon nicht glücklich waren, würden sie sich wahrscheinlich richtig ärgern, wenn sie herausfanden, dass Spencer an diesem Abend Dienst hinter dem Tresen hatte.

Colleen kam zu ihnen und schien von der Missbilligung ihres Pubs nichts mitbekommen zu haben. Sie begrüßte die beiden mit einem warmherzigen Lächeln. »Hallo und herzlich willkommen in Honeybourne. Ich bin die Wirtin, und ich bin immer hier. Wenn Sie also etwas brauchen, lassen Sie es mich einfach wissen, Tag oder Nacht. Möchten Sie Ihr Zimmer sehen?«

»Wo ist Ihr Gepäck?« Spencer sah sich um.

»Der unhöflichste Taxifahrer aller Zeiten hat sich geweigert, es hereinzutragen«, sagte Mrs Dempsey. »Es steht draußen auf dem Gehweg, und ich musste sogar darum betteln, dass er es überhaupt für uns aus dem Kofferraum holt.«

»Da haben Sie ein schönes Beispiel für die typische britische Gastfreundlichkeit«, sagte Spencer und rang sich ein Lächeln ab, von dem er hoffte, dass es entspannt und vergnüglich wirkte, aber niemand schien den Scherz zu verstehen. Er stieß einen kleinen Seufzer aus. »Ich hole das Gepäck herein.«

Zuerst gab es zu viele Treppen und keinen Aufzug, dann war ihr Zimmer nicht groß genug, die Dusche stellte sich als zu klein heraus, und unten war es zu laut. Spencer fragte sich, wann die Dempseys aufhören würden, sich zu beschweren, und etwas Nettes über ihre Unterkunft zu sagen fanden. Es war nicht gerade das Hilton, aber sie hätten es wesentlich schlechter treffen können, und es war zumindest gemütlich und der Empfang freundlich – zwei Dinge, die Spencer sehr zu schätzen wusste, wenn er irgendwo abstieg. Colleen ertrug alles mit beeindruckender Tapferkeit und Würde, und sogar Doug wurde von seinem Krankenbett geholt, um die Gäste nach besten Kräften bei Laune zu halten. Als Spencer sie endlich verließ, damit sie sich etwas einleben und ein paar Stunden allein mit Tori verbringen konnten, war er mehr als froh, ihre nörgelnden Stimmen nicht mehr ertragen zu müssen. Wenn sie kehrtgemacht und verlangt hätten, direkt zurück zum Flughafen gefahren zu werden, hätte er ihnen mit Freude den Gefallen getan. Auch wenn er gezwungen war, den Abend in ihrer Gesellschaft zu verbringen, würde er zumindest die Ablenkung haben, hinter dem Tresen des *Dog and Hare* die Gäste zu bedienen. Er hoffte, dass viel Betrieb herrschen würde, damit er ihnen so oft wie möglich entkommen konnte.

»Sind sie schon da?«, fragte Jenny, als Spencer ins Wohnzimmer geschlurft kam und sich in einen Sessel fallen ließ. Er atmete aus und sah seine Mum mit hochgezogenen Augenbrauen an. »So schlimm?«, fragte sie mit einem schwachen Lächeln.

»Ich war darauf vorbereitet, dass sie ein wenig ... desorientiert sein würden«, antwortete er in dem Bemühen, so taktvoll wie möglich zu sein. »Aber sie sind wirklich, na ja, ›anspruchsvoll‹ ist vielleicht der passende Ausdruck.«

»Nervtötend meinst du wohl«, warf Lewis ein, der gerade mit zwei Bechern aus der Küche kam. »Ich habe Tee gemacht – willst du auch einen?«

Spencer nickte dankbar. »Das klingt toll. Und wie wär's mit einer Gummizelle, wenn du schon dabei bist? Oder Ohropax?«

»Ich nehme an, hier ist alles etwas anders, als sie es von zu Hause gewohnt sind«, sagte Jenny, während ihr Mann ihr einen Becher reichte und dann zurück in die Küche verschwand. »Honeybourne ist wahrscheinlich ein kleiner Kulturschock.«

»Das gibt ihnen nicht das Recht, so unhöflich zu sein.«

Jetzt war es an Jenny, die Augenbrauen hochzuziehen.

»Ja«, bestätigte Spencer ihre unausgesprochene Frage. »Sie sind ziemlich unangenehm, und dass sie nicht zu Hause sind, macht es nicht besser. Fabelhaftes Schwiegerelternmaterial. Ich kann mir nicht erklären, wie zur Hölle sie es geschafft haben, eine so liebenswürdige Frau wie Tori zustande zu bringen.«

»Meinst du, das könnte einen Einfluss auf deine Entscheidung haben, nach Amerika zu ziehen?« Jenny pustete in ihren Tee, bevor sie einen Schluck nahm.

»Mum, ich habe mich überhaupt noch nicht festgelegt, nach Amerika zu ziehen.«

»Vorhin hat es sich aber so angehört, Liebling.«

»Nun, es tut mir leid, wenn es sich so angehört hat, aber noch ist nichts entschieden.«

»Ich spüre da eine gewisse Reibung bei dem Thema ... und ich schätze, dass Tori gewinnen wird, weil du harmoniesüchtig bist und immer nachgibst.«

»Es geht nicht ums Gewinnen oder Verlieren, Mum. Wir müssen herausfinden, was auf lange Sicht das Beste für uns ist, und ich versuche, mich nicht zu sehr von meinen Gefühlen leiten zu lassen. Ich denke, Tori wird das genauso handhaben. Wir werden uns die Finanzen ansehen und die Möglichkeiten für das Aufziehen unserer Kinder ausloten, sollten wir welche bekommen, schauen, was das für ihre Zukunft bedeutet ...«

»Tori wird gewinnen«, wiederholte Jenny.

Spencer gab sich große Mühe, kein finsteres Gesicht zu machen. Warum hatten alle das Bedürfnis, sich in ihre Angelegenheiten einzumischen? Und warum glaubten alle zu wissen, was das Beste für sie war?

»Vor allem, wenn ihre Eltern der Albtraum sind, als den du sie beschreibst«, fügte sie hinzu.

Lewis kam wieder herein und reichte Spencer einen Becher. »Vielleicht verhalten sie sich nur so, weil sie sich in ihrer Umgebung nicht wohlfühlen? Wie Fische auf dem Trockenen. Möglicherweise werden sie vernünftiger, wenn sie sich ein wenig eingelebt haben. An die Gegebenheiten in einem kleinen Dorf in England muss man sich erst gewöhnen – und das gilt ganz besonders für dieses Dorf.«

»Mag sein«, sagte Spencer nachdenklich. Sein Dad ließ sich neben seiner Mum auf dem Sofa nieder und nahm zufrieden einen Schluck von seinem Tee. Sie fühlten sich hier zu Hause, darum fiel es ihnen leicht, gleich bei der Ankunft entspannt und ganz sie selbst zu sein.

Vielleicht hatte sein Dad recht. Möglicherweise würden die Dempseys, wenn sie sich erst ein wenig wohler in ihrer Umgebung fühlten, empfänglicher für ihn sein und es akzeptieren, wenn Tori sich für ein Leben hier statt für ihr altes Leben entscheiden würde. Er fragte sich, ob seine Mum und sein Dad etwas dagegen haben würden, die Unterkunft mit ihnen zu tauschen. Eigentlich war er sich ziemlich sicher, dass sie, wenn er ihnen die Gründe dafür erklärte, ja sagen würden. Toris Eltern konnten bei ihnen im Haus wohnen, weit weg vom Pub. Sie würden sich bei ihnen wohler fühlen. Aber dann dachte er an die Geringschätzung, mit der sie den Pub beurteilt hatten und dass sie vielleicht die gleiche Haltung seinem Haus gegenüber an den Tag legen könnten, und er fragte sich, ob er sie überhaupt hier haben wollte. Außerdem würde es dann kein Entrinnen vor ihnen geben, und Spencer war sich ziemlich sicher, dass Weihnachten dann durch einen Wutausbruch seinerseits ruiniert werden würde, obwohl er eigentlich nur selten die Beherrschung verlor. Das würde alles für ihn und Tori noch schwieriger machen, als es bereits war, und er wollte nicht der Verursacher dieser Missstimmungen sein.

»Ich wüsste nicht, wo sie sonst bleiben könnten«, fügte er hinzu. »Jedenfalls nicht hier in der Nähe.«

»Ich glaube, an der Autobahn gibt es ein Premier Inn«, überlegte Lewis laut. »Das wäre vielleicht nicht zu weit entfernt für sie.«

Selbst ein Premier Inn auf dem Mond war nicht weit genug entfernt, fand Spencer, aber er schüttelte den Kopf. »Sie dort einzuquartieren würde den Anschein erwecken, wir wollten sie loswerden. Und außerdem kann ich mir nicht vorstellen, dass sie dort viel glücklicher wären – sie sind eher Typen für exklusive Boutique-Hotels. Clubklasse, so ein Maß an Komfort. Sie sind nur das Beste gewöhnt.«

»An einem Premier Inn ist nichts auszusetzen«, gab Lewis zurück und wirkte leicht gekränkt. »Für deine Mutter und mich ist es immer gut genug gewesen.«

»Ja, aber Mum ist auch völlig zufrieden damit, auf einem Felsbrocken in der Kalahari zu schlafen, während du deinen Laborstuhl genauso bequem findest. Die beiden sind da anders gestrickt.«

»Für mich hört sich das nach ziemlich arroganten Säcken an«, warf Jenny ein.

»Mum ...«, sagte Spencer warnend.

»Ich weiß!« Sie hob eine Hand. »Ich werde nichts sagen, wenn ich sie später treffe. Ich werde mich tadellos benehmen.«

Worum Spencer sie bitten wollte, war, dass sie sich einfach ein paar Abende zurückhielten, denn er wusste ganz genau, dass sie mit den konservativen Dempseys aneinandergeraten würden. Aber er liebte die Haltung seiner Eltern, auch wenn sie ihn manchmal etwas überforderte, und warum sollte er von ihnen verlangen, sich nur um des lieben Friedens willen zu verstellen? Wenn Toris Eltern sie nicht mochten, war das dann nicht ihr Problem? Und wenn seine Eltern sich Mühe geben sollten, dann mussten das auch Toris Eltern tun, und er hatte bisher nicht gesehen, dass sie sich besonders anstrengten. »Das wüsste ich sehr zu schätzen«, war alles, was er erwiderte, und mehr konnte er wirklich nicht von ihnen erwarten. Er trank seinen Tee aus und erhob sich. »Ich dusche jetzt besser und ziehen mich um. Heute Abend arbeite ich an der Bar.«

»Das können wir doch machen.« Jenny sah Lewis an, der zustimmend nickte.

»Nein ... aber trotzdem danke«, sagte Spencer. »Ihr müsst euch mit Toris Eltern bekannt machen.«

»Wenn das, was du gerade gesagt hast, stimmt, dann würde ich lieber arbeiten«, bemerkte Jenny düster.

»Ich weiß.« Spencer lächelte. »Aber es ist mir und Tori wichtig. Das kannst du doch für mich tun, oder? Wenn irgendjemand imstande ist, die beiden zu beruhigen, dann du.«

»Glaub ja nicht, dass ich eine Schmeichelei nicht erkenne, auch wenn sie noch so treuherzig serviert wird«, erwiderte sie mit einem schwachen Lächeln.

»Aber wirkt sie trotzdem?«, fragte Spencer, der mit seinem leeren Becher auf dem Weg zur Küchentür war.

»Vielleicht ein bisschen ...«

»Gut!« Spencer lachte. »Du weißt, dass ich dich für immer und ewig lieben werde, wenn du es schaffst, das Eis zwischen euch zu brechen. Vielleicht hast du da ja mehr Erfolg als ich.«

Er ging in die Küche und stellte seinen Becher in die Spüle. Er konnte nur hoffen, dass sie es besser machten als er. Aber wenn die Art, wie die Dempseys ihn den ganzen Nachmittag angesehen hatten, ein Maßstab war, konnten sie die Situation kaum verschlimmern.

»Es tut mir leid«, sagte Darcie schon wieder. Sie hatte sich jetzt mindestens fünfmal entschuldigt, und Millie hatte ihr geduldig versichert, dass das gar kein Problem sei und die Bäckerei ein paar Stunden auch ohne sie auskommen würde, zumal sie ohnehin schon geschlossen hätten, wenn Darcie zu ihrer Party ging.

»Du siehst toll aus«, sagte Millie, die im Schlafzimmer auf und ab ging, während Oscar schläfrig auf ihrer Schulter lag und sie versuchte, ihm ein Bäuerchen zu entlocken. »Die Schuhe sind ganz unten im Schrank, wenn du sie dir ausborgen willst. Was für ein Glück, dass wir die gleiche Größe haben.«

»Und macht es dir wirklich nichts aus?«, fragte Darcie, die bereits nach den Schuhen suchte.

»Nicht die Bohne! Sonst hätte ich es dir nicht angeboten, und sie passen wirklich gut zu deinem Kleid.«

Darcie schaute an sich herab. Es war ein altes Kleid, kurz, schlicht und für ihre Figur sehr schmeichelhaft, und normalerweise gefiel es ihr ganz gut. Aber jetzt bereute sie es langsam, nicht wieder in den Bus gestiegen und nach Salisbury zurückgefahren zu sein, um ein neues zu kaufen, nachdem sie Nathans Einladung angenommen hatte. Nach ihrer SMS hatte er sofort angerufen und sie angebettelt, zu der Weihnachtsfeier zu kommen, die er mit seinen Mitbewohnern veranstaltete. Sie hatte protestiert, dass das zu kurzfristig sei und sie dort niemanden kennen würde, aber er war so überzeugend gewesen, dass sie am Ende, sehr zu ihrer eigenen Überraschung, zugestimmt hatte.

»Hör auf, dir Sorgen zu machen.« Millie lächelte. »Es wird Zeit, dass du mal ein bisschen Spaß hast. Du bist immer hier, rennst für uns herum, und nie tust du etwas für dich. Deshalb wollten wir ja, dass du dir einen Tag freinimmst und dir die Umgebung ansiehst. Und was passiert? Sofort wirst du von jemandem angesprochen! Das zeigt nur, dass wir dich einengen, wenn wir dich hier oben festhalten.«

»Ich fühle mich nicht festgehalten«, wandte Darcie ein. »Ich bin gern hier bei euch.«

»Ich weiß, aber es fühlt sich nicht immer richtig an. Als ich in deinem Alter war, bin ich ständig unterwegs gewesen.«

»Du lässt es so klingen, als wärst du steinalt«, entgegnete Darcie. »Dabei bist du erst dreißig ...« Sie brach ab und runzelte die Stirn. »Etwas über dreißig ...«

»An manchen Tagen fühle ich mich steinalt, daher ist es nur gut, dass du vergessen hast, wie viel älter als dreißig ich tatsächlich bin.« Millie lachte. »Es ist sowieso ein Staatsgeheimnis, also werde ich dich umbringen müssen, falls es dir doch wieder einfällt.«

Darcie schlüpfte in Millies Schuhe und betrachtete sich in dem bodenlangen Spiegel. Sie fühlte sich nicht unbedingt wie ein Superstar, aber es musste genügen. Sie hatte ohnehin keine

Ahnung, was sie zu einer Party in einem Haus voller Studenten anziehen sollte. Und je näher die Sache rückte, desto besorgter war sie, dass sie sich total lächerlich machte. Würden lauter witzige und kluge Gespräche geführt werden, an denen sie sich nicht beteiligen konnte? Oder würde es so betrunken und grob zugehen, dass sie sich mitten in einem Tumult wiederfand? Sie hoffte nur, dass Nathan Wort halten und sich um sie kümmern würde. Und das war eine weitere Sorge – sie hatten sich erst heute im Bus kennengelernt, und jetzt ging sie schon zu einer Party bei ihm zu Hause. Abgesehen von dem, was er ihr bei ihrer kurzen Begegnung erzählt hatte, wusste sie rein gar nichts über ihn.

»Dylan sagt, er bleibt in der Nähe, damit du ihn anrufen kannst, wenn du wieder wegwillst, und er wäre sofort da, um dich abzuholen. Solltest du dich also nicht amüsieren oder einfach die Nase voll haben oder was auch immer, kannst du ihn auf seinem Handy anrufen«, sagte Millie. Darcie lächelte. Es war schon komisch, dass Millie immer zu wissen schien, was sie gerade dachte, und immer die richtigen Worte fand, um sie aufzumuntern. Sie hatte nicht den leisesten Zweifel, dass Dylan zur Stelle sein würde, wenn sie ihn brauchte. Wahrscheinlich würde er wie ein besorgter Vater vor dem Haus in seinem Auto sitzen, aber das störte Darcie nicht, sie fühlte sich dadurch sicherer. Dylan gab ihr ein Gefühl von Sicherheit ... zumindest manchmal. Das war wahrscheinlich ein großer Teil des Problems.

»Ich habe das Gefühl, ich beanspruche euch viel zu sehr ... Tut mir leid.«

»Würdest du bitte endlich aufhören, dich zu entschuldigen?« Millie lachte. »Wir sind eine Familie, und du tust genug für uns. Es wird langsam Zeit, dass wir auch mal etwas für dich tun.«

Darcie holte tief Luft. »Sehe ich okay aus?«

»Du siehst toll aus. Ich kann nur hoffen, dieser Nathan

erweist sich als deiner würdig, mehr kann ich dazu nicht sagen.«

Darcie empfand Millie manchmal mehr wie eine Mutter denn wie eine Cousine, und dies war einer dieser Momente. Nicht dass es Darcie auch nur das Geringste ausmachte – es war Millies Normalzustand, sich um alle zu kümmern wie um ihre eigenen Kinder, und die Welt wäre ein seltsamer, auf dem Kopf stehender Ort, wenn sich das jemals ändern würde.

Dylan streckte den Kopf durch die Schlafzimmertür. »Darf ich dieses unwirkliche Frauenuniversum betreten, in dem sich alles um passende Schuhe und weibliche Reize dreht?«

»Idiot!« Millie kicherte. »Komm rein, ich glaube, wir sind fertig.«

Er grinste breit und stieß bei Darcies Anblick einen Pfiff aus. »Du siehst gut aus! Als dein Bodyguard werde ich diesem Studenten möglicherweise eine Ansage machen müssen, denn er wird schreckliche Gedanken haben.«

Darcie errötete und senkte den Blick auf ihre Füße.

»Red keinen Blödsinn«, sagte Millie. »Darcie kann gut auf sich selbst aufpassen. Hast du Bony angerufen?«

»Ja, er hat Lust auf ein kleines Kartenspiel, also bin ich den Abend über bei ihm und damit nur zwanzig Minuten entfernt, falls du mich brauchst, Darcie.«

»Du willst den ganzen Abend bei ihm verbringen und sprichst von einem kleinen Kartenspiel?«, fragte Millie.

»Du hast die nächtelangen Sessions nicht miterlebt, die wir veranstaltet haben, bevor ich dich kennengelernt habe. Nicht dass ich sie vermisse oder so. Kein Pokerspiel kann einem das Glück ersetzen, unseren Erstgeborenen die ganze Nacht alles zusammenschreien zu hören, während er mit seinen Koliken kämpft.«

»Gott sei Dank scheint es ihm heute Abend nicht allzu schlecht zu gehen«, sagte Millie und küsste Oscar auf den Kopf.

»Aber du kommst klar?«

Millie nickte. »Jasmine hat versprochen, vorbeizukommen.«

Dylan kniff kaum merklich die Augen zusammen. »Sie ist oft hier ... Nicht dass ich etwas dagegen hätte, aber ...«

»Ja, sie wünscht sich noch ein Baby.« Millie glaubte zu wissen, was er dachte. »Und ich vermute, dass sie auch Rich damit in den Ohren liegt.«

Dylan verzog das Gesicht. »Gott, ich möchte im Moment nicht in Richs Haut stecken. Wenn Jas sich etwas in den Kopf gesetzt hat, kriegt sie es nicht wieder raus.«

»Ich bin sicher, dass sie sich einigen werden.«

»Hauptsache, sie kriegen nicht noch einmal Drillinge.«

»Ich könnte mir vorstellen, diese Sorge treibt auch Rich um«, sagte Millie, dann neigte sie den Kopf unmerklich in Darcies Richtung, die sie geduldig beobachtete.

Dylan runzelte die Stirn, dann schien ihm ein Licht aufzugehen, und er sah Darcie an. »Bist du bereit, Aschenputtel?«

Dylan fand sich in den Vororten von Winchester mit Leichtigkeit zurecht, und Darcie staunte über seine Selbstsicherheit. Er plauderte und scherzte, während Darcie alles mit großen Augen betrachtete – manchmal auch ihn, und wenn ihr wieder einfiel, dass sie ihn nicht anstarren sollte, sah sie rasch aus dem Fenster. Alle Straßen sahen für sie gleich aus, und sie war froh, dass er wusste, wo es langging und sie auch wieder abholen würde.

Schließlich hielten sie vor einem großen Stadthaus aus der Zeit um neunzehnhundert, dessen Dachtraufen mit falschen Tudor-Balken verziert waren und zu denen die schmutzigen Plastikfenster und die Eingangstür nicht recht passen wollten.

Darcie warf Dylan einen fragenden Blick zu.

»Das ist die richtige Adresse«, sagte Dylan.

Darcie richtete den Blick wieder auf das Haus. Jeder Baum im Vorgarten war mit Lichterketten behängt. Keine davon passte zu den anderen, und manche der Glühbirnen waren kaputt, aber man konnte das Ganze vielleicht tatsächlich als festlich bezeichnen, wenn man unter festlich eine Art von betrunkenem Blackpool-Lichterfest verstand. Riesige Aufblasrentiere standen vor der Haustür Wache, und ein Mistelzweig hing am Türrahmen – tatsächlich war es weniger ein Zweig als ein ganzer Ast, den jemand vom Baum gebrochen hatte, an dem die Mistel zufällig hing. Aus den offenen Fenstern dröhnten bereits Musik und lautes Gelächter, und dabei war es noch nicht einmal acht Uhr.

Dylan auf dem Fahrersitz betrachtete die Szene, bevor er sich zu Darcie umdrehte. »Ich werde wohl langsam alt«, sagte er mit einem schwachen Grinsen. »Vor ein paar Jahren wäre ich mit dir da drin gewesen, aber jetzt mache ich mir ziemliche Sorgen bei dem Gedanken, dass du überhaupt dort hineingehst.«

»Willst du mitkommen?«, fragte Darcie. »Ich bin mir sicher ...«

»Gott, nein!« Dylan lachte. »Ich will dein Image nicht beschädigen. Schick deinem Typen doch eine SMS, damit er weiß, dass du da bist. Das ist vielleicht einfacher, als allein hineinzugehen.«

»Gute Idee.« Darcie war dankbar, dass er nicht vorgeschlagen hatte, sie hineinzubegleiten, denn das wäre ihr peinlich gewesen. Sie tippte eine Nachricht und nach einigen stillen Augenblicken bimmelte ihr Handy, und sie las:

Komme zu dir.

Darcie schaute auf und sah Nathan mit einem breiten Grinsen den Weg auf sie zulaufen. Er trug Jeans, Turnschuhe und einen Weihnachtspullover mit einem Baum mitsamt blinkenden Lichtern vorne drauf, die sein Gesicht auf eher beunruhigende Weise erhellten. Darcie hoffte, dass er ihn irgendwann ausziehen würde, denn sie bekam jetzt schon Kopfschmerzen davon. Und ganz sicher konnte sie ihn nicht küssen und dabei eine ernste Miene beibehalten, wenn er ihn trug.

»Wir sehen uns später«, sagte Dylan, als Darcie aus dem Wagen stieg. »Vergiss nicht«, fügte er in ernsterem Tonfall hinzu, »wenn ich dich abholen soll, brauchst du nur anzurufen, okay?«

»Okay.«

»Du siehst toll aus«, sagte Nathan, während Darcie zusah, wie Dylans Wagen von der Bordsteinkante wegfuhr. Plötzlich wünschte sie, sie säße noch neben ihm. »Ich dachte schon, du kommst nicht.«

»Hm?« Sie drehte sich um.

»Ich sagte, du siehst toll aus«, wiederholte er. »Wer war das?«, fügte er hinzu und drehte den Kopf in die Richtung, in die Dylans Wagen verschwunden war.

»Der Freund meiner Cousine. Ich wohne bei den beiden.«

»Das muss komisch sein«, kommentierte er, während sie zum Haus gingen.

»Eigentlich nicht. Ich schlafe hinten, ein bisschen abgeschieden vom Rest, und dort höre ich nicht viel.«

»Dann kannst du dich glücklich schätzen. Denn in diesem Haus hier höre ich *alles*, was passiert ... wenn du weißt, was ich meine. Ich habe nichts dagegen, dass die anderen Mädels oder Jungs mit nach Hause bringen, aber ich will nicht alle schmutzigen Details mitkriegen.«

»Oh ...« Darcie spürte, wie sie rot wurde, und wünschte, sie könnte es irgendwie verhindern. Im Ernst, sie war zweiundzwanzig und viel zu alt, um ständig wie eine Tomate anzulaufen, aber sie konnte nicht anders, und ihr fiel keine Methode ein, es zu verhindern. Sie wusste nur, dass es sie sehr dumm und jung erscheinen ließ.

»Wie auch immer«, fuhr Nathan fort, »genug davon. Wie wär's, wenn ich dir etwas zu trinken hole, solang wir noch in die Nähe des Alkohols in der Küche kommen?«

Darcie schenkte ihm ein verlegenes Lächeln. Etwas zu trinken klang gut – vielleicht würde es sie etwas lockerer machen, denn sie fühlte sich alles andere als locker, und sie wollte nicht als das verklemmte Mauerblümchen rüberkommen, als das sie in diesem Moment mit Sicherheit erschien. Wieder einmal musste sie sich fragen, was um alles in der Welt ein Typ wie Nathan in ihr gesehen hatte, dass er sich um sie bemühte. Es gab doch bestimmt jede Menge hübsche Studentinnen an seiner Universität, die besser zu ihm passten, warum also sie, ein Mädel, das er im Bus kennengelernt hatte? Aber sie folgte ihm trotzdem ins Haus. Obwohl die Party gerade erst begonnen hatte, war der Flur schon gerammelt voll, was Darcie vermuten ließ, dass in jedem Zimmer genauso viele fremde Menschen waren. Es roch nach Zigarettenrauch, einer berauschenden Mischung verschiedener Parfums und Deos und einem Hauch von frittiertem Essen und Raumspray mit Kieferduft. Das alles zusammen war mehr als nur ein bisschen beunruhigend. Auf dem Weg durchs Haus zog Nathan eine Zigarettenschachtel aus seiner Gesäßtasche. Er nahm sich selbst eine und bot ihr dann die offene Schachtel an.

»Ich rauche nicht«, sagte Darcie.

»Ich wünschte, ich könnte das Gleiche von mir behaupten«, antwortete er und steckte die Schachtel wieder ein, bevor er sich seine Zigarette anzündete. »Es kostet ein Vermögen, und nach einer durchzechten Nacht hat man einen beschissenen Geschmack im Mund.«

»Warum hörst du dann nicht auf?«

Er zuckte die Achseln. »Sobald ich ein paar Drinks intus habe, kann ich nicht nein sagen.« Er blieb vor einer Küchenarbeitsplatte stehen, die mit bunten Flaschen und Türmen von Plastikbechern beladen war. Daneben standen vier junge

Männer, die sich alle umdrehten und Darcie interessiert musterten. Sie sah Nathan an, doch er grinste lediglich und zeigte der Reihe nach auf sie. »Meine Mitbewohner ... Will, Iqball, Jay und Lee.«

»Hallo«, sagte Darcie mit einem schüchternen Lächeln.

»Du bist also die Frau aus dem Bus?«, fragte einer von ihnen und sah Nathan an. »Gute Arbeit!«

»Ja, du kannst also die Finger von ihr lassen.« Nathan lachte. »Jeder weiß, wie pervers du bist, Jay.«

Jay hob die Hände und setzte eine übertriebene Unschuldsmiene auf. »Würde mir nicht einfallen, sie anzufassen!«

»Komm«, sagte Nathan und nahm Darcies Hand. »Was kann ich dir anbieten? Bier, Schnaps, etwas von dem komischen orangen Alkopop-Zeug?«

»Bier ist in Ordnung.« Darcie lächelte.

»Wahrscheinlich eine weise Entscheidung.« Er griff nach einer der bunten Flaschen und hielt sie ins Licht, »denn ich habe keine Ahnung, was für ein merkwürdiges Gesöff hier drin ist.« Er öffnete eine Flasche Beck's und reichte sie ihr. »Soll ich deinen Mantel in die Garderobe tun?«

»Ihr habt eine Garderobe?« Darcie nahm das Getränk von ihm entgegen.

»Nein, wir haben ein Bett, aber das erfüllt denselben Zweck.«

Darcie fragte sich im Stillen, wessen Bett das war und wie viele Paare im Laufe der Nacht unter oder sogar auf diesen Mänteln landen würden, aber sie wollte nicht unhöflich erscheinen, also schlüpfte sie aus ihrem Mantel und reichte ihn Nathan.

Er ging auf eine Tür im Flur zu, und warf ihren Mantel in den Raum dahinter, bevor er die Tür wieder zuschlug und zurückkam.

»Oh«, murmelte Darcie. »Das Schlafzimmer ist unten?«

»In Studentenhäusern ist jeder freie Raum ein Schlafzimmer – maximaler Profit und so. Das sorgt für interessante Situationen.« Er öffnete eine Flasche Bier für sich selbst und nahm einen Schluck, bevor er in den Flur nickte. »Wie wär's, wenn wir uns unters Volk mischen? Ich kann dir das Studentenleben zeigen, und vielleicht gefällt es dir ja.«

Darcie schenkte ihm das strahlendste Lächeln, das sie zustande brachte, während sie das Handy in ihrer Schultertasche befingerte und sich fragte, wie weit entfernt Dylan wohl war.

Spencer ging gegen sechs ins *Dog and Hare*, um Colleen bei den Vorbereitungen zu helfen, und überließ es seinen Eltern nachzukommen, wenn sie so weit waren. Hier erfuhr er, dass Tori mit ihren Eltern zu Kaffee und Kuchen in die Alte Bäckerei gegangen war. Millie hatte um diese Zeit eigentlich geschlossen, aber wie Colleen ihm erzählte, hatte Tori sie angerufen, und sie war bereit gewesen, eigens für sie zu öffnen. Spencer konnte sich bei dem Gedanken ein kleines Lächeln nicht verkneifen. Typisch Millie, einem Freund in Not beizuspringen, und nach ihrem Gespräch am heutigen Tag durchschaute sie die Situation wahrscheinlich ganz genau. Er hoffte nur, dass die vernichtenden Ansichten der Dempseys über alles in Honeybourne sich nicht auch auf Millies ganzen Stolz erstreckten, wo sie sich doch so viel Mühe gegeben hatte, sie willkommen zu heißen.

Er summte die Melodie von »Merry Christmas Everyone« mit, während er den Tresen abwischte, und war so entspannt wie schon lange nicht mehr, als Colleen die Tür des *Dog and Hare* aufschloss. Zum ersten Mal seit seiner Rückkehr fühlte es sich wirklich ein wenig weihnachtlich an. Vielleicht würde es doch nicht so schlimm werden und nur seine Nervosität ließ ihn so heftig auf das, was heute gesagt worden war, reagieren. Morgen, wenn sich ihr Jetlag gelegt hatte und er wieder ganz er selbst war, würde er mit Toris Eltern sicherlich besser zurechtkommen. Möglicherweise würden er und Honeybourne ihnen sogar ein wenig ans Herz wachsen, bevor sie wieder nach Hause zurückkehrten. Schließlich war Weihnachten die Zeit des guten Willens und der Wunder ... obwohl wahrscheinlich anderthalb Wunder nötig waren, um sie dazu zu bringen, ihn zu mögen, wenn ihre letzten Begegnungen ein Maßstab waren. Er wusste, dass er nicht der Fang des Jahrhunderts war, aber er war weder ein Serienmörder noch der Dorftrottel, und eine Chance hatte er doch wohl verdient. Heute Abend würde er ihnen zeigen, dass sie sich irrten und dass er der Mann war, der Tori glücklich machen würde.

Ruth war die erste Person, die hereinwankte, kurz nachdem Colleen den Pub geöffnet hatte. Spencer schenkte ihr ein Lächeln.

»Was kann ich Ihnen geben, Ruth?«

»Ich habe gerade die Eltern deiner Freundin gesehen«, sagte sie und ignorierte seine Frage. »Sie sind sehr vornehm, nicht wahr?«

»Ein wenig«, antwortete Spencer misstrauisch. »Wo waren sie?«

»Sie kamen gerade aus der Bäckerei. Sie waren bei Millie.«

»Oh? Und wie sahen sie aus?«

Ruth runzelte die Stirn. »Sehr langweilig angezogen – Mäntel im Partnerlook.«

»Nein.« Spencer lachte. »Ich meine, sahen sie aus, als würden sie sich amüsieren?«

»Also ...«, setzte Ruth an, wurde aber unterbrochen, als sich die Tür des Pubs öffnete.

Sie drehten sich beide um, und Tori kam herein, gefolgt von ihren Eltern. Sie schmunzelten und lachten. Was auch immer Millie getan hatte, sie schienen jetzt viel bessere Laune zu haben.

»Ganz reizend ...«, hörte Spencer Mrs Dempsey sagen. »Und auch ihr Mann ...«

»Ihr Freund«, korrigierte Tori ihre Mutter.

Mrs Dempsey machte eine wegwerfende Handbewegung. »Ihr Mann in jeder Hinsicht, außer was den Nachnamen angeht ...«

»Es ist eine Schande, dass wir den Besuch abkürzen mussten«, warf Mr Dempsey ein.

»Tja, Dylan musste Darcie zu ihrer Party bringen«, sagte Tori. Und Millie musste Oscar stillen. Aber ich bin sicher, dass wir das wiederholen können, wenn sie Zeit haben, bevor ihr nach Hause fliegt.«

»Oh, ich hätte schrecklich gern mehr von diesem göttlichen ... Wie nannte sich der Kuchen noch mal? Das seltsame Gebäck, das mir so geschmeckt hat?«, fragte Mrs Dempsey.

»Ich glaube, es war Bread-and-Butter-Pudding«, antwortete Tori. »Aber vielleicht verwechsele ich das auch – sie hatte so viele Kuchen zur Auswahl.« Sie schaute auf und schenkte Spencer ein strahlendes Lächeln. »Hey, Lollipop, wie war dein Nachmittag?«

»So wie es sich anhört, nicht so gut wie deiner«, antwortete Spencer, als sie sich über den Tresen beugte, um ihn zu küssen. »Sie scheinen viel besser drauf zu sein«, fügte er im Flüsterton hinzu.

Tori runzelte die Stirn. »Sie waren vorher schon gut drauf.«

»Oh ...« Spencer löste sich von ihr und bemerkte, wie die Mienen ihrer Eltern sich verdüsterten, als sie sich ihm zuwandten. Wenn sie die ganze Zeit über gut drauf gewesen waren, wollte er sie nur ungern in wirklich schlechter Stimmung erleben. »Kann ich Ihnen etwas zu trinken geben?«

Ruth räusperte sich. »Ich glaube, du wolltest gerade mich bedienen.«

»Aber ich habe Sie gefragt, und Sie haben nichts bestellt«, entgegnete Spencer.

»Das heißt nicht, dass ich nichts will«, schnaubte Ruth. »Ich hatte mich nur noch nicht entschieden.« Sie schnalzte vorwurfsvoll mit der Zunge und holte ihr Portemonnaie hervor. »Ohne Doug geht dieser Pub langsam vor die Hunde ...«, murmelte sie mürrisch.

Spencer bedachte Tori und ihre Eltern mit einem entschuldigenden Blick. »Ich kümmere mich um Ihre Getränke, sobald ich Ruth versorgt habe.«

»Nun, sie hat bereits gewartet«, sagte Mr Dempsey.

»Danke!« Ruth drehte sich zu ihm um und hätte um ein Haar einen Knicks gemacht. »Ich habe in der Tat gewartet ...« Sie stieß einen theatralischen Seufzer aus. »Die jungen Leute von heute sind so ungeduldig.«

»Das sind sie«, pflichtete Mrs Dempsey ihr bei. »Heutzutage geht es nur noch um unmittelbare Bedürfnisbefriedigung.«

»Ja«, sagte Ruth, obwohl Spencer sich ziemlich sicher war, dass sie das Interesse an dem Gespräch schon wieder verloren hatte, da sie ihre Aufmerksamkeit erneut auf ihr Portemonnaie richtete, hineinspähte und dann Münzen auf die Theke zählte.

»Vielleicht möchten Sie sich schon mal setzen, und ich komme dann zu Ihnen und nehme Ihre Bestellung auf«, schlug Spencer den Dempseys vor. Er war sich ziemlich sicher, dass alles, was er sagte oder tat, falsch sein würde, also war es besser, zum Thema Ruth nichts weiter zu sagen – weder darüber, wie peinlich sie sein konnte, noch darüber, wie schrecklich schlecht ihr Gedächtnis war. Gut möglich, dass sie den Pub betreten hatte, um etwas zu trinken zu bestellen, aber es konnte trotzdem zwanzig Minuten dauern, bis ihr wieder einfiel, was sie wollte, wenn das überhaupt der Grund für ihr Kommen war. Vielleicht war es besser, Toris Eltern einfach in eine Ecke zu setzen und zu hoffen, dass sie dort für den Rest des Abends blieben.

»Gute Idee«, sagte Tori und führte ihre Eltern zu einem der freien Tische.

Wie er vorhergesehen hatte, stand Ruth da und starrte mit

leerem Blick auf die Reihe von Flaschen hinter ihm im Regal, während Spencer mit den Fingern auf die Theke trommelte und wartete. Als er aufschaute, sah er Mrs Dempsey das Gesicht verziehen. Sie hatte eine Hand auf den Tisch gelegt, und er hörte sie sagen, dass er klebrig sei. Er stieß einen Seufzer aus. Colleen hielt den Pub nicht ganz so tipptopp in Ordnung wie sonst, aber sie gab ihr Bestes, und es tat ihm leid, dass man es ihr jetzt auch noch zusätzlich schwer machte. Außerdem, was war ein englischer Pub ohne ein wenig verschüttetes Bier? Wenn sie Authentizität suchten, authentischer ging es nicht.

»Ich glaube, ich nehme einen schönen Brandy mit Limonade«, sagte Ruth und riss ihn damit aus seinen Gedanken. Sie schob ihm ein Häufchen Bargeld über den Tresen. »Das sollte stimmen.«

Spencer drehte sich um, um das Getränk zuzubereiten. Als er sich wieder umwandte, war Ruth zu dem Tisch gegangen, an dem Tori mit ihren Eltern saß, und hatte es sich bei ihnen bequem gemacht. Spencer konnte sein Stöhnen nur mit Mühe unterdrücken. Ruth würde sie binnen einer halben Stunde in den Wahnsinn treiben, und das war nicht die Stimmung, in der er sie haben wollte. Er sammelte die Münzen vom Tresen und warf sie in die Kasse, bevor er Ruth ihr Getränk an den Tisch brachte.

»Ein Brandy mit Limonade ...« Er sah Tori und ihre Eltern an. »Kann ich Ihnen etwas bringen? Ein Glas Bitter vielleicht? Eine Kostprobe vom Bier hier aus der Gegend?«

»Meine Eltern trinken keinen Alkohol«, sagte Tori verlegen. »Ich bin mir ziemlich sicher, dass ich das schon ein paarmal erwähnt habe.«

»Nein ... ähm, ich meine, vielleicht hast du das ...« Spencer fuhr sich mit einer Hand durchs Haar und wünschte, er könnte die Worte zurücknehmen. »Tut mir leid, das hatte ich vergessen.«

»Drei Tassen Kaffee reichen völlig aus«, sagte Mr Dempsey.

Spencer sah Tori an, die am vergangenen Abend noch munter gebechert hatte. Aber sie korrigierte die Bestellung nicht, und Spencer vermutete, dass sie sich heute Abend von ihrer besten Seite zeigen wollte. »Drei Tassen Kaffee«, wiederholte er und machte sich auf den Weg zu Colleen in die Küche, um zu sehen, ob sie ihm helfen konnte, da es an der Bar keine Möglichkeit gab, heiße Getränke zuzubereiten. Im Weggehen hörte er, wie Ruth in den Klatschmodus wechselte. Gott allein wusste, was sie ihnen erzählen würde, aber außer es lächelnd zu ertragen, konnte er nicht viel tun.

Colleen kümmerte sich sofort um die Getränke, und als Spencer an die Bar zurückkehrte, begrüßte ihn Frank Stephenson und bestellte ein Glas Bitter. Kurz danach trafen die Inhaber des Zeitungskiosks ein, gefolgt von Saul und Jim (die man nie getrennt sah). Dann erschien auch noch Jasmine, die eine Flasche Wein zu Millie mitnehmen wollte, da sie den Abend, an dem Dylan und Darcie nicht da waren, bei ihr verbringen würde. Der Pub füllte sich in der nächsten Stunde weiter, und Spencer hatte genug zu tun, um nicht auf die stummen Beschwerden reagieren zu müssen, die jedes Mal, wenn er hinüberschaute, vom Tisch der Dempseys kamen. Er sah, wie Mrs Dempsey wegen des Kaffees eine Grimasse zog, Mr Dempsey kräftig am Tisch wackelte (vermutlich um seinen jämmerlichen Zustand zu demonstrieren) und nahm Toris Körpersprache wahr, als sie verzweifelt versuchte, Ruth loszuwerden. Colleen kam aus der Küche, um die Weihnachtsmusik aufzudrehen und die Quizmaschine einzuschalten. Der Apparat im hinteren Teil des Pubs begann zu sirren und zu piepen, und als Spencer hinüberschaute, sah er Mrs Dempsey angesichts des zunehmenden Lärms die Augen verdrehen. Doug kam in seinem Rollstuhl zu Toris Eltern und sprach sie an, woraufhin sie ein wenig fröhlicher zu werden schienen und sich angeregt mit ihm zu unterhalten begannen.

Aber dann erschienen Spencers Eltern. Er riss die Klappe

hoch, um hinter dem Tresen hervorzukommen, und lief zu ihnen, bevor sie Tori entdeckt hatten.

»Mum, Dad – sie sind hier, aber sie sind immer noch ziemlich griesgrämig«, zischte er.

»Aber wir müssen doch zu ihnen gehen und mit ihnen reden«, antwortete Jenny verwirrt.

»Ich weiß, aber ...« Wie konnte er sie darum bitten, ein bisschen weniger ... *sie selbst* zu sein? »Sie trinken grundsätzlich nicht. Ich nehme nicht an, dass du und Dad, also dass ihr euch heute Abend etwas zurückhalten könntet, was den Alkohol betrifft?«

Jenny starrte ihn an. »Das klingt ja, als wären wir Alkoholiker!«

»So habe ich das nicht gemeint. Tut mir leid, achtet gar nicht auf mich, ich bin ein nervliches Wrack.«

»Und ob du das bist«, sagte Lewis, »und du musst dich zusammenreißen! Vier Erwachsene können sich doch sicherlich ihren Kindern zuliebe für ein paar Stunden vertragen und sich gegenseitig akzeptieren, mit allen Schönheitsfehlern.«

»Es sind nicht die Schönheitsfehler, die mir Kopfzerbrechen bereiten«, entgegnete Spencer.

»Du machst dir zu viele Sorgen, es wird schon gut gehen.« Lewis klopfte ihm auf die Schulter. »Komm, mach uns miteinander bekannt, und ich bin mir sicher, dass wir den Rest schon hinkriegen.«

Spencer nickte, und sie folgten ihm zu dem Tisch, wo man hören konnte, wie Ruth ziemlich intime Details über dreißig Jahre zurückliegende Dorfskandale ausbreitete. Spencer hüstelte höflich, und sie wirbelte herum.

»Oh, hallo!«, sagte sie und grinste Lewis und Jenny an. »Sie wollen sich zu uns gesellen?«

»Das wollen wir.« Lewis lächelte.

»Obwohl Colleen vorhin gesagt hat, sie könnte gut etwas Hilfe in der Küche gebrauchen«, fügte Spencer hinzu. »Und ich weiß nicht, wer ihr helfen kann, denn ich habe hinter dem Tresen wirklich alle Hände voll zu tun …«

Ruth sprang auf. »Warum sagst du das nicht gleich? Ich schau mal, wie man sie unterstützen kann. Ich verstehe nicht, warum die Leute nicht einfach fragen …« Immer noch redend eilte sie in Richtung Küche.

»Das war ein Geniestreich«, sagte Tori und lächelte Spencer an.

Er zuckte die Achseln. »Ich dachte, ihr braucht mal eine Pause. Und bis sie dahintergekommen ist, dass Colleen sie doch nicht braucht, wird sie vergessen haben, mit wem sie sich gerade unterhalten hat.«

»Das ist ein bisschen gemein«, sagte Mrs Dempsey.

»Oh, Sie kennen Ruth Evans nicht«, schaltete Lewis sich ein. »Es wird ihr nicht das Geringste ausmachen, und sie findet jederzeit jemand anders, mit dem sie sich unterhalten kann.« Er streckte die Hand aus. »Lewis Johns …«

»Todd Dempsey«, antwortete Toris Vater und schüttelte ihm die Hand. »Und das ist meine Frau Adrienne.«

»Freut mich, Sie kennenzulernen.« Lewis schüttelte auch ihr die Hand.

»Und ich bin Jenny«, ergänzte Spencers Mutter und begrüßte die beiden auf die gleiche Weise.

Spencer warf einen Blick zur Bar, wo Frank Stephenson mit einem leeren Glas auf ihn wartete, und schaute dann wieder zum Tisch der Eltern. Es schien alles sehr höflich zuzugehen, und man lächelte einander an. Vielleicht würde es doch gut gehen. Zumindest für den Moment musste es genügen, denn er wurde jetzt am Zapfhahn gebraucht.

Darcie stand mit dem Rücken zur Wand im Wohnzimmer, umklammerte ihr drittes Bier des Abends und fragte sich, wohin Nathan verschwunden war. Sie beobachtete, wie die anderen Anwesenden zu einer Musik wippten, die sie noch nie gehört hatte, und wie beim Tanzen Getränke verschüttet wurden. Der Boden war übersät mit zertretenen Chips und Krümeln, und auf einem Regalbrett lag ein umgedrehter Keksdosendeckel voller Zigarettenstummel. Zu ihrer Rechten hatte ein junger Mann seine Hand unter dem Top eines Mädchens und seine Zunge in ihrem Hals. Zu ihrer Linken knutschten zwei junge Frauen, ihre Hände jeweils im BH der anderen. Warum hatte Darcie das hier für eine gute Idee gehalten? Sie war eine Langweilerin, aber heute Abend hatte sie es versucht, und eine Zeit lang hatte es ihr sogar Spaß gemacht. Nathan war witzig, er war süß, und seine Freunde wirkten nett und unterhaltsam, aber anscheinend hatten sie alle bald genug davon, dem neuen Mädel Gesellschaft zu leisten, und waren zu vertrauteren Gefährten weitergezogen – sogar Nathan. Er hatte einen Freund entdeckt und Darcie versprochen, er komme sofort wieder, und seitdem hatte sie ihn nicht mehr gesehen. Das war vor einer halben Stunde gewesen. Nicht dass sie verzweifelt war, aber seine Gesellschaft wäre nett gewesen und unendlich viel besser, als so wie jetzt unbeachtet in einer Ecke zu stehen, ein Mauerblümchen wie aus dem Bilderbuch.

Sie holte ihr Telefon aus ihrer Handtasche und warf einen Blick auf das Display. Keine Anrufe oder SMS. Nicht dass sie damit gerechnet hätte, aber sie hatte sich gefragt, ob Millie oder Dylan sich vielleicht melden würden. Sie nahm an, dass die beiden davon ausgingen, dass sie Abstand brauchte und anrufen würde, wenn etwas wäre. Ihr Finger schwebte über der Home-Taste. Sie konnte anrufen, und Dylan würde sie sofort abholen, wenn sie ihn darum bat. Aber sie wollte nicht so jämmerlich erscheinen.

Plötzlich hörte sie über der Musik und dem Gejohle ein Kreischen. Und dann Nathans Stimme. Er klang zornig und gemessen an seiner Lautstärke war er das wohl auch. Sie drehte sich suchend nach ihm um und sah, wie eine junge Frau ihn am

Arm packte und in den Flur zurückzog, während er seinerseits versuchte, durch die Wohnzimmertür zu kommen.

»Ich habe nicht gesagt, dass wir fertig sind!«, schrie sie.

»Mach dich doch nicht lächerlich«, rief Nathan zur Antwort. Er entriss ihr seinen Arm, und als er Blickkontakt mit Darcie aufnahm, versuchte er, mit seinem Gesicht eine Art Entschuldigung zu übermitteln, aber Darcie ließ sich nicht täuschen. Es war klar, dass es hier eine Vorgeschichte gab, und sie war mitten in diese Geschichte hineingezogen worden. Sie hätte sich für ihre Dummheit ohrfeigen können. Jetzt schien ein guter Zeitpunkt, ihren Mantel zu suchen und Dylan anzurufen.

Ohne weiter darüber nachzudenken, näherte sie sich der Tür, mit der Absicht, an den beiden vorbeizuschlüpfen, während sie mit ihrem Streit beschäftigt waren, ihren Mantel zu holen und so schnell und leise wie möglich zu verschwinden.

»Darcie ...«, rief Nathan, als sie sich an ihm vorbeizwängte. »Darcie, du gehst doch nicht etwa schon?«

»Ich halte es für das Beste«, antwortete sie.

»*Darcie!*«, äffte die junge Frau ihn nach. »Ooh, was für ein süßer Name! Du siehst mir nicht aus wie Nathans üblicher Typ.«

»Halt die Klappe, Carly!«, warnte Nathan sie.

»Oder was?« Carly versetzte ihm einen kräftigen Stoß, und da der Angriff überraschend kam, verlor er das Gleichgewicht und fiel hin. »Ich will mit Darcie reden, denn sie muss lernen, dass sie ihre dreckigen Pfoten von Männern lassen sollte, die ihr nicht gehören.«

Nathan rappelte sich auf, aber zu spät – Carly stürzte sich auf Darcie und drückte sie an die Wand. Darcie verzog das Gesicht angesichts des Gestanks nach Alkohol und abgestandenen Zigaretten in ihrem Atem. Es war seltsam, welche Gedanken Darcie in diesem Moment durch den Kopf schossen, und der prominenteste davon war, dass diese Frau hübsch hätte sein können, wenn sie sich das Gesicht nicht mit viel zu viel

Make-up zugekleistert hätte und es nicht vor Verachtung und Bitterkeit verzerrt gewesen wäre.

»Nathan gehört mir«, zischte Carly, »und kein pummeliges kleines Flittchen wird ihn mir wegnehmen ... klar?«

»Ich habe nicht versucht ...«, begann Darcie, aber Nathan zerrte Carly weg.

»Lass sie in Ruhe, du Irre!«, rief er. »Zwischen uns beiden ist Schluss! Warum kriegst du das nicht endlich in deinen dicken Schädel?«

»Hör doch auf, Nathan«, höhnte Carly. »Dieses jämmerliche Exemplar von einer Frau ist nur ein Versuch, mich eifersüchtig zu machen, und das weißt du. Obwohl du nicht ernsthaft gedacht haben kannst, ich mache mir Sorgen wegen der da.« Sie wedelte verächtlich mit einer Hand in Darcies Richtung. »Bitte. Du standest doch noch nie auf dicke Frauen, also hast du offensichtlich einfach irgendjemanden eingeladen, der verzweifelt genug war, ja zu sagen.«

Darcie starrte die beiden an, und ihre Augen füllten sich mit Tränen. Sie hatte es von Anfang an gewusst. Natürlich würde ein Junge wie Nathan jemanden wie sie niemals bemerken, nicht in einer Million Jahren. Sie war pummelig und reizlos und langweilig – sie war nicht einmal klug oder hatte einen guten Job. Sie war ein Niemand und das würde sie auch immer bleiben. Kein Wunder, dass all ihre Beziehungen bisher gescheitert waren.

»Darcie ...«, hob Nathan an, aber sie schüttelte energisch den Kopf.

»Ist schon gut«, sagte sie, wischte sich mit einer Hand über die Augen und richtete sich zu ihrer vollen Größe auf. »Ich sehe schon, wie die Dinge hier liegen.«

»Nein, tust du nicht!«, flehte Nathan. »Gib mir eine Chance, es zu erklären!«

Darcie sah ihn an, und dann bemerkte sie das höhnische Grinsen, das sich über Carlys Gesicht zog. Ob Nathan die

Situation nun mit Absicht herbeigeführt hatte oder nicht, sie würde sich nicht länger demütigen lassen. Sie mochte pummelig und langweilig sein, aber das gab niemandem das Recht, sie mit einer solchen Verachtung zu behandeln.

»Er gehört ganz dir«, sagte sie leise, dann schob sie sich an ihnen vorbei und trat durch die Haustür nach draußen.

Sobald sie den Garten verlassen hatte, begann Darcie zu rennen. Niemand folgte ihr, und sie vermutete, dass Nathan entweder von Carly daran gehindert worden war oder sie ihm nicht wichtig genug war, um ihr nachzulaufen und ihr etwas zu erklären. Letzten Endes spielte es keine Rolle, denn Darcie wollte nur noch weg. Nicht einmal ihren Mantel hatte sie geholt, aber sie wollte nicht noch einmal zurückgehen und würde ihn wohl als verloren betrachten müssen. Wenn das die schlimmste Folge dieses Abends war, dann war es ein kleines Opfer. Sie nahm die Straßen um sich herum durch ihre Tränen nur verschwommen wahr. Selbst wenn sie sich hier ausgekannt hätte, hätte sie keine Ahnung gehabt, wo sie hinlief. Sie wusste nur, dass sie wegwollte. Ihr Atem ging stoßweise, und sie musste sich beruhigen. Die Ereignisse des Abends waren nichts, in das sie Millie und Dylan hineinziehen wollte, und wenn Dylan sie in ihrem durchnässten Zustand vorfand, würde das zu peinlichen Fragen und möglicherweise noch peinlicheren Konsequenzen führen.

Doch nach einer Weile wurde ihr bewusst, dass sie sich hoffnungslos verlaufen hatte. Außerdem fror sie. Sie schlang die Arme fest um sich, um das Zittern zu stoppen, und ihre Zehen brannten in Millies drückenden Schuhen vor Kälte. Gezwungen, ihre Niederlage einzugestehen, zog sie ihr Telefon aus der Handtasche und wählte Dylans Nummer.

»Hast du schon genug?« Seine warme Stimme am anderen

Ende kostete Darcie all ihre Kraft, nicht die Fassung zu verlieren.

»Ja, bitte, komm und hol mich ab«, sagte sie und schluckte die Tränen herunter. »Aber ich bin nicht mehr in dem Haus.«

»Nein?« Dylan klang plötzlich alarmiert. »Was ist passiert?«

»Nichts ... nichts ist passiert.«

»Wo bist du denn?«

»Ich bin ...« Darcie sah sich um. Wie sollte Dylan sie abholen, wenn sie keinen Schimmer hatte, wo sie sich befand?

»Darcie?«

»Ich bin ... Warte mal kurz ...« Sie rannte los, so gut ihr das auf dem vereisten Pflaster und in ihren hohen Schuhen möglich war, bis sie an die nächste Straßenecke kam. »Ich bin in der Hardy Street.«

»Die kenne ich. Bleib dort, und ich bin in zehn Minuten bei dir.«

Darcies Antwort wurde abgeschnitten, weil Dylan bereits aufgelegt hatte. Sie steckte ihr Handy wieder ein und schaute die Straße entlang. Es war eine stille Wohnstraße in einem Vorort und sah aus wie jede andere auch ... In den meisten Häusern hier wohnten wahrscheinlich Familien und Paare, ganz anders als in der Straße von Nathans WG. Seine Straße sah sehr nach Studentenviertel aus, und hinter fast jedem Fenster konnte man leere Flaschen, Bücherstapel oder Musikposter ausmachen. Hier waren die Gärten ordentlich und gepflegt, und in vielen von ihnen leuchteten Weihnachtsbäume. An den Fenstern sah man schicke Rollläden oder modische Vorhänge. Einige waren mit bunten Lichterketten umrahmt, und durch andere konnte man das Flackern von Fernsehgeräten erkennen. Es wäre schön gewesen, jetzt in einem dieser Häuser zu sein, inmitten von geliebten Menschen, um vielleicht zusammen einen Film anzusehen, während ein Auflauf im Ofen brutzelte. Darcie sehnte sich doch nur nach ihrem Happy End – war das zu viel verlangt? Sie wollte weder reich noch schlau noch gertenschlank sein; sie wünschte sich nur, als der Mensch, der sie war, akzeptiert und geliebt zu werden. Ihr Herz hatte sie darin bestärkt, Nathan eine Chance zu geben, und es hatte sich schrecklich geirrt. Es schien, als ob ihr Herz in letzter Zeit in allem unrecht hatte.

Die Kälte wurde langsam unerträglich, und Darcie war kurz davor zurückzulaufen, um Nathans Haus zu suchen und ihren Mantel zu holen, als sie Dylans Auto um die Straßenecke biegen sah. Erleichterung durchflutete sie, und sie hatte die Beifahrertür schon geöffnet, bevor der Wagen ganz zum Stehen gekommen war.

»Was ist passiert?«, fragte Dylan angespannt.

»Nichts.« Darcie versuchte das Zittern zu unterdrücken.

»Ich bin nicht dumm. Wo ist dein Mantel?«

»Den habe ich liegen lassen.«

»Und du konntest nicht zurückgehen, um ihn zu holen? Warum läufst du ohne deinen Mantel weg und traust dich nicht, ihn zu holen?«

Darcie biss sich auf die Unterlippe. »Können wir bitte einfach nach Hause fahren?«

»Hat er versucht, sich dir aufzudrängen? Denn wenn ja ...«

»Nein!« Darcies Stimme überschlug sich. »Nein, so einer ist er nicht!«

»Warum bist du dann in dieser Verfassung?«

»Ich bin in keiner Verfassung.«

Darcie starrte geradeaus und beobachtete das Funkeln der Lichter in der dunklen Straße. Es war fast Weihnachten, müssten jetzt nicht alle glücklich sein? Was machte sie nur falsch? Im Stillen bat sie Dylan, die Handbremse zu lösen und sie nach Hause zu bringen. Aber es herrschte eine verstockte

Stille, und als sie sich umdrehte, sah sie, dass er sie aufmerksam betrachtete.

»Ich bin nicht dumm, Darcie.«

»Das habe ich auch nicht behauptet!«

»Warum kannst du mir dann nicht erzählen, was passiert ist?«

»Bitte ... Ich will es einfach nur vergessen.«

Dylan schaute nach vorn, legte die Hände aufs Lenkrad und biss die Zähne zusammen. »Wir sollten besser deinen Mantel holen.«

»Nein!« Darcie schlang die Arme noch fester um sich. »Nein«, wiederholte sie und versuchte, die Panik in ihrer Stimme einzudämmen.

»Das dauert keine zehn Minuten«, beharrte Dylan. »Wenn du nicht reingehen willst, kannst du ja im Auto sitzen bleiben, und ich hole deinen Mantel ...«

»Bitte!« Darcie schluchzte, außerstande, sich noch länger zusammenzureißen. »Ich will nicht darüber nachdenken, und ich will dieses Haus nie wiedersehen!«

»Hey, hey ...« Dylans Ton war jetzt sanfter, und er drehte sich ihr wieder zu. »Ich wollte dich nicht zum Weinen bringen.«

»Nicht du hast mich zum Weinen gebracht«, schniefte Darcie. »Der ganze Abend war zum Heulen. Ich bin so eine Idiotin.«

»Natürlich bist du das nicht. Warum sagst du so etwas?«

»Weil ich gedacht habe, Nathan mag mich, aber das stimmte nicht. Er wollte mich nur auf seiner Party haben, um eine andere Frau eifersüchtig zu machen.«

»Wer hat dir das gesagt?«

»Die Frau.«

»Und war er in dem Moment dabei?«

»Ja. Er hat es abgestritten, aber es war offensichtlich.

Warum sonst sollte er jemanden, den er erst an diesem Tag im Bus kennengelernt hat, zu seiner Party einladen?«

»Weil er dich nett fand?«

Darcie schüttelte den Kopf.

Dylan dachte einen Moment nach. »Die Dinge sind nicht immer so, wie sie zu sein scheinen. Glaub mir, ich weiß das besser als jeder andere.«

»Er fand mich nicht nett, er hat mich nur benutzt.«

»Dafür hätte er jede Frau, die auf der Party war, nehmen können.«

»Die wussten vielleicht alle über Carly Bescheid.« Darcie seufzte und trocknete sich die Augen mit einem Taschentuch, das sie ganz unten in ihrer Handtasche gefunden hatte. »Ich weiß, was ich gesehen habe, und ich will es einfach nur vergessen. Wenn ich dabei einen Mantel verliere, habe ich mir zumindest einen Rest Würde bewahrt. Das ist so ziemlich alles, was ich noch habe.«

Dylan stupste sie mit einem aufmunternden Lächeln an. »Du hast immer noch uns – Millie und mich. Sogar Oscar ist ganz vernarrt in dich.«

Wieder wurden Darcies Augen feucht. Warum musste er bloß so fürsorglich und rücksichtsvoll sein und so ... *perfekt*? Sie hatte Nathans Einladung nur angenommen, weil sie Dylan aus dem Kopf bekommen wollte, und jetzt hatte die Situation sie wieder direkt in seine Richtung geschubst, nur schmerzhafter als je zuvor. Obendrein hatte Nathan ihr wehgetan, und Dylan war der Mann, der sie tröstete, was ganz und gar nicht das war, was sie brauchte, denn am Ende würde sie ihn nur umso mehr lieben.

»Darcie, es macht mir keine Mühe, noch einmal hinzufahren«, sagte er sanft. »Es könnte eine Erklärung geben, die du hören willst, und wenn es keine gibt, haben wir immer noch den Vorwand, deinen Mantel zu holen. Oder ich kann den

Wagen um die Ecke parken, du bleibst im Auto sitzen, und ich gehe rein und rede mit ihm.«

»Der blöde Mantel ist mir egal!«, rief sie. »Und Nathan ist mir auch egal!«

»Okay«, sagte Dylan leise und richtete den Blick auf die Straße.

Darcie wünschte, der Sitz würde sie verschlucken. »Es tut mir leid«, murmelte sie.

»Schon gut. Ich verstehe, dass du einen stressigen Abend hinter dir hast. Ich bringe dich jetzt nach Hause, und wir werden nicht darüber reden, wenn du nicht willst.«

Sie nickte, und der Kloß in ihrer Kehle erstickte ihre Antwort. Sie wollte einfach nur, dass dieser Abend vorbei war und sie nie wieder an ihn denken musste.

SECHS

Sobald die Küche für den Abend geschlossen war, kam Colleen an die Bar, um Spencer zu helfen. Sie warf einen liebevollen Blick in Dougs Richtung, der in seinem Rollstuhl mit Frank Stephenson über irgendetwas lachte. »Er ist so gut drauf wie schon lange nicht mehr«, sagte sie. »Es hat ihm unheimlich gutgetan, für ein Weilchen in den Pub zu kommen, statt in unserem Wohnzimmer Trübsal zu blasen. Er vermisst die Arbeit, und er liebt diesen Ort.«

»Er sieht wirklich gut gelaunt aus«, stimmte Spencer ihr zu, aber sein Blick wanderte, wie schon so oft an diesem Abend, zu dem Tisch, an dem seine und Toris Eltern sich unterhielten. Er hätte gern gesagt, dass sie ebenfalls gut gelaunt wirkten, aber im Laufe des Abends hatte er des Öfteren gesehen, wie mit den Händen gefuchtelt, Stirnen gerunzelt und Köpfe geschüttelt wurden – ein bisschen zu viele beunruhigende Indizien dafür, dass sie sich in etlichen Dingen uneinig waren. Seine Eltern waren auf ein paar Drinks an die Bar gekommen, und als er sie gefragt hatte, wie sie zurechtkämen, hatten sie ihm gesagt, er solle sich keine Sorgen machen. Tori war zu ihm gekommen, um noch Kaffee zu holen, und sie hatte ihm das Gleiche geantwortet, obwohl ihr Gesicht etwas anderes verriet. Er war so oft wie möglich an ihren Tisch gegangen – wenn auch wahrscheinlich nicht oft genug –, und alle hatten angespannt gelächelt, aber das konnte ihn nicht täuschen.

Es wurde immer lauter und heißer im Raum, und die Stimmung ausgelassener. Es war schwer, sich nicht von der Atmosphäre anstecken zu lassen, und Spencer hätte es fast genossen, trotz der Sorgen wegen des Tisches, an dem seine Eltern saßen, aber das war sofort vergessen, als er Tori an die Theke kommen sah. Er konnte es ihr vom Gesicht ablesen, dass sie nicht glücklich war.

»Wie läuft's?«, fragte er zum vierten oder fünften Mal an diesem Abend.

»Du musst mit deinen Eltern reden«, sagte sie energisch. »Kannst du nicht aufhören, ihnen Alkohol auszuschenken?«

Spencer blieb der Mund offen stehen. »So viel haben sie doch gar nicht getrunken!« Sie hatten Wort gehalten und obwohl sie durchaus einige Getränke bestellt hatten, waren sie verglichen mit der Menge, die sie normalerweise tranken, praktisch abstinent.

»Findest du?« Tori stemmte die Hände in die Hüften. »Nun, mir kommen sie ziemlich betrunken vor. Es sei denn, für sie ist es normal, Leute zu beleidigen.«

»Wie meinst du das? Ich dachte, es wäre alles in Ordnung.«

»Das war es auch, bis sie angefangen haben, über Politik zu reden.«

»Aber du weißt doch, dass meine Mum politische Korrespondentin ist.«

»Ja, und du weißt, dass meine Mom und mein Dad Republikaner sind. Also quasselt deine Mom eine Menge Zeug, das ihnen nicht gefällt, und sagt ihnen durch die Blume, dass ihre politischen Überzeugungen Blödsinn sind.«

»Sie hat ein Recht auf ihre Meinung«, erwiderte er und hatte plötzlich das Bedürfnis, seine Mum zu verteidigen.

»Nicht wenn sie sie damit verärgert!«

Spencer legte die Stirn in Falten. »Du willst also sagen, meine Mum und mein Dad dürfen keine Meinung haben, deine Eltern aber schon? Was macht ihre Meinung richtiger? Meine Mum weiß zufällig eine ganze Menge über Politik.«

»Tja, das tut meine auch, und sie gibt bei einem Streit nicht einfach klein bei.«

»Also sollte meine Mum es tun? Was ist daran fair?«

»Darum geht es nicht!«, zischte Tori. »Wir wollen doch, dass sie sich verstehen! Und es ist nicht hilfreich, dass sie jetzt in ihr Zimmer gehen wollen. Hier unten herrscht ohnehin so ein Lärm, dass sie nicht werden schlafen können. Und du warst den ganzen Abend nicht da, obwohl du mit ihnen hättest reden sollen, damit sie dich mögen!«

»Mein Gott, wir sind in einem Pub. Natürlich ist es laut hier, und falls du es nicht mitbekommen hast, ich hänge hinter der Theke fest, um jemandem aus der Patsche zu helfen!« Er hielt inne, und Tori sah ihn finster an. »Willst du damit sagen, dass sie sich nicht verstehen? Vorhin hast du noch behauptet, es sei alles in Ordnung.«

»Vorhin habe ich versucht, dich zu beruhigen. Jetzt habe ich keine Lust mehr dazu.«

»Inwiefern ist das meine Schuld?«

»Du hättest mit deinen Eltern reden und ihnen klarmachen sollen, was sie *nicht* sagen dürfen.«

»Du hättest das Gleiche bei deinen Eltern tun können!«

»Wirst du jetzt hingehen und es ihnen sagen?«

»Ihnen was sagen?«, fragte Spencer, der genau wusste, was sie meinte. Er mochte keine Auseinandersetzungen, und Streit mit Tori auch nicht, aber sie war im Unrecht. Er hatte schon befürchtet, dass ihre Eltern sich nicht verstehen würden, aber er hätte nicht damit gerechnet, die Schuld dafür zugeschoben zu bekommen.

»Dass sie mit dem Trinken aufhören und ihre blöden Ansichten für sich behalten sollen.«

»Ihre Ansichten sind blöd? Dann sind meine es auch, denn sie haben mich geprägt!«

»Jetzt bist *du* ziemlich blöd! Wenn deine Eltern so gern viel trinken, warum wohnen *sie* dann nicht in dem Zimmer über dem Pub? Meine Eltern wären bei dir im Haus viel glücklicher als hier.«

»Meinst du, ja? *Mein* Haus, wo *ich* wohne ... der Mann, den sie anscheinend hassen? Das ist wirklich eine fabelhafte Idee!« Spencer funkelte sie an. Er war noch nie so sauer auf sie gewesen, und es krampfte ihm den Magen zusammen, aber er konnte es nicht ändern. Vorhin hatte er seinen Eltern noch selbst vorschlagen wollen, die Unterkunft mit den Dempseys zu tauschen, aber jetzt war es das Letzte, was er tun würde, schon allein weil Toris Forderung, er müsse genau das tun, ihm gewaltig gegen den Strich ging. »Das Haus gehörte früher meinen Eltern, warum sollen sie nicht dort wohnen, wenn sie zu Besuch kommen?«

»Aber jetzt gehört es ihnen nicht mehr.«

Spencer wurde sich plötzlich bewusst, dass die Lautstärke ihres Streits zunahm. Er sah sich am Tresen um, bevor er sich zu Tori vorbeugte und die Stimme senkte. »Ganz genau, jetzt gehört es mir, und ich bestimme, wer dort wohnt. Selbst wenn mein Leben davon abhinge, würde ich deine hochnäsigen Eltern nach diesem Abend dort nicht haben wollen!«

Tori schwieg einen Moment lang und starrte ihn an. »Nicht einmal, wenn unsere Beziehung davon abhinge?«, fragte sie leise, wobei sie ihre Lautstärke an seine anpasste, aber nicht weniger streitlustig klang.

Spencer schüttelte den Kopf. »Das ist unter der Gürtellinie.«

»Ach ja?«

»Ich kann und werde meine Eltern nicht bitten umzuziehen.«

Tori sagte etwas, aber Spencer bekam nicht mit, was es war. Seine Aufmerksamkeit wurde abgelenkt, weil die Tür des Pubs geöffnet wurde und eine Gestalt mit rosafarbenem Haar und einem breiten Lächeln auf dem Gesicht auf die Theke zusteuerte. Tori runzelte die Stirn, dann drehte sie sich um und sah Jasmine ebenfalls. Sie schaute Spencer an, und ihre Augen füllten sich mit Tränen.

»Okay ... so ist das.«

In dem Moment, in dem sie ging, wurde Spencer plötzlich von Panik übermannt. Meinte sie ihren Streit oder die Tatsache, dass sein ganzer Zorn beim ersten Blick auf Jasmine vergessen war? Er hätte sie gern zurückgerufen, aber die Worte blieben ihm im Halse stecken. Stattdessen beobachtete er, wie Toris Eltern vom Tisch aufstanden, sich hölzern von seinen Eltern verabschiedeten und den Schankraum verließen, um in Begleitung von Tori auf ihr Zimmer zu gehen. Es erschien ihm sinnlos, ihnen zu folgen. Bei der Stimmung, in der Tori sich befand, hatten sie keine Chance, das auszudiskutieren, und außerdem musste er die Gäste bedienen.

»Martini ...«, sagte Jasmine mit ihrer besten James-Bond-Stimme, als sie sich dem Tresen näherte. »Geschüttelt, nicht gerührt.«

»Hallo«, begrüßte Spencer sie mit dumpfer Stimme.

Jasmine kniff die Augen zusammen. »Ist alles in Ordnung?«

»Ja, bestens ...«, antwortete Spencer und zwang sich zu einem kurzen Lächeln. »Ich dachte, du leistest heute Abend Millie Gesellschaft, während Darcie und Dylan weg sind.«

»Das habe ich auch, aber sie kamen früher als gedacht zurück. Ich glaube, Darcies Verabredung lief nicht so gut, und Dylan hat sie abgeholt, also werden sie heute früh ins Bett gehen. Aber ich ... na ja, ich werde meinen freien Abend nicht verschwenden, indem ich so früh nach Hause gehe, also dachte ich, ich komme vorbei und schaue, was im angesagtesten Nachtclub von Honeybourne los ist.«

»Wird Rich dich nicht vermissen?«, fragte Spencer.

Es war seltsam, dass sie nicht zu ihm nach Hause wollte, und noch seltsamer, dass sie allein etwas trinken ging ... nicht dass sie lange allein bleiben würde. Normalerweise verbrachte sie gern ihre Abende mit Rich zu Hause.

Sie zuckte die Achseln. »Ich bin heute Abend nicht in der Stimmung, mir darüber Gedanken zu machen. Hast du einen schönen roten Hauswein für mich? Ein großes Glas ...«

»Willst du darüber reden?«, fragte Spencer, während er ihr ein Glas Wein einschenkte.

»Eigentlich nicht. Ich bin mir sicher, dass bald genug Gras über die Sache wachsen wird, und es ist nicht der erste Streit, den wir haben.«

Sie hatte sich also mit Rich gestritten? Irgendetwas schien heute Abend in der Luft zu liegen. Vielleicht war es der Weihnachtsstress, der den Leuten zu schaffen machte.

»Du siehst auch nicht besonders glücklich aus«, sagte sie, als er das Geld von ihr entgegennahm und in die Kasse legte. »Was war da los zwischen dir und Tori, als ich hereinkam?«

»Probleme mit den Eltern. Sie scheinen sich nicht besonders zu verstehen.«

»Das überrascht dich doch nicht wirklich, oder?«, sagte Jasmine und lachte. Spencer konnte sich ein Lächeln nicht verkneifen.

»Nein, eigentlich nicht. Aber ich hatte gehofft, ich irre mich oder dass sie sich wenigstens ein paar Tage lang zusammenreißen. Das war anscheinend zu viel verlangt.«

»Soll ich mit Jenny und Lewis reden? Sie bitten, etwas Rücksicht auf dich zu nehmen?«

Spencers Miene verdüsterte sich. »Ich glaube nicht, dass sie diejenigen sind, mit denen man reden muss. Toris Eltern sind so von sich eingenommen, das ist nicht zu glauben. Sie beklagen sich ständig über alles, und jeder muss mit allem einverstanden sein, was sie sagen. Manchmal frage ich mich, ob Tori am Ende nicht auch so werden wird.«

Jasmines Augen weiteten sich. »Meinst du das ernst?«

Er seufzte. »Nein, ich glaube nicht. Wir hatten nur gerade einen Riesenkrach, und sie wird heute Nacht wahrscheinlich nicht nach Hause kommen ... Sie ist mit den Borgias nach oben verschwunden.«

Jasmine kicherte. »So kannst du sie nicht nennen!«

»Nein? Wie wär's mit Mr und Mrs Trump?«

»Das ist ja noch schlimmer! So übel können sie nicht sein.«

»Doch, können sie.«

Lewis kam an den Tresen. »Hallo, Jasmine«, sagte er und umarmte sie. Dann warf er Spencer einen kläglichen Blick zu. »Haben wir es vermasselt?«

»Gott, nein, Dad!«, antwortete Spencer. »Du und Mum, ihr habt nichts falsch gemacht.«

»Sie sind ziemlich gereizt verschwunden, als wir auf das Lieblingsthema deiner Mum kamen ...«

»Wahrscheinlich waren sie einfach müde – der Jetlag, weißt du?«

»Tori auch?«

»Sie will Zeit mit ihnen verbringen. Das ist nur verständlich«, log Spencer, wohl wissend, dass sein Vater ihm das nicht abkaufen würde. Aber Lewis lächelte nur freundlich. »Ich nehme an, jetzt ist uns ein Drink gestattet?«

»Ihr hättet schon früher einen haben können – ihr *habt* ja auch schon vorher etwas getrunken«, sagte Spencer.

»Ja, aber wir haben uns ... Wie hast du es vorhin noch gleich ausgedrückt? Etwas zurückgehalten, was den Alkohol betrifft ...«

Spencer grinste verlegen. »Das tut mir leid. Ich hatte kein Recht, euch vorzuschreiben, wie ihr euch verhalten sollt.«

»Die Liebe macht seltsame Dinge mit uns«, antwortete

Lewis und wandte dann seine Aufmerksamkeit den verschiedenen Biersorten zu, die zur Auswahl standen.

Spencer sah Jasmine an, dann wanderten seine Gedanken zu den drei Menschen in einem Zimmer über seinem Kopf. Liebe machte wirklich seltsame Dinge mit einem. Er wünschte, die Liebe würde eine Pause einlegen, denn er hatte gerade ziemlich die Nase voll davon.

»Wer war denn die junge Frau, die hereinkam, als wir hochgegangen sind?«, fragte Toris Mum und reichte Tori ein frisch gebügeltes Baumwolltaschentuch.

Tori putzte sich die Nase und schenkte ihr ein dankbares Lächeln. »Welche Frau meinst du?«

»Verrückte Haare, verrückter Mantel, einfach insgesamt ein bisschen verrückt – wie alles und jeder hier.«

»Du meinst die mit den rosa Haaren?«

Mrs Dempsey nickte.

»Jasmine.« Tori spie den Namen förmlich aus.

»Sie sieht lächerlich aus.«

»Nicht, wenn man Spencer fragt.«

Mrs Dempsey sah sie scharf an, und Tori wünschte, sie wäre nicht ganz so erpicht darauf gewesen, ihren Gefühlen Ausdruck zu verleihen. Aber sie war verletzt und sauer, und es war ihr einfach herausgerutscht. Ihre Mutter würde nicht lange brauchen, um eins und eins zusammenzuzählen.

»Was bedeutet das?«

»Gar nichts. Es spielt keine Rolle.«

»Ist sie eine alte Flamme von ihm?«

»Nein.«

»Was hast du dann mit deiner Bemerkung gemeint?«

»Die beiden sind befreundet.«

Toris Vater, der sich gerade Lotion in die Hände einmassierte, kam aus dem Badezimmer. »Wie geht es meiner Kleinen?«, fragte er. »Fühlst du dich besser?«

Mrs Dempsey hob die Hand. »Nicht jetzt, Todd. Geh und sieh fern oder so.«

»Aber es läuft nichts, was ich sehen möchte.«

»Dann lies ein Buch!«

Leise brummend verschwand er im kleinen Schlafzimmer ihrer Suite. Mrs Dempsey setzte sich neben Tori aufs Sofa und nahm sie in den Arm.

»Es ist noch nicht zu spät, das in Ordnung zu bringen«, sagte sie.

Tori löste sich von ihr, um sie anzusehen. »Was in Ordnung zu bringen?«

»Diesen Schlamassel mit Spencer.«

»Was willst du damit sagen?«

»Es ist offensichtlich ein Riesenfehler, und es ist besser, dass du es jetzt herausfindest, statt erst nach der Hochzeit, wenn es zu spät ist.«

»Aber ich liebe ihn!«

»Tust du das wirklich? Und kannst du dir sicher sein, dass er dich liebt? Du hast den Beweis direkt vor Augen – das hast du doch gerade selbst gesagt. Wenn er jetzt schon anderen Frauen hinterhersieht, wo ihr noch nicht einmal verheiratet seid, dann stell dir vor, was auf dich zukommt, sobald der Ring an deinem Finger steckt.«

»Spencer ist nicht so.«

»*Alle* Männer sind so.«

Tori starrte sie an. »Wie kannst du das sagen? Was ist mit Daddy?«

»Ich sage es, weil es die Wahrheit ist. Du hast bestenfalls die Hoffnung auf einen Mann, den du im Zaum halten kannst oder der dir die bittere Pille versüßt, indem er dir einen entsprechenden Lebensstil finanziert.«

»Das ist doch verrückt!«

»So ist das Leben. Lass dir das von jemandem sagen, der Alter und Weisheit auf seiner Seite hat.«

Tori runzelte die Stirn. »Und ich nehme an, du hältst Hunter Ford für den idealen Kandidaten, ja?«

»Es gibt schlimmere da draußen. Er könnte dir ein gutes Leben bieten.«

»Spencer bietet mir ein gutes Leben.«

»Spencer wird dich enttäuschen! Seine Eltern sind einfach grauenhaft, und dieses Dorf ist ... nun, für eine intelligente junge Frau wie dich gibt es hier nicht genug.«

»Sollte ich nicht selbst in der Lage sein, diese Entscheidung zu treffen? Es gefällt mir hier, und ich mag seine Eltern.«

»Was ist mit Jasmine?«

»Sie ist toll«, antwortete Tori vorsichtig.

»Wenn du auch nur den leisesten Zweifel hast, verlass ihn. Jetzt bist du vielleicht verliebt, und es tut höllisch weh, aber es ist das Vernünftigste.«

Tori schüttelte den Kopf. »Das ist das Problem mit dir – alles muss vernünftig sein. Liebe ist nicht vernünftig, und ich will es auch gar nicht anders haben.«

»Dann wirst du verletzt werden. Hunter wird irgendeine andere erstrebenswerte Frau heiraten, und dann stehst du mit nichts da. Und glaube ja nicht, dass dein Vater und ich bereitstehen werden, um die Scherben aufzukehren, wenn das passiert.«

»Spencer wird mir nicht wehtun. Er ist ein guter Mann, und er wird mich glücklich machen.«

»Warum sitzt du dann hier? Geh runter und ruiniere dein Leben, wenn du dir so sicher bist, dass er der Richtige ist.« Mrs Dempsey verschränkte die Arme vor der Brust und starrte sie an. Tori nestelte am Saum ihres Sweatshirts. Spencer war doch der Richtige, oder etwa nicht? Er liebte sie und würde ihr niemals wehtun; sie wollte es mehr als alles andere glauben. Aber im Moment stand er an der Bar, lachte und scherzte wahrscheinlich mit Jasmine und seinen Eltern und verschwendete keinen Gedanken an sie. Wenn sie sich seiner so sicher war, warum konnte sie sich dann nicht überwinden, jetzt sofort nach unten zu gehen und sich mit eigenen Augen davon zu überzeugen?

SIEBEN

Millie war bereits unten in der Küche am Werkeln, als Darcies Wecker klingelte. Wahrscheinlich war sie bereits seit Stunden mit Oscar auf den Beinen und hatte sich nicht die Mühe gemacht, wieder ins Bett zu gehen, was in letzter Zeit häufig vorkam. Darcie schlug auf den Wecker, um das Piepsen auszuschalten, rollte sich auf den Rücken und starrte an die Decke. Obwohl sie in der vergangenen Nacht nicht eine Minute geglaubt hatte, dass sie überhaupt schlafen würde, war sie emotional so ausgelaugt gewesen, dass sie eingeschlafen war, kaum dass sie die Beine unter der Decke hatte. Aber jetzt war sie hellwach und ihre Gedanken kehrten zu den Ereignissen auf Nathans Party zurück und dazu, wie sie sich anschließend Dylan gegenüber geäußert hatte. Gott, sie war so eine Idiotin, und daran würde wahrscheinlich keine Anzahl von Jahren auf diesem Planeten etwas ändern. Doch es war jetzt das Beste, nach vorn zu schauen, das Ganze zu vergessen und zu versuchen, mit dem Hier und Jetzt zurechtzukommen, zumindest bis nach Weihnachten, wenn sie Millie eröffnen musste, dass sie nach Millrise zurückkehren würde. Was sie zu Hause tun sollte, war ihr selbst schleierhaft, aber zumindest würde sie so der Versuchung und den Problemen aus dem Weg gehen.

Ihr Atem erschien als weißes Wölkchen in der Luft, eingefangen vom Licht der Nachttischlampe. Die Heizung war gerade erst angesprungen, und es war kalt. Weder Vogelgezwitscher noch Laute des alltäglichen Lebens außerhalb der Bäckerei waren zu hören, sodass es sich immer noch anfühlte wie mitten in der Nacht, auch wenn sie gleich ihr Tagwerk beginnen würde. Obwohl es sich an manchen Tagen wie eine mittelalterliche Folter anfühlte, würde Darcie dieses Leben vermissen. Sie hatte gelernt, die Ruhe und die Gemeinschaft in Honeybourne zu lieben, ein einfacheres, langsameres Leben, das manche vielleicht stumpfsinnig finden würden, Darcie jedoch ein Gefühl von Sicherheit gab. Wenn nur Dylan nicht gewesen wäre ... Nun, es hatte keinen Sinn, jetzt darüber nachzugrübeln. Dylan war da, und es war ein Kampf, von dem sie wusste, dass sie ihn verlieren würde. Die einzige Möglichkeit, die ihr blieb, bestand darin, nach Hause zurückzukehren.

Sie stieg aus dem Bett und wollte gerade unter die Dusche eilen, als es an der Tür klopfte.

»Darcie?«, rief Millie leise. »Bist du wach?«

»Komm ruhig rein.«

Millie lächelte, als sie die Tür öffnete. »Was war denn gestern Abend los? Dylan hat mir erzählt, was passiert ist – zumindest das, was er weiß. Ich wollte dich nicht darauf ansprechen, bevor du Zeit hattest, darüber zu schlafen und ein wenig Abstand zwischen dich und das Vorgefallene zu bringen.«

Darcie unterdrückte ein Stöhnen. Natürlich hatte Dylan Millie davon erzählt. Was würde er sonst noch tun?

»Er sagte, du wolltest nicht darüber reden«, fuhr Millie fort, »und das verstehe ich, aber ich hatte immer das Gefühl, wir können über alles sprechen, wie Schwestern. Also habe ich mich gefragt, ob es dir möglicherweise leichter fallen würde, dich mir zu öffnen. Und es hilft dir vielleicht, es dir von der Seele zu reden.«

Darcie setzte sich aufs Bett und zog ihren Morgenmantel fester um sich. »Ich bin da nur mitten in eine ungeklärte Situation hineingeraten, das ist alles. Ich weiß nicht, ob Nathan das beabsichtigt hat, ob es ein Missgeschick oder einfach schlechtes Timing war. Ich weiß nur, dass er etwas mit einem Mädel laufen hatte, die noch nicht darüber hinweg ist.«

»Ist er denn noch mit ihr zusammen?«

»Keine Ahnung. Er sagt nein, aber sie behauptet es. Sie hat gesagt, ich sei nur eine Taktik, um sie eifersüchtig zu machen und dass er mich überhaupt nicht mag. Sie meinte, ich sei gar nicht sein Typ.« Darcie zuckte leicht mit den Schultern. »Wenn ich darüber nachdenke, stimmt das wahrscheinlich sogar. Sie sah aus wie ein Model – gertenschlank, ewig lange Beine und tolle Haare und sehr hübsch.«

»Du bist auch hübsch«, sagte Millie stirnrunzelnd. »Vergiss das ja nicht!«

»Ich bin Durchschnitt. Sie war wunderschön.«

Millie zog die Augenbrauen zusammen, und Darcie konnte erkennen, dass sie widersprechen wollte, aber dann ließ sie die Sache auf sich beruhen. »Also, was ist passiert?«

»Sie hat mir gesagt, er würde mich nur benutzen und wäre gar nicht wirklich an mir interessiert, und dann wurde sie persönlich und fing an, mich zu beleidigen. Nathan hat nicht viel unternommen, um mich davon zu überzeugen, dass er es ehrlich meint, und er hat ganz sicher nicht meine Partei ergriffen. Also bin ich gegangen. Das war alles.«

»Dylan meinte, du wärst ganz außer dir gewesen, als er dich abgeholt hat. Mir war nicht klar, dass es so schlimm war. Als du gestern Abend reinkamst, wirktest du enttäuscht, aber nicht verzweifelt ...«

»Ich war ziemlich down, aber jetzt geht es schon wieder. Ich hatte ein bisschen getrunken und konnte nicht mehr klar denken. Heute Morgen geht es mir wieder gut, und ich will nicht mehr darüber nachdenken.«

»Du wirst ihn nicht wiedersehen?«

»Nicht wenn ich es vermeiden kann. Ich habe seine Nummer von meinem Handy gelöscht, und ich lasse mir nicht noch einmal die Handynummer irgendeines Typen geben, den ich im Bus kennenlerne. Und wenn ich Salisbury nie wiedersehe, wird das immer noch zu früh sein.«

Millie setzte sich neben sie und strich ihr mit einer Hand übers Haar. »Es ist wohl kaum die Schuld von Salisbury.«

Darcie lächelte schwach. »Ich weiß. Ich wünschte nur, ich wäre nicht an diesem speziellen Tag zu dieser bestimmten Uhrzeit in den Bus gestiegen, denn dann hätte ich ihn nie kennengelernt.«

»Du mochtest ihn wirklich, nicht wahr?«

Darcie sah sie an. Ja, sie hatte Nathan gemocht, aber das war nicht der Grund, warum sie zugestimmt hatte, zu der Party zu gehen. Der wahre Grund war einer, den sie Millie niemals offenbaren konnte, und sie spürte die wachsende Bürde ihres verräterischen Herzens mit jeder freundlichen Geste, die Millie ihr entgegenbrachte. Millie zog sie in eine Umarmung. Offensichtlich nahm sie ihr Schweigen als Bestätigung, und Darcie ließ es geschehen. Wenn Millie glaubte, dass Nathan ihr das Herz gebrochen hatte, dann war das wahrscheinlich besser so.

Am vergangenen Abend nach seiner Schicht war Spencer nach oben gegangen, um zu schauen, ob Tori mit ihm nach Hause kommen wollte. Doch hatte er von einem strengen Mr Dempsey zu hören bekommen, sie schlafe bereits und würde die Nacht bei ihnen im Zimmer verbringen. Spencer war ohne sie gegangen. Tief in Gedanken versunken und mit einem unguten Gefühl, begleitete er Jasmine mit seinen Eltern nach Hause. Unterwegs tauschten sie Theorien darüber aus, warum Toris Eltern es so darauf anlegten, sich von ihrer unsympathischsten Seite zu zeigen. Jasmine kam zu dem Schluss, dass sie einfach nicht wollten, dass ihre Tochter umzog, und Jenny stimmte ihr zu, während Lewis die Meinung vertrat, die beiden seien aufgeblasene Trottel, und wenn es nach ihm ginge, bräuchte er sie nie wiederzusehen. Spencer war der Einzige, der zu dem Thema schwieg und gar nicht richtig zuhörte, während sie durch den Schnee stapften. Er ging im Geiste immer wieder den Streit mit Tori durch und fragte sich, was er anderes hätte tun und sagen können, damit sie jetzt bei ihnen wäre, ihre Hand in seiner, während sie zu den eisigen Sternen und den funkelnden Lichterketten, mit denen jeder Baum auf ihrem Weg geschmückt war, aufschauten.

An ihrer eigenen Haustür blickte Jasmine seufzend zu den Fenstern des Hauses empor. »Sieht so aus, als wäre Rich schon ins Bett gegangen.«

Spencers Gedanken kehrten zu ihrer Ankunft im Pub und der Andeutung, auch sie hätten einen gewaltigen Krach gehabt, zurück. Bei Jasmine und Rich war das keine Seltenheit, wie jeder wusste.

Sie umarmte alle der Reihe nach herzlich, und Spencers Umarmung war die längste und innigste von allen. Er genoss ihren Duft, ihre Weichheit, das Gefühl, in ihren Armen zu Hause zu sein. Warum musste alles an ihr so richtig sein, obwohl es so falsch war? Und was bedeutete das für seine Beziehung zu Tori?

»Keine Sorge, ihr werdet euch schon wieder vertragen«, flüsterte Jasmine ihm ins Ohr. »Daran, wie sie dich ansieht, erkennt man, dass sie bis über beide Ohren in dich verliebt ist.«

Spencer lächelte angespannt. »Ich wünschte, ich könnte dasselbe von ihren Eltern behaupten. Bist du dir sicher, dass du zurechtkommst?«

»Ich? Natürlich. Mit dem Miesepeter da drin werde ich schon fertig. Geh zu Tori und bring die Sache in Ordnung. Du darfst sie nicht verlieren, denn einer so großen Liebe begegnet man nicht oft im Leben.«

Er hatte beobachtet, wie Jasmine ins Haus gegangen war, und ihre Worte und ihren Duft mitgenommen.

Als er jetzt am Morgen des Heiligabends aufwachte, strich sein Arm übers Bett, und erst da fiel ihm ein, dass die andere Seite des Bettes leer war, weil Tori nicht mit ihm nach Hause gekommen war. Und das war seine Schuld. Er drehte sich um und checkte sein Handy auf dem Nachttisch. Keine Nachrichten und keine versäumten Anrufe. Nicht dass er irgendetwas in der Art erwartet hätte, und natürlich verdiente er nichts dergleichen, aber er hatte trotzdem die leise Hoffnung gehabt, dass sie über Nacht einlenken würde. Er drehte sich auf den Rücken und starrte zur Decke empor. War's das? Hatte er es endgültig vermasselt?

Es war schwer zu sagen, wann genau die Situation nicht mehr zu retten gewesen war. Als sie mit ihren Eltern nach oben verschwunden war? Oder als er nicht darauf bestanden hatte, hereingelassen zu werden, um mit Tori zu sprechen, ungeachtet der Abfuhr von Todd Dempsey? Oder war es schon passiert, als Jasmine im Pub aufgetaucht und seine Aufmerksamkeit so offensichtlich von ihr gefesselt worden war, obwohl sie Tori und niemandem sonst hätte gelten sollen? Wie auch immer, er hatte den Fehler gemacht, unten an der Theke zu bleiben, sich elend zu fühlen, zornig zu sein und zu viel zu trinken, während er gleich nach oben gehen und mit Tori hätte reden sollen. Und dann hatte er alles noch schlimmer gemacht, indem er ohne sie nach Hause gegangen war, statt um sie zu kämpfen, wie er es hätte tun sollen. Wenn er darüber nachdachte, hatte er sie wahrscheinlich gar nicht verdient.

Er griff wieder nach seinem Handy und schickte Tori eine SMS. Es war noch früh, und er wollte sie nicht alle noch mehr verärgern, indem er sie mit einem Anruf weckte. Seine Nachricht enthielt nur drei Worte:

Tut mir leid.

Es gab sonst nichts zu sagen, und er konnte sich nur für seinen Anteil an den Ereignissen entschuldigen – den Rest würden ihrer beider Eltern miteinander ausdiskutieren müssen. Toris Antwort kam sofort:

Mir tut es auch leid.

Spencer lächelte, und Erleichterung durchflutete ihn. Es war ein Anfang, und zumindest klang sie, als sei sie bereit zu reden. Er tippte sofort die Frage:

Kann ich mit dir reden?

Klar, gib mir eine Stunde.

Wir müssen uns unter vier Augen unterhalten.

Friedhof?

Gute Idee. Dann also in einer Stunde auf dem Friedhof. Ich habe eine Zeitung bei mir und trage eine rosa Nelke im Knopfloch.

Du bist so ein Depp!

Spencer legte das Telefon weg und stieg aus dem Bett. Er sollte duschen und brauchte ein Frühstück, und er musste irgendwie mit seinen Eltern reden, um eine Wiederholung des gestrigen Abends zu vermeiden. Aber als er an der Tür zu ihrem Zimmer vorbeikam, hörte er ihr gemeinsames Schnarchen, das ihm verriet, dass sie noch nicht wieder bei Bewusstsein waren und wohl auch nicht so bald aufstehen würden. Er musste versuchen, sie später zu erwischen – nachdem er sich mit Tori versöhnt hatte, aber bevor sie an diesem Abend beim Weihnachtsgottesdienst alle wieder aufeinandertrafen.

Als sie noch in Honeybourne wohnten, gingen seine Eltern jedes Jahr an Heiligabend zum Weihnachtsgottesdienst, obwohl sie alles andere als gläubig waren und jedem, der es hören wollte, erklärten, sie gingen nicht in die Kirche, um etwas über Gott zu erfahren, sondern um mit den anderen zu singen und sich als Teil der dörflichen Gemeinschaft zu fühlen. Toris Eltern hingegen wollten unbedingt hingehen, weil sie sich zu Hause stark in der Kirche engagierten. Man brauchte kein Genie zu sein, um zu erkennen, worauf das hinauslief, wenn er nicht vorher ein Wörtchen mit ihnen redete, und er hatte wirklich keine Lust auf eine Wiederholung einer zum Scheitern verurteilten politischen Debatte.

Fünfzig Minuten später war Spencer auf dem Weg zum Friedhof. Es überraschte ihn, dass Tori sich dessen Lage so genau eingeprägt hatte, aber dass sie ihn sogar als mögliche Location für die Hochzeit ins Auge fasste, hatte ihm ein Lächeln entlockt und ihn dazu gebracht, die Information für eine spätere Diskussion abzuspeichern. Er hatte ein schlechtes Gewissen, dass diese Diskussion nicht schon längst stattgefunden hatte. Obwohl sie seit dem Frühjahr verlobt waren, hatte sich das in vieler Hinsicht als leeres Versprechen erwiesen, denn mit der konkreten Planung der Hochzeit waren sie inzwischen keinen Schritt weitergekommen. Sie hatten beide gezögert – weil sie bei der Arbeit so viel zu tun hatten, ihnen das nötige Kleingeld fehlte, und wegen einer Million anderer Ausreden –, und es war ihnen so vorgekommen, als hätten sie alle Zeit der Welt. Aber sein Austauschprogramm sollte im Sommer enden, und dann gab es für ihn keinen Grund mehr, in Amerika zu bleiben. Nachdem er so nahe dran gewesen war, sie zu verlieren, wurde ihm plötzlich klar, dass dies vielleicht ein guter Zeitpunkt war, etwas zu unternehmen, das sie ihrem Ziel näherbrachte.

Während er auf Tori wartete, schlenderte er eine Weile auf dem Friedhof herum. Es hatte zu schneien begonnen, wenn auch nur leicht, aber die Flocken fielen auf den verharschten Schnee, der noch auf den Wegen lag, und setzten sich wie Mehl auf die verwitterten alten Grabsteine.

Als er aufschaute, sah er Toris zierliche Gestalt die Außenmauer entlanglaufen, und er eilte ihr entgegen. Sie warf sich in seine Arme und zog ihn zu einem leidenschaftlichen Kuss an sich.

»Es tut mir so leid!«, sagten sie beide gleichzeitig, und Spencer küsste sie erneut und hielt sie fest an sich gedrückt, um ihren Duft einzuatmen.

»Lass uns das nie wieder tun«, flüsterte er.

»Abgemacht«, versprach Tori. »Aber wir müssen wirklich reden.«

Spencer löste sich von ihr und sah sie an. »Ich weiß. Komm, wir gehen ein bisschen, damit wir nicht erfrieren.« Er nahm ihre Hand und führte sie über den Weg an der Kirche entlang.

»Die Kirche muss wirklich alt sein«, sagte Tori, die die prächtigen Buntglasfenster und die verwitterten Mauern betrachtete.

»Ich glaube, sie stammt aus der Zeit der Normannen.«

»Sie ist wunderschön.«

Sie schwiegen einen Moment lang, und Tori ließ sich von ihrer Umgebung gefangen nehmen, bis Spencer den Bann des Schweigens brach. »Es tut mir wirklich leid wegen gestern Abend.«

»Das war echt ätzend.«

»Ja, wirklich. Was machen wir jetzt?«

»Ich denke, wir sollten sie so weit wie möglich voneinander

fernhalten«, schlug Tori vor. Sie sah zu Spencer hoch, in Erwartung einer Antwort, aber er nickte nur nachdenklich.

Es schien, dass das Problem noch viel tiefer ging, und er fragte sich, ob einer von ihnen den Mut aufbringen würde, es auszusprechen. Die Eltern waren zwar eine große Komplikation, aber die Missstimmung zwischen ihnen repräsentierte wahrscheinlich nur Dinge, die Tori und Spencer eigentlich unter sich klären mussten. Es ging um ihre Beziehung und darum, wo sie hinführen sollte, und solang sie das alles nicht ansprachen, würden sie weiter feststecken. Spencer blickte da selbst nicht ganz durch, aber er wusste, dass er es herausfinden musste und zwar bald, wenn sie eine Chance auf eine gemeinsame Zukunft haben wollten.

»Ich glaube, das wird schwierig werden, um ehrlich zu sein. Heute Abend ist der Weihnachtsgottesdienst, und den wird keiner von ihnen auslassen, so viel steht fest. Morgen müssen sie gemeinsam das Weihnachtsessen hinter sich bringen. Bis zum zweiten Weihnachtstag haben sie sich vielleicht schon gegenseitig umgebracht.«

»Oder wir haben sie umgebracht«, sagte Tori mit einem schiefen Lächeln.

Spencer drückte ihre Hand. »Ich hoffe nicht.«

»Hör mal ... Ich weiß, dass meine Eltern schwierig und beängstigend sein können, aber sie wollen einfach nur das Beste für mich. Das verstehst du doch, oder?«

Spencer nickte. »Und das Gleiche gilt für meine Eltern – wenn man das schwierig und beängstigend weglässt.«

»Sie sind auch beängstigend, weil sie einfach nicht still sein wollen.«

»Stimmt. Aber sie haben das Recht zu sagen, was sie denken, genau wie alle anderen auch.«

Tori runzelte die Stirn. »Trotzdem sollte man manchmal seine Meinung für sich behalten, um des lieben Friedens willen ... und wenn sie dich liebten, würden sie das für dich tun.«

»Natürlich lieben sie mich!«

»Ich weiß, es ist nur ...« Sie stieß einen tiefen Seufzer aus.

»Lass uns nicht den gleichen Streit von gestern Abend wiederholen, ja?«, sagte Spencer.

»Du hast recht. So kommen wir nicht weiter. Wir müssen einfach akzeptieren, dass die vier niemals dicke Freunde werden. Aber wenn sie sich im selben Raum aufhalten könnten, ohne dass der Dritte Weltkrieg ausbricht, wäre das schon ziemlich gut.«

»Und wahrscheinlich das Beste, auf das wir hoffen können.«

»Du sprichst mit deinen Eltern, und ich mit meinen. Wir kriegen das vielleicht hin, wenn sie bereit sind, ihre Differenzen für ein paar Tage zu ignorieren.«

»In Ordnung.« Spencer beugte sich vor, um sie zu küssen. »Und es tut mir leid, dass ich gestern Abend, nachdem du die Bar verlassen hattest, nicht gleich raufgekommen bin, um dich zu holen. Ich war ein Idiot.«

»Du bist überhaupt nicht raufgekommen.«

»Dein Dad hat gesagt, du würdest schon schlafen und ...«

Tori grinste. »Der verschlagene alte Fuchs!«

»Dann hast du also gar nicht geschlafen?«

»Nein. Ich habe mit Mom ferngesehen. Du hättest wirklich hochkommen sollen, aber du musstest arbeiten, also ist es wohl okay.« Sie hielt inne, schaute geradeaus und stellte ihre nächste Frage in einem unbekümmerten Tonfall, hinter dem sich jedoch viel mehr verbarg. »Jasmine kam also noch ziemlich spät und ganz allein in den Pub ...«

»Ja. Sie war bei Millie, um ihr in der Zeit, in der Darcie unterwegs war, Gesellschaft zu leisten, aber Darcie kam früher nach Hause, und ich glaube, Jas hatte, bevor sie ging, Streit mit Rich oder so, darum wollte sie nicht direkt nach Hause.«

»Streiten die beiden sich oft?«

Spencer sah sie mit zusammengekniffenen Augen an. »Warum fragst du das?«

Tori zuckte die Achseln. »Nur so, das habe ich irgendwo gehört.«

»Zufälligerweise von Ruth?«

»Auch von deiner Mom.«

»Gib nicht zu viel auf den Klatsch, den du hier im Dorf hörst – selbst wenn er von meiner Mutter kommt.«

»Das habe ich mir schon gedacht. Aber du bist gestern Abend nach deiner Schicht hinter dem Tresen mit ihr weggegangen ...«

»Nachdem ich hochgegangen war, um nach dir zu sehen, und man mich weggeschickt hatte. Ich habe sie nach Hause begleitet – zusammen mit meinen Eltern. Wer hat dir davon erzählt?«

»Colleen.«

»Natürlich ... Hast du ein Problem mit Jas?«

»Sollte ich?«

»Wir sind nur alte Freunde.«

»Wenn du das so sagst, dann glaube ich dir.«

»Es ist, wie ich es sage.«

»Aber du warst mal in sie verliebt?«

Spencer blieb stehen. »Tori, was soll das?«

»Du streitest es nicht ab.«

»Ich liebe dich.«

»Und vielleicht liebst du sie immer noch ein bisschen? Das ist okay, ich muss nur wissen, woran ich bin.«

Er nahm sie in die Arme und zog sie an seine Brust. »Ich liebe *dich*. Jasmine und ich ... So weit sind wir nie gekommen, und trotz aller Streitereien ist sie verrückt nach Rich – das war immer so. Du brauchst dir also keine Sorgen zu machen.«

»Das sagst du, aber du hast immer noch nicht verneint, dass du sie auch liebst.«

»Liebe ist ein sehr starker Ausdruck. Ich hatte Gefühle für sie, aber da sie nicht erwidert wurden, kann es nicht wirklich Liebe gewesen sein, oder?«, antwortete Spencer, aber er fragte sich, ob er nicht eher sich selbst zu überzeugen versuchte.

»Ich weiß nicht«, erwiderte Tori, deren Augen jetzt feucht wurden. »Ich muss mir einfach sicher sein, und im Moment bin ich mir in gar nichts mehr sicher.«

»Ich will *dich* heiraten – nicht Jasmine. Ist das nicht genug? Jas und ich sind Freunde, und wir haben uns einmal sehr nahegestanden ... Ich werde sie immer gernhaben, aber mein Herz ... das gehört dir.«

»Meinst du das ehrlich?«

»Ja, natürlich tue ich das.«

»Denn ich glaube nicht, dass ich in diesem Dorf leben könnte, wo auch sie ist, wenn ich wüsste, dass du immer noch etwas für sie empfindest.«

Spencer blinzelte. »Moment mal ... Du meinst, du ziehst Honeybourne immer noch in Erwägung, obwohl hier in den letzten Tagen so viel Mist passiert ist?«

Sie zuckte die Achseln. »Irgendwo müssen wir ja wohnen, und mir gefällt es hier ganz gut.«

Er hob sie hoch, schwang sie im Kreis herum, und sie lachte. »Das würdest du für mich tun? Du würdest hierherziehen?«

»Ich sagte, vielleicht, aber lass uns nichts überstürzen. Es gibt noch eine Menge zu besprechen.«

Spencer grinste. »Ich bin ganz Ohr.«

Es fühlte sich nicht an wie Heiligabend. Für die Bäckerei war es ein ganz gewöhnlicher Arbeitstag, und es herrschte so viel Betrieb wie schon lange nicht mehr, weil immer wieder Leute kamen, die in letzter Minute noch Leckereien für ihre Weihnachtstafel besorgen wollten. Millie hatte Dylan versprochen, früh zu schließen, aber wie es aussah, war es gut möglich, dass es sogar noch später als üblich werden würde. Doch Millie hatte gesagt (und Dylan und Darcie hatten ihr recht gegeben), dass sie das Geld brauchten, und wenn der Tag anstrengend würde, müssten sie eben einfach das Beste aus der Ruhepause am ersten Weihnachtstag machen.

Millie hatte gerade Saul und Jim mit einem Arm voller Pasteten nach draußen begleitet, die höchstwahrscheinlich ihr Weihnachtsessen darstellten, als ein junger Mann mit rotblondem Haar eintrat. Er trug einen Mantel über dem Arm und wirkte besorgt.

»Darcie ...«, rief Millie, als sie den Mantel erkannte.

Darcie kam mit einer Platte mit Ofenschlupfern aus der Küche. Sie ließ fast die Platte fallen, blieb dann wie angewurzelt stehen und starrte den jungen Mann an.

»Nathan!«

Er kam verlegen an die Verkaufstheke geschlurft. »Ich wollte dir deinen Mantel zurückbringen ... Das ist doch deiner, oder? Am nächsten Morgen lagen noch so viele Sachen da, dass ich mir nicht sicher war.« Er sah Millie an, die das Geschehen aufmerksam und mit vor der Brust verschränkten Armen verfolgte, dann wandte er sich wieder an Darcie. »Ich nehme nicht an, dass wir irgendwo hingehen können, um zu reden?«, fügte er mit leiser Stimme hinzu.

»Wie hast du mich gefunden?«, fragte Darcie, während sie weiter die Platte umklammerte. Millie trat vor und nahm sie ihr vorsichtig ab.

»Wenn du zehn Minuten brauchst ...«, begann Millie, aber Darcie fiel ihr ins Wort.

»Ist schon gut. Ich glaube nicht, dass es lange dauern wird.« Sie drehte sich wieder zu Nathan um und wartete.

Er wirkte verlegen. »Ich habe mir den Namen des Dorfes gemerkt, von dem du erzählt hast, dass du dort wohnst, und es gibt nur eine Bäckerei hier ...«

Noch während sie den Entschluss fasste, ihm keine zweite Chance zu geben, spürte Darcie, wie dieser bereits ins Wanken geriet. Er hatte sich auf die Suche nach ihr gemacht und das an Heiligabend, obwohl er das gar nicht hätte machen müssen. Er hätte sie anrufen und sie ihren Mantel abholen lassen können, er hätte ihn in den Mülleimer werfen oder der Wohlfahrt spenden können, er hätte ihn da, wo er lag, verrotten lassen können ... Aber er war gekommen, um ihn ihr zurückzubringen, und sie war sich sicher, dass das nicht der einzige Grund für sein Erscheinen hier war. Doch sie konnte es nicht riskieren, noch einmal so verletzt zu werden wie am vergangenen Abend – sie glaubte nicht, dass ihr Herz einen zweiten derartigen Schlag verkraften würde.

Er zog sie zur Seite, und im selben Moment betrat Ruth Evans die Bäckerei und lenkte Millie ab. »Bitte, lass mich das mit gestern Abend erklären.«

»Ich brauche keine Erklärung ... Mir ist klar, dass es schwierig sein muss, wenn du dich gerade erst von Carly getrennt hast«

»Das ist es ja gerade – wir haben uns nicht gerade erst getrennt. Es ist schon seit Monaten Schluss, und sie taucht einfach immer wieder auf, um mir das Leben schwer zu machen, weil sie nicht loslassen kann. Ich schwöre, sie bedeutet mir nichts.«

»Woher wusste sie von der Party?«

»Ich bitte dich – es ist nicht schwer herauszukriegen, dass irgendwo eine Studentenfete steigt. Der Campus ist kleiner, als du denkst, und so etwas spricht sich schnell herum, vor allem wenn eine Chance besteht, umsonst zu saufen oder zu vögeln. Nicht dass ich darauf bei dir aus war«, fügte er schnell hinzu, »aber das heißt nicht, dass du mir nicht gefällst und dass ich nicht eines Tages gern ... na ja, du weißt schon, was ich meine ...«

Darcie konnte sich ein Lächeln nicht verkneifen, als sie sah, dass er rot wurde. Es war süß, und sie hatte immer noch das Gefühl, dass auch er unter seiner coolen Fassade süß war.

»Du gibst mir also noch eine Chance? Dein Lächeln verrät mir, dass du das überlegst ...« Er schenkte ihr ein kleines, hoffnungsvolles Grinsen.

Darcie kaute an einem Fingernagel und sah sich im Raum um. Millie wurde nach wie vor von Ruth in Beschlag genommen, aber sie schaute immer wieder bedeutungsvoll zu ihr und Nathan. So als wollte sie Darcie mitteilen, dass sie da war, wenn ihre Cousine ihr signalisierte, einen unerwünschten Besucher loswerden zu müssen. Dylan war nirgends zu sehen. Wahrscheinlich befand er sich irgendwo mit Oscar im hinteren Teil des Hauses oder in der Küche.

»Ich weiß es nicht«, antwortete Darcie schließlich. »Die Welt, in der du lebst, ist so ganz anders als meine. Ich mag eigentlich keine Partys, und ich bin ziemlich langweilig.«

»Wir müssen ja nicht auf Partys gehen, wir können einfach zusammen abhängen und, na ja, was auch immer. Und wenn du mich mit meiner Xbox sehen würdest, wüsstest du, dass ich die meiste Zeit auch ziemlich langweilig bin. Aber zu Weihnachten muss man doch die ein oder andere Party schmeißen, findest du nicht?« Er zog sein Handy aus der Tasche. »Ich wette, du hast meine Nummer gelöscht ... Ich gebe sie dir noch einmal, dann kannst du es dir ja überlegen.«

»Was ist mit Carly?«

»Was soll mit ihr sein? Wir sind nicht mehr zusammen.«

»Das sieht sie aber anders. Und ich habe nur dein Wort darauf. Ich kann nicht aufhören, darüber nachzudenken, was sie gestern Abend gesagt hat – dass du nur versucht hast, sie eifersüchtig zu machen.«

Er zog die Augenbrauen hoch. »Wäre ich den ganzen Weg mit deinem Mantel überm Arm hierhergefahren, nur um mit dir zu reden, wenn ich versucht hätte, sie eifersüchtig zu machen? Sie ist nicht hier, was also habe ich zu gewinnen, abgesehen von einer zweiten Chance bei dir?«

»Mein Handy liegt hinten. Ich kann es im Moment nicht holen.«

»Das macht nichts. Ich habe immer noch deine Nummer, also rufe ich dich an, und du kannst die Nummer des verpassten Anrufs speichern, wenn du möchtest. Ich will dich nicht unter Druck setzen, aber ich würde dich gern wiedersehen. Vielleicht kannst du vergessen, was gestern Abend auf der Party passiert ist.«

Darcie wollte gerade antworten, als sie Dylans Stimme hinter sich hörte. »Ist alles in Ordnung, Darcie?« Sie drehte sich um und sah, dass er sich nach Kräften bemühte, sich drohend vor Nathan aufzubauen, obwohl es schwer war, mit einem Baby vor der Brust einschüchternd zu wirken. Wäre die Situation in emotionaler Hinsicht nicht so angespannt gewesen, hätte Darcie bei diesem Anblick laut gelacht.

»Ja«, sagte sie und schaute zwischen ihm und Nathan, der trotz der durch das Baby untergrabenen Offensive in sich zusammenzusinken schien, hin und her.

»Bist du dir sicher? Du siehst nämlich nicht gut aus ... Ist er das?«

Darcie nickte, und sie fragte sich, was Dylan tun würde, aber er starrte Nathan lediglich kalt an. »Darcie ist für uns wie ein Familienmitglied, und ich nehme es nicht gut auf, wenn jemand meiner Familie wehtun. Hast du mich verstanden?«

Wie er, Oscar vor die Brust geschnallt, Nathan diese Warnung zukommen ließ, machte Darcie urplötzlich klar, was für ein toller Dad er war und dass er sie offensichtlich auf die gleiche Weise sah wie Oscar, und es durchfuhr sie wie ein Blitz. Sie hatte Dylan die ganze Zeit geliebt, und er hatte sie immer nur so betrachtet, wie er Oscar betrachtete – als jemanden, der unter seinem Schutz stand und für den er sorgen musste wie für ein Kind. Es war schwer zu fassen, welche Gefühle das in ihr weckte. Sie fragte sich nur, wieso sie das nicht früher erkannt hatte. Dylan würde sie niemals so lieben, wie sie ihn liebte, auch ohne Millie. Wie sollte er auch, wenn er in ihr eine kleine Schwester sah oder sogar eine Tochter? Sie würde eine Weile brauchen, um diese Erkenntnis zu verarbeiten, aber vielleicht war das hier ein Wendepunkt.

Nathan nickte unsicher. »Das von gestern Abend war ein Missverständnis, und ich bin hergekommen, um die Sache zu klären – mehr nicht.«

»Das ist gut. Dann betrachte die Sache als geklärt. Du kannst dich jetzt wieder auf den Weg machen und brauchst sie nicht weiter zu behelligen. Und wenn ich dich das nächste Mal in diesem Dorf sehe, werde ich einen verdammt guten Grund hören wollen, warum ich dir nicht die Fresse polieren soll.«

»Dylan!«, quietschte Darcie. Sie war sich nicht sicher, ob ihr diese plumpe Herangehensweise gefiel, und sie war sich auch nicht sicher, ob sie diesen Dylan mochte.

»Ich denke, Nathan hat mich verstanden«, sagte Dylan grimmig.

»Ja, habe ich.« Nathan drehte sich Darcie zu. »Vergiss nicht, was ich gesagt habe ... Denk darüber nach, ja?«

Sie nickte. Und dann reichte Nathan ihr den Mantel, bevor er sich zum Gehen wandte. Sie sahen ihm nach, und dann schaute Dylan Darcie an.

»Du gibst diesem Loser doch nicht ernsthaft noch eine Chance, oder?«

»Er wollte mir seine Nummer noch mal geben ...«

»Darcie! Hast du vergessen, was er gestern Abend getan hat?«

»Nein, aber ...«

»Glaub mir, solche Typen kenne ich ... Ich *war* früher so ein Typ! Und ich weiß, dass er mit dir spielen wird, wenn du dich von ihm einwickeln lässt.«

»Aber jetzt bist du nicht mehr so«, protestierte Darcie, mehr als nur ein wenig verwirrt. Am Abend zuvor hatte er ihr noch gesagt, es müsse eine vernünftige Erklärung für den Vorfall geben. Jetzt benahm er sich wie ein überfürsorglicher Vater, außerstande, der Stimme der Vernunft zu lauschen. Vielleicht war es etwas an Nathans Aussehen, das ihn beunruhigte, oder etwas, das Millie nach ihrem Gespräch mit Darcie gesagt hatte. Oder er hatte sie am vergangenen Abend lediglich trösten wollen, weil sie so niedergeschlagen gewesen war. Auf jeden Fall war Dylan nicht glücklich und anscheinend auch mit ein bisschen Abstand nicht geneigt, ihm zu trauen.

Doch dann drehte er sich zu Millie um, die immer noch versuchte, Ruth loszuwerden, während hinter ihr weitere Kunden auftauchten, und seine Miene wurde augenblicklich weicher. »Nur wegen einer einzigen außergewöhnlichen Frau.«

Darcie wurde schwer ums Herz. Millie war wirklich außergewöhnlich, und sie selbst tatsächlich ziemlich durchschnittlich. Vielleicht hatte Dylan recht. Vielleicht forderte sie Schwierigkeiten förmlich heraus, indem sie Nathan noch eine Chance gab. Aber sie konnte nicht anders, als seinen Beteuerungen zu glauben, und sie wollte sich überzeugen lassen, dass er sie wirklich mochte, dass er sie für etwas Besonderes hielt. Und seine Entschuldigung war plausibel. Jetzt, wo sie über die Ereignisse des vergangenen Abends nachdachte, ergab seine Erklärung durchaus Sinn. So, wie er sich Carly gegenüber verhielt, wirkte er wirklich nicht wie jemand, der in sie verliebt war. Er hatte in der Situation genauso schockiert ausgesehen wie Darcie. Zudem hatte er große Mühen auf sich genommen, um herzukommen und sich zu entschuldigen, und wie er selbst sagte, warum sollte er das tun, wenn er Darcie gar nicht wirklich mochte? Er würde Carly in Honeybourne nicht eifersüchtig machen, da sie wahrscheinlich keine Ahnung hatte, dass das Dorf überhaupt existierte.

Außerdem ging ihr etwas durch den Kopf, das Carly gesagt hatte. Darcie sah im Gegensatz zu Carly nicht wie ein Model aus, und wenn Nathan sie hätte eifersüchtig machen wollen, hätte er sich eine atemberaubende Frau dafür suchen können, keine so gewöhnliche wie Darcie. Welchen seltsamen Grund er also auch immer gehabt haben mochte, Darcie seine Nummer zu geben, ein bisschen echte Anziehung musste schon dabei gewesen sein ... Obwohl es ihr schwerfiel, das zu glauben, erschien es jetzt plausibler als Carlys Version.

»Mach einen großen Bogen um ihn«, riet Dylan ihr und unterbrach damit ihre Gedanken. »Du verdienst etwas Besseres.«

Darcie schaute in dem Moment zu ihm auf, als er Oscar auf den Kopf küsste. Sie mochte etwas Besseres verdient haben, aber Dylan stand nicht zur Verfügung und daran würde sich auch nichts ändern.

»Ist dir kalt?«, fragte Spencer. Er und Tori waren über eine Stunde über den Friedhof spaziert, so vertieft in das, was sie einander zu sagen hatten, dass ihnen kaum aufgefallen war, wie heftig es inzwischen schneite, bis das Wetter sie zwang, Zuflucht im Kirchenportal zu suchen. In dem Wunsch, sie zu wärmen, zog er Tori fest an sich.

»Mir geht's gut. Nichts, was ein wenig heiße Schokolade nicht wieder in Ordnung bringen könnte.«

»Ich weiß zufällig, wo man die beste heiße Schokolade im Dorf bekommt ... und ich spreche nicht vom *Dog and Hare*.«

Tori lächelte, aber dann verblasste das Lächeln. »Ich sollte lieber zurückgehen. Mom und Dad werden mich vermissen.«

»Sie wissen doch, wo du bist, oder?«

»Sie wissen, dass ich bei dir bin, doch sie werden sich Sorgen machen, weil ich schon so lange weg bin.«

»Du meinst, sie werden sich darüber ärgern, dass du sie so lange sich selbst überlässt?«

»Ja ... wahrscheinlich.« Tori lächelte verlegen.

»Sie können dich mal! Und ich meine das auf die denkbar beste Weise. Sie werden ja wohl noch eine Stunde ohne dich zurechtkommen, und wir haben schließlich eine Zukunft zu planen.«

»Und schließt diese Zukunft möglicherweise eine märchenhafte Hochzeit in einer hübschen englischen Kirche ein?«

»Vielleicht ...« Spencer küsste sie.

Die Kirchentüren öffneten sich, und sie sprangen auseinander.

»Lassen Sie sich durch mich nicht stören«, sagte der Mann, bevor er zu einem Anzeigenkasten ging, um dort die Termine für den Weihnachtsgottesdienst auszuhängen. Spencer betrachtete mit in Falten gelegter Stirn sein langes Gewand.

»Sind Sie der Pfarrer?«, fragte er mit einem verwirrten Blick.

»Als ich das letzte Mal nachgesehen habe, war ich das«, antwortete der Mann mit einem Grinsen, das so weiße Zähne entblößte, dass es die Vögel am Himmel hätte blenden können. Er sah jung aus – höchstens Anfang dreißig –, und er war attraktiv. Spencer nahm einen Akzent wahr, der so klang, als stamme er irgendwo aus Afrika.

»Tut mir leid«, erklärte Spencer. »Es ist nur so, dass bei meinem letzten Besuch im Dorf Clive noch der Pfarrer war.«

»Oh ...« Der Mann wischte sich die Hände an seiner Soutane ab und hielt Spencer dann seine Rechte hin. »Sie sind aus Honeybourne? Ich habe Sie hier noch nie gesehen.«

»Ich arbeite zurzeit in Amerika und bin nur über Weihnachten zu Hause. Das ist Tori, meine Freundin.«

»Davon gehe ich aus«, sagte der Pfarrer munter. »Ich hoffe doch, Sie küssen nicht alle Frauen, die Sie kennenlernen, so leidenschaftlich. Und Sie sind?«

»Spencer Johns. Ich habe früher an der Schule hier unterrichtet. Na ja, im Prinzip tue ich das wohl immer noch, doch derzeit befinde ich mich in einem Austauschprogramm.«

»Ah, Ihren Namen habe ich schon einmal gehört. Tristan Okonjo ... So heiße ich, falls Sie sich das gefragt haben. Es ist mir eine große Freude, Sie kennenzulernen. Und werden Sie vielleicht heute Abend beim Weihnachtsgottesdienst dabei sein?«

»Das haben wir vor«, warf Tori ein.

»Wunderbar. Zusätzliche Singstimmen sind immer willkommen.«

Plötzlich wurde Spencer von einer wilden und verrückten Idee gepackt. »Wie schnell können Sie eine Hochzeit arrangieren?«

Tori starrte ihn an, aber er lächelte nur und griff nach ihrer Hand. »Du entkommst mir nicht«, sagte er. »Nicht noch einmal.«

Tristan warf den Kopf in den Nacken und lachte. »Lassen Sie das bloß niemanden von der Polizei hören!« Er hielt sich die Seiten wie zum Zeichen, dass es ihn schier zerriss. »Heute kann ich Sie sicher nicht mehr verheiraten, wenn Sie das denken sollten.«

»Wann dann?«

Tristan schüttelte den Kopf. »Sie müssten nächste Woche zu mir kommen, damit wir uns darüber unterhalten können.«

»Aber nächste Woche sind wir bereits auf dem Weg zurück nach Amerika.«

»Mr Johns ...« Tristan klopfte ihm auf den Rücken. »Wenn Sie sie lieben und sie liebt Sie, dann wird es geschehen. Es gibt keinen Grund, den Lauf der wahren Liebe zu beschleunigen.«

»Die Idee ist schön«, sagte Tori und stupste Spencer an, »aber Tristan hat recht. Wir sollten es richtig machen. Außerdem würden meine Eltern mich umbringen, wenn wir die Sache auf diese Weise durchziehen.«

»Von Eltern umgebracht zu werden, ist kein guter Start ins Eheleben«, pflichtete Tristan ihr bei und verzog das Gesicht zu einem breiten Grinsen. Spencer fragte sich, ob er wohl jemals damit aufhörte. »Besuchen Sie mich unbedingt, bevor Sie abfliegen, und wir können über Termine und andere Dinge reden, falls Sie hier heiraten wollen.« Er nickte ihnen freundlich zu. »Jetzt müssen Sie mich entschuldigen – ich habe noch viel zu tun vor dem Gottesdienst nachher.«

»Es hat mich sehr gefreut, Sie kennenzulernen«, rief Tori ihm nach, und er winkte mit einer riesigen Hand hinter seinem Rücken, während er zurück in die Kirche ging. Sie drehte sich zu Spencer um. »Das war so romantisch ... Danke, dass du es versucht hast.«

»Aber schade, dass es nicht funktioniert hat. Es wäre wunderbar gewesen, heimlich zu heiraten, und niemand hätte sich einmischen und uns vorschreiben können, wie wir es machen sollen.«

»Oh ...«, murmelte Tori. »Darüber habe ich noch gar nicht nachgedacht.«

»Glaub mir, ich schon. Und ich bin nicht begeistert bei der Aussicht. Aber es sieht so aus, als müssten wir das Ganze noch einmal überdenken ... Also, wo waren wir?« Er wollte sie erneut küssen, aber Tori schob ihn mit einem Kichern von sich.

»Gleich kommt der Pfarrer wieder heraus und lässt uns verhaften, weil wir auf den Stufen des Gotteshauses rumknutschen.«

»Ich glaube nicht, dass Gott irgendwelche besonderen Probleme mit Knutschen hat«, sagte Spencer schelmisch. »Tatsächlich glaube ich, dass er ein großer Befürworter des guten alten Knutschens ist. Schließlich führt das oft zu anderen Dingen, und so bekommt er neue Fans ...«

»Wir müssen zurück!«, schnaubte Tori und stieß ihn erneut von sich.

»Okay, ich weiß, wann ich mich geschlagen geben muss.« Spencer ließ sie los und schob die Hände in die Taschen. »Holen wir uns nun die heiße Schokolade in der Bäckerei oder nicht?«

»Vielleicht nur eine«, sagte Tori, »aber dann müssen wir wirklich zurück, sonst rufen meine Eltern noch die CIA, um nach mir suchen zu lassen.«

»Sie würden nicht lange brauchen, um Honeybourne zu durchforsten. Wenn du darauf bestehst, dann sollte ich wohl besser zu meinem Wort stehen.« Er hielt ihr eine Hand hin, und zusammen stapften sie los.

In der Bäckerei war es warm, und es roch wunderbar nach Zimt, Kaffee und Gebackenem. Es war mehr los, als Spencer bisher in den Weihnachtsferien erlebt hatte, abgesehen von Colleens Notversammlung. Als sie eintraten, kamen sie an einem jungen Mann mit rotblondem Haar vorbei, der die Bäckerei gerade verließ, und Dylan und Darcie sahen ihm nach und wirkten ziemlich ernst. Spencer führte Tori zu einem Tisch und ging zur Theke, um ihre Bestellung aufzugeben. »Was war das denn gerade?«, fragte er, als Millie ihn begrüßte.

»Was meinst du?«

Spencer nickte in Richtung Dylan und Darcie, die jetzt ins Gespräch vertieft waren. »Sie haben gerade einem Typen beim Weggehen nachgeschaut, und Dylan wirkte, als ob ... nun, es war ein Blick, den ich nie wieder auf mir spüren möchte.«

»Ach das!« Sie senkte die Stimme. »Das war der Junge, mit dem Darcie sich gestern auf der Party getroffen hat. Es ist nicht gut gelaufen.«

»Das habe ich gehört«, sagte Spencer. »Jasmine kam gestern Abend im Pub vorbei und erzählte, das Treffen sei viel früher als erwartet zu Ende gewesen.«

»Ja. Ich glaube nicht, dass sie uns alles erzählt hat, aber sie war ziemlich durcheinander.«

»Was wollte er denn heute hier?«

»Er wollte sie wiedersehen, glaube ich. Ihr die Sache erklären.«

»Wow, mutig. Wenn Dylan mich so angesehen hätte, wäre ich sofort schnurstracks wieder zur Tür rausmarschiert.«

Millie beugte sich verschwörerisch über die Theke. »Zum Glück für Darcie war Dylan gerade nicht hier, als er ankam. Ich hätte es auch nicht mit ihm aufnehmen wollen. Die arme Darcie wird nie zu einem Freund kommen, solang sie unter diesem Dach wohnt, wenn er mit allen jungen Männern so umspringt. Ich glaube, er überlegt, sich für den Nächsten eine Schrotflinte anzuschaffen.«

»Er passt nur auf sie auf«, antwortete Spencer sanft.

»Ich weiß. Und dafür liebe ich ihn. Gott weiß, dass sie es braucht.«

»Vielleicht ist sie zäher, als ihr denkt.«

»Kann sein. Aber ich mache mir Sorgen um sie. Sie scheint nicht ganz sie selbst zu sein. Ich weiß, dass sie nach Hause zurückwill, sich jedoch schuldig fühlt, weil sie uns dann mit der Bäckerei allein lässt. Nicht dass dort irgendetwas auf sie warten würde. Aber ich habe ihr schon gesagt, dass wir klarkommen werden und sie das tun muss, was das Beste für sie ist.«

»Denkst du, sie wird nach Hause fahren?«

»Keine Ahnung. Dylan hat ihr geraten, bis nach Weihnachten zu warten und dann zu schauen, wie sie sich fühlt. Sie hat gesagt, dass sie das tun wird, also nehme ich an, die Zeit wird es erweisen.« Sie richtete sich wieder auf und winkte Tori zu, die die Geste erwiderte, während sie sich aus ihren dicken Wintersachen schälte. »Was kann ich euch beiden Turteltauben bringen?«

»Zwei Tassen heiße Schokolade. Es ist eiskalt draußen, und wir müssen wieder auftauen.«

Millie lachte und drehte sich um, um die Getränke zuzubereiten. »Du hast Jasmine also gestern Abend im Pub getroffen?«, rief sie über ihre Schulter.

»Sie kam später dazu, nachdem sie von dir weggegangen war.«

»Allein?«

»Ja. Ich nehme an, dass Rich auf die Kinder aufgepasst hat.«

»Hm ...«, murmelte Millie, während sie Milch in eine kleine Kanne goss.

»Was soll das bedeuten?«

Millie drehte sich zu ihm um. »Ich glaube, die beiden haben sich wieder gestritten. Irgendwie habe ich das Gefühl, es ist meine Schuld.«

»Wie kann es deine Schuld sein?«

»Na ja, es geht um das Thema Baby. Seit Oscar da ist, wünscht sie sich auch noch ein Kind, und Richard will anscheinend nicht mitspielen.«

»Ich kann ihm keinen Vorwurf daraus machen«, sagte Spencer.

»Ich glaube nicht, dass es darum geht, dass er nein sagt, sondern eher darum, dass er jedes Gespräch darüber verweigert. Das macht sie so sauer. Du weißt ja, wie stur die beiden sein können.«

Spencer sah sie mit einem gepressten Lächeln an. Das wusste er nur allzu gut, und als er sich das letzte Mal in die Angelegenheiten der beiden eingemischt hatte, wäre ihm das fast zum Verhängnis geworden. »Also, was ist gestern Abend zwischen den beiden vorgefallen, dass sie so sauer war?«

Millie neigte den Kopf in die Richtung, in der Spencer Tori zurückgelassen hatte. »Das kannst du sie selbst fragen – sie hat sich gerade mit den Kindern an euren Tisch gesetzt.«

Spencer drehte sich um, und sein Magen schlug einen Purzelbaum. In Anbetracht des Gesprächs, das er und Tori vor etwa einer Stunde geführt hatten, war Jasmine wahrscheinlich die letzte Person, die er sehen wollte – was an sich schon ein Novum war. Aber er hatte die Sache mit Tori gerade erst in Ordnung gebracht, und Jasmine würde sie nur an all die Dinge in ihrer Beziehung erinnern, die sie verunsicherten. Wenn er ganz ehrlich war, ihm ging es genauso. Sobald Jasmine da war, wurden seine Gefühle für Tori vernebelt, und er konnte die Wahrheit nicht mehr erkennen.

»Geh ruhig rüber«, forderte Millie ihn auf. »Ich bringe euch eure Getränke, wenn sie fertig sind.«

»Danke.«

Spencer kehrte an den Tisch zurück, und Jasmine und die Drillinge schauten mit breitem Lächeln zu ihm auf.

»Mr Johns!«, meldete sich Rachel zu Wort. »Kommen Sie heute Abend zum Gottesdienst?«

»Ich denke schon.« Spencer lächelte, aber sein Blick wanderte zu Tori, während er versuchte, ihre Stimmung einzuschätzen.

»Tori hat mir gerade erzählt, dass ihr den neuen Pfarrer kennengelernt habt«, sagte Jasmine.

»Er ist ziemlich süß, nicht wahr?«, fragte Tori.

»Nun, das kann ich nicht wirklich beurteilen«, antwortete Spencer. »Er kam mir etwas exzentrisch vor.«

»Er ist reizend«, sagte Jasmine. »So reizend, dass ich fast den Drang verspürt habe, sonntags in die Kirche zu gehen.«

»Krieg dich wieder ein.« Spencer musste lachen, brach dann aber ab und sah wieder zu Tori. Wenn ihr die Situation unangenehm war, ließ sie es sich nicht anmerken. Sie lächelte nur.

»Hüpf mal vom Stuhl, Reuben«, sagte Jasmine und deutete auf ihren Schoß, damit ihr Sohn dort Platz nahm. »Lass Spencer sitzen.«

Kaum dass Spencer sich niedergelassen hatte, erschien auch schon Millie mit ihren Getränken. »Oh ...« Reuben sah erst sie und dann Jasmine an, und sein Gesicht strahlte erwartungsvoll.

»Tut mir leid, Schätzchen, wir haben heute keine Zeit für einen Kakao – wir müssen noch so viel erledigen, um uns auf den Weihnachtsmann vorzubereiten.«

»Willst du deine Bestellung jetzt gleich mitnehmen?«, fragte Millie.

Jasmine nickte. »Ich bin in einer Minute bei dir.«

Millie ging, um das Gebäck einzupacken, während Jasmine sich wieder zu Tori und Spencer umwandte. »Was macht ihr nach dem Gottesdienst? Ich habe überlegt, ob ihr vielleicht auf ein paar Drinks und etwas zu knabbern zu uns rüberkommen wollt.«

»Das klingt ...«, begann Spencer, aber Tori fiel ihm ins Wort.

»Meine Eltern haben immer noch etwas mit dem Jetlag zu kämpfen, und sie werden danach wahrscheinlich zu erschöpft sein. Es ist lieb von dir, dass du das anbietest, aber wir werden uns wahrscheinlich einen ruhigen Abend machen.«

Spencer warf ihr einen Blick von der Seite zu. Er fragte sich, wo genau so ein ruhiger Abend stattfinden würde. Heiligabend war wahrscheinlich einer der Abende, an dem es im Pub besonders hoch herging, und wenn Toris Eltern der vergangene Abend schon zu viel gewesen war, würden sie am Ende des heutigen einen Nervenzusammenbruch erleiden. Oder ging sie davon aus, dass ihre Eltern doch noch zu ihm nach Hause eingeladen werden würden? Es gab nicht genug Platz für alle, und das hatte er von Anfang an deutlich gemacht. Vielleicht war es einfach die Vorstellung, Zeit mit Jasmine zu verbringen, die sie nervös machte, trotz Spencers Versuchen, sie zu beruhigen. Es war offensichtlich etwas, worüber sie noch sprechen mussten.

Jasmine lächelte. »Kein Problem. Vielleicht schaffen wir es ja an einem anderen Abend, bevor ihr alle abreist.« Sie stand auf. »Kommt, Kinder, lasst uns noch schnell mit Onkel Dylan sprechen, bevor wir gehen. Mal sehen, ob wir nicht Oscar noch kurz knuddeln können.« Dann drehte sie sich wieder Tori und Spencer zu. »Wir sehen uns später beim Weihnachtsgottesdienst.«

»Ja, bis später«, antwortete Tori. Sie betrachtete ihren

Becher, auf dem sich Schlagsahne und Marshmallows türmten. »Das sieht wunderbar aus.«

»Warum hast du ihre Einladung abgelehnt?«, fragte Spencer.

»Ich halte es für keine gute Idee. Es liegt schon ohne ihre Spannungen genug Reibung in der Luft – du hast selbst gesagt, die beiden verstehen sich gerade nicht besonders.«

Spencer wartete ab, ob Tori hinzufügen würde, dass sie keine Zeit mit Jasmine verbringen wolle. Aber wenn sie einen anderen Grund hatte als den, den sie genannt hatte, teilte sie ihn ihm nicht mit. Er war sich nicht sicher, ob er sich jetzt besser oder schlechter fühlen sollte.

»Ich bin davon überzeugt, dass sie vor Gästen keinen Ehekrach vom Zaun brechen würden«, wandte er ein. »Sie können manchmal durchaus eine gewisse Zurückhaltung an den Tag legen.«

»Im Gegensatz zu deinen Eltern.«

Spencer runzelte die Stirn. »Wirklich? Das schon wieder?«

»Tut mir leid – du hast recht. Ich weiß nicht, was mit mir los ist. Lass uns einfach den Abend bei dir verbringen, ja? Vielleicht können wir etwas zu essen bestellen und reden?«

»Wir alle? Das würde nur Ärger geben.«

Tori griff nach seiner Hand. »Wir können das schaffen. Lass uns nicht ausflippen, okay?«

»Okay.« Ihm kam eine Idee. »Wie wäre es, wenn wir an einen neutralen Ort fahren? In irgendein nettes Restaurant, das etwas vornehmer ist als das *Dog and Hare*?«

»Nur wir oder mit den Eltern?«

»Bedauerlicherweise auch mit den Eltern. Aber wir könnten irgendwo hinfahren, wo es allen besser gefällt als bei mir zu Hause oder im Pub. Und wenn wir uns Zeit lassen und in ein Lokal gehen, wo es auch eine erstklassige Bar gibt, bleiben wir vielleicht lange genug weg, um das meiste der Action im *Dog and Hare* zu verpassen.«

»Action?«

»Tori ... ich weiß nicht, wie ich es dir beibringen soll, aber du bist hier in Großbritannien, und es ist Heiligabend. Es ist die Zeit der Nächstenliebe und der langen Schlangen von Betrunkenen in der Notaufnahme.«

»Oh. Also schön, versuchen wir es. Aber ich denke, meine Eltern werden zuerst zum Weihnachtsgottesdienst gehen wollen.«

»Meine auch. Sie versäumen ihn nie, wenn sie zu Hause sind, obwohl ich keine Ahnung habe, warum sie hingehen. Ich vermute, sie tun es, um den Pfarrer zu ärgern.«

»Ich glaube, sie werden in dem neuen Pfarrer ihren Meister finden.«

»Mum wird sich wahrscheinlich in ihn verlieben.« Spencer grinste. »Bevor der Abend zu Ende ist, könnte sie von einer überzeugten Atheistin zu einer Religionsfanatikerin geworden sein.«

»Pst!«, zischte Tori. »Bitte, benutz diesen Ausdruck nicht vor meinen Eltern!«

»Oh, verdammt. Tut mir leid, hab ich vergessen. Sie sind ja auch Religionsfanatiker.«

»Hör auf damit!« Tori kicherte.

»Ich meine, ich habe nichts gegen Gott, und er hat viel für mich getan, vor allem hat er eine heiße Amerikanerin für mich gefunden. Ich habe nur nicht das Bedürfnis, ihn wöchentlich zu belästigen und um noch mehr Dinge zu bitten ...«

»Spencer!«

»Okay, okay ... keine Witze mehr. Ich werde mich von meiner besten Seite zeigen, ich schwöre.«

»Gut. Glaubst du, Millie wird etwas dagegen haben, wenn ich ihr WiFi benutze? Wir können auf meinem Handy nach einem Restaurant suchen, das nicht allzu weit weg ist.«

»Wie wär's, wenn du zu ihr gehst und sie um das Passwort

bittest?«, schlug Spencer vor. »Ich kann mir nicht vorstellen, dass sie etwas dagegen hat.«

Tori küsste ihn flüchtig und machte sich dann auf den Weg zur Theke. Spencer sah ihr nach. Er hätte sich am liebsten geohrfeigt. Wie konnte er nur an dem, was sie zusammen hatten, zweifeln? Sie war eine unglaubliche Frau, und er konnte sich glücklich schätzen, sie an seiner Seite zu haben. Er musste aufhören, sich wie ein Idiot zu benehmen, bevor er alles vermasselte.

Er schaute sich um und sah Jasmine lächeln und winken, als sie die Bäckerei mit ihrer kleinen Truppe im Schlepptau verließ. Nachdem sie fort war, fühlte sich die Luft plötzlich wieder klarer und unbeschwerter an. Insgeheim war er froh, dass Tori für ihn geantwortet hatte, als Jasmine sie eingeladen hatte. So sehr er Jasmine liebte, es wäre keine kluge Idee gewesen, aber er hätte die Einladung wider besseres Wissen angenommen. Wenn er und Tori tatsächlich nach ihrer Hochzeit nach Honeybourne ziehen würden, würde er sich um dieses Problem kümmern und es ein für alle Mal lösen müssen, denn so konnte es nicht weitergehen.

Als er den Blick durch den Raum schweifen ließ, fiel er erneut auf Darcie und Dylan. Dylan nickte ihm flüchtig zu, dann ging er mit einem weinenden Oscar nach hinten, während Darcie ihm mit einem sehnsüchtigen Gesichtsausdruck nachschaute, den Spencer nur zu gut kannte. Anscheinend war er im Moment nicht der Einzige, der mit seinen Gefühlen zu kämpfen hatte. Plötzlich verspürte er den Drang, mit ihr zu reden – vielleicht würde es helfen. Aber selbst wenn er sie allein erwischte, wie fing man ein solches Gespräch an? Es sah so aus, als müsste sie ihre Probleme zunächst einmal selbst regeln, genau wie er. Er hoffte nur, dass ihr das besser gelingen würde als ihm.

———

Darcie schaute zu, wie Dylan mit Oscar nach hinten verschwand. Als sie zur Theke sah, bemerkte sie, dass Millie zu ihrem Freund Spencer gegangen war, um mit ihm zu reden. Ruth Evans stand derweil zaudernd an der Eingangstür, bevor sie sich umdrehte und noch einmal an die Theke zurückkehrte.

»Ich nehme noch ein paar Schweinefleischpasteten, wenn ihr noch welche übrig habt«, sagte sie zu Darcie, die ein Lächeln für sie aufgesetzt hatte.

»Wie viele sollen es denn sein?«

»Zwei dürften reichen. Ich werde nicht viel brauchen, da ich morgen nicht zu Hause esse.«

»Ach«, murmelte Darcie, während sie die Pasteten einwickelte und ihr Bestes tat, Interesse zu heucheln, obwohl es ihr nicht gleichgültiger hätte sein können, warum Ruth nicht zu Hause aß. Natürlich musste sie höflich sein, denn Ruth war eine Kundin, und unerklärlicherweise hatte Millie eine große Schwäche für die alte Dame. Darcie dagegen fand Ruth nur nervig, und ihr gefiel nicht, dass die alte Klatschbase ihre Nase ständig in anderer Leute Angelegenheiten steckte und damit alle in den Wahnsinn trieb. Millie jedoch nahm sich immer Zeit für Ruth. Wahrscheinlich zog es Ruth deshalb auch in die Bäckerei wie eine Fliege zum Plumpsklo.

»Hat Millie es dir nicht erzählt?«, fragte Ruth und legte die Pasteten oben auf ihre Einkaufstasche.

»Was soll sie mir erzählt haben?«

»Sie hat mich für morgen zum Weihnachtsessen eingeladen.«

Darcie schaute scharf von der Kasse auf. »Hierher?«

»Dann bis morgen«, sagte Ruth, ohne Darcies plötzlich veränderten Tonfall zu bemerken. »Es sei denn, wir sehen uns vorher beim Weihnachtsgottesdienst.« Ohne auf eine Antwort zu warten, stapfte sie aus dem Laden.

Darcie schaute wieder zu Millie hinüber, die bei Spencer und dessen Freundin saß und über irgendetwas lachte. Sie hatte auf einen schönen, ruhigen ersten Weihnachtstag in ihrem Anbau gehofft, aus dem sie vielleicht nur zum Mittagessen und für ein bisschen Fernsehen auftauchen würde. Aber offensichtlich erwartete man von ihr, Ruths endloses Herumschnüffeln nach Informationen über ihr Leben und den Klatsch und Tratsch über alles und jeden zu ertragen. Das war nicht gerade ihre Vorstellung von einer fröhlichen Weihnacht, aber so fröhlich würde sie wahrscheinlich ohnehin nicht werden. Sie sah auf ihre Armbanduhr. Die Ladenschlusszeit rückte immer näher, und es sah nicht so aus, als könnten sie demnächst wirklich schließen. Wenn es so weiterging, schafften sie es nicht einmal zum Weihnachtsgottesdienst, aber vielleicht war das eine kleine Gnade, wenn Ruth auch da sein würde.

Als der Kundenansturm für einen Moment nachließ, eilte Darcie nach hinten, um ihre Handtasche zu suchen, und fischte ihr Handy heraus. Es gab genau einen versäumten Anruf – eine unbekannte Handynummer. Das war sicherlich Nathan gewesen. Rasch speicherte sie den Kontakt und starrte auf die Nummer. Sie könnte ihn jetzt anrufen und sich vielleicht für die nächsten Tage mit ihm verabreden. Das würde sie aus dem Haus bringen, weg von der Versuchung, und wenn sie nur zu zweit waren, ohne eine verrückte Ex oder wildes Partyvolk, würde sie sich wahrscheinlich gut amüsieren. Sie wollte gerade die Nummer wählen, als sie Dylans Stimme hinter sich hörte.

»Ich habe Oscar gerade hingelegt. Der kleine Kerl war völlig fertig, wollte aber einfach nicht einschlafen. Wie dem auch sei, hast du schon eine Pause gemacht?«

Darcie wirbelte zu ihm herum, und ihre Wangen brannten.

»Was ist denn los?«, fragte Dylan, dann sah er das Telefon in ihrer Hand, auf dessen Display Nathans Name aufleuchtete. »Oh, Darcie, bitte sag mir, dass du ihn nicht anrufen wirst.«

»Ich habe ... ich habe gerade gedacht, dass ich es vielleicht doch tue.«

»Warum?«

Sie zuckte die Achseln. »Ich mag ihn. Und ich glaube, er hat das, was er heute gesagt hat, ehrlich gemeint.«

»Er mag gedacht haben, dass er es ehrlich meint, aber das bedeutet nicht, dass er dir nicht doch irgendwann das Herz brechen wird.«

Darcie schwieg für einen Moment, dann steckte sie ihr Handy weg.

»Hör zu«, sagte Dylan, »ich kann dir nicht vorschreiben, was du tun sollst, und das will ich auch gar nicht. Wenn du ihn wiedersehen möchtest, dann solltest du das natürlich tun, und es geht mich nichts an ... Na ja, für mich bist du wie eine kleine Schwester und ich will einfach nicht, dass du verletzt wirst.«

Da war es wieder – dass er sie so ganz anders sah als sie ihn. *Eine kleine Schwester.* Er hätte ihr nicht mehr wehtun können, wenn er ihr ein Brotmesser in die Brust gerammt hätte, und er merkte es nicht einmal.

»Ich weiß«, flüsterte sie. »Und ich werde vorsichtig sein.«

Dylan tätschelte ihren Arm. »Es tut mir leid, wenn ich total Daddy-mäßig rübergekommen bin.«

»Ist schon gut.«

»Also ...« Er neigte den Kopf in Richtung Café. »Wollen wir ein paar von den Spätberufenen rauswerfen, damit wir schließen können? Es ist schließlich Heiligabend, und ich muss noch Geschenke einpacken.«

ACHT

Die Bäume auf dem Kirchhof waren mit Lichterketten geschmückt, funkelnde Glühwürmchen, die auf ihren nackten Ästen tanzten und die Dunkelheit durchdrangen. Die kräftigen Klänge der Orgel schallten durch die frostige Nacht und riefen die Einwohner Honeybournes herein, um zu feiern, dass Weihnachten endlich gekommen war. Spencer und Tori schritten Hand in Hand den verschneiten Weg entlang. Ihre Nasen waren halb erfroren und ihre Wangen von der Kälte gerötet. Lewis und Jenny gingen mit Nikolausmützen im Partnerlook voraus, während die Dempseys die Nachhut bildeten und so festlich wirkten wie die Teilnehmer eines Bestatterkongresses. Ruth lief neben ihnen her und versuchte ihr Bestes, sie in ein Gespräch zu verwickeln, an dem sie offensichtlich kein Interesse hatten, und Jasmine und Rich folgten mit ihren Drillingen. Rich machte ein mürrisches Gesicht wie ein schmollendes Kleinkind, aber Jasmine plauderte unbekümmert mit Millie und Dylan. Den kleinen Oscar hatten sie zu Hause gelassen, weil sie ihn nicht der klirrenden Kälte aussetzen wollten, und ebenso wollten sie die Gemeinde nicht seinen kräftigen Lungen aussetzen. Nichts untergrub die Stimmung der »stillen Nacht«

mehr als das Weinen eines von Koliken geplagten Babys, und wenn er erst einmal anfing, war es durchaus möglich, dass niemand mehr den Gesang hören würde.

An der Kirchentür, wo das Licht auf die Stufen fiel, verteilte Frank Stephenson Plastikbecher mit Glühwein – eine besonders starke Mixtur, die mit seinem berüchtigten Cider durchaus konkurrieren konnte – und Ribena-Punch für die Kinder. Tristan, der Pfarrer, begrüßte währenddessen alle mit einer Stimme, die so warm war, dass er fast den Schnee zum Schmelzen brachte, und einem Lächeln auf dem Gesicht, das strahlend genug war, um mit den Lichterketten in den uralten Bäumen zu konkurrieren.

Mrs Dempsey verzog das Gesicht, als Frank versuchte, ihr einen Becher von seinem Gebräu zu geben.

»Das ist Glühwein«, erklärte Spencer, »eine Art Weihnachtstradition bei diesem Gottesdienst – jeder bekommt einen Becher, um die Stimmbänder anzuwärmen.«

Mrs Dempsey schnupperte an dem Getränk, und ihre Oberlippe verzog sich wie die eines Hundes, der versuchte, ein Karamellbonbon zu essen. Spencer schaute Tori an, und sie zuckte nur kaum merklich die Achseln.

»Ist da Alkohol drin?«, fragte Mrs Dempsey.

»Die Antwort steckt irgendwie im Namen.« Tori lachte.

Ihre Mutter gab Frank den Becher zurück, der so schockiert wirkte, dass man ihn mit einem leichten Stups hätte umwerfen können.

»Wir trinken nicht«, verkündete sie, und Franks Augen wurden – wenn das überhaupt möglich war – noch größer.

»Wie wäre es mit etwas Ribena?«, bot Spencer an. »Saft aus schwarzen Johannisbeeren«, fügte er als Antwort auf ihr irritiertes Stirnrunzeln hinzu. Er hätte noch ergänzen können, dass es das Getränk war, das die Kinder bekamen, aber er fragte sich, ob es nicht vielleicht ein wenig herablassend klingen würde. Doch die Versuchung, ihr klarzumachen, dass er fand, sie mache ziemlich viel Aufhebens um nichts und wieder nichts, war durchaus vorhanden. Das ganze Dorf gab sich große Mühe, dieses Ehepaar willkommen zu heißen, und wo immer es hinkam, tat es nichts, um die Freundlichkeit zu erwidern. Die einzige Ausnahme war Millie, die die Dempseys aus unerklärlichen Gründen vergötterten. Spencer nahm sich vor, Millie später nach dem geheimen Trank zu fragen, den sie den beiden oder sich selbst eingeflößt haben musste, um das zu erreichen.

»Ich verzichte auf ein Getränk«, antwortete sie und warf ihrem Mann einen Blick zu, der ihm sagte, dass er das Gleiche tun würde, ob es ihm gefiel oder nicht. Dann drehte sie sich zu Tristan um, der sie mit seinem Tausendwattlächeln anstrahlte.

»Herzlich willkommen!«, begrüßte er sie mit dröhnender Stimme. »Es ist immer schön, neue Gesichter in unserer Kirche zu sehen.«

»Vielen Dank.« Mrs Dempsey schenkte ihm das aufrichtigste Lächeln, das Spencer seit ihrer Ankunft hier gesehen hatte. »Ich freue mich auf den Abend.«

»Wie schön.« Er griff nach ihrer Hand und dann nach der von Mr Dempsey, um sie zu schütteln. Anschließend drehte er sich zu Tori und Spencer um. »Aus dem Akzent schließe ich, dass das hier Ihre reizende Tochter mit ihrem Partner ist. Ist es Ihnen gelungen, sich nach Ihrem Aufenthalt im Schnee wieder etwas aufzuwärmen?«

Mrs Dempsey sah sie beide scharf an, und Spencer hatte das deutliche Gefühl, dass ihm gleich der Hintern versohlt werden würde – und zwar nicht auf eine sexuelle Weise. In dem Blick schien zumindest die Drohung mitzuschwingen, dass man ihn ohne Abendessen ins Bett schicken würde.

»Wir haben heute Morgen einen Spaziergang hier im Umkreis gemacht«, sagte Tori. »Wir mussten ein paar Dinge besprechen.«

Tristan nickte und klopfte sich mit einem Finger an die

Nase. »Vergessen Sie nicht, mich aufzusuchen, wenn Sie eine Entscheidung getroffen haben.«

Jetzt sah Mrs Dempsey Tori so durchdringend an, als versuche sie, dem Gehirn ihrer Tochter durch bloße Willenskraft den Inhalt des Gesprächs mit dem Pfarrer zu entlocken. Aber Tori lächelte nur freundlich.

»Das werden wir«, sagte sie.

Tristan schenkte ihnen ein letztes unglaubliches Lächeln, dann richtete er sein ganzes Strahlen auf Jenny und Lewis, die kurz stehen blieben, um mit ihm zu plaudern, während Spencer und die anderen schon hineingingen.

»Wir halten besser Plätze für Mum und Dad frei«, sagte er. Er war nicht wirklich davon überzeugt, dass es eine gute Idee war, sie nebeneinander zu platzieren, aber er wusste, dass ihm in dieser Sache keine große Wahl blieb.

»Was ist denn bei denen los?«, flüsterte Tori, als Jasmine und Rich sich in die Sitzreihe auf der anderen Seite des Mittelgangs setzten. Die beiden sprachen nicht miteinander und waren offensichtlich nicht ganz sie selbst.

»Das kommt hin und wieder vor«, sagte Spencer vorsichtig.

Tori warf den beiden noch einen Blick zu und schien sich dann zu besinnen und das Thema nicht weiter verfolgen zu wollen. Stattdessen wandte sie sich an ihre Eltern. »Ist das hier nicht eine ganz wunderbare Kirche?«, fragte sie mit Blick auf die Steinsäulen, die Laternen, welche flackernde Schatten auf die kunstvoll eingemeißelten Figuren und Muster warfen, und die vom Nachthimmel eingetrübten und dabei nicht weniger schönen Buntglasfenster. Sie betrachtete den kleinen Chor von Dorfkindern (und Kindern, die sie sich aus Nachbargemeinden hatten ausleihen müssen, um die nötige Anzahl zusammenzukriegen). Sie standen in ihren frisch gebügelten, weißen Gewändern und mit erwartungsvollen Gesichtern bereit. Die Szene wirkte wie einer Weihnachtspostkarte entnommen, und wenn den Leuten nicht schon vorher festlich zumute gewesen war, konnte jetzt selbst der hartgesottenste Zyniker nicht umhin, sich von der Stimmung mitreißen zu lassen.

»Es ist kalt«, sagte Mrs Dempsey. »Gibt es in England keine Heizung?«

»Dies ist ein riesiger Steinbau, Mom. Außerdem sind die Türen noch geöffnet. Es wird bestimmt besser, wenn der Gottesdienst anfängt.«

»Und das Dach hat schon immer Löcher gehabt, seit meiner Kindheit«, ergänzte Spencer freundlich. »Darüber geht sicherlich auch viel Wärme verloren.«

Mrs Dempsey brachte dieser Scherz nicht zum Lächeln oder gar zum Lachen, überhaupt nahm sie ihn in keiner Weise zur Kenntnis. Sie rieb sich nur die Hände und musterte die anderen Anwesenden.

»Die Kirche muss wirklich alt sein«, warf Mr Dempsey ein.

»Ich glaube, du hast gesagt, sie sei normannischen Ursprungs, nicht wahr?« Tori drehte sich zu Spencer um, der nickte.

»Normannisch?«, fragte Mr Dempsey. »Bedeutet das, die Kirche ist ungefähr zweihundert Jahre alt?«

Tori kicherte. »Daddy! In englischer Geschichte weißt du nicht besonders gut Bescheid, was? Aber wenn wir Teil einer englischen Familie werden wollen, sollten wir uns vielleicht alle etwas Wissen über England aneignen.«

»Ich kenne die Verfassung und die Grundrechte, und das ist alles, was ich wissen muss.« Er lächelte. »Aber wenn dein Spencer uns später eine kleine Geschichtsstunde geben will, bin ich ganz Ohr.«

Spencer grinste. Es war die erste echte Ermutigung, die ihm von einem der Dempseys zuteilwurde. Vielleicht machte er mehr Fortschritte, als er dachte. Doch als er wieder zu Toris Mutter schaute, war er sich dessen nicht mehr so sicher. Sie machte den Eindruck, als sei eine Geschichtsstunde von ihm das Letzte, was sie sich wünschte, es sei denn, sie endete mit einer lebensechten Vorführung der Guillotine, mit Spencer als Opfer.

»Es wäre mir ein Vergnügen«, sagte er. »Ich bin kein Historiker, aber ein bisschen was weiß ich schon. Vielleicht könnte ich, bevor Sie wieder nach Hause fliegen, ein wenig mit Ihnen herumfahren – Ihnen ein paar Sehenswürdigkeiten zeigen? Bis nach Stonehenge ist es nicht weit, und dieser Ort ist wirklich beeindruckend.«

»Das klingt großartig.« Mr Dempsey beugte sich zu seiner Frau vor und legte ihr eine Hand auf den Arm. »Wäre das nicht großartig, Schatz?«

»Ja«, stimmte sie ihm steif zu, obwohl Spencer den Verdacht hatte, dass sie sich lieber den Kopf abreißen würde, als mit ihm Sehenswürdigkeiten zu besichtigen. Aber immerhin war es ein gewisser Fortschritt, und er würde ihn nutzen.

Lewis und Jenny kamen den Mittelgang entlang, und Spencer winkte sie zu den Plätzen, die er neben sich für sie freigehalten hatte.

»Tristan ist reizend«, sagte Jenny, die vollkommen hingerissen wirkte. »Wenn er den Wegweiser hochhalten würde, wäre ich tatsächlich versucht, Gott zu suchen.«

Tori lachte. »Du bist so witzig.«

Lewis tätschelte Jennys Hand. »Du bist viel zu vernünftig, um Gott zu suchen.«

»Was soll das denn heißen?«, fragte Mrs Dempsey scharf.

Spencer spürte, wie sich die Atmosphäre veränderte, und plötzlich war die Kirche nicht mehr das Einzige, das kalt war.

Lewis wedelte lässig mit einer Hand. »Beachten Sie mich gar nicht«, sagte er mit einem Lachen. »Ich bin ein ergrauter alter Wissenschaftler, und es ist schwer, die Vorstellung von einem allmächtigen und allgegenwärtigen Wesen mit wissenschaftlichen Theorien in Einklang zu bringen. Ich bin mir sicher, dass es für Menschen, die glauben wollen, wunderbar funktioniert, aber für mich ... nun ja, es fällt mir schwer, das zu schlucken.«

»Aber Sie sind dennoch hier«, wandte Mrs Dempsey ein. »Im Haus des Herrn.«

»Wir sind jetzt hier, weil es eine Dorftradition ist, die uns gefällt. Es ist eine Möglichkeit, der ganzen Gemeinschaft näher zu sein, zumindest einmal im Jahr – oder für uns auch erheblich seltener, da wir eine ganze Weile nicht da waren ...« Er sah Spencer an. »Außerdem sind wir wegen unseres Sohnes hier, der uns gebeten hat mitzukommen.«

»Und sieh mal an – ich glaube, wir sind fast so weit, dass der Gottesdienst anfangen kann!«, sagte Spencer mit erzwungener Munterkeit und versuchte verzweifelt, das Gespräch aus den gefährlichen Gewässern zu lenken.

Tori nahm seine Hand und drückte sie beruhigend. Er erwiderte die Geste mit einem hilflosen Gesichtsausdruck. Sie hatten bereits verabredet, später mit den Eltern in ein chinesisches Restaurant an der Straße nach Winchester zu fahren, in der Hoffnung, dass eine entspannte Atmosphäre und gutes Essen sie dazu bringen würde, freundlicher miteinander umzugehen. Doch wenn die Stimmung zwischen ihnen schon so früh am Abend derart angespannt war, standen ihnen noch einige schwere Stunden bevor. Es war fast so, als würden alle aktiv Barrikaden errichten, damit sie nicht miteinander auskamen, selbst wenn es zwischen ihnen Gemeinsamkeiten gab, die Spencers Überlegungen zufolge irgendwo existieren mussten. Schließlich waren alle vier gebildete Menschen aus der westlichen Welt, deren Sprösslinge zufällig miteinander verlobt waren – wenn sie da keine Gemeinsamkeiten finden konnten, dann war das Unternehmen wirklich zum Scheitern verurteilt. Langsam ärgerte es ihn ein wenig, dass keiner der vier interessiert schien, es auch nur zu versuchen. Die Dempseys waren regelrecht frostig, obwohl Tori klargestellt hatte, dass sie Spencer heiraten würde und nicht den verdammten Hunter

Ford. Seine eigenen Eltern – so leutselig und unkonventionell sie zu sein schienen – erwiesen sich als ausgesprochen geschickt darin, Toris Eltern zu verärgern, und nicht einmal sie konnten so begriffsstutzig sein, nicht zu begreifen, wann sie ihre Meinung kundtun und wann sie sie um der Harmonie willen lieber für sich behalten sollten. Irgendwann musste er seine Mum und seinen Dad beiseitenehmen und ihnen ernsthaft ins Gewissen reden, und auch Tori würde ihren Eltern eine Ansage machen müssen. Es war die einzige Lösung, wenn die Situation sich nicht verbesserte. Aber so kurz vor dem ersten Weihnachtstag, mit all den Ablenkungen, die dieser Tag mit sich brachte, würde das schwierig werden, und er hatte das schreckliche Gefühl, dass ihnen die ganze Situation möglicherweise schon vorher um die Ohren flog.

Tristan ging nach vorne und stellte sich vor die Gemeinde, seine Miene unverändert freudig, als mache ihn das bloße Atmen schon unfassbar glücklich. Wahrscheinlich war das so, dachte Spencer, aber er hatte ja auch nicht zwei sich bekriegende Elternpaare an seiner Seite, sondern würde höchstwahrscheinlich am Ende des Abends in sein kuscheliges kleines Pfarrhaus zurückkehren, um sich zu seiner reizenden Frau, einem Gläschen Grog und ein oder zwei süßen Hunden zu gesellen. Und Weihnachten war die Zeit, in der er beliebter war als während des ganzen restlichen Jahres. Für ihn war Heiligabend wahrscheinlich wie der letzte Schultag für Spencer, wenn alle – Kinder und Lehrer gleichermaßen – sich auf die bevorstehenden Sommerferien freuten.

Er sagte einige Worte zur Begrüßung und lächelte seine Mum auf eine Weise an, die sie so durcheinanderbrachte, wie Spencer sie noch nie erlebt hatte – sie warf sich das Haar über die Schultern und keuchte beinahe. Es war seltsam beunruhigend zu beobachten, wie die eigene Mutter auf derart offensichtliche Weise mit dem Pfarrer flirtete, und Spencer wünschte sich, er könnte eine Art Filter in seinem Gehirn anschalten, damit es ihm nicht ganz so offensichtlich erschien. Er sah seinen Dad an. Falls dieser sich Sorgen machte, ließ er es sich in keiner Weise anmerken. Er beobachtete das Geschehen nur mit leicht amüsiertem Gesichtsausdruck. Tatsächlich schien ihn der charismatische neue Pfarrer fast genauso in den Bann zu ziehen wie seine Frau, auch wenn er sich nicht das Haar zurückwarf und sabberte. Und dann standen alle auf, und die Stimmen des Chors und der Gemeinde hallten in der Kirche wider, als alle gemeinsam aus vollem Herzen »Away in a Manger« sangen.

Toris Hand blieb in Spencers, und während die Musik ihn erfüllte, spürte er, wie sich auch seine Stimmung aufhellte. Er schaute sie an und lächelte. Wenn sie nur zusammenhielten, würden sie jeden Sturm überstehen, davon war er überzeugt. Er musste nur wissen, dass sie bereit war, den Weg mit ihm zu gehen, ganz gleich, was sich ihnen entgegenstellte.

Oscar war endlich in Darcies Armen eingeschlafen. Zuerst hatte sich Millie gesträubt, die beiden allein zu lassen, und obwohl Darcie ihr versichert hatte, dass sie zurechtkam, hatte es Dylans Überzeugungskünste gebraucht, um Millie dazu zu bringen, ohne ihr Baby in den Weihnachtsgottesdienst zu gehen. Oscar war für eine Weile quengelig gewesen, aber Darcie hatte festgestellt, dass sie überraschend geduldig mit ihm war und sein Weinen sie nicht so sehr störte wie sonst. Vielleicht lag es daran, dass es nicht ihr Kind war, sodass sie genug Abstand hatte, um sich nicht davon stressen zu lassen. Was auch immer der Grund war, sie hatte ihm das Milchfläschchen gegeben, das Millie ihr dagelassen hatte, und war mit ihm im Schlafzimmer auf und ab gegangen, bis ihm die Augen zugefallen waren.

Jetzt legte sie ihn so behutsam, wie sie konnte, in sein Bettchen und deckte ihn mit seiner Fleecedecke zu. Nachdem sie das Babyfon eingeschaltet hatte, schlich sie sich auf Zehenspitzen die Treppe hinunter, um nach ihrem Telefon zu suchen.

Es war bereits eine Nachricht von Nathan gekommen. Sie hatte ihm geschrieben, sobald Dylan und Millie gegangen waren, um ihm mitzuteilen, dass sie bereit war, der Sache noch eine Chance zu geben, und es hatte nicht lange gedauert, bis er geantwortet hatte.

Das freut mich. Ich werde es nicht noch einmal vermasseln, versprochen.

Wir könnten uns nach Weihnachten treffen.

Großartig. Ich kenne da einen guten Pub.

Keine Pubs. Irgendwo, wo es ruhig ist?

Okay. Isst du gern Thailändisch?

Hab ich noch nie probiert.

Dann freu dich schon mal!

Darcie schaute lächelnd auf das Handy. Vielleicht konnte sie ihn kurz anrufen, während Oscar schlief und sie das Haus für sich hatte. Sie war erwachsen und konnte anrufen oder treffen, wen sie wollte, aber sie fühlte sich trotzdem seltsam schuldig, weil sie Dylans Warnungen vor Nathan ignorierte. Sie wollte gerade seine Nummer wählen, als es draußen krachte. Darcie riss den Kopf hoch und lief zum Schaufenster des Cafés, um nachzusehen, was da los war.

Draußen war alles bedeckt mit frischem Schnee, dem die Straßenlaternen einen seltsamen, orangefarbenen Schein verliehen, aber die Straße lag verlassen da. Die meisten Dorfbewohner waren zum Gottesdienst in die Kirche gegangen, doch Darcie hatte keine Lust dazu gehabt und nur zu gern Oscar als Vorwand genommen, um zu Hause zu bleiben. Obwohl sie jetzt schon seit mehreren Monaten in der Bäckerei arbeitete, fühlte sie sich Honeybourne immer noch nicht richtig zugehörig. Sie passte nicht so gut hierher wie Millie. Sie fragte sich, ob sie einfach zu schüchtern war, um Freundschaften zu schließen, nicht dass das Angebot potentieller Freunde in ihrem Alter in einem so kleinen Dorf wirklich groß gewesen wäre. Und selbst wenn es anders gewesen wäre, war es schwer, als jemand von außerhalb zu einem akzeptierten Mitglied der Gemeinschaft zu werden.

Immer noch beunruhigt und mehr als ein wenig aufgeschreckt von dem Lärm ging sie in den hinteren Teil des Hauses. Der winzige Hof war in samtige Schwärze getaucht, und als sie das Gesicht an die Scheibe drückte, um einen besseren Blick zu erhaschen, konnte sie außer den schwachen Umrissen der Metallmülltonnen immer noch nichts ausmachen. Sie hätte die Tür aufschließen und hinausgehen können, aber Oscar lag oben im Bett und schlief, und sie war allein zu Hause. Die Vorstellung, nach draußen zu gehen, um der Sache auf den Grund zu gehen, während niemand sonst da war, um ihr zu helfen oder sie zu beschützen, lockte sie gar nicht. Vielleicht war es ein Fuchs oder irgendein anderer neugieriger Aasfresser, aber falls es etwas anderes war, würde Darcie nicht viel tun können, um es abzuwehren. Vielleicht sollte sie besser bleiben, wo sie war, und es Dylan erzählen, wenn er heimkam.

Doch dann hörte sie ein weiteres Geräusch – etwas polterte gegen die Hintertür –, und dieses Mal packte sie die Panik. Ihre Gedanken flogen zu Oscar. Wenn jemand ins Haus eindrang und Millies Baby etwas zustieß, würde sie sich das nie verzeihen. Zitternd rannte sie dorthin zurück, wo sie ihr Handy liegen gelassen hatte, und wählte Dylans Nummer. Der Anruf ging direkt auf die Mailbox. Für die Dauer des Gottesdiensts hatte er es offensichtlich ausgeschaltet. Als Nächstes wählte sie Millies Nummer, davon überzeugt, dass Millie ihr Telefon niemals ausschalten würde, wenn sie wegen Oscar gebraucht werden könnte, aber obwohl es eine Weile klingelte, ging Millie nicht dran.

Darcie trat erneut an die Hintertür, drückte ein Ohr dagegen und lauschte angestrengt. Jetzt war alles still, aber ohne sagen zu können, warum, wusste sie, dass da draußen jemand war. Es war kalt, und es war Heiligabend. Würde ein Einbrecher in einer solchen Nacht unterwegs sein? Nahmen sich nicht auch Einbrecher an Weihnachten frei? Und warum sollte er schon so früh am Abend herumschleichen? Es sei denn ... es sei denn, er dachte, alle wären beim Weihnachtsgottesdienst ...

Und dann kam ihr ein Gedanke. Nathan wusste, wo sie wohnte – vielleicht war er in den Bus gestiegen, um sie zu überraschen? Sie entsperrte ihr Handy.

Das hört sich vielleicht dumm an, aber bist du hier?

Seltsam. Warum fragst du?

Kein Grund. Nur eine Frage.

Nein, ich sitze zu Hause bei meinen Eltern fest. Und packe gerade einen ganzen Berg von Geschenken ein. Willst du, dass ich komme?

Besser nicht, ich passe auf den Sohn meiner Cousine auf, und sie kommt bald zurück.

Mit ihrem riesigen, furchteinflößenden Freund?

Dylan? Ist er furchteinflößend?

Ist er, zumindest für mich.

Darcie konnte sich eines Lächelns nicht erwehren. Sie nahm an, dass Dylan an diesem Tag ein bisschen heftig rübergekommen war, aber sie kannte den Grund dafür, und das ließ ihr Lächeln noch ein wenig breiter werden.

Ich rufe dich am zweiten Weihnachtstag an. Vielleicht können wir uns treffen. Frohe Weihnachten.

Großartig! Gleichfalls!

Darcie sperrte ihr Telefon. Also lungerte Nathan nicht draußen herum. Vielleicht reagierte sie zu heftig. Im Moment war tatsächlich alles ruhig, und es gab viele Füchse hier in der Gegend, die es wahrscheinlich schwer hatten, bei der Kälte und dem hohen Schnee etwas zu fressen zu finden. Allerdings war sie sich ziemlich sicher, dass Dylan ihren ganzen Abfall zu einer Mülldeponie in der Nähe gebracht hatte, in der Erwartung, dass die Tonnen sich über Weihnachten wieder bis zum Rand füllen würden. Sie konnte sich also eigentlich nicht vorstellen, was ein armer, hungriger Fuchs dort draußen finden würde. Sie hatte nicht die Absicht, die Tür zu öffnen, um es herauszufinden, und gerade beschlossen, die Lichter auszuschalten und zu ignorieren, was immer da draußen war, in der Hoffnung, dass es weggehen würde – als ein Gesicht am Fenster erschien.

NEUN

»Spencer!«, rief Millie, als er und Tori die Kirche verließen. »Warte mal kurz!«

Spencer drehte sich lächelnd um. »Ich hatte nicht vor wegzugehen, ohne dir fröhliche Weihnachten zu wünschen.«

Millie folgte ihm durch die Türen ins Freie, Dylan dicht hinter ihr. »Ich weiß, ich wollte dich nur um etwas bitten. Wegen des Mittagessens morgen.«

»Ich würde euch ja einladen, aber ...« Er senkte grinsend die Stimme. »Die Kochkünste meiner Mum sind absolut bescheiden, und wir können ihr das nicht sagen, also müssen wir es trotzdem essen. Das würde ich dir nicht zumuten wollen.«

»Sei nicht albern!« Millie lachte. »Eigentlich wollte ich euch zu uns einladen. Ruth kommt ebenfalls, und ich glaube, Darcie ist nicht besonders glücklich darüber, weshalb ich mir überlegt habe, dass viele Leute am Tisch sie ablenken würden. Wir haben jede Menge Platz, da wir einige Tische im Café zusammenrücken und dort essen wollen. Es könnte auch etwas Druck von dir und Tori nehmen – ich vermute, dass ihr beide

Elternpaare zu dir einladet? Ich meine, du kannst natürlich nein sagen, es war nur ein Vorschlag, der mir vorhin durch den Kopf gegangen ist ... Ich habe zufällig mitbekommen, dass die vier sich nicht gerade blendend verstehen.«

»Das kannst du laut sagen«, antwortete Spencer. »Es ist sehr nett von dir, das anzubieten, aber ist es nicht ein wenig zu spät, um dafür noch etwas einzukaufen?«

»Wir haben tonnenweise zu essen. Dylan hat zur gleichen Zeit wie ich einen Truthahn gekauft, weil keiner von uns realisiert hat, dass der andere den besorgen wollte! Außerdem nehme ich an, dass du selbst genug im Haus hast, das du morgen Früh vorbeibringen könntest? Bitte, sag ja – ich glaube, Darcie hätte wirklich gern ein paar mehr Leute zur Gesellschaft da. Ich denke manchmal, sie hat es vielleicht satt, nur mich und Dylan um sich zu haben.«

»Sie kann es unmöglich satthaben, mich um sich zu haben«, protestierte Dylan mit einem breiten Grinsen.

Spencer legte ihm eine Hand auf die Schulter. »Ich kann mir vorstellen, dass dir der Gedanke schwerfällt, Kumpel. Es muss hart sein, Tag und Nacht so ein toller Typ zu sein.«

Dylan schüttelte dramatisch den Kopf. »Niemand kennt meinen Schmerz ...«

Millie stupste ihm mit dem Ellenbogen in die Seite. »Ermutige ihn nicht auch noch, Spencer, es ist so schon schlimm genug.«

Spencer sah Tori an. »Was meinst du?«

»Ich meine, das ist eine tolle Idee. Den Weihnachtsmorgen könnten wir zusammen verbringen, und mittags kommen wir dann zu ihnen rüber, wenn es Millie und Dylan recht ist. Ich glaube, meine Eltern haben ihren Besuch in der Bäckerei wirklich genossen, und sie würden sich bestimmt sehr darüber freuen, zum Essen bei euch zu Gast zu sein.«

»Willst du das mit ihnen besprechen?«, fragte Millie und

ließ den Blick über die Menschen wandern, die jetzt aus der Kirche strömten. »Wo sind sie überhaupt?«

»Ich glaube, meine Mom und mein Dad schauen sich noch die Fenster an.«

Millie zog die Augenbrauen zu einer stummen Frage in die Höhe, und Tori lächelte. »Lange Geschichte, aber Spencer hat in ihnen ein Interesse für alte Bauwerke geweckt, das ich so an ihnen noch gar nicht kannte. Ich glaube, dies ist so ziemlich das älteste Gebäude, in dem sie je gewesen sind.«

»Und meine Eltern plaudern mit dem neuen Pfarrer«, sagte Spencer. »Zumindest plaudert Mum mit ihm, und Dad ist als Verstärkung dabei, um ihn an der Flucht zu hindern. Ich nehme an, sie werden in ein paar Minuten nachkommen, dann können wir sie fragen.«

Millie schaute auf ihre Uhr. »Wir sollten zurückgehen«, sagte sie zu Dylan und drehte sich dann noch einmal Spencer zu. »Wie wäre es, wenn du mir einfach Bescheid gibst, wenn du dich mit ihnen besprochen hast, sodass wir ein paar Vorbereitungen treffen können?«

»Klingt gut«, antwortete Spencer. »Danke für ... du weißt schon, wofür ...«

»Klar.« Millie lächelte. »Einem Freund in der Not und so weiter. Du würdest das Gleiche für mich tun.«

»Bis später«, sagte Dylan und nickte ihnen beiden zu, bevor er und Millie den Pfad entlang in der Nacht verschwanden.

Spencer sah Tori an. »Wenn sie je aus dieser Kirche herauskommen, willst du dann immer noch in das chinesische Restaurant fahren?«

»Aber sicher!« Tori lächelte. »Für Egg Foo Young würde ich sie höchstpersönlich aus der Kirche zerren!«

Darcie war gar nicht bewusst gewesen, dass sie den Atem angehalten hatte, bis ihr langsam schwindelig wurde. Sie stieß die Luft aus und starrte zum Fenster. So schnell wie es aufgetaucht war, war das Gesicht wieder verschwunden, aber sie verlor nicht den Verstand – sie hatte es definitiv gesehen, und es war nicht Nathans Gesicht gewesen. Das Herz klopfte ihr bis zum Hals, während sie hinausspähte und wartete und es kaum wagte, sich zu bewegen. Sie musste Hilfe holen. Sie musste sich irgendeinen Gegenstand suchen, mit dem sie sich verteidigen konnte, falls der Mann versuchte hereinzukommen. Sie musste Oscar beschützen. Aber sie konnte nichts von alledem tun, weil ihre Gliedmaßen sich weigerten, sich zu bewegen. Stattdessen umklammerte sie ihr Handy und starrte auf das Fenster in dem dunklen Raum. Ihr graute davor, das Gesicht noch einmal zu sehen, aber sie musste wissen, ob es wirklich da war.

Das Geräusch des Schlüssels im Schloss der Eingangstür der Bäckerei ließ sie so schnell herumwirbeln, dass sie fast das Gleichgewicht verlor. Sie stürzte in den Hauptraum, halb in der Erwartung, einen messerschwingenden Unbekannten auf sich zukommen zu sehen, der sie umbringen wollte.

»Darcie?«, fragte Millie mit angespannter Stimme. »Ich habe gerade gesehen, dass du bei mir angerufen hast, ist alles in Ordnung?«

Darcie warf sich an Dylans Brust. »Da draußen ist jemand!«

Dylan hielt sie um Armeslänge von sich weg. »Was soll das heißen, da draußen ist jemand?«, fragte er mit versteinerter Miene. »Wo draußen? Versucht jemand, hier hereinzukommen? Bist du verletzt?«

Darcie schüttelte den Kopf. »Ich habe jemanden draußen im Hof gesehen. Ein Gesicht am Fenster – nur für eine Sekunde, aber ich weiß, dass jemand dort war.«

Dylan warf Millie einen entschlossenen Blick zu. »Ich werde nachsehen gehen.«

»Nein!«, rief Millie. »Was ist, wenn er eine Waffe hat? Was, wenn es jemand ist, der psychisch labil ist?«

»Er wird auf jeden Fall labil sein, wenn ich mit ihm fertig bin.« Dylan ging zum Schrank und holte einen Besen heraus.

Millie rannte hinter ihm her und hielt ihn am Arm fest. »Ich kann nicht zulassen, dass du da rausgehst – Darcie, ruf die Polizei.«

»Ich werde schon mit ihm fertig!«, sagte Dylan. »Es ist nicht nötig, die Polizei zu holen, und wenn sich herausstellt, dass es falscher Alarm war, werden sie uns nicht dafür danken, den ganzen Weg hierhergefahren zu sein. Lasst mich zumindest zuerst draußen nachsehen.« Sanft legte er Millie eine Hand auf den Arm. »Ich schaffe das schon. Du machst dir zu viele Sorgen.«

»Nur weil ich dich liebe.«

»Ich liebe dich auch.« Er küsste sie sacht auf den Kopf und ging in den hinteren Teil der Bäckerei. Darcie und Millie standen da und verfolgten das Geschehen mit großen Augen.

Die Hintertür wurde geöffnet, dann gab es ein Handgemenge, gefolgt von Geschrei. Wenige Augenblicke später zerrte Dylan einen jungen Mann herein. Er drückte ihn auf einen Stuhl und beugte sich drohend über ihn.

»Sie bewegen sich nicht, bis ich es sage ... Darcie, *jetzt* kannst du die Polizei rufen.«

»Warten Sie!«, stieß der Mann hervor. »Bitte ... es tut mir leid, ich wollte Sie nicht erschrecken. Es ist nur ... ich habe da draußen so gefroren. Ich wollte mich nur schnell etwas aufwärmen, damit ich nicht erfriere, das war alles. Ich mache mich jetzt wieder auf den Weg, das schwöre ich, und Sie werden mich nie wiedersehen.«

»Zu spät, Kumpel, ich habe Sie diesmal gesehen, und Sie bekommen keine weitere Gelegenheit, meine Familie zu terrorisieren.«

»Das wollte ich doch gar nicht – ich schwöre es! Ich hatte gehofft ... Es spielt keine Rolle. Bitte, lassen Sie mich gehen.«

Darcie betrachtete ihn. Er war jung – vielleicht um die

Zwanzig, mit schwarzem Haar und dunkler Haut, und er trug eine Soldatenuniform. Gab es in der Umgebung nicht auch einige Armeestützpunkte? Sie war sich sicher, dass sie bei ihrer Ankunft in Honeybourne an den Straßen, die zum Dorf führten, mindestens zwei gesehen hatte. Das Auffälligste an ihm – noch mehr als seine Jugend und seine offensichtliche Verletzlichkeit, die dunkelbraunen Augen, die auf eine Weise um Gnade bettelten, die nur aufrichtig sein konnte, und sein Zittern nach wer weiß wie vielen Stunden in der Kälte – war, dass er verängstigt und sehr, sehr verloren wirkte. Er machte den Eindruck eines Menschen, der sich nicht nur geografisch, sondern auch im Leben verirrt hatte, und sie erkannte es, weil es das war, was sie jeden Tag im Spiegel sah.

»Warum trägst du eine Uniform?«, fragte sie leise.

Dylan und Millie starrten sie an.

»So eine seltsame Frage ist das nicht«, sagte Darcie mit kaum merklichem Achselzucken.

»Nein«, stimmte Millie ihr nachdenklich zu. »Das habe ich auch nicht gedacht. Es ist eine sehr gute Frage.« Sie drehte sich zu dem Mann um. »Warum sind Sie in Uniform?«

Dylan verschränkte die Arme vor der Brust, den Besenstiel dazwischengeklemmt. »Larkhill oder Tidworth?«, fragte er den Mann, der hörbar schluckte.

»Ich habe schon so viel Ärger. Bitte, lassen Sie mich einfach gehen ... Ich werde sofort verschwinden.«

»Das geht leider nicht«, entschied Dylan. »Von wo auch immer Sie weggelaufen sind, Sie müssen wieder zurück. Das wissen Sie genauso gut wie ich.«

»Von wo ist er denn weggelaufen?«, fragte Millie und schaute verwirrt von einem zum anderen.

»EA«, erklärte Dylan. »Eigenmächtige Abwesenheit. Unerlaubte Entfernung von der Truppe.« Er sah den Mann an. »Ich habe recht, nicht wahr?«

»Was soll das heißen?«, fragte Darcie.

»Das heißt ...« Dylan drehte sich zu ihr um, »dass er sich unerlaubt aus seiner Kaserne abgesetzt hat.« Seine Aufmerksamkeit richtete sich wieder auf den Mann. »Wie heißen Sie?«

»Tariq.«

»Und weiter ...«

Tariq schüttelte den Kopf. »Sie werden beim Stützpunkt anrufen und man wird mich holen kommen.«

»Richtig. Genau das werde ich tun. Sie können nicht hierbleiben, und ich kann nicht zulassen, dass Sie auch den Rest des Dorfes erschrecken.«

»Ich wollte niemanden erschrecken. Ich wollte mich einfach nur zehn Minuten irgendwo aufwärmen, und dann wäre ich weitergezogen ... Ich konnte ja nicht wissen, dass eine junge Frau allein im Haus ist, und das tut mir leid. Lassen Sie mich gehen, und ich mache mich wieder auf den Weg.«

»Wohin?«

Er zuckte die Achseln.

»Haben Sie denn keine Familie, die Sie anrufen könnten?«, hakte Millie nach.

»Sie würden sich für mich schämen«, antwortete Tariq. »Und sie hätten recht damit, denn was ich tue, ist feige und schändlich, aber ich komme nicht gegen meine Gefühle an.«

»Haben Sie mit ihren Freunden darüber gesprochen? Vielleicht mit einem befehlshabenden Offizier? Wenn es ein emotionales Problem gibt, muss doch Hilfe zu bekommen sein?« Millie sah Dylan an, der zustimmend nickte.

»Ich habe niemanden, mit dem ich reden kann«, sagte Tariq. »Ich bin nicht wie die anderen – ich bin ein Außenseiter, man vertraut mir nicht, das sehe ich in ihren Blicken.«

»Wie kommen Sie darauf?«

Er betrachtete angestrengt seine ineinander verkrampften Hände. »Sie brauchen mich doch nur anzuschauen, um den Grund zu erkennen.«

»Ich sehe nichts anderes als einen Mann, der Hilfe braucht«, erwiderte Millie sanft.

Tariq begegnete ihrem Blick. »Ich bin zudem pakistanischer Moslem«, antwortete er. »Ich schäme mich weder für meine Religion noch für meine Herkunft, aber die anderen Soldaten ... sie gehen mit mir nicht so um wie mit ihren Freunden. Sie lachen, ohne mich in ihre Scherze einzuweihen. Sie vertrauen einander Geheimnisse an, aber nicht mir. Ich merke, wie sie mich beobachten, wenn sie glauben, dass ich nicht hinschaue, und alles, was ich in ihren Augen sehe, ist Misstrauen. Ich bin in die britische Armee eingetreten, weil ich meinem Land dienen wollte, dem Land, in dem ich aufgewachsen bin, aber dieselbe Armee denkt anscheinend, dass ich nicht mehr als einer Heimat treu sein kann.«

»Ich kann mir nicht vorstellen, dass man Sie so sieht. Haben Sie versucht, mit jemandem darüber zu reden? Vielleicht mit den Leuten, von denen Sie denken, dass sie sich Ihnen gegenüber so verhalten?«, fragte Millie.

»Und weglaufen ist keine Lösung«, fügte Dylan hinzu.

»Haben Sie je bei den Streitkräften gedient?«, fragte Tariq ihn.

»Nein.«

»Dann können Sie das nicht verstehen.«

»Da haben Sie recht. Aber was ich weiß, ist, dass es nicht hilft, den Kopf in den Sand zu stecken. Sie werden Sie zurückholen, entweder jetzt gleich oder in ein paar Tagen. Ich könnte mir vorstellen, dass wenn Sie aus eigenem Antrieb zurückkehren und Ihren Vorgesetzten erzählen, was Sie uns erzählt haben, Ihre Sorgen verstanden werden und man nachsichtiger sein wird.«

»Ich will nicht zurück.«

»Warum gehst du dann nicht für immer? Sag deinen Vorgesetzten, dass du die Armee verlassen willst«, schlug Darcie vor.

»Das geht auch nicht. Es würde Schande über mich und meine Familie bringen.«

Dylan stieß den Atem aus und zog sich einen Stuhl heran, um sich vor Tariq zu setzen. »Nun, wenn Sie weder dort sein noch aus der Armee austreten wollen, sitzen Sie ziemlich in der Klemme.«

»Wie lange sind Sie schon von Ihrem Stützpunkt weg?«, erkundigte Millie sich.

»Ein paar Stunden«, antwortete Tariq.

»Hat man Ihre Abwesenheit vielleicht noch gar nicht bemerkt?« Sie ließ nicht locker.

»Inzwischen wird es jemand mitgekriegt haben.«

Millie hielt inne. »Möchten Sie etwas Heißes zu trinken? Würden Sie sich dann vielleicht etwas besser fühlen? Und ich nehme an, Sie haben auch Hunger.«

Tariq nickte kaum merklich, aber Dylan warf Millie einen scharfen Blick zu.

»Nur eine Tasse Tee«, sagte sie. »Vielleicht noch ein Stück Kuchen. Es ist ja nicht so, als ob wir nicht genug hätten.«

Sie ging in die Küche, und Dylan sprang auf, um ihr zu folgen. »Rühren Sie sich nicht von der Stelle!«, befahl er Tariq, bevor er den Raum verließ.

»Du brauchst keine Angst vor mir zu haben«, sagte Tariq zu Darcie. »Ich werde mich nicht bewegen, denn er hat recht ... ich kann nirgendwohin. Selbst wenn ich nach Hause wollte, wäre das ein Marsch von Hunderten von Meilen von hier aus, und ich habe so gut wie kein Geld bei mir.«

»Wo lebt deine Familie?«

»In Yorkshire.«

Darcie dachte einen Moment nach. »Warum bist du überhaupt abgehauen? Millie hat recht – du hättest mit jemandem reden können. Bei der Armee muss es doch Seelsorger oder etwas in der Art geben. Du musst doch wenigstens einen Freund haben, dem du dich anvertrauen kannst.«

»Da ist niemand. Ich weiß nicht warum, aber ich habe irgendwie nie richtig dazugehört. Und wenn ich mich an einen Seelsorger wenden würde ... na ja, dann würde man mich lediglich für ein Weichei halten, weil ich nicht klarkomme. Und heute hatte ich das Gefühl, ich explodiere, wenn ich noch länger dortbleibe, und bevor ich wusste, was ich tat, war ich auch schon auf der Flucht.«

»Und dann bist du hier gelandet.«

»Ja. Was werden sie jetzt tun?«

»Dylan und Millie sind gute Menschen. Dylan will nur seine Familie beschützen, aber ich glaube, er hat dir zugehört und Mitleid mit dir. Das Problem ist, dass du uns damit in eine ziemlich unangenehme Lage gebracht hast. Wir müssen irgendwie reagieren.«

»Ihr könntet so tun, als hättet ihr mich nie gesehen.«

»Das könnten wir, aber ich glaube, das wäre keinem von uns recht und zwar nicht wegen irgendwelcher dummer Gesetze oder so, sondern weil wir uns Sorgen um dich machen würden – wo du hin bist, was du tust, ob du in Gefahr bist.«

Tariq nickte. »Ich verstehe.«

»Wenn du zurückgehst ...« Darcie hielt inne. Sie wollte die nächste Frage nicht stellen, bekam sie aber nicht aus dem Kopf und wusste, dass sie ihr keine Ruhe lassen würde, bis sie sie ausspräche. »Du würdest doch keine Dummheit machen, oder?«

»Ich würde mir nicht das Leben nehmen, wenn es das ist, was du meinst.«

»Es ist nur ... na ja, du wirkst ...«

»Verrückt?«, beendete er ihren Satz für sie.

»Das wollte ich nicht sagen. Ich bin mir nicht sicher, was ich überhaupt sagen wollte, aber ich halte dich nicht für verrückt.«

»Vielleicht bin ich es. Ich muss es sein, weil ich etwas so Dummes mache wie wegzulaufen.« Er seufzte. »Vielleicht hat dein Dylan recht ... Ich sollte zurückkehren und mich den Konsequenzen stellen.«

Darcie schaute aus dem Fenster. Es schneite wieder, dicke Flocken, die im Licht der Straßenlaternen fielen. »Ich weiß allerdings nicht, ob das heute Abend so eine gute Idee wäre.«

Millie und Dylan kamen zurück. Dylan warf Tariq einen finsteren Blick zu, während Millie eine kleine Teekanne, Milch und Zucker auf den Tisch neben ihm stellte. Es war klar, dass die beiden sich gestritten hatten, und man brauchte kein Genie zu sein, um zu erraten, dass sie sehr unterschiedliche Ansichten darüber hatten, was sie mit ihrem unerwarteten Gast anfangen sollten.

»Danke«, sagte Tariq und goss sich Tee ein.

»Möchten Sie etwas essen?«, fragte Millie.

Er schüttelte den Kopf.

»Aber Sie müssen doch Hunger haben«, beharrte Millie.

Er lächelte schwach. »Es muss am Stress liegen, aber ich habe überhaupt keinen Hunger.«

»Bleiben Sie eine Weile bei uns sitzen«, fügte Millie hinzu. »Wir werden Sie nicht zwingen, jetzt sofort irgendwo hinzugehen. Wenn Sie sich aufgewärmt und etwas Heißes getrunken haben, sind Sie vielleicht eher in der Lage, eine Entscheidung zu treffen.«

»Es gibt da keine Entscheidung zu treffen«, mischte Dylan sich ein. »Sie müssen zurück, weshalb ich auch keinen Sinn darin sehe, das Unvermeidliche hinauszuzögern.«

»Er muss nicht zurück, bevor er so weit ist«, sagte Millie und warf Dylan einen trotzigen Blick zu. »Es gibt keinen Grund, warum er sich nicht vorher etwas sammeln kann, und ich dachte, wir hätten uns gerade darauf geeinigt.«

»Ich habe zu nichts meine Zustimmung gegeben«, begann Dylan, doch nun stand Tariq auf.

»Ich möchte nicht der Grund für einen Streit sein. Sie waren mehr als freundlich zu mir, und ich werde jetzt gehen.«

»Nein«, sagte Dylan, aber Millie unterbrach ihn.

»Bitte, was mein Partner meint, ist, dass Sie gehen dürfen, wenn Sie wollen, aber wir wollen Ihnen helfen. Also, wenn Sie gern hierbleiben möchten, um Ihren Tee zu trinken und vielleicht für eine Weile über alles zu reden, kommen Sie möglicherweise zu dem Entschluss, aus freien Stücken in die Kaserne zurückzukehren, und Ihnen wird wieder ein wenig leichter ums Herz.«

Darcie schenkte Tariq ein ermutigendes Lächeln. Millie konnte schon immer gut mit Worten umgehen und besaß die Gabe, dass die Leute sich in ihrer Gegenwart wohlfühlten. Darcie hatte schon oft gedacht, wenn Millie die Welt regieren würde, wäre sie ein ziemlich schöner Ort. Tariq schien das Gleiche zu denken, denn er setzte sich wieder und schenkte ihr ein nervöses, aber dankbares Lächeln.

»Ich weiß nicht, ob ich zurückwill, aber nach der Freundlichkeit, mit der Sie mir heute Abend begegnet sind, ist mir das Herz tatsächlich schon ein wenig leichter.«

»Es freut mich, das zu hören«, erwiderte Millie. Dylan brummte nur etwas vor sich hin und setzte sich auf den nächstbesten Stuhl, den Besenstiel über den Schoß gelegt, während er Tariq nicht aus den Augen ließ.

»Vielleicht fühlst du dich besser, wenn du darüber geschlafen hast?«, überlegte Darcie laut. »Mir geht es auch immer so.«

»Hier?«, fragte Dylan und versteifte sich auf seinem Stuhl.

Darcie erkannte ihren Fehler sofort. Dies war nicht ihr Haus, und sie hatte nicht das Recht, solche Angebote zu machen.

»Entschuldigung«, sagte sie schnell. »Vielleicht ist im *Dog and Hare* noch ein Zimmer frei?«

Dylan schüttelte den Kopf. »Wenn wir es vermeiden können, sollten wir nicht noch jemanden in diese Sache mit hineinziehen.«

»Könnten wir Ärger bekommen, weil wir dich hierbehalten?«, fragte Darcie Tariq.

Er nickte unsicher. »Ich bin mir nicht sicher. Möglicherweise. Aber wenn ich jetzt gehe, müsste niemand erfahren, dass ich je hier war.«

Dylans Ton war ein wenig sanfter, als er ihn jetzt nachdenklich betrachtete. »Sie wissen, dass es langfristig gesehen für Sie besser ist, wenn Sie heute Abend noch zurückkehren? Ich fahre Sie hin – so weit ist es nicht.«

»Das würden Sie für mich tun?«, fragte Tariq.

»Warum nicht?«

Millie schaute aus dem Fenster. »Das halte ich bei diesem Schneefall für keine gute Idee. Können wir nicht in Ihrer Kaserne anrufen, damit sie einen Wagen herschicken?«

»Aber dann wüsste man, dass Sie beteiligt sind«, erwiderte Tariq.

»Ja, doch wir würden auch dabei helfen, Sie in die Kaserne zurückzubringen«, rief Millie ihm ins Gedächtnis.

Er schüttelte den Kopf. »Ich werde auf die gleiche Weise zurückkehren, wie ich hergekommen bin.«

»Zu Fuß? Bei diesem Wetter?« Darcie folgte Millies Blick zum Fenster.

Er lächelte schwach. »Ich bin Soldat – darauf trainiert zu überleben.«

»Aber Sie sind nicht Captain America«, schaltete Dylan sich ein. »Jetzt, wo Sie schon hier sind, ist es ein wenig spät für heroische Gesten. Dann können Sie sich auch von uns helfen lassen, und wenn das bedeutet, dass Sie in Ihre Kaserne zurückkehren, bin ich ganz dafür ... Nicht weil ich Sie loswerden will«, fügte er hinzu und wandte sich mit einem Blick, der jeden weiteren Streit im Keim ersticken sollte, Millie zu, »sondern weil wir alle wissen, dass es die richtige Entscheidung ist.«

Tariq neigte langsam den Kopf und atmete tief durch. »In Ordnung«, sagte er. »Ich bin bereit, wenn Sie es sind.«

Millie schaute noch einmal aus dem Fenster. »Kann ich kurz mit dir sprechen, Dylan ... in der Küche?«

Dylan nickte und sah Darcie an.

»Wir kommen schon zurecht«, sagte sie, denn sie verstand seine stumme Frage. »Wenn ich euch brauche, rufe ich.«

Millie ging hinaus, und Dylan folgte ihr.

»Er traut mir immer noch nicht«, stellte Tariq fest. »Das ist der gleiche Blick, mit dem mich die anderen Soldaten immer ansehen.«

»Es geht nicht darum, dass er dir nicht traut, er beschützt nur sein Zuhause. Betrachte die Sache aus seiner Perspektive – du schleichst im Dunkeln hier herum, und hier leben zwei Frauen und oben schläft ein Baby. Wahrscheinlich würdest du an seiner Stelle genauso reagieren. Ich denke, die meisten Leute würden so reagieren.«

Tariq senkte den Blick. »Es tut mir leid, dass ich dich erschreckt habe.«

»Ist schon gut. Ich weiß, dass du das nicht mit Absicht gemacht hast, und weil ich allein war, war ich nervöser als normalerweise.«

»Wenn ein seltsamer Mann ums Haus schleicht, wäre wohl jeder nervös. Kein Wunder, dass Dylan sauer auf mich ist.«

»Er ist nicht sauer, und *so* seltsam bist du nun auch wieder nicht.«

»Danke«, sagte Tariq, und zum ersten Mal erwiderte er ihr Lächeln, und die Wärme und Güte seiner Seele leuchteten aus den Tiefen seiner dunklen Augen.

Irgendetwas passierte mit Darcie, und als sie ihn wieder ansah, schien ihr Herz plötzlich ein wenig schneller zu schlagen. Sie spürte eine seltsame Anziehungskraft zwischen ihnen, aber eine andere als bei Nathan. Es war eine tiefe, unerklärliche Regung, die von einem Ort in ihr kam, über den sie keine Kontrolle hatte.

»Ich nehme an, du wirst einen Mordsärger kriegen«, bemerkte sie.

»Das weiß ich ehrlich gesagt nicht. Vielleicht werden sie nachsichtig sein, weil ich sofort zurückgekommen bin. Ich werde wohl versuchen müssen, es so gut es geht zu erklären, und auf ihr Verständnis hoffen müssen.«

»Wird man dich bestrafen?«

»Davon gehe ich aus.«

»Streicht man dir vielleicht den Ausgang? Ich meine, offiziellen Ausgang.«

»Ich bin mir nicht sicher. Es wäre keine schlimme Strafe – wenn ich frei habe, weiß ich nie so recht, was ich damit anfangen soll, es sei denn, ich fahre nach Hause, und das kann ich im Moment nicht.«

»Oh, das meinte ich nicht«, sagte Darcie. »Ich meinte ...«

»Wenn ich einen Tag freibekomme, könnte ich herkommen und dich besuchen?«, fragte er. Er schien ihre Gedanken gelesen zu haben.

Sie errötete. »Wenn du nichts anderes vorhast. Obwohl ich es verstehe, wenn du nicht willst oder keine Zeit dafür hast ...«

»Ich würde wirklich gern wiederkommen«, unterbrach er sie. »Und hoffentlich unter günstigeren Umständen als diesen.«

»Das hoffe ich auch. Ich würde mich sehr darüber freuen.« Dann fiel ihr ihre Entscheidung wieder ein, nach Weihnachten nach Hause zurückzukehren. Vielleicht gab es doch einen Grund, noch eine Weile hierzubleiben.

Ihre Gedanken wurden vom Bimmeln ihres Handys auf dem Tisch unterbrochen. Sie musste nicht nachsehen, um zu wissen, von wem die Nachricht war. Dann erinnerte sie sich jedoch, dass sie sich bereits mit Nathan verabredet hatte. Wie konnte sie ihn nur vergessen? Und was für ein Mensch war sie, dass er ihr, kaum dass Tariq auftauchte, völlig aus dem Sinn geriet? Aber während sie bei Nathan das Gefühl hatte, er wäre es vielleicht wert, ein Risiko einzugehen, war sie sich bei Tariq sicherer, dass sie es wagen konnte, ihm ihr Herz zu schenken. Natürlich war es möglich, dass sie sich schrecklich irrte, aber die Überzeugung war trotzdem da.

Dylan und Millie kamen zurück und Dylan sah Tariq an.

»Abmarschbereit?«

Darcie beobachtete, wie Millie die Arme vor der Brust verschränkte und die Lippen schürzte. Es war deutlich, dass sie nicht glücklich über ihre Vereinbarung war und dass sie nur unter Druck zugestimmt hatte, Dylan Tariq zurückfahren zu lassen, was bedeutete, dass sie die Auseinandersetzung in der Küche verloren hatte.

Tariq stand auf.

»Moment!«, sagte Darcie plötzlich. Sie lief zur Theke und nahm einen Notizblock und einen Stift aus einer Schublade. Einige Sekunden später lief sie zu Tariq und reichte ihm einen Zettel. »Du brauchst nicht das Gefühl zu haben, allein zu sein. Wenn du mit jemandem reden willst, also ...« Sie errötete abermals. »Hier ist meine Handynummer.«

Lächelnd nahm er das Blatt entgegen. Darcie schaute zu Millie hinüber und sah, wie sie einen amüsierten Blick mit Dylan wechselte, der selbst allerdings nicht annähernd so begeistert wirkte. Wenn er Nathan schon missbilligt hatte, würde er mit Sicherheit noch größere Probleme mit Tariq haben, aber zum ersten Mal, seit sie ihn kannte, interessierte es sie nicht wirklich, was Dylan dachte.

»Noch mal vielen Dank«, sagte Tariq und schaute von Darcie zu Millie.

Dylan ging auf ihn zu und berührte ihn am Arm, um ihn nach draußen zu lenken. Dann drehte er sich noch einmal zu Millie um. »Schließ hinter mir ab, und lass niemanden rein. Ich habe meine Schlüssel dabei.«

»Wie lange wirst du weg sein?«, fragte Millie.

Dylan warf einen Blick aus dem Fenster. »Ich komme wieder, so schnell ich kann. Bei diesem Wetter will ich nicht länger als unbedingt nötig unterwegs sein. Und ich muss immer noch die verdammten Weihnachtsgeschenke einpacken.«

»Das kommt davon, wenn man immer alles bis zur letzten Minute aufschiebt«, sagte Millie mit einem schwachen Lächeln.

»Du kennst mich doch – es ist die einzige Art und Weise, wie ich etwas erledigt kriege. Bis später.«

»Pass auf dich auf«, sagte Millie.

Er nickte. Und dann waren sie weg.

»Tori! Lass sie, wenn sie gehen wollen ...« Spencer griff nach ihrem Arm, als sie aufstand, um ihren Eltern zum Taxi zu folgen, das vor dem Restaurant wartete. Sie wirbelte zu ihm herum.

»Ich fahre mit ihnen, weil du mit deinen Eltern über akzeptable Grenzen reden musst«, zischte sie. »Meine Eltern haben ihr Bestes gegeben, aber deine bemühen sich nicht einmal, mit ihnen auszukommen!«

»Aber ...«

»Nein, Spencer! Mir reicht es!«

Spencers Arm fiel an seiner Seite hinab. »Also liegt es wieder mal an *uns*? War ja klar ...«

»Was soll das denn heißen?«

»Deine Eltern sind engstirnige Snobs. Wenn sie sich nicht auf eine intelligente Diskussion einlassen können, in der auch andere Meinungen als ihre eigenen zur Sprache kommen, ohne sich aufzuregen, dann müssen sie welche sein. Warum soll nur die Meinung deiner Eltern wichtig sein?«

»Meine Eltern beleidigen niemanden, wenn sie ihre Meinung äußern!«

»Das tun meine auch nicht!«

»Lewis hat meinen Dad als irregeleiteten Narren bezeichnet! Ist das etwa keine Beleidigung?«

Spencer hob in einer Geste der Kapitulation die Hände. »Okay. Vielleicht hat er sich an diesem Punkt etwas hinreißen lassen, aber dein Dad hat ihn dazu getrieben, weil er in allem so stur ist. Er hätte sich genauso gut die Finger in die Ohren stopfen und anfangen können zu singen!«

»Spencer.« Tori senkte die Stimme und sah sich in dem voll besetzten Restaurant um. Das Lokal war üppig in Rot und Gold dekoriert und überall hingen Papierlampions. Auf der Theke stand ein winziger Weihnachtsbaum, das einzige Zugeständnis an Weihnachten. »Die Leute starren uns schon an. Ich will keine Szene machen, ich will einfach mit meiner Mom und meinem Dad zurück ins *Dog and Hare*.«

»Und du wirst später nicht zu mir kommen?«, fragte Spencer.

Tori hielt inne. »Ich muss über einiges nachdenken.«

»Über uns?«

Sie seufzte. »Vielleicht ist es einfach schwieriger, als wir dachten – das mit dir und mir. Es gibt so vieles, das uns entgegensteht, und im Moment fühlt es sich so an, als sei es zu viel.«

»Wir haben nie gedacht, dass es einfach werden würde.«

»Aber es sollte sich auch nicht wie ein Krieg anfühlen.«

»Ich liebe dich! Du liebst mich doch auch, oder?«

»Du weißt, dass ich das tue.«

»Sollte das nicht genug sein?«

»Nein, Spencer, ist es nicht. Liebe ist nie genug, denn früher oder später tritt die Liebe in den Hintergrund, und man muss an die Miete denken und an seinen Job und sich einigen, wie man seine Kinder erzieht. Mit Liebe kommt man ziemlich weit, aber sie ist nicht genug.«

»Willst du damit sagen, du siehst keine Zukunft mit mir?«

»Ich will damit sagen, dass ich nachdenken muss.« Draußen ertönte eine Autohupe. »Ich muss los.«

»Du kannst nicht einfach verschwinden, ohne dass wir darüber geredet haben!«

»Das kann und werde ich. Und zwar jetzt sofort.«

»Tori!«

»Spencer, hör auf. Dies ist weder der richtige Zeitpunkt noch der richtige Ort.«

»Doch, ist es, verdammt noch mal! Wir müssen reden, und ich werde dich nicht gehen lassen, bevor wir es getan haben!«

Sie starrte ihn mit versteinertem Blick an. »Du willst reden? Warum gehst du dann nicht zu Jasmine?«

»Was? Jetzt machst du dich lächerlich!«

»Nicht lächerlicher als du.«

»Ich dachte, wir hätten die Sache mit Jasmine geklärt.«

»Das dachte ich auch. Aber vielleicht ist sie nur das Symptom einer sterbenden Beziehung, das wir ernster nehmen sollten.«

»Tori, bitte ... ich will nicht, dass du gehst – nicht so!«

Sie schwieg einen Moment, und kurz hatte er die Hoffnung, dass sie nachgeben würde. Aber dann streckte sie sich und hauchte ihm einen kurzen Kuss auf die Wange. »Mach's gut, Spencer.«

Er sah zu, wie sie die Glastür des Restaurants aufdrückte und in der Nacht verschwand. Irgendetwas war kaputt gegangen, und diesmal fühlte es sich nicht so an, als ließe es sich wieder in Ordnung bringen. Wenn er sie hätte daran hindern können, das Restaurant zu verlassen, wäre er vielleicht imstande gewesen, zu retten, was sie hatten. Aber sein dummer Stolz war ihm in die Quere geraten, und jetzt kam es ihm vor, als sei alles verloren, als hätte er sie so weit aus seiner Umlaufbahn hinauskatapultiert, dass sie nie wieder zusammenfänden. Sie würde ins *Dog and Hare* fahren und mit ihren Eltern reden und dann beschließen, an diesem Abend nicht mehr zu ihm zu kommen. Von da war es nur ein kleiner Schritt, nie wiederzukommen. Sie würde statt mit ihm mit ihren Eltern nach Colorado zurückfliegen, und dann wäre sie fort.

Er drehte sich um und ging an den Tisch zurück, von wo seine Eltern ihn schweigend beobachteten. Vielleicht hatte Tori recht – vielleicht waren sie zu verschieden, als dass es jemals hätte funktionieren können, und es war dumm von ihnen gewesen, etwas anderes zu denken.

»Es tut uns leid«, sagte Jenny, als er sich setzte.

»Das ist nicht eure Schuld«, antwortete Spencer erschöpft.

Jenny wechselte einen beschämten Blick mit ihrem Mann.

»Wir könnten mit ihnen reden«, bot sie an. »Uns mit ihnen aussprechen.«

Spencer schüttelte den Kopf. »Ich glaube, das wäre heute Abend keine so gute Idee. Ich bin mir nicht sicher, ob es an irgendeinem Abend eine gute Idee wäre ... Mum, manchmal frage ich mich, ob Tori und ich ... na ja, ob ich nicht ein wenig zu optimistisch war, was unsere Chancen als Paar betrifft. Ich meine, schon von Anfang an gab es mehr Hindernisse, als die meisten Paare überwinden müssen, und das schon ohne all die Kleinigkeiten, die eine Ehe zerstören können.«

»Empfindest du das wirklich so?«, fragte Lewis.

Spencer zuckte die Achseln. Er wusste nicht, was er sagen sollte, denn das Einzige, was er im Moment empfand, war Benommenheit und Mutlosigkeit, und er sah keinen Ausweg aus dem Schlamassel, den er angerichtet hatte.

»Wenn es so ist, dann musst du sorgfältig darüber nachdenken, was du tust. Du hast ihr bereits einen Antrag gemacht, aber die Hochzeit auch durchzuziehen ... Es ist keine Entscheidung, die du auf die leichte Schulter nehmen darfst, und wenn du jetzt Zweifel hast ...«

»Nicht daran, ob ich sie liebe, Dad«, unterbrach Spencer ihn.

»*Irgendwelche* Zweifel«, fuhr Lewis fort.

»Es hat nicht geholfen, dass ihr euch nicht mit ihren Eltern versteht«, murmelte Spencer.

»Wir verstehen uns gut mit ihnen.«

»Ihr könntet versuchen ...«

»Ihren dämlichen Ansichten zuzustimmen, obwohl wir sie nicht teilen? Lächeln und nicken zu den lächerlichen Dingen, die sie sagen?«

»Andere Menschen machen das ständig. Man nennt es den Frieden wahren.«

»So entstehen Diktaturen«, warf Jenny ein. Spencer drehte sich zu ihr um.

»Ernsthaft, Mum? Du sagst das wirklich, ohne mit der Wimper zu zucken? Kannst du einfach mal aufhören, eine politikbesessene Akademikerin zu sein und dich nur eine Minute deines Lebens wie meine Mum verhalten? Es handelt sich bei ihnen um meine zukünftigen Schwiegereltern, nicht um Josef Stalin!«

»Ich sehe nicht, dass sie sich Mühe geben.« Lewis stocherte mit seiner Gabel in den Resten auf seinem Teller herum.

»Dann zeig Größe und gib du dir etwas Mühe«, sagte Spencer. »Würde dich das umbringen?«

»Wie ist aus einem Gespräch über deine Zweifel eines über unsere Schuld an dem Ganzen geworden?«, fragte Jenny.

»Weil ihr es für uns nicht gerade leichter macht! Vor einer Woche hatte ich diese Zweifel noch nicht!«

Jenny zog die Augenbrauen hoch. »Wirklich nicht? Ich höre da nämlich etwas viel Grundsätzlicheres als nur Differenzen zwischen Eltern heraus. Vielleicht sind es die Differenzen zwischen dir und Tori, die dir wirklich zu schaffen machen, und die zwischen uns erinnern dich lediglich daran.«

»Das ist doch lächerlich.« Spencer ließ den Blick durch das Restaurant wandern, auf der Suche nach einem Kellner, der ihnen die Rechnung bringen würde. Er musste zurück nach Honeybourne und mit Tori reden. Er wollte seinen Eltern nicht die Schuld für all das geben, aber sie trugen gerade dazu bei, dass es sehr verlockend war. Jeder hatte das Recht, seine Ansichten zu vertreten, und er würde dieses Recht bis zu seinem letzten Atemzug verteidigen, aber er konnte sich des Eindrucks nicht erwehren, dass sie wirklich alles taten, um die Dempseys zu provozieren, obwohl sie sich ihm zuliebe auch hätten zurückhalten können. Als ob sie wollten, dass er und Tori sich trennten. Bei den Dempseys, die sich immer einen erfolgreichen, attraktiven Karriereanwalt mit schneeweißen Zähnen für ihre Tochter gewünscht hatten statt einen etwas zu schmächtigen Lehrer aus England, konnte er es ja sogar irgendwie verstehen – aber bei seinen eigenen Eltern, die Tori angeblich mochten und die alles tun sollten, das Glück ihres einzigen Sohns zu sichern? Er sehnte sich einfach nur danach, in die Stille seines Hauses zu fliehen und sich für eine Stunde dort einzuschließen, um sich zu sortieren und zu entscheiden, was er als Nächstes tun wollte. Und vielleicht wäre es gut, mit einem unparteiischen Menschen darüber zu sprechen, mit jemandem, der immer das Richtige sagte und dessen Lösungsvorschläge absolut Sinn machten. Millie. Es war stets Millie, die die Dinge in Ordnung brachte, und er hoffte inständig, dass er sich auch diesmal auf sie verlassen konnte, denn ihm gingen langsam die Ideen aus.

Darcie sah zu, wie Millie im Raum auf und ab ging. Schon wieder schaute sie auf das Telefon in ihrer Hand, dann wanderte ihr Blick nach draußen durchs Fenster, wo der Schnee in schweren Flocken vom Himmel fiel.

»Ausgerechnet heute Abend schaltet er sein Handy aus«, murmelte sie. »Warum zum Teufel schaltet er sein Handy aus?«

»Er ist sicher bald zurück«, antwortete Darcie, die sich ihrer Prophezeiung keineswegs sicher war, aber das Bedürfnis hatte, etwas Beruhigendes zu sagen. Oscar schmatzte leise in ihren

Armen. Sie hatte ihn gerade erst wieder zum Schlafen gebracht, aber es war ein unruhiger Schlummer, und sie erwartete nicht, dass er von langer Dauer sein würde. Millie hatte im Moment sicherlich nicht die Geduld, sich mit einem seiner Schreianfälle zu befassen, also behielt Darcie ihn auf dem Arm, weil sie dachte, dass er dann zumindest ein wenig ruhiger sein würde, wenn er wieder aufwachte.

»Ich habe ihm doch gesagt, er soll nicht fahren«, sagte Millie. »Dass er immer so dumm und halsstarrig sein muss.«

»Er hat nur versucht, nett zu sein. Er ist ein guter Mensch und wollte Tariq helfen.«

»Was ist, wenn er im Schnee stecken geblieben ist? Wenn er da draußen erfriert?«

»Ich glaube nicht, dass es dafür schlimm genug ist«, antwortete Darcie, der auch in diesem Punkt die echte Überzeugung fehlte.

»Was hat er denn gedacht, was passieren würde, wenn sie dort ankommen? Dass er Tariq unter dem Zaun durchschmuggelt, und niemand kriegt mit, dass er überhaupt weggewesen ist? Was ist, wenn Dylan von Armeeoffizieren befragt wird? Er könnte Ärger bekommen, weil er ihn zurückgebracht hat?«

»Ich sehe nicht, wie er dafür Ärger bekommen könnte – er hat etwas Gutes getan.«

»Aber sie könnten ihn wegen Beihilfe drankriegen.«

»Millie ...« Beruhigend strich Darcie Oscar mit einem Finger über die Wange, als er sich regte. »Es ist niemand ermordet worden. Ich glaube nicht, dass Dylan Ärger dafür kriegt, dass er ihn zurückgefahren hat. Vielleicht hätte es Scherereien für uns gegeben, wenn wir ihn hätten bleiben lassen und man hier auf ihn gestoßen wäre ...«

»Es gefällt mir nicht, dass ich ihn nicht erreichen kann. Es treibt mich in den Wahnsinn.«

»Ich weiß. Wie wär's, wenn wir jemand anderen fragen, ob

er versuchen kann, Dylan auf seinem Handy zu erreichen? Vielleicht liegt es nur an unserem Netz?«

»Gute Idee.« Millie holte ihr Handy hervor und scrollte durch ihre Kontakte. Sie hielt ihr Telefon ans Ohr und wartete. »Jasmine«, sagte sie nach einer Pause, »du hast nicht zufällig etwas von Dylan gehört, oder?«

Darcie lauschte Millies Hälfte des Gesprächs. Sie schilderte so genau wie möglich die Ereignisse des Abends. Sie verschwieg nichts – das war Jasmine gegenüber nicht nötig, die gut mit Geheimnissen umgehen konnte, wenn es sein musste. Millie nickte angespannt in jeder Pause und nach ein paar Minuten beendete sie das Telefonat. Dann drehte sie sich um, um auf Darcies unausgesprochene Frage zu antworten.

»Rich kann nicht losfahren, weil er getrunken hat, aber Jasmine ist noch nüchtern, also nimmt sie das Auto und holt mich gleich ab. Wir werden die Straße nach Larkhill abfahren und schauen, ob wir Dylans Auto irgendwo entdecken.«

»Ist das bei diesem Wetter nicht zu gefährlich?«, fragte Darcie, und erneut beschlich sie das Gefühl der Beunruhigung bei dem Gedanken, wieder allein mit Oscar im Haus zu sein, während Millie den Elementen trotzte und am Ende möglicherweise genauso festsaß, wie Dylan es anscheinend tat.

»Wir haben kaum eine andere Wahl.«

»Was kann ich tun?«, fragte Darcie.

»Du tust es bereits. Kümmere du dich um Oscar, und wir kommen zurück, so schnell wir können.«

Darcie biss sich auf die Unterlippe, während sie darüber nachdachte, was sie darauf antworten sollte. Der Plan war vernünftig, aber er gefiel ihr trotzdem kein bisschen, und sie konnte sich des Gefühls nicht erwehren, dass die Situation anschließend noch zwanzigmal schlimmer sein würde. Statt dass sich zwei Menschen im Schnee verirrten, würden es vier sein, und zwei davon wären Mütter, deren Kinder sie dringend brauchten.

»Warum fahre ich nicht mit Jasmine? Du solltest mit Oscar zu Hause bleiben – er ist mit seiner Mum viel glücklicher als mit mir.«

»Ich würde nicht von dir erwarten, dass du bei diesem Wetter losziehst.«

»Das weiß ich, aber wenn du überzeugt bist, dass jemand es tun muss, dann sollte das vielleicht lieber ich sein.«

Millie überlegte kurz. »Wenn es dir Sorgen macht, allein hierzubleiben, könnte ich jemanden bitten, herzukommen und dir Gesellschaft zu leisten. Oder du könntest so lange zu Jasmine und Rich gehen?«

»Und wenn Dylan in der Zwischenzeit zurückkommt und hier niemanden antrifft?«

Millie wollte gerade antworten, als ihr Telefon klingelte. »Hallo, Spencer ... jetzt ist es gerade ungünstig, es sei denn, du kannst mir sagen, wo mein Freund ist.«

Darcie lauschte erneut einem angespannten Austausch, als Millie von Dylans Mission und dem fehlenden telefonischen Kontakt erzählte. Als sie auflegte, drehte sie sich mit einem schwachen Lächeln zu Darcie um. »Der gute alte Spencer. Zu unserem Glück hat er heute Abend nicht viel getrunken und kommt sofort rüber.«

»Ich dachte, er wäre in einem Restaurant in der Nähe von Winchester?«

»Das dachte ich auch, aber ich glaube, es lief nicht ganz nach Plan. Wir werden es wahrscheinlich später erfahren. Aber zuerst müssen wir Dylan wiederbekommen.«

»Hältst du es für eine gute Idee, ihm von Tariq zu erzählen?«

»Ich würde Spencer mein Leben anvertrauen – er wird es niemandem verraten. Und es ist nur fair, dass er alles weiß, wenn wir ihn um Hilfe bitten. Sollte Tariq noch bei Dylan sein, würde er es ohnehin bald herausfinden.«

»Was ist mit Jasmine?«

»Für Jasmine gilt das Gleiche – man kann ihr vertrauen. Und auf keinen Fall würde sie jetzt zu Hause bleiben, selbst wenn ich ihr sagen würde, dass Spencer unterwegs ist, daher können wir sie genauso gut herkommen lassen. Und dann kann wenigstens jemand bei dir bleiben, bis die beiden anderen wieder da sind.«

»Ich wäre schon zurechtgekommen«, sagte Darcie ein wenig beschämt angesichts ihres mangelnden Mutes.

»Das weiß ich.« Millie schenkte ihr ein angespanntes Lächeln. »Aber ich würde mich besser fühlen, wenn ich wüsste, dass du nicht allein mit Oscar bist. Eine Stunde zum Weihnachtsliedersingen war es in Ordnung, aber wenn es länger dauert, kann er, wie wir wissen, ziemlich anstrengend sein.«

»Jasmine scheint gut mit ihm zurechtzukommen.«

»Vergiss nicht, dass Jasmine erheblich mehr Erfahrung hat. Und ich glaube, sie hat geheime Mutter-Superheldinnen-Kräfte oder so – schließlich muss sie ihre Drillinge im Griff haben.« Millie ging in Richtung Küche. »Ich mache eine Thermoskanne heißen Kaffee mit Zucker. Wenn jemand da draußen festsitzt, ist er sicherlich total durchgefroren, und ich sollte vielleicht vorsorgen, dass ihm wieder warm wird.«

Darcie schaute ihr nach. Es klang, als befürchte Millie das Schlimmste, doch so finster konnte die Lage doch nicht sein, oder? Sie eilte ihr nach, während Oscar noch immer in ihren Armen schlummerte. »Vielleicht müssen sie wegen des Schnees einfach nur sehr langsam fahren?«, überlegte sie laut.

Millie drehte sich zu ihr um. »Klar, kann sein«, sagte sie mit erzwungener Munterkeit. »Aber ich will einfach vorbereitet sein.«

Jasmine brauchte zehn Minuten bis zur Bäckerei, aber nach weiteren fünf Minuten war immer noch kein Spencer aufgetaucht. Millie hatte Oscar ins Bett gebracht, und sie und

Jasmine waren übereingekommen, dass sie ohne Spencer fahren würden und er bei Darcie bleiben könnte. Darcie war zwar erleichtert, Gesellschaft zu haben, aber sie hatte gehofft, dass es jemand sein würde, den sie etwas besser kannte. Die Lage war schon angespannt genug. Sie wollte nicht auch noch Smalltalk mit einem Mann machen müssen, dem sie nur ein paarmal kurz begegnet war. Aber dann rettete sie ein leises Klopfen an der Eingangstür.

»Entschuldigt, ich wäre eher gekommen, aber ich musste mich erst noch vergewissern, dass meine Eltern gut nach Hause kommen. Sie wollten mich begleiten und ebenfalls helfen, aber ich fand, es hat keinen Sinn, denn wenn wir Dylan aus irgendeinem Grund mit unserem Auto abholen müssen, wäre es irgendwie kontraproduktiv, wenn der Wagen bereits voll ist. Aber ihr habt ja keine Ahnung, wie schwer Mum es einem machen kann, wenn sie sich etwas in den Kopf gesetzt hat.« Spencer stampfte sich an der Türschwelle den Schnee von den Schuhen, bevor er eintrat. »Im Moment ist es ganz schrecklich draußen. Die Straßenverhältnisse sind wirklich tückisch.«

»Ist schon gut, du kannst bei Darcie bleiben«, sagte Jasmine.

Spencer blinzelte. »Ist es nicht besser, wenn Millie hierbleibt? Was soll ich denn tun, wenn Oscar aufwacht? Du könntest mir an seiner Stelle genauso gut eine scharfe Granate aushändigen. Ich dachte, das sei der Plan.«

»Ich will mitfahren«, sagte Millie. »Ich verlier den Verstand, wenn ich hier noch länger warten muss.«

»Kann ich verstehen, aber sinnvoller wäre es, wenn du bei Oscar bleibst«, beharrte Spencer.

Millie öffnete den Mund zu einer Antwort, aber Jasmine kam ihr zuvor.

»Vielleicht hat Spencer recht. Ich könnte mich um Oscar kümmern, aber es wäre vernünftiger, wenn du hierbleibst, wenn es möglich ist.«

»Das denke ich auch«, pflichtete Darcie ihr bei. »Ich kann

auch auf Oscar aufpassen, aber wenn es ihm wirklich schlecht geht, will er nur seine Mum.«

Millie stieß einen Seufzer aus. Offensichtlich wusste sie, dass das Argument berechtigt war, auch wenn es ihr nicht gefiel. »Na schön«, stimmte sie zu. »Aber seid bitte vorsichtig da draußen.«

Spencer nickte und drehte sich zu Jasmine um. »Je eher wir aufbrechen, desto eher sind wir zurück.«

Aus dem Babymonitor kam ein leises Wimmern. Millie zuckte entschuldigend die Achseln. »Hört sich so an, als würde ich anderswo gebraucht.«

»Keine Sorge«, beruhigte Jasmine sie. »Wie ich meinen idiotischen Bruder kenne, ist er wahrscheinlich in eine Schneewehe oder so gefahren und hat keine Schaufel im Auto, um sich wieder rauszugraben. Wir sind im Handumdrehen wieder da.«

Millie lächelte angespannt. »Natürlich ... du hast wahrscheinlich recht.«

Auf den Straßen ging es frustrierend langsam voran. Niemand war auf diese Menge Schnee gefasst gewesen, und die örtlichen Behörden hatten keine Vorsichtsmaßnahmen getroffen. In Verbindung mit der fast vollkommenen Dunkelheit auf den kleineren Straßen und den tieferen Schneewehen, die sich tückisch in Senken verbargen, regte sich in Spencer der Verdacht, dass sie zu Fuß besser vorangekommen wären.

»Wenn das so weitergeht, sind wir erst am zweiten Weihnachtstag zum Mittagessen zu Hause.« Spencer beugte sich über das Lenkrad und spähte durch die Windschutzscheibe, während er versuchte, die Straße vor sich zu erkennen. Nur das gelegentliche Aufblitzen des dürftigen Stacheldrahtzauns am Rand hielt ihn davon ab, völlig von seiner Spur abzukommen. »Was hat Dylan sich nur dabei gedacht, bei diesem Wetter loszufahren?«

»Er hat seine Momente extremer Dummheit«, pflichtete Jasmine ihm bei. »Obwohl es ihm mit Millie besser geht denn je, können wir nicht erwarten, dass sie bei ihm Wunder vollbringt.«

»Jedenfalls jetzt noch nicht. Ich vermute, dass bei uns Männern das ganze Leben Erziehung nötig ist.«

»Und noch ein bisschen länger«, antwortete Jasmine mit einem schiefen Lächeln.

Es folgte eine Pause, in der das Aufheulen des Motors und das Surren der Reifen, die auf Schnee und Eis Halt zu finden versuchten, zu hören waren.

»Ist mit dir alles in Ordnung?«, fragte Spencer vorsichtig. Vielleicht stand es ihm nicht zu, sich nach Jasmines und Richs Beziehung zu erkundigen, vor allem in Anbetracht seiner Geschichte mit beiden und seiner offenkundigen Gefühle für sie. Aber er hatte das Bedürfnis, ihr zu zeigen, dass er wusste, wenn etwas nicht stimmte, und bereit war zuzuhören, sollte sie reden wollen.

»Kommt drauf an, was für dich in Ordnung heißt«, sagte Jasmine und stieß einen Seufzer aus. »Du weißt besser als jeder andere, wie es zwischen Rich und mir ist. Es handelt sich eigentlich nur um eine Kabbelei – nicht der Rede wert.«

»Das klingt, als wärst du dir da nicht ganz sicher.«

»In letzter Zeit bin ich mir bei gar nichts sicher, was ihn angeht. Es lief ganz gut nach ... du weißt schon, der Sache letzten Sommer, als du mir erzählt hast, was du für mich empfindest.«

Spencer zuckte zusammen bei der Erinnerung, mit der einmal mehr alte und widersprüchliche Gefühle an die Oberfläche gezerrt wurden. In einem Augenblick extremer Dummheit, während eines heftigen Gewitters, das fast in einer Tragödie geendet hätte, hatte er nicht nur Jasmine gestanden, dass er sie schon seit Jahren liebte, sondern auch Rich von seinen Gefühlen für sie erzählt. Spencers Enthüllung hatte auf seltsame Weise die Ehe der beiden gerettet, aber er hatte seither oft an den Zwischenfall gedacht und sich gewünscht, er hätte seine Gefühle für sich behalten. Jetzt sagte er jedoch nichts dazu, und sie sprach weiter.

»Aber es hat sich einiges geändert. Das war unausweichlich. Ich gehe nicht mehr davon aus, dass ich weiß, was er denkt und fühlt, und ich frage mich jetzt immer, ob er nicht noch einmal versucht sein könnte, sich etwas anzutun, nur diesmal mit mehr Entschlossenheit. Ich weiß, es ist albern, und wir reden hier über Rich, aber sieh dir an, was mit Millies Ex-Freund passiert ist, und damit hatte sie wirklich nicht gerechnet. In verzweifelten Momenten tun Menschen schreckliche Dinge ... sogar Dinge, die sie eigentlich gar nicht tun wollen.«

»Hast du denn das Gefühl, Kompromisse schließen zu müssen, damit er glücklich ist, auch wenn du es nicht bist?«

»Nein, ich habe das Gefühl, dass es schwerer ist, bei einer Auseinandersetzung, die ich früher sogar genossen hätte, meinen Standpunkt zu vertreten. Unsere Beziehung war früher gesund und konnte ein oder zwei stürmischen Episoden durchaus standhalten. Aber jetzt ... ich weiß es nicht genau.«

Nachdenklich starrte Spencer auf die Straße vor ihnen. »Willst du mir davon erzählen? Vielleicht fühlst du dich besser, wenn du es dir von der Seele redest, und dir ist doch klar, dass ich es keiner Menschenseele weitersagen würde, oder?«

»Millie weiß es schon ...« Sie warf ihm aus den Augenwinkeln einen verstohlenen Blick zu. »Erzähl mir nicht, dass sie es dir nicht bereits verraten hat ... so nah, wie ihr zwei euch steht.«

Spencer lächelte verlegen. »Wenn du das meinst, was ich denke, dann habe ich tatsächlich etwas davon gehört.«

»Dann hast du sicher auch mitgekriegt, dass es eine Debatte ist, die sich noch lange im Kreis drehen könnte und wahrscheinlich auch wird, wenn keiner von uns nachgibt. Das Problem ist, dass ich seinen Standpunkt verstehe, und ich wünschte, ich müsste nicht so verdammt vernünftig sein – das macht es mir schwer, meinen eigenen Standpunkt zu vertreten.«

»Aber kann er deine Position genauso klar sehen?«

»Wir reden hier über Rich. Wahrscheinlich nicht.«

»Du solltest nicht immer das Gefühl haben, Kompromisse eingehen zu müssen. Das schürt nur Groll.« Spencers Gedanken kehrten zu seiner eigenen Situation mit Tori zurück. Glaubte er wirklich an seine eigenen Weisheiten? Denn im Moment fühlte es sich nicht so an.

Plötzlich fiel eine Lawine aus Schnee von einem Baum direkt vor sie, dann krachte etwas Großes, Dunkles auf die Straße. Spencer trat mit aller Kraft auf die Bremse, und nach einer atemberaubenden Rutschpartie kam der Wagen endlich zum Stehen. Spencer warf Jasmine einen besorgten Blick zu. »Sieht aus wie ein Ast.« Er stellte den Motor ab und stieg aus dem Auto, und Jasmine folgte ihm. »Es muss das Gewicht des Schnees gewesen sein«, bemerkte er, als er den Ast mit der Spitze seines Stiefels berührte. »Er ist sauber vom Baum abgebrochen.«

»Können wir ihn an den Straßenrand schieben?«, fragte Jasmine. »Das Ding sieht riesig aus.«

»Wir müssen es versuchen. Wenn Dylan sich irgendwo vor uns auf derselben Straße befindet, wird er diese Strecke zurückfahren, selbst wenn wir nicht bis zu ihm durchkommen. Das geht nicht, wenn ein riesiger Ast auf der Straße liegt.«

Jasmine packte das eine Ende des Astes und Spencer das andere, und mit vereinten Kräften versuchten sie, ihn anzuheben. Zentimeterweise bewegte er sich über den Schnee, ließ sich allerdings nicht annähernd so gut wegschieben, wie man das angesichts der glatten Oberfläche erwarten würde.

»Das gestaltet sich schwieriger als gedacht«, sagte Jasmine.

»Ein wenig wie dein Streit mit Rich.« Spencer schenkte ihr ein schiefes Lächeln. »Noch mal?«

Jasmine nickte, und sie gaben dem Ast einen weiteren

Schubs, aber er bewegte sich erneut nur ein winziges Stückchen. »Ich glaube, er hängt irgendwie fest«, sagte Jasmine. Sie schaute auf und grinste. »Ein wenig wie Rich und ich.«

Spencer lachte und richtete sich auf, um das Problem genauer zu untersuchen. »Wenn wir ein paar von den Zweigen, die sich im Zaun verfangen haben, weiter oben abreißen, könnten wir den Ast vielleicht leichter an den Straßenrand schieben.«

»Das ist so typisch. Wenn wir fahren, ist die Straße wie eine Schlittschuhbahn, aber sobald wir uns wünschen, dass sie glatt ist, geht gar nichts.« Sie begann, an einem kleineren Zweig zu zerren. »Das ist auch nicht einfach.«

»Du musst ein wenig Gewicht einsetzen«, meinte Spencer grinsend und trat auf einen Zweig. »Lass deinen ganzen Frust raus.«

»Das kann ich«, sagte Jasmine und sprang auf das nächste Zweigbüschel, das mit einem befriedigenden Knacken abbrach. »Ich hoffe, Rich kann jetzt nicht meine Gedanken lesen.«

»Solang es nur ein Stück Holz ist und nicht sein Kopf, auf den du eindrischst, darf er sich nicht beschweren.«

»Er kann sich glücklich schätzen, dass dieser Baum beschlossen hat, sich uns in den Weg zu legen, sonst hätte ich ihn vielleicht morgen ins Krankenhaus fahren müssen, anstatt ihm einen Truthahn zuzubereiten.«

Spencer hielt inne und sah sie mitfühlend an. »Ist es so schlimm?«

»Nein«, antwortete sie nach einer Pause. »Ich bin nur frustriert.« Sie schob Schnee von einem Stück des Astes und setzte sich für einen Moment. Spencer, der spürte, dass sie bereit war zu reden, setzte sich neben sie. Sie sah ihn an. »Es ist doch nur ein Baby. Ich verlange nicht die Welt von ihm, und er weiß, wie sehr ich Kinder liebe. Ich meine, er liebt sie doch auch, wo ist dann das Problem? Ich wette, du würdest mir ein Baby schenken, nicht wahr?«

Spencer bedachte sie mit einem schwachen Lächeln. »Du weißt doch, dass ich dir alles geben würde, was du dir wünschst.«

Und dann geschah es. Jasmine beugte sich vor und küsste ihn. Sein Gehirn brauchte ein oder zwei Sekunden, um hinterherzukommen, und er konnte nicht anders, als sich dem Kuss hinzugeben. Aber dann riss er sich von ihr los und starrte sie an.

»Tut mir leid«, murmelte Jasmine, sprang auf und wich zurück. »Ich weiß nicht, warum ich das getan habe.«

»Ist schon gut«, sagte Spencer. Es war seltsam, aber er war vollkommen ruhig. Jahrelang hatte er davon geträumt, Jasmine zu küssen, aber es war ganz und gar nicht so gewesen, wie er es sich vorgestellt hatte. Er hatte sie nicht packen und zu Boden reißen wollen, wild vor Verlangen, und er war auch nicht berauscht von dieser ersten Kostprobe ihrer Lippen. Dieser Kuss war weit entfernt von dem, was er sich immer erträumt hatte. Trotz des Prickelns, das er stets verspürte, wenn sie in seiner Nähe war, hatte sich der Kuss, als er schließlich geschah, einfach nur unbeholfen angefühlt, und es war offensichtlich, dass Jasmine genauso empfand. Er erhob sich von seinem Platz und wandte sich wieder dem Ast zu. »Wir sollten dieses Ding aus dem Weg schaffen, bevor wir selbst in einer Schneewehe verschwinden.«

Jasmine nickte, und trotz des schummerigen Lichts erkannte er, dass sie heftig errötet war.

Sie arbeiteten in angespanntem Schweigen und redeten nur, um sich gegenseitig Anweisungen zu geben oder Vorschläge zu machen, während sie sich abmühten, den Ast zu bewegen, bis er sich endlich weit genug aus dem Weg schieben ließ, dass sie vorbeifahren konnten.

»Wie wär's, wenn du noch mal versuchen würdest, Dylan anzurufen?«, fragte Spencer, als sie wieder in den Wagen stiegen und er den Motor anließ.

Jasmine nickte und wählte die Nummer, brach den Anruf

jedoch ab, als die Mailbox ansprang. »Aus irgendeinem Grund ist es immer noch ausgeschaltet. Wahrscheinlich hat er nicht aufgepasst und sein Akku ist leer«, fügte sie hinzu.

»Stimmt, kann sein. Sehr hilfreich ...«

Es gab Dinge, die gesagt werden mussten, und Spencer fragte sich, wer von ihnen mutig genug sein würde, sie als Erster auszusprechen. Die Reifen rutschten und quietschten, als Spencer versuchte, den Wagen wieder auf die Straße zu lenken, und für einen Moment war er so in seine Aufgabe vertieft, dass es fast überraschend kam, als Jasmine das Schweigen brach.

»Das war jetzt wohl ein bisschen seltsam«, sagte sie. »Nicht dass ich dich seltsam finde ...«, fügte sie hastig hinzu, »aber es ist seltsam, dass ich es getan habe. Ich meine, ich liebe Rich ... das weißt du. Und wir hatten diesen Augenblick ... letzten Sommer, meine ich, bevor du nach Colorado gegangen bist. Ich wusste nicht, was ich für dich empfinde, aber dann haben wir das geklärt, und ich dachte ...« Atemlos hielt sie inne und sah ihn in Erwartung einer Antwort an.

»Ich gebe zu«, begann er langsam, »als ich zur Eröffnung von Millies Bäckerei nach Honeybourne zurückkam, dachte ich, ich sei über dich hinweg. Und damals war es auch tatsächlich in Ordnung. Aber als ich diesmal wieder nach Hause gekommen bin, erwachten die alten Gefühle wieder. Ich weiß nicht, warum. Vielleicht war ich einfach unsicher, was diese große, beängstigende Zukunft mit Tori anging. Und als unsere Eltern ankamen, schien uns alles zu entgleiten ... und das tut es immer noch«, fügte er leise hinzu. »Wie siehst du die Situation jetzt?«

»Ich liebe Rich. So viel weiß ich, und es tut mir so leid, wenn ich dir einen anderen Eindruck vermittelt haben sollte. Und dass ich ausgerechnet jetzt etwas so Dummes getan habe ...« Sie schüttelte den Kopf, dass ihre rosafarbenen Locken flogen. »Ist es für dich in Ordnung? Ich meine, ist zwischen uns alles in Ordnung? Denn ich würde es mir nie verzeihen, wenn ich dich verletzt hätte. Aber ich könnte Rich nie verlassen, und es ist nicht so, dass dieser Kuss nichts bedeutet hätte, denn er war schön ... Ich meine, nicht schön, aber auch nicht schrecklich ... Wären wir verliebt, wäre er schön gewesen ... Nicht dass ich dich nicht lieben könnte ... aber ich liebe Rich ... verstehst du?«

Spencer lächelte. »Schon okay. Du hast mich nicht verletzt, und ich habe das Gefühl, das es auf eine seltsame Art das Gespenst endlich zur Ruhe gebettet hat.«

»Und du sagst das nicht nur, damit ich mich besser fühle? Denn du bist der beste und nettteste Freund, den ich je haben könnte, und genau so etwas würde dir ähnlichsehen, was der Grund ist, warum du der beste und nettteste Freund bist.«

»Ich sage das nicht nur so. Jas, du weißt, was ich für dich empfunden habe, aber ich bin jetzt mit Tori zusammen. Ich war verwirrt, doch jetzt sehe ich die Dinge auf eine merkwürdige Art und Weise zum ersten Mal klar. Ich liebe Tori. Ich hoffe nur, ich habe die Sache mit ihr nicht schon endgültig vermasselt.«

»Ich würde ihr – oder sonst jemandem – niemals etwas von heute Abend erzählen. Du kannst dich auf mich verlassen.«

Spencer warf ihr einen Blick von der Seite zu. »Es gibt doch gar nichts zu erzählen, oder?«, fragte er und zog die Augenbrauen hoch.

»Nein.« Jasmine lächelte. »Überhaupt nichts. Also ist zwischen uns alles in Ordnung? Wir bleiben Freunde, und es wird nicht komisch sein?«

»Ja. Zwischen uns ist alles in Ordnung.«

Natürlich würde es sich eine Weile komisch anfühlen – wie sollte es anders sein? Auch wenn Spencer mit sich im Reinen war, Jasmine würde sich schämen und ein schlechtes Gewissen haben, aber Spencer war zuversichtlich, dass sie mit der Zeit darüber hinwegkommen würden, vor allem wenn man bedachte, wie seltsam sicher er sich im Moment war. Solang

Jasmine zu ihrer Ehe stand, sich darüber im Klaren war, dass der Kuss nur einem Impuls geschuldet war, konnten sie all das vergessen, und ihre Beziehung würde wieder das sein, was sie immer sein sollte – einfach nur eine großartige, verlässliche Freundschaft und nicht mehr.

»Zwischen uns ist alles in Ordnung«, wiederholte er. Dann richtete er den Blick auf die Straße vor ihnen, und im Wagen kehrte Stille ein.

Eine halbe Stunde später entdeckte Spencer Dylans Auto. Es stand in einem merkwürdigen Winkel am Straßenrand, als hätte es dort nicht etwa jemand geparkt, sondern als wäre es in diese Position gerutscht. Die Warnblinker leuchteten in der Dunkelheit auf, und Dylan war verzweifelt dabei, mit seinen in Handschuhen steckenden Händen in einem Schneehaufen zu graben, der die Hinterreifen umgab. Vorsichtig trat Spencer auf die Bremse, um neben Dylans Wagen zum Stehen zu kommen, und schaltete den Motor ab.

Dylan richtete sich auf, als Spencer aus dem Auto sprang.

»Mann, bin ich froh, dich zu sehen!«

Spencer schaute in das Innere des Wagens, aber Dylan schien allein zu sein. »Dann ist er also wieder in der Kaserne?«

Statt einer Antwort sah ihn Dylan nur unsicher und überrascht an, und Spencer musste lachen. »Mach dir keine Sorgen. Millie hat uns alles erzählt. Ich glaube du brauchst keine Angst zu haben, dass wir dich verpfeifen.«

Dylan warf ihm ein verlegenes Lächeln zu. »Ich weiß. Ich bin einfach nervös – es war ein fürchterlicher Abend.«

»Klingt ganz danach.« Jasmine stand jetzt neben Spencer und begutachtete Dylans Auto. »Was ist passiert?«

»Ich bin doch tatsächlich in einen verdammten Graben gerutscht«, sagte Dylan. »Ein Vorderrad steckt fest, und jetzt versuche ich, den Schnee so zu verteilen, dass ich rückwärts rausfahren kann. Ich glaube, damit habe ich mich nur noch mehr festgefahren.«

»Und ich wette, dein Handy hat keinen Akku mehr«, riet Jasmine und zog eine Augenbraue hoch.

Dylan lächelte entschuldigend und strich sich mit der Hand das Haar aus dem Gesicht.

»Manche Dinge ändern sich wohl nie«, sagte Jasmine. »Du warst immer das Gegenteil eines Pfadfinders – vorbereitet auf absolut gar nichts.«

»Ich habe nie behauptet, perfekt zu sein«, antwortete Dylan in leicht gekränktem Ton. »Ich wette, Millie hat euch hergeschickt, nicht wahr?«

»Sie hätte halb Honeybourne losgeschickt, wenn wir sie nicht daran gehindert hätten. Ich rufe sie besser an und lasse sie wissen, dass wir dich gefunden haben.«

Jasmine ging etwas zur Seite, und während sie mit Millie redete, verschränkte Spencer zum Schutz vor der Kälte die Arme vor der Brust und überlegte, wie sie Dylans Wagen aus dem Graben kriegen sollten.

»Wenn es nicht schneien würde, könnten wir dich wahrscheinlich einfach abschleppen«, überlegte er laut.

Dylan nickte. »Wahrscheinlich. Aber dazu wäre mehr nötig als dein mickriges Auto.«

Spencer sah ihn von der Seite an. »Du weißt, dass ich hergekommen bin, um dich zu retten, aber wenn mein Auto nicht männlich genug ist, kann ich dich hier auch deinem Schicksal überlassen.«

»Das würdest du nie tun – dazu bist du viel zu nett.«

Spencer schwieg einen Moment lang. »Erzähl das mal meiner Freundin und ihren Eltern«, brummte er. »Ich kann garantieren, dass *nett* ein Wort ist, das sie im Zusammenhang mit mir im Moment nicht benutzen würden.« Von einer Sekunde auf die andere änderte sich sein Tonfall und das unbefangene Geplänkel schlug in reumütige Nachdenklichkeit um.

»Sie kennen dich eben noch nicht richtig«, sagte Dylan und klopfte Spencer auf den Rücken. »Gib der Sache Zeit.«

»Ich glaube nicht, dass ich Zeit habe, das ist ja das Problem. Nach heute Abend würde es mich nicht wundern, wenn sie auf direktem Weg mit den beiden nach Colorado zurückfliegt. Und das Schlimmste ist, irgendwie wäre es mir fast egal.«

»Was ist passiert?«

Spencer schüttelte den Kopf. »Mein typisches Pech, das ist passiert. Es spielt jetzt keine Rolle mehr.«

Jasmine kam wieder und schob ihr Handy in die Manteltasche. Sie betrachtete das Auto. »Die Karre kriegen wir auf keinen Fall da raus. Du fährst besser mit uns zurück.«

»Ich kann den Wagen nicht einfach da stehen lassen. Er blockiert die halbe Straße – jemand könnte hineinbrettern.«

»So schlimm ist es gar nicht«, wandte Jasmine ein. »Und es ist kaum jemand unterwegs. Ich bezweifle, dass Heiligabend auf diesen Straßen viel Verkehr herrscht, auch ohne den Schnee, und erst recht nicht in einem solchen Schneesturm.« Sie sah ihren Bruder an. »Hast du einen Pannenschutzbrief?«

Dylan schüttelte den Kopf. Jasmine stieß einen Seufzer aus. »Siehst du? Das Gegenteil von einem Pfadfinder.«

»Die ganze Verantwortung ist noch immer neu für mich. Sei ein bisschen nachsichtig mit mir, wenn ich nicht alles auf dem Schirm habe, woran Erwachsene denken müssen.«

»Aber du musst jetzt darüber nachdenken, ob du den Wagen hier stehen lässt. Wir können ihn bestimmt nicht von der Stelle bewegen, und ich für meinen Teil möchte es gar nicht erst versuchen. Wir haben Heiligabend, ich bin völlig durchgefroren, Rich ist inzwischen sicherlich schon total fertig, und die Kinder werden bis weit über ihre Schlafenszeit hinaus aufbleiben, weil er nicht genug Verstand hat, um dafür zu sorgen, dass sie ins Bett kommen.« Jasmine steckte die Hände in die Taschen und stampfte mit den Füßen im Schnee hin und her. »Also, ich bin dafür, nach Hause zu fahren und diesen Schlamassel morgen in Ordnung zu bringen.«

»Du willst am ersten Weihnachtstag wieder herfahren?«, fragte Dylan. »Wird es dann nicht noch schlimmer sein?«

Sie zuckte die Achseln. »Ich muss ohnehin mit den Kindern früh aufstehen, und zumindest ist es dann hell. Zudem können wir uns Hilfe holen – jemanden mit einem größeren, stärkeren Wagen.«

»Schon wieder diese Beleidigungen meines Autos!«, sagte Spencer theatralisch und in einem Ton tiefster Gekränktheit. »Im Gegensatz zu manch anderen habe ich nicht das Bedürfnis, meine Männlichkeit mithilfe meines fahrbaren Untersatzes zu demonstrieren.«

»Na gut.« Jasmine lächelte. »Dein Auto ist toll, es ist nur einfach nicht groß genug. Wir wissen alle, dass es auf die Größe nicht ankommt … aber manchmal eben doch.«

Dylan lachte. Spencer musste auch lachen, aber er fragte sich, ob Dylan es immer noch so amüsant fände, wenn er von dem Kuss von vorhin wüsste. Sollte Dylan hinter ihr kleines Geheimnis kommen, war das wahrscheinlich noch schlimmer, als wenn Rich oder Tori es herausfinden würden. Er hatte lange gebraucht, um Spencer wieder zu vertrauen, und Spencer war froh, ihn zum Freund und nicht zum Feind zu haben.

Auf der Rückfahrt nach Honeybourne herrschte eine völlig andere Atmosphäre. Die Anspannung zwischen Spencer und Jasmine wurde durch Dylans Anwesenheit gemildert, denn er neckte und beschwatzte sie und entschuldigte sich fortwährend, wobei seine Scherze sowohl an Jasmine als auch an Spencer gerichtet waren. Spencer hatte das Gefühl, dass es dafür viele Gründe gab: Dylan blödelte nicht nur auf seine bewährte Weise herum. Er kam sich wahrscheinlich ziemlich dämlich vor, weil sie ihm aus der Patsche hatten helfen müssen, und auf seine etwas unbeholfene Art versuchte er gleichzeitig, ihn aufzumuntern – er wusste die Geste zu schätzen.

Für Spencer war es eine willkommene Ablenkung, denn er fing jetzt an, sich Sorgen zu machen, wie es mit ihm und Jasmine nach diesem Abend weitergehen würde. Je länger er über den Kuss nachdachte, desto mehr trat eine neue Frage in den Vordergrund. Jasmines Verhalten war vollkommen untypisch gewesen, selbst für jemanden, der so locker war wie sie. War aus ihren Gefühlen für ihn plötzlich mehr geworden? Oder war sie einfach nur so sauer und frustriert wegen Rich gewesen, dass sie rein impulsiv reagiert und Zuflucht bei einem Mann gesucht hatte, von dem sie schon seit einer Ewigkeit wusste, dass er etwas für sie empfand und der ihr alles gegeben hätte?

Hätte, dachte Spencer, denn der Kuss war für ihn eine unerwartete Offenbarung gewesen. Genau wie im Märchen hatte der Kuss einen Bann gebrochen, und Spencer war frei. Das, was daraus mit Sicherheit nicht folgen würde, war die wahre Liebe – zumindest nicht mit Jasmine. Er konnte das hinter sich lassen und hoffte, dass sie es ebenfalls konnte und sie endlich echte Freunde sein würden, ohne den emotionalen Ballast einer unerwiderten Liebe. Jetzt musste er nur noch die Sache mit Tori in Ordnung bringen, dann konnte er seine Zukunft wieder in die richtigen Bahnen lenken. Aber er befürchtete, dass das eine echte Herausforderung werden würde.

Wieder einmal fand sich Tori in der Suite ihrer Eltern im *Dog and Hare* wieder, während Spencer irgendwo anders war. Wie kamen sie nur immer wieder an diesen Punkt? Mit einem dankbaren Nicken nahm sie den Kaffee entgegen, den ihre Mutter ihr aus der Kanne anbot, die Colleen gerade hochgebracht hatte.

»Diese Leute ...« Adrienne Dempsey verschränkte die Arme vor der Brust und presste die Lippen so fest aufeinander, dass sie sich womöglich nie wieder öffnen ließen.

»Bitte hör auf, dich zu beschweren, Mom. Ich will nicht daran denken, was heute Abend passiert ist.«

»Aber sie sind so voreingenommen!«

Tori sah sie an. Es wäre naheliegend gewesen, darauf hinzuweisen, dass sie und ihr Dad sich gar nicht so sehr von Lewis und Jenny Johns unterschieden, aber sie war einfach zu unglücklich und zu müde, um sich darum noch länger zu scheren.

»Schätzchen«, begann Mrs Dempsey, und ihr Ton wurde sanfter, »dein Vater und ich haben dich sehr lieb, und wir wollen nur dein Bestes.«

»Was hat das damit zu tun, Lewis und Jenny vor den Kopf zu stoßen?«

»Sie haben uns vor den Kopf gestoßen!«

»Mom, es hat keinen Sinn, das noch einmal durchzukauen. Morgen Früh sehe ich Spencer, und wir reden darüber. Jetzt kann ich das nicht, ich habe einfach nicht die Kraft dazu.«

»Du willst mit ihm reden? Er hat jetzt oft genug bewiesen, dass er deiner nicht würdig ist, und du willst ihm trotzdem noch eine Chance geben?«

»Er hat nichts falsch gemacht, Mom. Wir waren nur unterschiedlicher Meinung.«

»Was ist mit all den anderen Frauen?«

»Andere Frauen?« Tori zwang sich zu einem kurzen Lachen. »Mach dich nicht lächerlich. Hast du dir Ruths Tratsch angehört?«

»Wo Rauch ist, ist auch Feuer«, erwiderte Mrs Dempsey steif.

Tori blickte sie über den Rand ihrer Kaffeetasse hinweg an, bevor sie einen Schluck nahm. »Es gab nur eine Frau, und über diese Sache haben wir uns ausgesprochen. Spencer hat mir versichert, dass es keinen Grund zur Sorge gibt.«

»Und du glaubst ihm?«

»Warum sollte er lügen.«

»Dafür gäbe es eine Million Gründe.«

»Ich werde das Gefühl nicht los, dass es hier um seine Eltern geht, nicht um Spencer und mich ...«

»Unsinn!«, entgegnete Mrs Dempsey höhnisch. »Mit diesen komischen Käuzen könnte ich es jederzeit aufnehmen, wenn es sich um eine intelligente Debatte handeln würde.«

»Dass du es könntest, heißt nicht unbedingt, dass du es auch solltest«, sagte Tori, »und genau das ist das Problem.«

»Das Problem ist, dass du dein Leben für einen Mann wegwirfst, der nicht gut genug für dich ist, und es bricht mir das Herz, das mitanzusehen.«

»Du meinst, er verdient nicht genug Geld?«

Adrienne griff sich auf dramatische Weise an die Brust. »Du weißt nicht, wie tief mich deine Worte treffen. Manchmal kannst du so grausam sein, und ich weiß nicht, woher du das hast. Du liegst mir am Herzen, und deshalb bin ich in dieser Sache auch so emotional.«

»Außerdem wünschst du dir einen Mann für mich, den du den anderen Mitgliedern des Country Club präsentieren kannst, ohne dich für die fehlenden Nullen auf seinem Gehaltsscheck entschuldigen zu müssen.«

»Tori! Das nimmst du auf der Stelle zurück!«

Sie stieß einen Seufzer aus. »Tut mir leid, Mom. Ich weiß, du meinst es gut ... Ich bin einfach müde und habe Kopfschmerzen. Am liebsten würde ich schlafen gehen, damit ich nicht mehr daran denken muss. Ich möchte, dass der Weihnachtsmorgen endlich da ist und es der schöne Tag wird, auf den ich mich gefreut habe. Im Moment ist alles ein einziges Durcheinander.«

»Das muss es aber nicht sein, Schätzchen. Wir haben

immer auf dich aufgepasst, und das können wir auch weiterhin tun, wenn du uns lässt.«

Tori öffnete den Mund zu einer Antwort, aber sie wurde von ihrem Dad unterbrochen, der gerade von unten aus dem Pub kam. »Colleen und Doug gehen jetzt zu Bett. Ich habe ihnen gesagt, sie müssen sich keine Sorgen machen, wir könnten noch etwas brauchen, und dass wir es uns im Zweifelsfall selbst holen.«

»Wir zahlen also für die Unterkunft und müssen uns jetzt auch noch selbst um alles kümmern?« Adrienne stemmte die Hände in die Hüften.

»Doug sah fix und fertig aus. Sie hatten einen anstrengenden Abend, er sitzt immer noch im Rollstuhl, und heute ist Heiligabend. Gönnen wir ihnen eine Atempause, hm?«

Adrienne antwortete nicht, und er drehte sich zu Tori um. »Wie geht es deinem Kopf? Fühlst du dich besser?«

»Ja, danke, Daddy. Ein wenig.«

Adrienne schaute ihre Tochter an. »Ich bin immer noch der Meinung, dass wir das nächste Flugzeug nehmen und nach Hause fliegen sollten. Noch ist Zeit genug.«

»Ich will nicht nach Hause«, erklärte Tori. »Ich werde ihn anrufen ...«

»Bist du verrückt?«, rief Adrienne. »Das ist das Letzte, was du tun solltest!«

»Er hat mir bereits eine Nachricht geschickt, dass es ihm leidtut.«

»Eine einzige mickrige SMS – das bedeutet gar nichts. Und er sagt ständig, es tut ihm leid! Das bedeutet, dass er es immer wieder vermasselt und sich dann jedes Mal dafür entschuldigen muss, dich verletzt zu haben.«

»Aber ...«

»Du kannst doch nicht ernsthaft diesen ganzen Kummer wollen?«, beharrte Adrienne. »Komm mit uns nach Hause und überleg dir das Ganze zumindest noch mal. Wenn du mit ein wenig Abstand zwischen dir und Spencer immer noch dasselbe empfindest, dann geben wir dir unseren Segen für einen neuen Versuch.«

»Ich will nicht nach Hause fliegen«, wiederholte Tori. »Und ich würde euren Segen nie bekommen, denn sobald ich zu Hause bin, werdet ihr mich bearbeiten, das weiß ich.«

»Dich bearbeiten? Ich kann dich zu nichts zwingen, was du nicht willst, selbst wenn ich weiß, dass es das Richtige ist. Ich denke, dafür haben wir in den letzten Tagen genug Beweise gesehen.«

»Ich bezweifle, dass wir am ersten Weihnachtstag überhaupt einen Flug bekommen würden«, warf Todd ein.

»Das ist nicht hilfreich«, schoss Adrienne zurück.

»Aber es stimmt.«

»Dann London? In London gibt es doch sicher jede Menge Hotels? Wir schauen uns die Sehenswürdigkeiten an, gehen Weihnachten in einem guten Restaurant essen und sehen zu, dass wir aus diesem grässlichen Dorf wegkommen. Nach einem Kurzurlaub in London nehmen wir dann unseren geplanten Flug zurück nach Hause.«

»Mom! Ich will nicht nach London, und ich will nicht nach Hause! Alles, was ich will, ist die Sache mit Spencer klären, und ihr macht es nicht besser!«

»Wenn er es wert ist, wo ist er dann jetzt? Wir sind seit einer Stunde wieder da, und er hat nicht angerufen.«

»Aber er hat eine Nachricht geschickt ...«, begann Tori.

Adrienne unterbrach sie. »Das ist einfach – es sind nur Worte. Er ist nicht hergekommen, um dich um Verzeihung zu bitten. Was sagt dir das? Vielleicht liegt ihm gar nicht so viel an der Beziehung, wie du denkst. Vielleicht hat er bereits Trost gefunden in den Armen von ... Camilla oder wie auch immer ihr Name ist.«

»Jasmine«, korrigierte Tori sie. »Und das würde er nie tun.«

»Wo ist er dann? Vielleicht ist er nicht bei ihr, aber das ändert nichts an der Tatsache, dass er nicht bei dir ist.«

Tori biss sich auf die Unterlippe. Sie wusste nicht, warum Spencer nicht gekommen war. Es sah ihm nicht ähnlich. Vielleicht hatten sie ihn an einen Punkt getrieben, dass er nun genau wie sie zu stur war, den ersten Schritt zu tun. Aber sie vermisste ihn wahnsinnig, und für den Fall, dass er plötzlich etwas Mumm entwickelt hatte, wünschte sie sich, er würde ihn genauso schnell wieder verlieren und wieder der freundliche und verständnisvolle Typ sein, in den sie sich verliebt hatte. Bei ihren seltenen Auseinandersetzungen hatte sie nie klein beigegeben, weil sie es nie musste. Was, wenn das hier ihr letzter Streit war, der Streit, von dem sie sich nicht mehr erholen würden? Was, wenn er beschlossen hatte, sie aufzugeben? Was, wenn er Trost in Jasmines Armen gesucht hatte ...? Sie schob den letzten Gedanken beiseite. Er hatte ihr versichert, dass seine Gefühle für Jasmine der Vergangenheit angehörten, und sie wollte ihm glauben. Sie sehnte sich danach, dass er jetzt zu ihr kam, sie in die Arme schloss und ihr sagte, alles sei in Ordnung und er liebe sie, nicht Jasmine. Doch er war nicht da, und sie wusste nicht, wie sie damit umgehen sollte. Vielleicht war doch nicht alles in Ordnung. Vielleicht würde es nie wieder in Ordnung sein.

Adrienne setzte sich neben Tori, und ihr Tonfall wurde jetzt sanfter. »Du gehörst nicht hierher. Ich weiß, dass du mit Hunter nichts zu tun haben willst, und wenn das hier eine Art Rebellion dagegen ist, dann kann das aufhören. Komm mit uns zurück nach Hause, und vergiss dieses Dorf und Spencer. Wir werden dir keine weiteren Verehrer aufdrängen und abwarten, bis du ganz allein den richtigen Mann findest ... aber vertrau mir, Schätzchen, Spencer ist nicht der Richtige.«

»Und ob er das ist!«, rief Tori mit zuerst schriller, dann aber tränenerstickter Stimme. Sie hatte es ausgesprochen, warum also fühlte es sich nicht so an? Warum hatte sie das Gefühl, als würde ihre Welt gleich implodieren? Adrienne zog sie in ihre Arme. Das fühlte sich gut an – sicher und richtig. Hatten ihre Eltern nicht immer auf sie aufgepasst? Waren sie nicht die Menschen, die mehr als alle anderen ihr Bestes im Sinn hatten? Was, wenn sie in Bezug auf Spencer recht hatten und sie selbst es nur nicht sehen konnte?

ZEHN

Spencer konnte seine Mum im unteren Stockwerk lachen hören und er vernahm die tiefe Stimme seines Dads, der sie neckte. Es war seltsam, nach all den Jahren, in denen er ohne sie gelebt hatte, damit aufzuwachen, und es katapultierte ihn zurück zu den Weihnachtstagen seiner Kindheit. Heiligabend hatten sie ihn so lange wie möglich wachgehalten, um sicherzustellen, dass er am folgenden Morgen ein paar Stunden länger schlief. Die Taktik funktionierte so gut, dass sie in der Regel schon vor ihm auf waren, ganz gleich, wie aufgeregt er am Abend zuvor gewesen war und wie sehr er sich bemühte, früh aufzustehen, um seine Geschenke auszupacken. Kurz musste er lächeln, bis die niederschmetternde Erkenntnis über ihn hereinbrach, dass Tori die Nacht einmal mehr bei ihren Eltern verbracht hatte. Als sei das noch nicht schlimm genug, hatte er wegen des ganzen Dramas mit Dylan am vergangenen Abend diesmal nicht mit ihr reden können. Er nahm sein Handy vom Nachttisch. Von Tori war eine einzige Nachricht als Antwort auf seine Entschuldigung gekommen, kurz bevor er bei Millie angerufen hatte.

Wir müssen reden. Ruf mich an.

Er hatte die SMS erst in den frühen Morgenstunden gesehen, und zu dem Zeitpunkt schlief sie wahrscheinlich schon. Also hatte er es auf sich beruhen lassen, weil er es nicht wagte, sie so spät noch anzurufen, außerdem war er zu müde gewesen, um sich noch länger Sorgen zu machen. Was mochte sie davon halten, dass er nicht mehr geantwortet hatte? War sie die ganze Nacht wach gewesen und hatte über das nachgedacht, was zwischen ihnen vorgefallen war? Er verfluchte sich selbst für seine Dummheit. Warum hatte er sie nicht sofort angerufen oder war hinüber zum Pub gegangen? Er hätte die Regenrinne hinaufklettern und bei ihr einsteigen können, er hätte Himmel und Hölle in Bewegung setzen sollen, um sie zu sehen, egal zu welcher Uhrzeit. Sie bedeutete ihm mehr als alles andere, und im kühlen Licht des Tages sah er das jetzt deutlicher als je zuvor. Ohne eine Sekunde zu zögern, wählte er ihre Nummer und wartete. Der Anruf ging direkt auf die Mailbox, was bedeutete, dass sie das Handy wahrscheinlich ausgeschaltet hatte. Das war gar nicht gut. Millie hatte sie alle zum Weihnachtsessen eingeladen – plante Tori, dort aufzutauchen? Hatte sie überhaupt vor, ihn wiederzusehen, oder würden sie und ihre Eltern das erste Flugzeug zurück nach Colorado nehmen?

Er zog Jeans und ein Sweatshirt an und stürmte die Treppe hinunter, um seinen Eltern mitzuteilen, dass er in den Pub wolle, um die Situation zu klären. Als er das Wohnzimmer betrat, verstummte ihr Gelächter.

»Frohe Weihnachten«, begrüßte Jenny ihn, obwohl ihr Ton eher zurückgenommen war.

Lewis sprach weniger subtil einfach aus, was sie beide beschäftigt haben musste, als sie ihren Sohn ins Zimmer kommen sahen. »Wie fühlst du dich?«

»Du meinst, wegen gestern Nacht?«, fragte Spencer.

»Leer ... das ist das einzige Wort, womit ich es beschreiben kann. Ich fühle mich, als hätte mich jemand ausgehöhlt.«

»Ich meinte, ob du müde bist?«, sagte Lewis. »Nachdem du so spät noch Dylan abgeholt hast.«

Spencer runzelte die Stirn. »Das war nicht das größte Problem des Abends, wenn ich mich recht erinnere.«

Lewis sah seine Frau an, die ihm lediglich einen entnervten Blick zuwarf und sich dann an Spencer wandte. »Wirst du mit Tori reden?«

»Wenn ich mich gesammelt und entschieden habe, was ich ihr sagen will. Ich weiß nicht, ob ich mir mit meinem Verhalten gestern einen Gefallen getan habe, und sie wird mich wahrscheinlich nicht anhören wollen, aber versuchen muss ich es.«

»Spencer«, begann Lewis, »was es auch wert sein mag, deiner Mum und mir tut es leid. Du hast recht – unser Verhalten war daneben, und wir hätten uns mehr anstrengen sollen. Wir mussten noch nie unsere natürliche Neigung, unsere Meinung kundzutun, einschränken, und hatten es immer mit Menschen zu tun, die offen für Diskussionen waren, aber Toris Eltern ... Nun, du hast versucht, es uns zu erklären, und wir fühlen uns wirklich mies, weil wir es nicht kapiert haben. Das war egoistisch und gedankenlos und wir haben nicht bedacht, was es für dich bedeuten würde. Wenn wir es irgendwie wiedergutmachen können, werden wir das tun.«

»Das weiß ich zu schätzen, Dad. Ich bin mir nicht sicher, was ich jetzt mache, aber wenn es Tori und mir noch einmal gelingt, unsere Schwierigkeiten zu überwinden, wäre es schön, wenn ihr es schaffen könntet, euch bei den sehr seltenen Gelegenheiten, bei denen ihr mit den Dempseys zusammentrefft, zivilisiert zu verhalten.«

»Wir werden unser Bestes geben«, sagte Lewis.

»Ich weiß.« Spencer ging zu ihm, um ihn zu umarmen, bevor er auch seine Mum umarmte. »Aber zuerst muss ich mit ihr reden.«

»Sollen wir mitkommen?«, fragte Jenny.

Spencer schüttelte den Kopf. Sie mitzunehmen war wahrscheinlich das absolut Schlimmste, was er im Moment tun konnte. »Da muss ich allein durch. Ihr könnt genauso gut euren Weihnachtsmorgen genießen und euch auf das Essen nachher bei Millie vorbereiten.«

»Wird es denn trotz allem stattfinden?« Jenny runzelte die Stirn. »In Anbetracht der Ereignisse von gestern Nacht?«

Spencer lächelte schwach. »Wie ich Millie kenne, ist mehr nötig als eine lange Nacht und Familienstreitigkeiten, um sie daran zu hindern, ihre Bäckerei mit Gästen zu füllen. Ich rufe sie an, aber ich glaube keine Minute, dass sie das Essen absagen wird.«

»Sie ist wirklich reizend«, sagte Jenny.

»Ja, das ist sie«, pflichtete Spencer ihr bei und fragte sich, ob sie sich insgeheim wünschte, Millie wäre seine Verlobte, statt einer unbeholfenen Amerikanerin mit Eltern aus der Hölle.

»Soll ich dir einen Kaffee machen, bevor du gehst?«, fragte Lewis. »Du könntest auch erst anrufen, um sicherzugehen, dass sie schon auf sind, bevor du losrennst.«

Spencer nickte knapp, und sein Dad ging in die Küche. Jenny folgte ihm, vermutlich, um die Situation noch einmal unter vier Augen zu besprechen, aber was immer geredet werden mochte, Spencer hatte im Moment nicht den Kopf dafür frei. Er wählte die Nummer des *Dog and Hare*. Nachdem es so oft geklingelt hatte, dass er drauf und dran war, aufzulegen, nahm Colleen ab. Sie klang ziemlich durcheinander.

»*Dog and Hare.*«

»Colleen, hier ist Spencer. Ich wollte kurz nachfragen, ob Tori und ihre Eltern schon auf sind?«

»Das sind sie«, antwortete Colleen und wirkte dabei ganz und gar nicht glücklich. »Aber sie werden nicht mehr lange hier sein.«

»Was soll das heißen?«

»Sie haben mich in aller Herrgottsfrühe geweckt und Frühstück aufs Zimmer bestellt. Sobald sie gepackt haben, wollen sie auschecken.«

»Wo wollen sie denn hin?«, fragte Spencer mit erstickter Stimme. »Ich meine«, fügte er hinzu und versuchte, sich zu fassen, »es ist Weihnachten. Wo werden sie am ersten Weihnachtstag unterkommen?«

»Das weiß ich nicht.« Spencer hatte den Eindruck, sie hätte am liebsten hinzugefügt: *Und es interessiert mich auch nicht die Bohne.* »Sie scheinen zu wissen, was sie tun. Wer bin ich, um mit ihnen zu streiten?«

Er holte tief Luft. »Es sind also Mr und Mrs Dempsey, die Honeybourne verlassen? Nicht Tori?«

»Das kann ich dir nicht sagen«, antwortete Colleen unsicher.

Es war deutlich zu spüren, dass er sie mit seinen Fragen in eine schwierige Situation brachte, aber Spencer musste es wissen.

»Ich hatte den Eindruck, dass sie alle wegfahren. Ich habe gehört, wie sie sagten, sie würden sich ein Taxi rufen und Toris Sachen von dir zu Hause abholen, bevor sie weiterfahren.«

Spencer beendete das Telefonat und schob sein Handy in die Tasche. Er lief in den Flur und riss eine Jacke vom Garderobenständer. »Ich muss los!«, rief er. Er hörte Schritte hinter sich und dann seinen Vater nach ihm rufen, aber Spencer hatte die Haustür bereits hinter sich zugeschlagen. Was immer sein Dad zu sagen hatte, konnte nicht genauso wichtig sein, wie Tori daran zu hindern abzufahren. Er wusste jetzt, dass er sie brauchte, und was immer dazu nötig war – ob er nun ihren Eltern die Füße küssen oder den Mond vom Himmel holen musste – was auch immer sie wollte, er würde es tun, nur um ihre Liebe zurückzugewinnen. Ihm war jetzt klar, dass er die Eine, die Liebe seines Lebens, gehen ließ, und es war dumm von ihm gewesen, zuzulassen, dass all seine Zweifel und Ängste sich in Fehler verwandelten, die sie von ihm wegtrieben. Er hatte eine letzte Chance, das in Ordnung zu bringen, und diesmal durfte er es nicht vermasseln.

Als er den Gang einlegte und die Handbremse löste, drehten die Räder auf dem mittlerweile hart gewordenen Schnee durch, aber das Auto bewegte sich nicht. Erneut trat er aufs Gaspedal, diesmal mit mehr Nachdruck, und das Auto schoss nach vorn, rutschte auf dem Eis zur Seite und prallte gegen den Torpfosten.

Spencer gab wieder Gas und versuchte, Ruhe zu bewahren und sich aufs Fahren zu konzentrieren. Aber alles, woran er denken konnte, war, Tori zu erreichen, bevor sie wegfuhr, und wenn das bedeutete, einen Totalschaden zu riskieren. Noch weniger Sorgen machte er sich darüber, selbst einen Totalschaden zu erleiden. Ohne Tori war es nicht von Bedeutung, ob er die Fahrt überlebte.

Als der Wagen die Einfahrt verließ, sah er im Rückspiegel seine Mum und seinen Dad, die auf der Türschwelle standen und zusahen, wie er davonbrauste. Er schuldete auch ihnen einen schönen ersten Weihnachtstag, aber das würde warten müssen.

Es hatte aufgehört zu schneien, und der Himmel war strahlend blau, aber die Straßenverhältnisse erwiesen sich als noch schlechter als in der Nacht zuvor, und der Schnee hatte sich bei Temperaturen, die in den frühen Morgenstunden weit unter den Gefrierpunkt gesunken waren, zu Eis verwandelt. Spencer stöhnte und fluchte, weil sich das Auto einfach nicht vernünftig steuern lassen wollte. Es schlitterte über die gesamte Breite der Straße, blieb an manchen Stellen stecken, rutschte über andere und erschwerte sein Vorankommen, als ob es auch Spencer und Tori daran hindern wollte, zusammenzubleiben. Zum Glück herrschte an diesem Morgen auf den winzigen Straßen von

Honeybourne so gut wie kein Verkehr. Die meisten anderen Einwohner seines Heimatdorfes taten das, was normale Menschen am Morgen des ersten Weihnachtstages taten – sie verbrachten die Zeit mit ihren Familien in ihren warmen Häusern, öffneten vielleicht Geschenke, küssten sich unter dem Mistelzweig oder kurierten zumindest ihren wohlverdienten Kater nach einem vergnüglichen Heiligabend aus. Auf jeden Fall fuhren sie nicht auf halsbrecherische Weise ihrem Schicksal entgegen. Spencer kam es so vor, als sollte jede Chance auf eine glückliche Zukunft zunichte gemacht werden.

Dann tauchten direkt vor ihm Schafe auf der Straße auf. Es waren etwa zwölf, die benommen dastanden und sich kein bisschen um die blaue Blechkiste zu scheren schienen, die auf sie zuschlitterte. Spencer trat mit aller Kraft auf die Bremse, und der Wagen vollführte mit der Anmut einer russischen Ballerina eine Pirouette, bevor er zehn Meter entfernt, allerdings falsch herum, zum Stehen kam.

»Äste, Schnee und jetzt auch noch die blöden Schafe«, murmelte Spencer, während er den Gang einlegte und versuchte, das Auto wieder in die richtige Richtung zu manövrieren. »Welt, du glaubst, du kannst mich zum Aufgeben zwingen, aber das kannst du nicht – noch nicht.« Mit frustrierender Langsamkeit bewegte er das Auto vor und zurück und versuchte zu wenden. Wieder drehten die Reifen durch, und schwarzer Qualm drang aus der Motorhaube, während der Motor kreischte. Aber nicht einmal der Lärm und der Gestank schienen die Schafe aufzuschrecken, und als er es endlich geschafft hatte, dass der Wagen in die richtige Richtung zeigte, versperrten die Tiere ihm immer noch den Weg und starrten ihn an.

»Ihr dämlichen Biester!« Er schlug mit der Faust auf die Hupe. Die Schafe bewegten sich nicht. Er beugte sich aus dem Fenster. »Bewegt euch, ihr blöden, verdammten Viecher!«, brüllte er. Aber kein einziges Schaf zeigte auch nur die geringste Besorgnis über seinen Wutausbruch. Er sprang bei laufendem Motor aus dem Wagen und rannte auf die Schafe zu. »Haut ab!«, rief er und fuchtelte mit den Armen herum. »Geht nach Hause! Runter von der Straße!«

Die Schafe starrten ihn an, drängten sich aber weiter zusammen und sahen ganz so aus, als wollten sie eine dauerhafte Straßensperre errichten. Spencer war noch nie den Tränen so nah gewesen, und die Frustration in ihm baute sich auf wie eine kurz vor der Explosion stehende Bombe. Er hatte fast sein ganzes Leben auf dem Land verbracht und noch nie war er einer Herde so halsstarriger Verkehrsrowdys begegnet. Warum ausgerechnet heute? Er hob das Gesicht zum Himmel. »Wenn du das für einen Scherz hältst oder dich rächen willst, weil ich mich neulich abfällig über dich geäußert habe, dann ist die Nachricht jetzt bei mir angekommen. Ich werde jeden Sonntag in die Kirche kommen, selbst wenn meine Eltern mich auslachen, aber bitte sag deinen Schafen, sie sollen sich bewegen!« Er richtete den Blick wieder auf die Straße. Die Schafe starrten ihn an, aber sie regten sich nicht. Spencer stieß einen Seufzer aus.

Er stieg wieder in den Wagen, fuhr ihn so dicht er konnte an den Straßenrand und stellte den Motor ab. Autos am Straßenrand zurückzulassen, schien eine neue Angewohnheit zu sein, die sich in den letzten zwei Tagen entwickelt hatte. Wenn es so weiterging, würde bald die Hälfte der Autos von Honeybourne am Rand von Landstraßen parken. Aber es ließ sich nicht ändern. Er hatte keine Zeit zu warten, bis die Straße wieder frei war, und wenn Spencer das *Dog and Hare* rechtzeitig erreichen wollte, würde er den Rest des Weges rennen müssen.

In der Bäckerei duftete es bereits nach Armen Rittern, die Dylan für Darcie und Millie zubereitet hatte, um sich für die

Sorgen des Vorabends zu entschuldigen und um sie am Weihnachtsmorgen zu verwöhnen. Mit einem zufriedenen Lächeln schob Millie ihren leeren Teller von sich. »Meine Lehre hat dir wirklich sehr gutgetan.«

»Vielen Dank«, sagte Dylan grinsend. »Aber was ist mit meinem angeborenen Talent?«

»Ich habe gesehen, was du gegessen hast, als du noch allein gelebt hast. Wenn du irgendwelche Naturtalente hattest, hast du sie zu der Zeit zumindest nicht offenbart.«

Darcie ließ ihr Besteck fallen und hielt sich den Bauch. »Ich glaube nicht, dass ich noch ein Weihnachtsessen essen kann, jedenfalls nicht vor Silvester.«

»Ich sollte mich wohl besser um Selbiges kümmern«, sagte Millie und machte Anstalten, aufzustehen, doch Dylan hielt sie zurück.

»Noch nicht. Ich bin mir sicher, dass niemand etwas dagegen haben wird, wenn das Essen ein wenig später auf den Tisch kommt, besonders angesichts der Nacht, die wir hinter uns haben.«

»Aber wir erwarten Gäste ... sehr wählerische Gäste, wie es sich anhört.«

»Falls die beiden überhaupt auftauchen. Wenn man nach dem geht, was Spencer uns erzählt hat, werden wir vielleicht noch erheblich länger Truthahn essen als gedacht.«

Millie schwieg einen Moment lang nachdenklich. »Glaubst du, Spencer und Tori kriegen das wieder hin?«

»So wie ich ihn kenne, wird er ihr wie ein kleines Mädchen sein Herz ausschütten. Das funktioniert doch normalerweise, oder nicht?«

Millie lächelte. »Es soll schon gelegentlich vorgekommen sein, ja. Es ist auf jeden Fall besser als die Höhlenmann-Methode, also denk nicht mal daran, bei unserer nächsten Auseinandersetzung den Burschen aus dem 19. Jahrhundert zu spielen, oder ich werde gezwungen sein, dir mit der Bratpfanne eins überzuziehen.«

Dylans Grinsen wurde breiter. »Ist vermerkt! Aber mach dir keine Sorgen um Spencer und Tori. Sie knutschen sich wahrscheinlich gerade die Münder wund.«

»Nicht wenn ihre Eltern in der Nähe sind.«

»Hm ... die beiden sind ganz schön anstrengend, was?«, pflichtete Dylan ihr bei. »Aber das Seltsame ist, dass ich irgendwie verstehe, worum es ihnen geht.«

Millie zog die Augenbrauen zu einer stummen Frage in die Höhe.

»Na ja«, fuhr Dylan fort, »jetzt, wo wir Oscar haben, will ich, dass alles in seinem Leben perfekt für ihn ist, und er bei allem, was er tut, glücklich ist – das gehört dazu, wenn man ein Kind hat, oder? Wenn sie also das Gefühl haben, dass Tori in irgendeinem Bereich ihres Lebens Kompromisse schließen muss – wie zum Beispiel nach Honeybourne umzuziehen, obwohl sie das vielleicht gar nicht will – oder wenn sie das starke Gefühl haben, Spencer sei nicht der Richtige für sie, oder wenn es irgendeinen anderen Grund gibt, der uns seltsam vorkommen mag, für sie aber Sinn macht ... Ich will damit nur sagen, wenn ich an ihrer Stelle wäre, würde ich vielleicht auch Stress machen, eben weil ich wollte, dass mein Sohn oder meine Tochter die richtigen Entscheidungen im Leben trifft.«

»Sie könnten einen viel schlechteren Schwiegersohn in Spe haben als Spencer«, wandte Millie ein.

»Wir wissen das, aber sie kennen ihn doch gar nicht richtig.«

Darcie sah und hörte zu, wie es zwischen den beiden hin und her ging. Spencer tat ihr wirklich leid. Sie wusste nicht viel über ihn, aber sie erkannte in ihm eine verwandte Seele, die die Welt ein wenig so sah wie sie selbst. Und sie bewunderte die Güte und Bescheidenheit in ihm, dass er alles für seine Mitmenschen gab, andere stets an die erste Stelle setzte. Sie wusste, wie es war, wenn einem das Leben die Dinge vorenthielt, die man sich wünschte, wenn man glaubte, sie vielleicht doch noch zu bekommen, und eine Laune des Schicksals sie einem dann unter der Nase wegriss. Sie hatte nie für das gekämpft, was sie wollte, und es jedes Mal bereut. Aber als sie jetzt zu Dylan hinübersah, verstand sie auch, dass es Dinge gab, die man loslassen musste. Und als Millie in der vergangenen Nacht auf und ab gegangen und fast verrückt geworden war vor Sorge um den ausbleibenden Dylan, hatte sie auch das endlich kapiert: Es war an der Zeit, ihre dummen Gefühle für ihn ein für alle Mal hinter sich zu lassen.

Millie stand auf, um den Tisch abzuräumen, und Darcies Gedanken wanderten zurück zu Spencer. Sie fragte sich, ob es sich für ihn lohnte, seinen Kampf bis zum bitteren Ende auszufechten, oder ob es eine Schlacht war, die er aufgeben musste, wenn er nicht darin zugrunde gehen wollte. Wie auch immer die Sache für ihn ausging, sie hoffte, dass er sein Happy End bekommen würde.

Darcie half Millie beim Einräumen der Spülmaschine, und als Millie die Tür zuklappte und zum Kühlschrank ging, um die Berge von Gemüse herauszuholen, die sie fürs Abendessen brauchen würden, streckte Dylan den Kopf durch die Küchentür.

»Mein Gott! Was macht ihr da?«, fragte er in gespieltem Entsetzen.

Millie drehte sich zu ihm um. »Was denn?«

»Erst die Geschenke!«

Er verschwand wieder aus der Tür, und Millie lächelte Darcie an. »Dylan wird Stunden brauchen, um alle Geschenke für Oscar zu öffnen, denn das meint er in Wirklichkeit, wenn er von Geschenken spricht. Er brennt schon die ganze Woche darauf, sie auszupacken!«

»Wahrscheinlich wird er den Rest des Tages damit spielen«, stimmte Darcie ihr zu, und Millie kicherte.

»Du kennst dieses große Kind schon so gut. Vor einigen Jahren wäre so ein Mann noch der absolute Albtraum für mich gewesen, aber bei Dylan ist es seltsam süß.«

Darcie lächelte. »Du liebst ihn wirklich, nicht wahr?«

»Mehr als mein Leben. Und ich hätte das wirklich nie erwartet, jedenfalls zu Anfang. Das ist wohl das Komische an der Liebe: Manchmal schleicht sie sich an einen an, manchmal springt sie einem entgegen und erschreckt einen fast zu Tode, aber meistens ist man total unvorbereitet. Ich kam nach Honeybourne, um ein ruhiges Leben zu führen, und sieh dir an, was ich gekriegt habe ...«

»Aber es ist ein gutes Leben, oder?«, fragte Darcie. »In Honeybourne, meine ich. Es ist ein guter Ort zum Leben.«

Millie warf ihr einen neugierigen Blick zu. »Wie siehst du das? Du hast mir nie wirklich verraten, ob es dir hier gefällt oder nicht.«

»Es ist schön hier«, antwortete Darcie vorsichtig.

»Aber manchmal fühlst du dich einsam, weil alle sich zu kennen scheinen, während du etwas außen vor bist?«

Darcie nickte.

»Das kann ich verstehen«, sagte Millie. »Wenn du nach Weihnachten immer noch nach Hause zurückwillst, hast du mein volles Verständnis. Aber vielleicht solltest du dem Dorf noch eine Chance geben, und ich sage das nicht nur, weil ich mich über deine Hilfe freue ... obwohl das natürlich zutrifft.«

»Ich glaube, das werde ich«, sagte Darcie, und sie musste wieder an Tariq denken. In den letzten zwölf Stunden waren ihre Gedanken sehr häufig in seine Richtung gewandert, was extreme Schuldgefühle in ihr wachrief, wenn sie an Nathan dachte und an ihre Abmachung, sich wiederzusehen. Sie mochte Nathan und wollte ihm nicht wehtun, aber sie sehnte sich danach, Tariq wiederzusehen. Millie hatte Darcies

Einsamkeit erwähnt, doch Darcie fragte sich jetzt, ob es nicht vielleicht einfacher war, einsam zu sein, als so eine schwierige Entscheidung fällen zu müssen. Und die setzte voraus, dass Tariq überhaupt dasselbe für sie empfand wie sie für ihn.

Er hatte den Anschein erweckt, als würde er die richtigen Signale aussenden, aber sie war noch nie sehr gut darin gewesen, solche Zeichen zu deuten, also gab es keine Garantie, dass das, was sie glaubte in ihm gesehen zu haben, überhaupt vorhanden war. Aber vielleicht lohnte es sich, noch ein wenig zu bleiben, um zu sehen, was das Leben in Honeybourne ihr sonst noch zu bieten hatte.

Millie umarmte sie. »Ich bin so froh. Ich habe dich schrecklich gern hier, und du kannst im Anbau wohnen, so lange du willst. Wir haben große Pläne für den Sommer, und wenn du dann immer noch hier bist, möchte ich dir die Verantwortung für einige davon übertragen. Wie hört sich das an?«

Darcie blinzelte. »Die Verantwortung?«

»Ja.« Millie nickte. »Ein richtiger Job mit einem Gehalt, und du würdest mit mir zusammen geschäftliche Entscheidungen treffen. Bist du bereit für so eine Herausforderung?«

»Das würdest du mir zutrauen?«

»Aber natürlich!« Millie lachte. »Wir beide haben dich sehr lieb und finden, dass du viel mehr Geschäftssinn hast, als du zugibst. Du wirst das fantastisch machen – wart's nur ab!«

Darcie konnte sich das Grinsen nicht verkneifen, das sich auf ihrem Gesicht ausbreitete. »Ich werde mein Bestes geben!«, rief sie und schlang die Arme um Millie. Es überraschte sie total, dass Millie ihr so viel Vertrauen entgegenbrachte, aber es war eine wunderschöne Überraschung und bedeutete ihr viel. Zusammen mit dem Auftauchen von Tariq und dem Versprechen auf das, was geschehen könnte, fühlte es sich wie der Beginn von etwas Gutem an. Es waren hervorragende Gründe, um in Honeybourne zu bleiben.

Dylans Stimme schallte aus dem Wohnzimmer. »Ladies!

Kommt schon, die Geschenke packen sich nicht von selbst aus, und Oscar ist jetzt wach, es ist also ein Wettrennen gegen die Zeit!«

Millie hakte Darcie unter. »Wir gehen besser rüber und erlösen ihn von seinem Elend.«

Trotz Millies ständigen Erinnerungen, sie müsse anfangen, das Abendessen vorzubereiten, wenn sie alles rechtzeitig fertig haben wollten, gelang es Dylan, sie dazu zu überreden, das Auspacken von Oscars riesigem Geschenkehaufen abzuwarten. Dann war Darcie an der Reihe, ihre wenigen Geschenke auszupacken. Es gab welche von Millie und Dylan, außerdem noch einige, die ihre Eltern von zu Hause geschickt hatten, und überraschenderweise eine Schachtel mit sehr leckeren Pralinen von Colleen und Doug, die ihr auf diesem Wege für ihre Hilfe im Dog and Hare nach Dougs Sturz dankten. Dann überreichte sie Millie und Dylan die Geschenke, die sie ihnen besorgt hatte. Millie freute sich sehr über das Aromatherapie-Set, und Dylan nicht minder über sein Rasierwasser, obwohl Darcie wünschte, ihr wäre etwas Originelleres eingefallen, aber es war ihr auch so schon schwergefallen, etwas auszusuchen. Dylan packte anschließend verschiedene Geschenke von Millie, Jasmine und Rich und Spencer aus. Auch für ihn war ein Geschenk von Colleen und Doug dabei und eins von Ruth Evans: etwas verstörende Boxershorts mit Leopardenmuster.

»Sie ist immer noch schlimm in dich verknallt«, sagte Millie mit einem Kichern.

»Ich wünschte, sie würde das ablegen«, antwortete Dylan mit einer Grimasse, während er die Shorts zur Begutachtung hochhielt.

Bevor Millie ihre Geschenke ausgehändigt werden konnten, stand sie von ihrem Platz neben dem Baum auf und übergab Oscar an Dylan. »Ich muss jetzt wirklich weitermachen. Meine Geschenke können bis nach dem Essen warten.«

Dylan machte ein langes Gesicht. »Du willst sie nicht sofort aufmachen?«

Millie lachte und küsste ihn. »Sie laufen ja nicht weg. Ich werde sie sicherlich besser zu würdigen wissen, wenn ich mir keine Sorgen mache, dass mir die Zeit davonläuft.«

»Aber ich wollte sehen, wie du meine Geschenke für dich auspackst.«

»Und das wirst du auch – später. Jetzt muss ich anfangen, das Gemüse vorzubereiten, und ich kann den Truthahn schlecht servieren, solang er noch kollert.«

Dylan nahm Oscar von ihr entgegen. Er sah aus wie ein Luftballon, aus dem die Luft herausgelassen worden war.

»Schmoll nicht«, sagte Millie. »Es ist Weihnachten.«

»Deshalb wollte ich ja, dass du deine Geschenke auspackst.«

Millie lächelte. »Es ist noch für eine ganze Weile Weihnachten. Ich werde die Geschenke schon nicht vergessen.«

»Vielleicht könnte ich schon mal anfangen zu kochen?«, schaltete Darcie sich ein. »Dann kannst du deine Geschenke auspacken.«

Millie schüttelte den Kopf. »Das hier sollte dein freier Tag sein.«

»Aber ich möchte helfen. Ich werde schließlich auch beim Essen dabei sein.«

Millie tat, als wäre sie schockiert. »Erwartest du etwa von uns, dass wir dir etwas von unserem Essen abgeben? Ich hatte eigentlich einen Termin in der Suppenküche für dich ausgemacht.«

Darcie kicherte, aber Dylan lachte nicht, sondern saß nur gleichermaßen niedergeschlagen wie beleidigt da.

»Warum spielst du nicht eine Weile mit Oscars Legosteinen«, sagte Millie vollkommen ungerührt. »Wir wissen ohnehin alle, dass du sie für dich selbst und nicht für unseren zwei Monate alten Sohn gekauft hast. Er ist vielleicht ein Wunderkind, aber nicht einmal er kann schon den Todesstern zusammenbauen. Bis du etwas gebaut hast, habe ich den Truthahn im Ofen, und dann komme ich wieder und packe meine Geschenke aus. Wie klingt das?«

Dylan nickte missmutig, und als Millie in die Küche ging und das Radio anschaltete, konnte man Millies Lachen sogar noch über die Klänge von »Merry Christmas Everybody« hinweg hören. Darcie folgte ihr, entschlossen zu helfen, ganz gleich, was Millie sagte.

Spencer hielt sich die Seite. Er war noch nie einen Marathon gelaufen, aber im Moment hatte er eine ziemlich gute Vorstellung davon, wie sich das anfühlen würde. Seine Lungen schienen beim Atmen keinen Sauerstoff aufzunehmen, und die Luft, die er einsog, war so kalt, dass sein Kopf sich anfühlte, als würde er einfrieren und bersten. Als Tori ihn in Boulder genervt hatte, mit ihr joggen zu gehen, hatte er gelacht, auf seinen flachen Bauch geklopft und gesagt, er habe das nicht nötig. Vielleicht hätte er doch mitlaufen sollen. Unter anderen Umständen, und wenn sie bei ihm gewesen wäre, hätte sie jetzt gelacht und ihn an seine Überheblichkeit erinnert und dass er jetzt sehen würde, was er davon habe. Aber sie war nicht bei ihm, und darum musste er weiterrennen, ganz gleich, wie übel ihm dabei wurde, wie oft er auf dem Eis ausrutschte oder wie sehr ihm der Schweiß von der Stirn lief. Er musste sie erreichen, bevor sie abreiste – es war vielleicht seine letzte Chance, ihr zu sagen, wie sehr er sie liebte, wie sehr er sie in seinem Leben brauchte.

Endlich kam das *Dog and Hare* in Sicht. Ein Van stand davor, und Tori und ihre Eltern waren dabei, den Fahrer zu instruieren, der gerade die zahlreichen Gepäckstücke in den Kofferraum wuchtete. In seinem Mundwinkel hing eine Zigarette, und er sah aus, als hätte man ihn aus dem Bett geholt und ihm keine Gelegenheit gegeben, sich zu rasieren oder zu waschen. Was wahrscheinlich zutraf, überlegte Spencer, wenn die Dempseys involviert waren. Er fragte sich, wie sie den Taxifahrer überredet hatten, sie am ersten Weihnachtstag irgendwohin zu kutschieren, und wie viel sie das wohl kosten würde, aber es war eine flüchtige Überlegung, über die er sich jetzt keine weiteren Gedanken machen konnte.

Toris Kopf schnellte herum, als sie ihren Namen hörte. Im selben Moment, als sie Spencer auf sich zulaufen sah, merkte auch ihr Dad auf.

»Ich hoffe, Sie sind nicht hier, um Ärger zu machen«, sagte er und kam auf Spencer zu.

»Ich ... will ... nur mit Tori reden«, keuchte Spencer.

»Was machst du hier?«, fragte Tori kalt.

»Ich bin gekommen, um dich davon abzuhalten ...«

»Um mich wovon abzuhalten?«

»Abzufahren.«

Sie stutzte. »Wer hat dir gesagt, dass ich wegfahre?«

Spencer schüttelte den Kopf. »Egal. Das tust du, nicht wahr?«

»Ich weiß es noch nicht.«

Er wischte sich mit einer Hand über die Stirn, und ihm wurde plötzlich bewusst, wie verschwitzt er war. »Können wir darüber reden?«

»Ich fahre nach London.«

»Jetzt?«

Sie nickte.

»Aber du hast doch gesagt, du weißt es noch nicht!«

»Ich helfe meinen Eltern, sich eine Unterkunft zu suchen.«

Spencer sah Mr Dempsey an und dann wieder Tori. Er senkte die Stimme. »Schaffen sie das nicht ohne dich?«

»Ich will mitfahren. Ich brauche Zeit, um einen klaren Kopf zu kriegen.«

»Dann kommst du also zurück? Du wirst nicht zu mir fahren, um deine Sachen zu holen?«

Tori kaute auf ihrer Unterlippe. »Das hatte ich vor. Nur für den Fall ...«

»Also hatte Colleen recht! Du willst weg! Warum sagst du mir das nicht gleich?«

»Weil ich mich darüber nicht auf der Straße und vor meinen Eltern mit dir unterhalten wollte!«, schoss Tori zurück. »Weil ich wusste, dass wir darüber würden reden müssen, wenn ich dir die Wahrheit sage, und damit kann ich im Moment einfach nicht umgehen!«

Spencer sah sie unglücklich an. »Ich will nicht, dass du fährst.«

»Das weiß ich.«

»Ich liebe dich.«

»Das weiß ich ebenfalls. Aber es ist zu spät. Wenn du mich wirklich lieben würdest, wärst du gestern Abend zu mir gekommen, aber das hast du nicht getan.«

»Ich konnte nicht, da ist eine Sache passiert und Dylan ...«

»Ich will es nicht hören«, fiel Tori ihm ins Wort. »Du hast nicht einmal auf meine Nachricht reagiert. Es ist mir egal, welche Ausrede du dir zurechtgelegt hast. Du hättest zu mir kommen sollen, und du hast es nicht getan.«

Die Heckklappe des Vans schlug zu, und Mr Dempsey berührte Tori am Arm. »Wir müssen jetzt fahren.«

»Nein!«, rief Spencer. »Du darfst nicht fahren! Gib mir nur fünf Minuten ... Das zumindest ist dir unsere Beziehung doch wohl wert, oder nicht?«

»Es tut mir leid.«

»Aber ...« Spencer überlegte fieberhaft. »Du musst doch noch zu mir nach Hause und deine Sachen holen, nicht wahr? Kann ich dann nicht mit euch im Taxi hinfahren, und wir reden?«

»Ich halte das für keine gute Idee. Sind deine Eltern zu Hause?«

»Ja, aber ...«

»Wenn sie mich reinlassen, werde ich meine Sachen holen.«

»Aber ich liebe dich!«

Tori drehte sich zu dem wartenden Taxi um. Mrs Dempsey beobachtete durch das Fenster, wie Spencer ihr folgte.

»Tori, bitte!«

»Ich ruf dich an. Es ist besser, wir reden darüber, wenn wir beide etwas Zeit hatten, uns zu beruhigen.«

»Ich *bin* ruhig!«, beharrte Spencer, und seine lauter werdende Stimme stand im Widerspruch zu seinen Worten. Tori stieg in das Taxi und schlug die Tür zu. Spencer hämmerte gegen die Scheibe. »Warum machst du das?«

Sie sah starr geradeaus, als versuche sie die Tränen zurückzuhalten, aber sie antwortete nicht und sah ihn auch nicht noch einmal an.

»Warum tust du das?«, wiederholte er mit leiser Stimme, während das Taxi davonfuhr. »Ich liebe dich doch ...«

Als Tori nur noch ein kleiner Fleck in der Ferne war, sackte Spencer auf der Vordertreppe des *Dog and Hare* in sich zusammen und verbarg das Gesicht in den Händen. Er hatte sie wirklich verloren. *Frohe Weihnachten, Spencer. Willkommen im Rest deines Lebens.*

Als sich eine Hand sanft auf seine Schulter legte, drehte er sich um.

»Es tut mir leid«, murmelte Colleen. Sie schenkte ihm ein mitfühlendes Lächeln.

»Ich war ein Idiot«, sagte er dumpf. »Ich habe zugelassen, dass dumme Dinge uns in die Quere kommen, während ich um sie hätte kämpfen müssen.«

»Du hast zugelassen, dass dir dein Mitgefühl in die Quere gekommen ist. Du hast schon immer versucht, mit dem Glück aller zu jonglieren, aber manchmal muss man ein oder zwei Bälle fallen lassen, und das ist etwas, das ich dich in all den Jahren, die ich dich kenne, nie habe tun sehen. Es macht dich nicht zu einem schlechten Menschen, dass du alle glücklich machen willst. Sie kann es im Moment nur nicht erkennen. Wenn du mich fragst, weiß sie nicht, was sie wegwirft, aber ich denke, es wird ihr klar werden, und dann kommt sie zurück.«

»Danke, dass du versuchst, mich aufzumuntern, aber das ist vergebene Liebesmüh. Heute ist der erste Weihnachtstag, Colleen. Du solltest im Haus sein und den Tag mit Doug genießen, jetzt, wo du die Dempseys los bist, und dich nicht mit einem Versager wie mir abgeben.« Mühsam erhob er sich von der Treppe und klopfte sich den Schnee von der Hose. »Ich kann genauso gut nach Hause gehen.«

»Komm doch für fünf Minuten mit rein. Du siehst erschöpft aus, und ich wette, mit einem Brandy im Bauch fühlst du dich besser.«

»Mir geht's gut ...« Spencer wollte das Angebot ablehnen, aber Colleen ließ es nicht zu.

»Nur einen. Doug wird sich freuen, dich zu sehen.«

Spencer war sich ziemlich sicher, dass es Doug völlig einerlei sein würde, aber es schien Colleen wichtig zu sein, also nickte er knapp. Er würde ohnehin nicht vor Tori beim Haus ankommen, und selbst wenn, ließe sie sich nicht von ihrem Entschluss abbringen, mit ihren Eltern nach London zu fahren.

»Ich weiß nicht, wo um alles in der Welt sie glauben unterkommen zu können«, fügte Colleen hinzu, während Spencer ihr in den Schankraum folgte. »Man kann doch am ersten Weihnachtstag nicht einfach in ein Hotel spazieren und ein Zimmer verlangen.«

»Ich wette, sie kriegen das hin«, antwortete Spencer, und die Verbitterung in seiner Stimme war nicht zu überhören. Es war ihm in diesem Moment völlig egal, dass er wie ein bockiges

Kind klang. »Wer kann ihnen bei *den* finsteren Gesichtern schon etwas abschlagen?«

»Und ich wette, das Taxi kostet ein Vermögen«, fuhr Colleen fort. »Was hat sie bloß so aufgebracht?«

»Ich möchte eigentlich nicht darüber reden«, sagte Spencer. »Tut mir leid, aber ich versuche selbst immer noch, mir einen Reim auf das Ganze zu machen.«

»Das verstehe ich. Lass mich dir erst mal einen Brandy einschenken, und du setzt dich fünf Minuten hin, bevor du zurück nach Hause gehst – nur um dich etwas zu sammeln.«

Doug saß in seinem Rollstuhl im Schankraum. Er sah aus, als genieße er sein erstes alkoholisches Getränk des Tages. Spencer vermutete, dass das am Weihnachtsmorgen für einen Gastwirt dazugehörte – wenn sie zur Mittagszeit den Pub öffneten, würden sie sicherlich nicht mehr viel Gelegenheit haben, sich einen Drink zu genehmigen.

»Da ist er ja«, sagte Doug und nickte Spencer zu. »Armer Teufel. Wenn du mich fragst, kannst du froh sein, dass du die Leute los bist.«

»Doug!«, tadelte Colleen ihn. »Er ist untröstlich!«

»Oh, ich meine nicht das Mädel – das ist großartig. Aber die Eltern ... Ich dachte immer, Amis wären so freundlich.«

»Und Engländer sind angeblich vernünftig, aber davon sehe ich bei dir nicht viel«, versetzte Colleen und reichte Spencer ein Glas.

»Ist schon gut.« Spencer nahm an Dougs Tisch Platz. »Es tut mir leid, dass ihr zwei euch um sie kümmern musstet. Ich hätte nie vorgeschlagen, dass sie hier absteigen, wenn ich gewusst hätte, wie sie drauf sind.«

»Ist nicht deine Schuld. Ein zahlender Gast ist ein zahlender Gast, und man muss Einnahmen nehmen, wie sie kommen«, sagte Doug weise. »Wir hätten sie so oder so untergebracht. Aber ich kann nicht behaupten, dass ich sie jetzt, wo sie weg sind, vermissen werde.«

Spencer kippte seinen Brandy in einem Zug hinunter. Er trank in der Regel keinen Schnaps und spürte, wie er ihm direkt in den Kopf stieg. Aber der Brandy hatte auch eine angenehm wärmende Wirkung. Ihm war gar nicht bewusst gewesen, wie kalt ihm geworden war, als er draußen auf der Treppe gesessen hatte und der Schweiß auf seiner Haut gefroren war.

»Möchtest du noch einen?«, fragte Doug und zog eine Augenbraue hoch.

Spencer schüttelte den Kopf, aber Colleen nahm ihm sein Glas ab und füllte es trotzdem noch einmal, bevor sie es wieder vor ihn hinstellte. Spencer griff nach dem Glas und kippte auch diesen Drink in einem Zug hinunter. Dann holte er sein Handy aus der Tasche und entsperrte es. Sein Dad und auch Dylan hatten versucht, ihn anzurufen, aber von Tori war weder ein Anruf noch eine SMS gekommen. Ganz leise hatte er gehofft, dass sie ihre Meinung ändern würde und ihm vielleicht schrieb, sie würde das Taxi wenden lassen, aber tief im Innern wusste er, dass das eine törichte, vergebliche Hoffnung war. Selbst wenn sie es in Erwägung gezogen hätte, hätten ihre Eltern dafür gesorgt, es zu verhindern. Gott, wie er die beiden hasste – fast so sehr, wie er ihre Tochter liebte. Seine Position war absolut lächerlich und so furchtbar ungerecht. Vorher war alles zwischen ihnen in Ordnung gewesen, und dann waren ihre blöden Eltern auf der Bildfläche erschienen und hatten alles kaputt gemacht. Sie hatten ihn von Anfang an nicht gemocht und alles darangesetzt, ihre Beziehung zu zerstören. Und jetzt sah es so aus, als wäre ihnen das tatsächlich gelungen.

»Ich muss nur schnell nach dem Truthahn sehen«, sagte Colleen und tätschelte Spencer tröstend die Schulter. Spencer nickte und spielte mit seinem Glas, während sie ihn mit Doug allein ließ.

»Ich würde dir ja noch einen eingießen, aber ich bin ein bisschen außer Gefecht gesetzt«, sagte Doug. Spencer schaute auf und konnte sich ein schwaches Lächeln nicht verkneifen.

»Du musst mich entschuldigen. Ich suhle mich in Selbstmitleid, während du viel größere Probleme hast. Ich sollte dankbar dafür sein, dass all meine Gliedmaßen noch funktionieren.«

»Und du hast die Jugend auf deiner Seite«, sagte Doug mit einem Grinsen.

»Ich weiß, dass ich kein Bein oder keinen Arm verloren habe oder so, aber es fühlt sich an, als hätte ich etwas verloren ... etwas, das ich nicht benennen kann, als gäbe es da ein riesiges, klaffendes Loch in mir.« Spencer schüttelte den Kopf. »Wenn man mir zuhört, muss man mich für einen Idioten halten. Du willst das alles sicher gar nicht wissen.«

»Ich bin vielleicht nicht mehr der Jüngste und sitze im Rollstuhl, aber das heißt nicht, dass ich kein Mitgefühl für dich aufbringen kann.« Er deutete mit dem Kopf in Richtung Theke. »Gieß dir noch ein Glas ein, und bring mir auch eins mit, wenn du schon dabei bist.« Er tippte sich an die Nase. »Geht aufs Haus – wir werden Colleen nichts davon erzählen.«

Spencer konnte sich nicht dazu aufraffen, zu protestieren. Ein bisschen Betäubung war vielleicht genau das Richtige für ihn in diesem Moment. Er ging zur Theke und goss sich und Doug etwas aus der Flasche mit dem Dosieraufsatz ein, ehe er mit beiden Gläsern an den Tisch zurückkam.

»Letztes Jahr hätten Colleen und ich uns fast getrennt.« Doug hielt sein Glas mit einem zufriedenen Gesichtsausdruck gegen das Licht, bevor er einen Schluck nahm.

»Ach wirklich? Was ist passiert?«

»Na ja, wir haben es geklärt, nicht wahr?«

Spencer blinzelte. Er wartete auf mehr, auf eine Begründung, aber es kam nichts. Also kippte er stattdessen seinen Brandy hinunter und verzog das Gesicht.

»Ihr werdet das auch hinkriegen«, versicherte Doug ihm und sah ihm fest in die Augen.

»Ich wünschte, ich könnte mir da so sicher sein. Was denkst du, soll ich jetzt tun?«

Doug rutschte in seinem Rollstuhl nach vorn. »Keinen Schimmer.«

Spencer sah ihn an. *Toller Rat, Doug.* Aber er musste die Gelassenheit bewundern, mit der der Wirt des *Dog and Hare* Lebensprobleme betrachtete. Für ihn war die Beinahe-Trennung von Colleen fast das Gleiche, wie mit zwei gebrochenen Beinen im Rollstuhl zu sitzen – etwas, das wieder gut werden würde, wenn es so sein sollte, und worüber sich Sorgen zu machen, sinnlos war. Spencer wünschte, ein wenig von dieser Gelassenheit würde auch auf ihn abfärben.

Colleen kam aus der Küche zurück und wischte sich die Hände an ihrer Schürze ab. »Ich wette, du könntest jetzt noch einen vertragen«, sagte sie zu Spencer und betrachtete mit einem leichten Stirnrunzeln das leere Glas vor Doug, bevor sie nach Spencers Glas griff. »Wenn du dann ein offenes Ohr brauchst, kannst du mir alles erzählen.« Sie wollte gerade zur Theke zurückkehren, als es an der Eingangstür des Pubs klopfte. Spencer riss den Kopf herum, während Colleen durch den Raum eilte, um die Tür zu öffnen. Aber ihm stand eine Enttäuschung bevor, denn es war nicht Tori, sondern seine Mum und sein Dad, die vor der Tür standen. Colleen ließ sie herein, und sie kamen an den Tisch gestürmt.

»Was zum Teufel ist passiert?«, fragte Jenny. »Dein Auto stand verlassen am Straßenrand, von dir selbst keine Spur, und du bist nicht an dein Handy gegangen! Wir waren ganz krank vor Sorge, und jetzt entdecken wir dich hier, wie du dich betrinkst, ohne einen Gedanken daran, irgendjemanden wissen zu lassen, dass es dir gut geht! Wir dachten schon ...«

Spencer sah, dass sie geweint hatte, und wieder brach ihm fast das Herz. »Gott, Mum, reg dich doch bitte nicht so auf.«

Jenny ließ sich auf einen Stuhl fallen. »Ich dachte, du hättest eine Dummheit begangen, ich dachte ...«

Spencer ergriff ihre Hand. »Es tut mir leid. Du hast recht, das war egoistisch von mir. Aber ich wollte doch Tori erreichen, bevor sie abreist, und als ich dann hier war, hat sie mir nicht erlaubt, irgendetwas zu erklären.«

Jenny nickte ruckartig. »Hör gar nicht auf mich. Ich bin so dumm. Ich sollte mich bei dir entschuldigen, nicht andersherum.«

»Es ist nicht deine Schuld, dass alles schiefgegangen ist.«

»Aber ich fühle mich verantwortlich.«

Spencer zögerte. Er wollte die nächste Frage nicht stellen, denn wenn er sie laut aussprach, würde er vielleicht eine Antwort bekommen, die er nicht hören wollte. Aber er musste es tun. »Dann war sie also da, um ihre Sachen zu holen?«

Lewis nickte. »Und sie wollte keine Vernunft annehmen. Oder vielmehr wollte ihre starrsinnige alte Kuh von Mutter das nicht.«

»Wir haben versucht, uns zu entschuldigen, ihnen zu sagen, dass es nicht deine Schuld ist, und wir wollten ihnen klarmachen, wie falsch es ist, dich und Tori auseinanderbringen zu wollen, aber ...« Jenny brauchte ihren Satz nicht zu beenden. Spencer wusste auch so ganz genau, wie dieses Gespräch verlaufen war.

»Deine Mum nimmt es sehr mit«, sagte Lewis. »Wir fühlen uns beide verantwortlich.«

»Das solltet ihr auch!« Alle schauten auf und sahen Ruth Evans in der Tür stehen. »Die Tür war nicht abgeschlossen«, fügte sie wie zur Entschuldigung für ihren Ausbruch hinzu. »Ich dachte mir, dass heute vielleicht früher geöffnet wird.«

»Typisch für Sie, dort aufzukreuzen, wo Sie nicht gebraucht werden«, sagte Jenny leise.

»Ich gehe davon aus, dass deine Freundin nach Hause gefahren ist und dich hat sitzen lassen?«, fragte Ruth und sah Spencer an.

»Das wissen Sie doch schon«, antwortete Jenny für ihn.

»Ihnen entgeht schließlich nichts von dem, was in diesem Dorf passiert, warum also fragen Sie überhaupt. Es würde mich nicht überraschen zu hören, dass Sie die Wohnzimmer aller Dorfbewohner verwanzt und in ihren Schlafzimmern Überwachungskameras installiert haben.«

»Man braucht nur ein bisschen gewitzt sein, dann erfährt man schon genug«, sagte Ruth hochmütig. »Ich habe ja schon so einiges hinter mir und glaube, genug über das Leben zu wissen, um ein paar freundliche Ratschläge geben zu können.«

»Dann schießen Sie mal los«, forderte Jenny sie auf und verschränkte die Arme vor der Brust. »Lassen Sie uns die Weisheiten von Ruth Evans hören. Das dürfte unterhaltsam werden.«

»Mum«, sagte Spencer, »lass das.«

»Er hat recht«, sprach Ruth unbeirrt weiter. »Wie ich es sehe, haben Sie es dem armen Spencer nicht leichter gemacht als Toris Eltern.«

»Das wissen wir selbst.«

»Und warum haben Sie dann nicht damit aufgehört? Sie müssen in dem Moment schon gewusst haben, dass Sie Schwierigkeiten provozieren.«

»Glauben Sie wirklich, wir hätten das alles absichtlich herbeigeführt?«, fragte Lewis.

»Sagen Sie es mir«, konterte Ruth. »Mir scheint, dass Sie die beiden genauso gern auseinanderbringen wollten wie ihre Eltern.«

»Das ist doch lächerlich«, protestierte Jenny.

»Nicht aus meiner Sicht.«

»Ruth«, schaltete Doug sich in das Gespräch ein, »wenn du nur hergekommen bist, um Leute zu beleidigen, dann kannst du gleich wieder gehen. Tatsächlich haben wir noch nicht geöffnet, also kannst du so oder so verschwinden.«

»All das Geld, das ich euch im Laufe der Jahre in den

Rachen geworfen habe!«, kreischte Ruth. »Und ich habe hinter der Theke ausgeholfen, als Doug sich vom Dach gestürzt hat!«

»Doug hat sich nicht vom Dach gestürzt! Und wir sind dir dankbar für deine Hilfe«, begann Colleen, doch dann unterbrachen sowohl Lewis als auch Jenny die Auseinandersetzung mit ihrer eigenen Sicht der Dinge, bis alle durcheinanderschrien.

Spencer schaute von einem zum anderen. Es war einfach zu viel. Sie bemerkten kaum, dass er aufstand, und ohne ein weiteres Wort verließ er die sich weiter anbrüllenden Parteien und machte sich auf den Weg zur Bäckerei.

ELF

Der Taxifahrer hatte Toris Gepäck hinten in den Van geworfen, und sie waren von Spencers Haus weggefahren, während seine Eltern ihnen von der Türschwelle aus nachschauten. Sie hatten erheblich aufgewühlter und reuiger gewirkt als am Abend zuvor in dem chinesischen Restaurant. Tori war klar, dass es ihnen wahrscheinlich leidtat, und zu jedem anderen Zeitpunkt hätte sie vielleicht etwas gesagt, damit sie sich besser fühlten, hätte vielleicht sogar auf ihre Bitten gehört, Spencer noch eine Chance zu geben. Aber ihr Entschluss stand fest und sie musste stark bleiben, auch wenn es sie schier umbrachte. Mit Mühe hatte sie ihre Tränen zurückgehalten und ihre Würde bewahrt, aber als das Taxi die Grenzen von Honeybourne hinter sich ließ, gab es kein Halten mehr.

»Jetzt tut es weh, Schätzchen, aber du hast die richtige Entscheidung getroffen«, tröstete Mrs Dempsey sie, zog sie an sich und strich ihr das Haar aus dem Gesicht. »Hier ...« Sie reichte ihr ein frisch gewaschenes Taschentuch. »Trockne dir die Augen. Wenn wir London erreichen, wird alles schon ein wenig besser aussehen.«

»Wirklich, Mom? Denn es fühlt sich nicht so an. Es fühlt sich an, als würde es nie wieder besser werden.«

»Die Zeit heilt alle Wunden, und eines Tages wirst du erkennen, dass die schwere Entscheidung richtig war.«

»Ich glaube, ich will gar nicht, dass diese Wunde geheilt wird, und ich werde die Dinge wahrscheinlich nie so sehen wie ihr.«

»Unsinn. Wenn du diese Angelegenheit erst einmal hinter dir gelassen hast, blickst du einer wundervollen Zukunft entgegen. Geeignete Junggesellen werden bei dir Schlange stehen.«

»Deine Mom hat recht«, schaltete Mr Dempsey sich ein und beugte sich vor, um Toris Hand zu tätscheln.

Die Angelegenheit hinter sich lassen? Sie war kein liebeskranker Teenager, der sich in seinen Lehrer oder den besten Freund seines Vaters verknallt hatte. Das hier war eine Entscheidung von enormer Tragweite ... Es ging um den Rest ihres Lebens. Warum konnten sie das nicht verstehen? Aber sie war zu verwirrt und zu unglücklich, um jetzt darüber mit ihnen zu streiten.

»Mom, was ist, wenn ich mich irre? Was, wenn ich etwas ganz Besonderes wegwerfe, das ich nie wieder irgendwo finde?«

»Du wirst jetzt keinen Rückzieher machen«, antwortete Mrs Dempsey und rieb Toris Arm, als wolle sie ein wenig Entschlossenheit in sie hineinmassieren. »Das Schwerste hast du hinter dir, und es wäre lächerlich, umzudrehen, wenn man schon mal so weit gekommen ist.«

Tori starrte aus dem Seitenfenster. Die Landschaft flog vorbei: Weiße und graue Streifen vor einem blauen Himmel, hier und da durchbrochen von dunkelgrünen Flecken. Straßen, die in ihrer Verlassenheit fast geisterhaft wirkten, während der Rest des Landes daheim den ersten Weihnachtstag feierte. Blecherne Musik hallte aus dem Radio des Fahrers durch den Wagen.

»Könnten Sie das leiser drehen?«, fuhr Mrs Dempsey den

Fahrer an. »Wir versuchen hier, uns zu unterhalten, und Sie machen einem das unmöglich! Und falls Sie es noch nicht bemerkt haben, meine Tochter ist sehr aufgewühlt und muss sich sammeln!«

»Er versucht doch nur, glücklich zu sein«, sagte Tori dumpf. »Lass ihn in Ruhe.«

Mrs Dempsey machte ein Gesicht, als ob sie widersprechen wollte, aber stattdessen zupfte sie ihren Rock zurecht und sagte nichts. Die Musik wurde leiser gedreht, aber Tori konnte im Rückspiegel sehen, dass der Fahrer mit den Zähnen knirschte. Auf der Straße ein Stück vor ihnen tauchte das erste große Schild zur Autobahn und nach London auf.

Tori trocknete sich die Augen und holte tief Luft. Das war's: Jetzt gab es kein Zurück mehr.

Darcie konnte sich nicht daran erinnern, wann sie das letzte Mal so glücklich und entspannt gewesen war. Millie befand sich in Hochstimmung und tanzte durch die Küche, während sie kochte. In Anbetracht der späten Stunde, zu der sie alle in der vergangenen Nacht ins Bett gekommen waren, erschien es wie ein Wunder, dass sie überhaupt schon auf den Beinen war, und als ein noch größeres, dass sie so fröhlich wirkte. Aber anscheinend hatte die Weihnachtsstimmung sie alle erwischt, und selbst Oscar gluckste fröhlich in seiner Babywippe, während alle hin und her wuselten, um in der Bäckerei die Vorbereitungen für ihre Gäste zu treffen. All das erfüllte Darcie mit Zufriedenheit, und sie fühlte sich jetzt sicherer in ihrem Entschluss, noch eine Weile zu bleiben. Auch in der Bäckerei roch es langsam weihnachtlich, denn der Duft nach gebratenem Truthahn und Glühwein für die fleißigen Köche erfüllte die Luft. Dylan war immer noch sehr still, und Darcie fragte sich, ob er sauer auf Millie war, weil sie sich geweigert hatte, ihre Geschenke auszupacken. Doch als sie sich ins Wohnzimmer schlich, gurrte er gerade Oscar zärtlich ins Ohr, während er ihm das Wunder der Legosteine demonstrierte, und sie fand, dass er durchaus glücklich wirkte.

»Also«, fragte Millie, während sie gemeinsam Rosenkohl putzten, »für welchen von ihnen wirst du dich entscheiden?«

Darcie warf ihr einen Blick von der Seite zu. »Welchen was?«

»Für welchen Jungen …«, sagte Millie mit einem Lächeln.

Darcie starrte sie an.

»Glaub nur nicht, es wäre mir nicht aufgefallen!« Millie lachte. »Du hast uns bereits erzählt, dass dir Nathan nicht aus dem Kopf geht, und mir ist nicht entgangen, wie du Tariq angesehen hast. Ich bin nicht von gestern.«

»Ich weiß doch gar nicht, ob Tariq mich überhaupt mag«, sagte Darcie.

»Ah! Dann ist er es also, für den du dich interessierst!«

»Das habe ich nicht gesagt«, murmelte Darcie und errötete.

»Das musst du auch nicht. Und was ist mit Nathan? Wie passt er ins Bild?«

Darcie seufzte. »Keine Ahnung. Ich mag ihn, und ich fühle mich mies, weil ich überhaupt an jemand anders denke.«

»Aber er hat dir übel mitgespielt, und du weißt nicht genau, ob die Sache mit seiner Ex wirklich vorbei ist.«

»Ich glaube schon.«

»Doch du denkst, dass Tariq verlässlicher sein könnte?«

»Das kann ich kaum beurteilen. Ich habe ihn nur eine halbe Stunde gesehen, auf der Flucht vor der Armee. Ich bin mir nicht sicher, ob sich so jemand verhält, der verlässlich ist.«

»Stimmt.« Millie lächelte sie an. »Vielleicht ist es emotionale Verlässlichkeit, die ich meine.«

»Ich bin mir auch nicht sicher, ob er das bieten kann. Ich weiß es nicht. Ich habe da einfach etwas gespürt …«

»Eine Verbindung?«

»Klingt albern, nicht wahr?«

»Kein bisschen«, widersprach Millie. »Genau so ging es mir bei Dylan. Ich meine, oberflächlich betrachtet hätte er nicht ungeeigneter sein können, aber er hatte etwas an sich, worauf ich nicht recht den Finger legen konnte, und ich fühlte mich zu ihm hingezogen, obwohl ich nicht wusste, warum. Ich kann es nur als eine besondere Verbindung beschreiben.«

»Also ist es vielleicht doch nicht so verrückt?«

»Ich denke, du solltest einen kühlen Kopf bewahren, aber wenn du so empfindest, darfst du es auch nicht gleich abtun. Hast du dir gestern Nacht seine Nummer geben lassen?«

Darcie schüttelte den Kopf. »Nein. Aber ich habe ihm meine gegeben. Ich muss wohl einfach abwarten, ob er anruft. Zumindest erspart mir das die Notwendigkeit, eine Entscheidung zu treffen.«

»Das stimmt. Allerdings könnte es ein bisschen zermürbend werden, auf seinen Anruf zu warten.«

Ihr Gespräch wurde von Dylan unterbrochen, der mit besorgter Miene in die Küche geeilt kam. Millie verstand den Gesichtsausdruck sofort und schaltete das Radio ab.

»Was ist passiert?«

»Spencer ist hier. Normalerweise würde ich sagen, er braucht einen ordentlichen Drink, aber nach seinem Atem zu urteilen, hat er sich darum bereits selbst gekümmert. Tori hat ihn verlassen.«

Millie und Darcie wechselten einen erschrockenen Blick. Millie griff nach einem Lappen, um sich die Hände abzuwischen und eilte ins Wohnzimmer.

»Es tut mir leid ...« Spencer saß so in sich zusammengesunken im Sessel, dass er Gefahr lief, von den Kissen verschluckt zu werden.

»Was tut dir leid?«

»Dass ich euch den ersten Weihnachtstag verderbe, dass ich ein totaler Versager bin, dass ich es für eine gute Idee gehalten habe, nach Hause zu kommen ... Such dir was aus.«

Millie sah Dylan an. »Sei so lieb und mach uns einen Kaffee, ja?«

Dylan setzte Oscar zurück in seine Wippe und ging in die Küche, während Millie und Darcie sich Spencer gegenüber auf das Sofa setzten.

»Willst du darüber reden?«, fragte Millie.

»Da gibt es nichts zu reden. Ich bin ein Idiot, und sie ist weg.«

»Ich denke, das ist ein wenig zu hart«, wandte Millie ein. »Du bist alles andere als ein Idiot. Der Spencer Johns, den ich kenne, ist ein kluger, fürsorglicher Mann, der außerdem zufällig ein heimlicher Held ist. Wenn sie also abgereist ist, vermute ich, dass mehr dahintersteckt.«

Er schüttelte den Kopf. »Ich wünschte, all diese Dinge wären wahr, aber du bist einfach zu nett.« Er stand auf. »Keine Ahnung, warum ich hergekommen bin. Du hast noch viel zu erledigen, und ich ruiniere euch mit meinem langen Gesicht den Vormittag.«

Millie sprang auf und hielt ihn am Arm fest. Dann lächelte sie. »Sei nicht albern. Dein Gesicht ist ein sehr nettes Gesicht, und ich möchte dir helfen. Wenn du willst, können wir zusammen kochen, und du erzählst mir dabei alles. Vielleicht hilft es dir, dich abzulenken und etwas positiver in die Welt zu blicken.«

»Wie kommt es, dass du immer genau das Richtige sagst?«, fragte Spencer.

»Ich bin mir nicht sicher, ob ich das tue. Ich glaube, Dylan würde das anders sehen.«

»Würde Dylan nicht«, sagte Dylan, der gerade mit einem Kaffee für Spencer zurückkam. »Dylan findet Millie praktisch in jeder Weise perfekt – genau wie Mary Poppins.«

»Schön wär's«, entgegnete Millie. »Ab und zu könnte ich dieses Fingerschnippen gut gebrauchen, um hinter dir herzuräumen.« Sie sah Spencer an. »Komm, kümmern wir uns ums Essen.«

»Würde es dir etwas ausmachen, wenn ich vorher noch einmal versuche, Tori anzurufen?«

Millie nickte. »Tu, was immer du tun musst.«

Spencer stellte seinen Kaffee auf einen kleinen Tisch und trat in die riesige Küche. Er wählte die Nummer, und wie er vermutet hatte, ging der Anruf gleich auf die Mailbox.

»Tori«, begann er, »bitte, geh dran. Ich möchte mich entschuldigen, und ich kann nicht mit einer Maschine sprechen. Wenn du mich also einfach anrufen würdest, damit wir reden können ...« Spencer beendete den Anruf und kehrte mit einem Seufzer ins Wohnzimmer zurück.

»Und?«, fragte Millie.

Spencer zuckte die Achseln. »Ich nehme nicht an, dass irgendjemand mitkommen möchte, um mein Auto zu holen? Ich habe es bei ein paar Schafen am Straßenrand zurückgelassen. Und da ich schon einige Brandys intus habe, müsste es jemand sein, der fahren kann.«

Dylan sah Millie an, und sie nickte.

»Eine Stunde kommen Darcie und ich hier allein zurecht«, sagte sie. »Aber denkt nicht mal daran, auf dem Rückweg dem *Dog and Hare* einen Besuch abzustatten.«

Spencer und Dylan traten hinaus in die frische, weiße Welt, über der sich ein azurblauer Himmel aufspannte. »Ein schöner Tag für einen flotten Spaziergang«, bemerkte Dylan.

»Wie wär's mit einem schweißtreibenden Dauerlauf?« Spencer warf ihm einen Seitenblick zu. »Schade«, sagte Dylan. Spencer sah ihn an, aber obwohl auf Dylans Gesicht der Anflug eines Lächelns zu sehen war, lag darin nichts von dem gewohnten Spott, den er gewöhnlich für seinen ältesten Freund reservierte. »Es hat dich schwer erwischt, hm?«

»Ich glaube, sie war es, die Richtige.«

»Tut mir wirklich leid, mein Freund.«

»Danke.«

»Sie wird zurückkommen. Sie kann das, was ihr hattet, nicht einfach wegwerfen, bloß weil ihre Eltern Stunk gemacht haben.«

»Ich glaube nicht, dass es nur darum geht.«

»Was hast du jetzt vor?«

Spencer zuckte die Achseln.

»Wir könnten heute Abend ins *Dog and Hare* gehen. Ein oder zwei Gläser von Dougs bestem Fassbier muntern dich vielleicht etwas auf.«

»Tori und ich wollten eigentlich heute Abend hinter der Theke helfen«, murmelte Spencer. »Ich werde es wahrscheinlich trotzdem tun. Und wenn mir dabei ein Drink durch die Kehle rinnt, wird es wahrscheinlich nicht schaden. Heute könnte ich eine Ablenkung von meinem Elend gebrauchen. Das entwickelt sich ja zu einem tollen ersten Weihnachtstag.«

»Wem sagst du das.«

Spencer drehte sich ihm zu. »Ich dachte, du und Millie, ihr seid überglücklich?«

»Oh, das sind wir auch. Es ist nur, na ja, du weißt doch, wie sie ist. Immer macht sie um alle anderen einen Riesenwirbel und vergisst dabei manchmal die Dinge in der unmittelbaren Umgebung.«

»Was zum Beispiel?«

Dylan schüttelte den Kopf. »Es spielt keine Rolle.«

»Doch, tut es. Was hat sie vergessen?«

»Alle haben ihre Geschenke ausgepackt, aber sie hat ihres von mir nicht geöffnet.«

Auf Spencers Gesicht zeigte sich ein verwirrtes Lächeln. »Das ist es? Das große Problem?«

»Jetzt komme ich mir blöd vor – danke dafür.«

»Ganz ehrlich, Kumpel, es klingt auch blöd. Du bist der

größte Glückspilz auf dem Planeten, dass du eine Frau gefunden hast, die es mit dir aushält.«

»Ja, ich weiß. Und sie ist umwerfend. Es ist einfach so, dass es mir wichtig war, dass sie ihre Geschenke auspackt, weil ... vergiss es.«

Schweigend stapften sie nebeneinanderher durch den Schnee, während ihr Atem in kleinen Wölkchen in den blauen Himmel stieg. Honeybourne zeigte sich von seiner friedlichsten Seite, und die Straßen waren in ein seltsames, ätherisches Licht getaucht. Die einzigen Geräusche abgesehen vom Knirschen ihrer Stiefel waren kaum auszumachendes Gelächter oder Musik, wenn sie an einem Haus vorbeikamen. Dann begannen in der Ferne die Kirchglocken für den ersten Gottesdienst des Tages zu läuten.

Als sie das *Dog and Hare* passierten, kamen Jenny und Lewis aus dem Lokal auf sie zugestürzt.

»Wo warst du?«, rief Jenny.

»In der Bäckerei«, sagte Spencer und nickte in Richtung Dylan, als sei das die naheliegendste Antwort der Welt.

»Wir werden erst in ein paar Stunden dort erwartet«, sagte sie, ohne Dylan weiter zu beachten. »Komm nach Hause und rede mit uns.«

»Da gibt es nichts zu reden, Mum. Ich mache euch keine Vorwürfe, und ich will auch nicht, dass ihr euch selbst welche macht. Ich muss diesen Schlamassel in Ordnung bringen, und das werde ich auch, in meinem eigenen Tempo und auf meine eigene Weise.«

»Wo willst du denn jetzt hin?«, fragte Lewis.

»Das Auto holen, das ich stehen gelassen habe ... Erinnerst du dich?«

»Stimmt. Nun, wie wär's, wenn wir den Wagen holen?«

»Weshalb?«

»Um dir zu helfen.«

»Dad, was soll das bringen?«, fragte Spencer. Er war nicht

verärgert, aber er hatte die Plattitüden und sinnlosen Gesten seiner Eltern einfach satt. »Es wird mir nicht helfen, Tori zurückzubekommen, und da ich im Moment nichts Besseres zu tun habe, kann ich den Wagen auch genauso gut selbst holen gehen. Und bevor du irgendetwas sagst, Dylan wird ihn zurück zur Bäckerei fahren.«

»Dann kommst du also nicht nach Hause, um deine Geschenke auszupacken?«

»Ich bin nicht wirklich in der Stimmung dazu.«

Jenny sah Lewis an, und ihre Unterlippe zitterte.

»Bitte, sei mir nicht böse, Mum. Ich werde es später nachholen, aber im Moment ist es mir einfach zu viel. Sicherlich kannst du das verstehen und es mir dieses eine Mal verzeihen?«

»Was sollen wir tun?«, fragte sie leise.

Spencer sah Dylan an. Er hatte Mitleid mit seinen Eltern, die endlich zu begreifen schienen, welchen Anteil an den Ereignissen des heutigen Tages sie hatten. Ihre Gewissensbisse waren ihnen deutlich anzumerken. Er wollte sie nicht verletzen, aber er konnte einfach nicht anders.

»Warum geht ihr nicht schon mal zur Bäckerei?«, schlug Dylan vor. »Millie könnte Hilfe gebrauchen, und wir kommen zurück, so schnell wir können.«

Lewis nickte, griff nach Jennys Hand, und sie gingen in die Richtung davon, aus der Spencer und Dylan gerade gekommen waren.

»Danke, Kumpel«, murmelte Spencer.

Dylan schenkte ihm ein festes Lächeln. »Dafür sind Freunde doch da, oder?«

Mit einem breiten Lächeln hörte sich Darcie die Sprachnachricht noch einmal an.

Hallo, Darcie, hier ist Tariq. Ich wollte dich nur wissen lassen, dass es eine gute und eine schlechte Nachricht gibt. Die schlechte ist, dass man mir wegen meiner unerlaubten Abwesenheit eine ziemlich harte Strafe aufgebrummt hat. Aber die gute Nachricht ist, man hat mich nicht vor ein Erschießungskommando gestellt und ich lebe noch. Nein, ernsthaft, es war nicht so schlimm, wie ich befürchtet hatte, und das liegt daran, dass ich sofort zurückgekommen bin. Ich kann dir gar nicht genug dafür danken, dass du mir gestern Nacht zugehört hast, es bedeutet so viel, wenn jemand einem zuhört. Ich bin wirklich froh darüber, dass du mich zur Vernunft gebracht und mich überredet hast zurückzugehen, und bitte danke in meinem Namen auch Dylan, dass er mich hergefahren hat.

Also, du hast sicherlich erraten, dass dies meine Nummer ist. Ich hoffe, du speicherst sie auf deinem Handy und benutzt sie vielleicht, um mir zu schreiben, wann du mal Zeit hättest, mit mir etwas trinken zu gehen. Ich verspreche auch, dass ich mich das nächste Mal nicht hinter euren Mülltonnen verstecke und dich zu Tode erschrecke, sollten wir uns treffen ... und ich hoffe, das tun wir.

Ich stehe nicht wirklich auf Weihnachten, aber ich weiß, dass du es tust, also: Frohe Weihnachten.

Er wollte sich mit ihr treffen. Am liebsten hätte sie ihm eine SMS geschickt, aber sie hatte keinen Schimmer, was sie schreiben sollte. Sie begann zu tippen, löschte die Nachricht dann aber nach wenigen Worten. Dann fing sie mit einer weiteren an, bevor sie auch diese löschte. Nichts schien ihr passend. Vielleicht sollte sie warten, bis sie darüber nachgedacht hatte. Aber sie konnte nicht warten, denn er würde das vielleicht als Zeichen dafür werten, dass sie kein Interesse hatte. Andererseits, wenn sie sofort antwortete, käme sie dann nicht etwas verzweifelt und bedürftig rüber? Vielleicht sollte sie Millie fragen. Aber das war lächerlich – schließlich war sie zweiundzwanzig, und wenn sie inzwischen nicht einmal auf eine Sprachnachricht antworten konnte, war es an der Zeit, es aufzugeben. Und zudem hatte sie auf ihrem Handy auch SMS von Nathan, der immer noch sehr interessiert zu sein schien, obwohl sie versuchte, nicht an diese Nachrichten zu denken, da sich die Schuldgefühle wie ein Wurm in ihr Gehirn bohrten. Sie würde eine Entscheidung treffen müssen, aber vielleicht nicht ausgerechnet heute.

Als Millie mit Oscar auf dem Arm in die Küche kam, schaute Darcie auf.

»Natürlich wacht er genau dann auf, wenn Dylan nicht da ist ...« Millie schenkte Darcie ein zerstreutes Lächeln und blickte auf das Telefon, das sie noch immer in der Hand hielt. »Worüber freust du dich so? Du siehst aus wie jemand, der gerade eine extra große Portion Christmas Pudding bekommen hat.«

»In dem Fall würde ich bestimmt nicht so gucken.« Darcie grinste. »Ich mag keinen Christmas Pudding.«

Millie runzelte die Stirn. »Doch, tust du – du hast ihn immer gegessen.«

»Nur zu Weihnachten, weil es da von einem erwartet wird, und nur wenn du mir ein Weihnachtsessen gekocht hast, weil ich sonst Gewissensbisse gehabt hätte. Dabei war ich so froh, dass du für mich gekocht hast, während meine Eltern mich nur genervt haben und ich einfach nur weg von zu Hause wollte. In Wirklichkeit kann ich Christmas Pudding nicht ausstehen.«

»Also hast du all die Male, die du Weihnachten bei mir gegessen hast ...«

Darcie zuckte die Achseln und sah sie mit einem entschuldigenden Lächeln an. »Tut mir leid.«

Millie schüttelte den Kopf. »Verrückt. Also, was ist es, das dich so fröhlich macht?«

»Ich darf doch wohl ohne Grund fröhlich sein, oder nicht?«

»Okay, dann erzähl es mir eben nicht.«

»Tariq hat mir eine Nachricht geschickt!«, platzte Darcie freudestrahlend heraus.

»Ich wusste es.«

»Wirklich?«

»Es war ziemlich offensichtlich, dass er auf dich steht.« Millie lachte.

»Nicht für mich.«

»Das ist das Frustrierende an solchen Situationen – das Objekt der Zuneigung ist normalerweise die letzte Person, die es mitkriegt, und es fällt schwer, jemanden zu ermutigen, der völlig ahnungslos ist.«

»Was denkst du?«, fragte Darcie.

»Worüber?«

»Glaubst du, er ist einen Versuch wert? Meinst du, er ist in Ordnung?«

»Ich bin mir nicht sicher, ob ich qualifiziert bin, das zu beurteilen. Was sagt dein Bauchgefühl?«

»Ich mag ihn.« Darcie schwieg einen Moment lang. Sie mochte ihn wirklich – sehr sogar. Und jetzt, wo sie es laut aussprach, begriff sie, wie gut und richtig er ihr schon jetzt erschien. Außerdem wurde ihr noch etwas Seltsames klar: Seit Tariq am vergangenen Abend aufgetaucht war, hatte sie nicht mehr auf diese Weise an Dylan gedacht. Vielleicht war er noch viel besser für sie, als ihr bisher klar gewesen war.

»Dann pack die Gelegenheit beim Schopf. Man hat nur ein Leben, also, geh raus, nimm Risiken in Kauf, mach Fehler, verlieb dich, lass dir das Herz brechen und verlieb dich neu. Es hat keinen Sinn, halbe Sachen zu machen, und das kann ich dir mit großer Sicherheit sagen.«

Darcie grinste. »Denkst du, ich sollte ihn anrufen?«

»Jetzt gleich? Vielleicht wäre es besser, wenn du ihm schreibst. Es könnte ja sein, dass er gerade im Training Liegestütze macht, während der Stiefel eines großen, mürrischen Generals auf seinem Rücken steht. Wahrscheinlich ist es das

Beste, wenn ihr euch zum Telefonieren verabredet oder du ihn wissen lässt, dass er dich anrufen kann, wenn es für ihn gerade passt.«

»Natürlich«, sagte Darcie. »Daran habe ich gar nicht gedacht. Es muss manchmal ziemlich erdrückend sein, wenn man beim Militär ist, mit all den Regeln und Vorschriften. Kein Wunder, dass er abhauen wollte.«

»Es ist sicherlich kein Leben, das mir gefallen würde«, stimmte Millie ihr zu. »Aber er hat sich nun mal dazu verpflichtet, also gelten die Regeln und Vorschriften für ihn. Ich hoffe, er findet Unterstützung, damit sich so etwas wie gestern Abend nicht wiederholt.«

Sie wurden durch ein Klopfen an der Eingangstür unterbrochen, das durch das ganze Haus dröhnte. Millie schaute auf die Uhr.

»Wenn es sich um unsere Gäste handelt, sind sie ein bisschen früh dran. Oder Dylan hat wieder seinen Schlüssel vergessen.«

»Ich mache auf.« Darcie lief zur Tür, so fröhlich wie schon lange nicht mehr.

Heute fühlte es sich so an wie zu den Weihnachtsfesten in alten Zeiten, als sie noch klein war und die Welt noch ein wunderbarer, glänzender Ort. Es war schön, dieses Gefühl wiedergefunden zu haben.

Aber dann öffnete sie die Tür und erblickte eine sehr ernst wirkende Jenny, die zusammen mit Lewis vor ihr stand, und sie wurde daran erinnert, dass nicht alle ein Weihnachtsfest erlebten, wie sie es sich erhofft hatten.

Millie und Dylan hatten das Bäckerei-Café genutzt und die Tische zusammengeschoben, um eine riesige Tafel zu schaffen. Mit Darcies Hilfe hatten sie den Tisch mit goldenen Platzdecken, winzigen Sternen, die auf die schneeweiße Decke gestreut waren, und einem aus Stechpalmen und dunkelroten Rosen gebastelten Tafelaufsatz dekoriert. Der Effekt war schlicht, aber atemberaubend, und Darcie tat es fast leid, so viel Schönheit mit den billigen Knallbonbons zu ruinieren, die sie in Salisbury gekauft und neben jeden Teller gelegt hatte. Am Tisch versammelt saßen Jasmine, Rich, die Drillinge, Jenny, Lewis, Spencer, Ruth Evans und Darcie selbst. Millie und Dylan standen immer wieder auf, wenn ihnen auffiel, dass noch etwas fehlte, oder wenn der nächste Gang an der Reihe war oder einfach, um mehr Wein zu holen, während der kleine Oscar in der Nähe in seinem Bettchen schlief. Niemand verlor ein Wort über die drei leeren Plätze. Spencer hatte Millie beiseitegenommen und sie gebeten, die Gedecke stehen zu lassen, nur für den Fall des Falles (auch wenn es wahrscheinlich vergebliche Liebesmüh war), und Millie hatte stillschweigend zugestimmt.

Trotz der offensichtlichen Anspannung gewisser Anwesender war die Atmosphäre fröhlich und wohlwollend, und alle Gäste schienen ihr Bestes zu geben, Differenzen und gebrochene Herzen beiseitezuschieben, um Millie, die sich so viel Mühe gegeben hatte, den Tag nicht zu ruinieren. Ruth war bereits auf dem besten Wege zu glückseliger Trunkenheit, und sie erzählte der Runde bei Tisch mit ziemlich lauter Stimme von einer besonders abscheulichen Blasenentzündung, die sie gerade erst losgeworden war, während Jenny und Lewis sich zwar große Mühe gaben, aber insofern auffielen, als dass sie kaum etwas tranken, vor allem im Vergleich zu den Mengen, die sie sonst bei solchen Zusammenkünften zu sich nahmen. Spencer war in sich gekehrt, was zu erwarten gewesen war, aber er lächelte immer an den richtigen Stellen, auch wenn Darcie sehen konnte, dass es das Lächeln von jemandem war, den es innerlich zerriss. Immerhin nickte er und antwortete auf Fragen, wenn man ihm welche stellte. Darcie konnte nicht umhin zu bemerken, dass er nur sehr wenig aß, obwohl er bei jedem Gang ins Schwärmen geriet und Millie versicherte, es sei alles ganz wunderbar. Und sein Weinglas schien sich genauso schnell zu leeren, wie es wieder aufgefüllt wurde. Darcie wünschte, sie hätte ihn unauffällig in den Arm nehmen können. Sie kannte ihn kaum, doch Millie hatte ihr so viel über ihn erzählt, dass Darcie es kaum ertragen konnte, ihn so leiden zu sehen.

Jasmine und Rich schienen sich ziemlich gut zu verstehen. Auch wenn die Drillinge einen großen Teil ihrer Aufmerksamkeit in Anspruch nahmen, hatte sich die frostige Atmosphäre, die kurz zuvor zwischen ihnen noch fast mit Händen zu greifen gewesen war, verflüchtigt, und sie lachten zusammen und küssten sich sogar zwischen den Gängen hier und da verstohlen.

Darcie selbst behielt ihr Handy bei sich. Normalerweise benutzte sie es nicht am Esstisch, aber sie hatte Tariq endlich eine Nachricht geschickt und auf eine sofortige Antwort gehofft, nur um stattdessen einen Weihnachtsgruß von Nathan zu erhalten. Das war zwar nett, machte ihr aber ein schlechtes Gewissen. Sie hatte eine kurze Nachricht zurückgeschrieben, um ihm ebenfalls frohe Weihnachten zu wünschen, und begriffen, dass sie ihm so bald wie möglich reinen Wein einschenken musste. Es war nicht fair, ihn so hinzuhalten, aber es erschien ihr noch unfairer, ihm ausgerechnet heute eine Abfuhr zu erteilen. In vieler Hinsicht ärgerte sie sich über sich selbst, dass sie es überhaupt so weit hatte kommen lassen – sie hätte von Anfang an wissen müssen, dass Nathan nicht der Richtige für sie war, und den Mut aufbringen sollen zu warten, bis der richtige Mann in ihr Leben trat. Aber als sie zu Dylan hinüberschaute, der nicht länger zu schmollen schien, dass Millie seine Weihnachtsgeschenke nicht ausgepackt hatte, verstand sie, warum sie anders gehandelt hatte. Es war seltsam, dass sich die Sehnsucht nach ihm so schnell in eine sanfte, platonische Zuneigung verwandelt hatte, aber sie war unaussprechlich erleichtert darüber, dass dieser Schmerz endlich von ihr gewichen war.

Spencer wollte eigentlich weder essen und trinken noch fröhlich sein. Aber obwohl sein Herz in tausend Stücke gebrochen war, zwang er sich, so munter zu wirken wie irgend möglich. Er war sich sicher, dass er niemandem etwas vormachen konnte, aber seine Eltern fühlten sich schon schuldig genug, weil sich die Dinge mit Tori so entwickelt hatten, und wenn Spencer aussah, als warte er nur darauf, von der nächsten Brücke zu springen, würden sie sich noch schlechter fühlen. Sein Weihnachten war eine Katastrophe, doch das bedeutete nicht, dass sich ihres nicht retten ließ.

»Um wie viel Uhr öffnet Colleen den Pub für die alljährliche Sause?«, fragte Dylan und riss Spencer damit aus seiner Grübelei.

»Hm?«

»Ich habe gefragt, um wie viel Uhr Colleen den Pub öffnet.« Er senkte die Stimme. »Du denkst immer noch an Tori, nicht wahr?«

Spencer zuckte die Achseln. »Was denkst du denn?«, erwiderte er leise. »Ich gebe mein Bestes, es nicht zu tun. Ist es so offensichtlich?«

»Nur für mich, Kumpel. Hör zu, wenn du heute lieber nicht im Pub aushelfen willst, übernehme ich das. Millie macht es sicher nichts aus, und Darcie hat bereits gesagt, dass sie gern babysittet.«

»Nett von dir, das anzubieten, aber ich komme schon klar. Es wird mich davon abhalten, zu Hause Trübsal zu blasen, und zumindest Mum und Dad denken dann, es geht mir gut.«

»Ich glaube nicht, dass du sie so leicht täuschen kannst«, entgegnete Dylan mit einem schiefen Lächeln.

»Ich weiß. Okay, was ich meine, ist, dass sie mich, wenn ich hinter dem Tresen des Pubs stehe, nicht nach meinen Gefühlen fragen und mir einen Haufen gut gemeinter, aber sinnloser Ratschläge geben können. Ich darf nicht noch einmal die Fassung verlieren, denn ich will ihnen ihr Weihnachtsfest nicht komplett ruinieren. Was sagst du dazu?«

»Schon besser«, gab Dylan zurück. »Das verstehe ich. Nun, wir kommen rüber, sobald wir hier aufgeräumt haben, wenn du also ein wenig moralische Unterstützung brauchst, kannst du dich auf mich verlassen.«

Spencer warf ihm einen Blick von der Seite zu. »Du hast dich wirklich verändert, weißt du das? Es gab mal eine Zeit, da hättest du mir geraten, mich zusammenzureißen und ein Mann zu sein.«

»Diese Zeit gab es tatsächlich.« Dylan lachte. »Ich musste mich ändern, und Millie hat das erkannt. Sie hat an mir ziemlich gute Arbeit geleistet, oder?«

Spencer lächelte schwach. Er schaute zum anderen Ende des Tisches, wo Jasmine sich lachend mit Rich unterhielt. Wie sehr hatte Dylan sich verändert? Wenn er von dem Kuss gestern Nacht gewusst hätte, wäre er dann immer noch derselbe Dylan, der ihm vor all den Jahren eine tüchtige Abreibung verpasst hatte, als er Jasmine seine Gefühle offenbart hatte? Der Kuss war ein Geheimnis, das nie ans Licht kommen durfte, nicht einmal unter den besten Freunden, und Spencer beschloss, ihn ganz schnell auch aus seinem eigenen Gedächtnis zu streichen. Das war sicherer, nicht nur für ihn, sondern auch für Jasmine. »Sie hat wirklich ganze Arbeit geleistet. Du warst vorher schon in Ordnung, aber mir gefällt diese neue und verbesserte Version von dir noch viel mehr.«

»Danke für das Kompliment!«, sagte Dylan mit einem breiten Grinsen. »Zumindest glaube ich, dass es ein Kompliment ist!« Sein Grinsen verblasste. »Aber ernsthaft, eine Sache weiß ich ganz sicher – ohne Millie war ich nur ein halber Mensch. Ich kann kaum glauben, wie sehr sie mir die Welt geöffnet und mein Leben umgekrempelt hat, und dafür musste sie sich nicht einmal anstrengen. Allein das Zusammensein mit ihr weckt in mir den Wunsch, besser und mehr zu sein, als ich je für möglich gehalten hätte ...« Er schwieg kurz. »Das klingt ziemlich rührselig, was?«

»Aus deinem Mund, ja. Aber es ergibt Sinn. Es bedeutet, dass die Dinge gut und richtig sind. Du bist ein Glückspilz.«

»Ich weiß. Das mit Tori tut mir leid, wirklich. Aber weißt du was?«

»Was?«

»Ich glaube, sie wird zurückkommen, wenn sie etwas Zeit zum Nachdenken hatte.«

»Ich habe sie heute ungefähr zwanzigmal angerufen, und immer war ihr Handy ausgeschaltet. Außerdem habe ich ihr zusätzlich ungefähr zwanzig SMS geschickt. Du hast in vielen Dingen recht, mein Freund, aber ich glaube nicht, dass du in diesem Fall recht behältst.«

Dylan klopfte ihm auf den Rücken. »Du hast auch in vielen Dingen recht, aber ich hoffe, dass du dich diesmal gründlich irrst.«

Spencer nickte. »Danke, Kumpel.«

Millie erhob sich und kam zu ihnen. »Kannst du mir helfen, das Geschirr abzuräumen?«, fragte sie Dylan.

»Ich helfe dir«, begann Spencer und stand von seinem Stuhl auf, aber Millie hielt ihn zurück.

»Schon gut, das kann Dylan machen.«

Dylan küsste sie. »Ist das nur ein geschickter Trick, um in der Küche allein mit mir zu sein«, zog er sie auf.

»Es ist ein nicht allzu geschickter Trick, dich dazu zu bringen, tatsächlich etwas zu tun«, sagte Millie und sah ihn mit einer hochgezogenen Augenbraue an.

»Unfair«, beklagte Dylan sich mit einem Schmollmund. »Ich habe heute schon Kartoffeln geschält und alles Mögliche andere getan!«

»Und ich habe noch nie so schön geschälte Kartoffeln gesehen. Wenn du jetzt genauso meisterhaft das Geschirr abräumst, bin ich vielleicht wirklich beeindruckt.«

»Beeindruckt genug für ein extra Geschenk zu Weihnachten später?«, fragte Dylan mit einem schelmischen Blick.

Millies Lachen war wie Musik, als sie sich mit den Gläsern, die sie gerade eingesammelt hatte, vom Tisch entfernte. Spencer blickte auf und sah, wie Dylan ihr mit dem Ausdruck eines liebeskranken Teenagers nachschaute. Es war derselbe Ausdruck, von dem Spencer vermutete, dass er auf seinem eigenen Gesicht lag, wenn er Tori beobachtete – ein Blick, der sagte, dass er sich nur zu bewusst war, wie weit außerhalb seiner Liga sie spielte, und dass er den Sternen für jeden Tag dankte, an dem sie ihm erlaubte, Teil ihres Lebens zu sein. Er freute sich darüber, dass die Dinge sich für Dylan so gut entwickelt hatten. Sein Freund hatte mehr als seinen gerechten Anteil an Tragödien erlebt und brauchte einen Anker, der ihn daran hinderte, so weit vom Kurs abzukommen, dass er nie wieder zurückfinden würde. Doch in einem Punkt irrte er sich. Millie hatte ihn nicht zu einem besseren Menschen gemacht – sie hatte ihm geholfen, den Menschen zu finden, der schon die ganze Zeit in ihm gesteckt hatte. Er hatte zu viel getrunken und auch mit weitaus verbotereren Substanzen experimentiert, hatte gezockt, Frauen aufgerissen und sich nicht im Geringsten um die Konsequenzen geschert ... Aber wenn man ihn jetzt sah, würde niemand, der ihn vor Millie gekannt hatte, auch nur ansatzweise glauben, dass der Mann, der all diese Dinge getan hatte, jemals existiert hatte.

Er schaute Spencer an. »Dann sollte ich wohl besser ein braver Junge sein und tun, was man mir sagt.«

Spencer stand ebenfalls auf. »Ich glaube, ich gehe etwas frische Luft schnappen.«

»Wenn du magst, kannst du in den Garten gehen«, antwortete Dylan, der Spencers Bedürfnis nach ein, zwei Minuten für sich sofort verstand. »Dort ist es schön ruhig, und es gibt einen kleinen Sitzplatz. Die Tür ist bereits aufgeschlossen.«

Spencer lehnte an der Mauer der Bäckerei und beobachtete, wie die ersten Sterne an einem in Flieder- und Blautöne getauchten Himmel erschienen. Sie hatten gerade erst ein langes, entspanntes Mittagessen beendet, aber die Dunkelheit des tiefsten Winters brach bereits herein. Es war kalt, aber er bemerkte es kaum. Irgendwo unter dem Himmel, zu dem er jetzt emporschaute, befand sich auch Tori. Was sie wohl gerade tat? Woran dachte sie? Dachte sie an ihn? Bedauerte sie die Dinge, die sie gesagt und getan hatten oder empfand sie Erleichterung, dass alles vorbei war? Er versuchte, nicht daran zu denken, dass es Letzteres sein könnte. Er hatte gehofft, heute Abend mit ihr zusammen in diesen Himmel blicken zu können, allerdings aus einem ganz anderen Beweggrund heraus, und er war den Augenblick im Kopf immer wieder durchgegangen, davon überzeugt, dass sie sich freuen würde. Es würde nicht passieren, nicht jetzt.

Spencer hatte nie geraucht, aber es gab Zeiten, in denen es sehr verlockend erschien, und sei es auch nur als Vorwand für stille Augenblicke im Freien wie diesen. Die anderen meinten es gut, aber in der Bäckerei war es im Moment zu voll, zu laut und einfach zu fröhlich. Er wollte nicht aufgemuntert werden, er wollte nur darüber nachdenken, wie alles so schrecklich schiefgehen konnte, und eine Antwort auf die Frage finden, was er als Nächstes tun sollte. Außerdem wollte er seine Melancholie unbedingt vor seinen Eltern verbergen. Sie waren während des Mittagessens erheblich fröhlicher geworden, und das freute ihn. Sie gaben sich die Schuld an dem, was passiert war, doch Spencer sah das anders. Wenn er standfester und engagierter gewesen wäre, wenn seine Beziehung zu Tori so felsenfest gewesen wäre, wie er geglaubt hatte, dann hätte nichts sie auseinanderreißen können, nicht einmal sich bekriegende Eltern. Die Schuld lag ganz allein auf seinen Schultern, und es war an ihm, sie zu tragen.

Während die Abendluft ihn in eine seltsame Art von ruhiger Besinnung einlullte, öffnete sich die Hintertür und gelbes Licht fiel auf die Treppe, während die heiteren Stimmen von drinnen an sein Ohr drangen. Beides verschwand wieder, als die Tür geschlossen wurde. Jasmine stand mit einem schwachen Lächeln vor ihm.

»Was dagegen, wenn ich mich zu dir setze? Es ist viel zu heiß da drinnen, und ich könnte ebenfalls etwas frische Luft vertragen.«

Spencer nickte. Er glaubte keine Sekunde lang, dass Jasmine herausgekommen war, weil ihr zu heiß war, aber er wusste ihr Taktgefühl zu schätzen. Sie war gekommen, um etwas zu erklären, um reinen Tisch zu machen, vielleicht sogar um ihn zu bitten, Rich gegenüber nichts von ihrem intimen Moment zu erwähnen. Dabei musste sie doch wissen, dass sie sich darüber keine Sorgen zu machen brauchte. Es verstimmte Spencer ein wenig, dass sie ihm nach all den Jahren immer noch nicht vertraute. »Hier ist genug Platz für zwei«, antwortete er.

»Aber nicht viel mehr als das.« Jasmine zog ihre Strickjacke fester um sich und nahm Platz.

Spencer lehnte weiter an der Wand und sah erwartungsvoll auf sie hinab, während er darauf wartete, dass sie sagte, was sie sich von der Seele reden musste.

»Es war ein schönes Essen – Millie weiß, wie man ein Festessen veranstaltet.«

»Ja«, stimmte er ihr zu, immer noch in der Erwartung, dass sie zum Punkt kam.

Sie verfielen in Schweigen. Aus dem Haus drang gedämpfter Jubel, gefolgt von Gelächter.

»Also ... geht es dir gut?«, fragte Jasmine.

»Ganz ehrlich? Ich weiß es nicht. Ich bin immer noch dabei, alles, was passiert ist, zu verarbeiten.«

»Aber zwischen *uns* ist alles gut?«, fragte sie zaghaft. »Zwischen dir und mir, nach dem ...«

»Ich habe dir doch gesagt, dass du dir keine Sorgen zu machen brauchst«, unterbrach Spencer sie und bereute seinen schroffen Ton sofort. »Tut mir leid. Ich bin heute einfach nicht ich selbst.«

»Das verstehe ich. Aber ich habe immer noch das Gefühl, dass ich die Dinge nicht gerade leichter gemacht habe. Das gestern Nacht war eine Dummheit, und ich weiß nicht, was mich dazu getrieben hat, aber ich schulde dir eine Entschuldigung.«

»Du hast dich gerade entschuldigt.«

»Ich meine, eine richtige Entschuldigung«, fügte sie hinzu.

Spencer spürte, dass es wichtiger für sie war, das loszuwerden, als für ihn, es zu hören, und so nickte er und wartete ab.

»Du kennst Rich und mich«, begann sie. »Wir sind glücklich miteinander, aber das mit uns war immer etwas ... nun, man könnte es vielleicht unbeständig nennen. Andere würden es möglicherweise als ein Zeichen dafür werten, dass etwas nicht stimmt, aber so sind wir einfach, so funktionieren wir als Paar. Ich war also wütend auf ihn, frustriert und voller Groll und ...«

»Wolltest du dich an ihm rächen?«

»Nein«, antwortete Jasmine schnell, »zumindest nicht auf diese Weise. Ich glaube, ich brauchte einfach ein Ventil, und du warst immer für mich da. Ich fühlte mich einfach zu dir hingezogen, als du dich zufällig auch gerade zu mir hingezogen gefühlt hast, und, na ja, du weißt schon ...«

»Daran habe ich genauso viel Anteil wie du, Jas. Es war kein Geheimnis, was ich für dich empfunden habe – die meisten im Dorf wussten, wie es scheint, darüber Bescheid –, und ich hätte mich nicht in eine Situation begeben dürfen, in der ich in Versuchung gerate. Aber wenn du dich dadurch besser fühlst, du brauchst keine Gewissensbisse zu haben oder zu denken, du hättest mich zu dem Kuss ermutigt, denn auf eine seltsame Art und Weise war es sogar gut, dass es passiert ist. Danach habe ich plötzlich alles klarer gesehen und begriffen, dass es Tori ist, die ich will. Ich liebe dich als Freundin, aber mein Herz gehört Tori, und ich will mein Leben mit ihr verbringen. Als ich nach Honeybourne zurückkam, habe ich eine Zukunft in unserer Beziehung gesehen, die irgendwie näher und realer erschien als je zuvor, und plötzlich hatte ich Angst, dass ich nicht gut genug bin. Ich hatte Angst, sie so sehr zu enttäuschen, dass sie mich verlässt. Ich bin ausgeflippt und habe nach Vorwänden gesucht, zu versagen. Das war keine Absicht, aber meine Zweifel haben sich als selbst erfüllende Prophezeiung erwiesen, und alles, wovor ich Angst hatte, trat auch ein. Ich war nicht gut genug, und am Ende hat sie mich verlassen. Aber das ist meine eigene Schuld. Die Sache gestern Nacht ... das war nur der letzte Nagel in meinem selbst gezimmerten Sarg. Doch du kannst dich darauf verlassen, ich werde niemandem auch nur ein Sterbenswörtchen verraten. Niemals. Wenn du mich bittest, nie wieder darüber zu sprechen, werde ich es auch nicht tun.«

»Genau darum möchte ich dich tatsächlich bitten. Mehr zu deinem eigenen Besten als wegen der anderen. Rich hat gerade erst angefangen, dir wieder zu vertrauen, und ...«

Spencer konnte sich ein kleines Lächeln nicht verkneifen. »Wird er sich dann nicht fragen, was wir hier draußen machen?«

»Das bezweifle ich. Er schlägt gerade bei Millies exzellentem Christmas Pudding zu.«

»Dann ist es ja gut. Millies Christmas Pudding ist weit weniger kompliziert als unsere Beziehungen. Ich wünschte, mich mit Christmas Pudding vollzustopfen, wäre gerade meine einzige Sorge.«

»Glaubst du wirklich, dass sie für immer weg ist?«

»Ja, und ich mache ihr keinen Vorwurf daraus.«

»Hast du versucht, mit ihr zu sprechen?«

»Ungefähr ein Dutzend Mal heute. Sie geht nicht ans Telefon. Was schlägst du vor? Wie kann ich sie dazu bringen, mich anzuhören?«

»Das weiß ich nicht. Es ist schwer, wenn sie dir keine Chance geben will. Hast du eine Ahnung, wo sie ist?«

»In London, glaube ich. Zumindest hatten sie heute Morgen vor, dort hinzufahren. Ich muss etwas unternehmen – irgendeine große Geste machen, um sie dazu zu bringen, mich zu beachten, aber mir fällt nichts ein. Ich kann in diesem Zustand nicht nach London fahren – man würde mich wegen Trunkenheit am Steuer drankriegen. Vielleicht sollte ich mir eins von Franks Pferden ausleihen und nach London galoppieren wie Dick Turpin oder so.«

»Ich glaube nicht, dass Frank oder sein Pferd es dir danken würden. Außerdem weiß jeder, dass Dick Turpin ein Depp war.«

Spencer lachte. Jasmine schaffte es immer, dass er sich besser fühlte. »Was soll ich also tun?«

»Versuch's doch noch mal bei ihr. Wenn sie nicht drangeht, hinterlass ihr eine Nachricht, und erzähl ihr alles, was du mir eben erzählt hast: Wie du dich fühlst, von deiner Angst und dass du alles wieder gutmachen willst. Sei offen und aufrichtig, mehr kannst du nicht tun. Wenn sie es dann immer noch nicht hören will, macht sie das in meinen Augen zu einer Närrin, aber ich denke, sie wird dir zuhören. Sie weiß bestimmt, dass du ein guter Mensch bist, der einen Fehler gemacht hat, und du wirst in Zukunft weitere Fehler machen, genau wie sie. Diese Fehler zu verzeihen und darüber hinwegzukommen, das ist es, worum es in einer Ehe geht.«

»Wie bei dir und Rich?«

»Ja, wie bei mir und Rich.« Sie stand auf. »Da wir gerade davon sprechen, ich sollte besser wieder reingehen und ihn daran hindern, zu viel vom Christmas Pudding zu essen, oder er hat den ganzen Abend Bauchschmerzen. Das ist noch etwas, das eine Ehe ausmacht.« Sie umarmte Spencer kurz. »Ich bin so froh, dass wir über alles gesprochen haben.«

»Ich auch.« Er lächelte.

»Wirst du sie jetzt anrufen?«

»Ja. Noch ein Versuch.«

Jasmine nickte und ging dann wieder hinein. Spencer holte sein Handy aus der Tasche, atmete tief durch und überlegte, was er alles sagen wollte. Aber sein Kopf war leer. Er wählte die Nummer trotzdem. Wenn er es jetzt nicht tat, würde er den ganzen Mut verlieren, den Jasmine ihm geschenkt hatte. Er hoffte nur, dass ihm die richtigen Worte einfallen würden, wenn er sie erreichte. Aber sein Anruf ging wieder direkt auf die Mailbox. Nach dem Piepton begann er zu sprechen:

»Tori … du wirst diese Nachricht wahrscheinlich sofort löschen, sobald du meine Stimme hörst, aber ich hinterlasse dir trotzdem eine. Ich muss das hier aussprechen … Ich liebe dich. Ich habe dich seit dem Moment geliebt, als wir uns bei dem grausigen Kaffee im Lehrerzimmer der Schule kennengelernt haben. In den letzten Tagen habe ich mich wie ein Idiot benommen, und dafür gibt es keine Entschuldigung. Ich hätte deine Liebe über alles andere stellen sollen. Ich hätte dir sagen sollen, dass ich alles tun werde, um den Rest meines Lebens mit dir zu verbringen – meinen Namen ändern, mir das Haar abrasieren, mich von meinen Eltern lossagen, nach Boulder ziehen oder auf den Mars, solang ich nur mit dir zusammen bin. Aber ich hatte Angst. Ich hatte dich gefragt, ob du mich heiratest und hatte plötzlich furchtbare Angst, nicht gut genug für dich zu sein und dich zu enttäuschen. Ich hatte Angst, du würdest dir wünschen, mich nie kennengelernt zu haben. Und das brachte mich dazu, Dinge zu tun, die ich nicht hätte tun sollen. Ich habe immer noch Angst, aber noch mehr fürchte ich mich vor einer Zukunft ohne dich. Ich würde alles für dich tun, wenn du mir nur die

Chance gibst, dir zu beweisen, dass ich dich genug liebe, um mich dieser Angst zu stellen. Und dass ich alles tun werde, um der beste Ehemann zu sein, der dir das Leben ermöglicht, das du verdienst ...«

Ein Piepton signalisierte, dass die Zeit, die man hatte, um eine Nachricht zu hinterlassen, abgelaufen war. Spencer starrte auf das Handy. Er konnte sie noch einmal anrufen und noch einmal anfangen, aber welchen Sinn würde das haben? Er hatte direkt aus dem Herzen gesprochen und sich geöffnet, und wenn sie jetzt nicht zu ihm kam, dann würde sie es niemals tun, und er würde lernen müssen, damit zu leben.

Als er an den Tisch zurückkehrte, schaute Jasmine auf. Sie wechselten einen wissenden Blick. Es war seltsam, aber obwohl er nicht mit Tori hatte sprechen können, fühlte er sich leichter, da er ihr die Nachricht hinterlassen hatte, und die Last der Worte, die er hatte sagen müssen, war jetzt, wo sie heraus waren, irgendwie von ihm abgefallen. Jetzt konnte er nur noch warten und hoffen.

Der Weihnachtsabend im *Dog and Hare* war eine Art Tradition in Honeybourne, und fast alle gingen hin, selbst die, die keinen Alkohol tranken. Genau wie der Weihnachtsgottesdienst diente er den Dorfbewohnern als Vorwand, zusammenzukommen, Geschichten aus der Vergangenheit, Probleme der Gegenwart und Hoffnungen für die Zukunft auszutauschen. An diesem Abend wurde alter Freunde gedacht, die schon gegangen waren, und es wurden diejenigen gewürdigt, die noch lebten. Doch vor allem war es ein Fest, zu dem jeder eingeladen war, ganz gleich, um wen es sich handelte oder was seine Nachbarn den Rest des Jahres von ihm hielten. Es war ein Abend des Friedens und des guten Willens von jedermann (und jeder Frau), und alle waren willkommen. Doug mochte in seinem Rollstuhl sitzen und Colleen erschöpft sein, weil sie sich um ihn und um den Pub kümmern musste, doch auch das war anscheinend kein Grund für die beiden, das Fest, auf das sich alle im Dorf das ganze Jahr freuten, abzusagen. Tatsächlich hatte Colleen darauf bestanden, dass das erste Getränk des Abends aufs Haus ging, als Dankeschön für die Unterstützung der Dorfbewohner, nachdem Doug seinen Unfall gehabt hatte.

Spencer beobachtete von der Theke aus, wie die Dorfbewohner einer nach dem anderen eintrafen, während Colleen gerade am anderen Ende den Tresen abwischte. Die Gäste von Millies Weihnachtsessen waren bereits da, nachdem sie als Gruppe zum Pub gelaufen waren. Nur Darcie fehlte, die versichert hatte, gern zu Hause zu bleiben und auf Oscar aufzupassen, damit Millie ausgehen konnte. Dylan hatte ihr dankbar zugenickt, und Spencer konnte nicht umhin, sich zu fragen, ob die beiden irgendein großes Geheimnis miteinander teilten, aber vielleicht war es besser, da nicht weiter nachzuforschen. Schließlich hatte jeder von ihnen so seine Geheimnisse.

»Brauchst du Hilfe?«, fragte Lewis, als Spencer einen Gin Tonic vor Amy Parsons hinstellte, die gerade eingetroffen war.

»Ich komme schon zurecht, Dad. Wenn hinter dem Tresen zu viel los ist, melde ich mich. Doch die Arbeit tut mir eher gut – sie hilft mir, mich abzulenken.«

»Ich finde, du gehst sehr erwachsen damit um«, erwiderte Lewis. »Das wollte ich dich nur wissen lassen.«

Die Bemerkung war nicht gerade hilfreich, und sie würde ihm Tori nicht zurückbringen, aber Spencer schenkte seinem Dad dennoch ein angespanntes Lächeln. »Danke, Dad. Es hat ja keinen Sinn, Trübsal zu blasen. Ich habe keine andere Wahl, als weiterzumachen.«

»Das würde nicht jeder sagen.«

Spencer nickte knapp, dann richtete er seine Aufmerksamkeit auf Ruth, die zur Theke gewatschelt kam. »Was darf ich Ihnen geben?«

»Abgesehen von einem jungen Hengst von einem Mann,

der mich heute Nacht warmhält?«, entgegnete Ruth mit einem beunruhigend beschwipsten Grinsen.

»Die sind uns leider gerade ausgegangen«, antwortete Spencer und setzte ein geduldiges Lächeln auf.

»Aber du bist doch jetzt frei, oder?«, fragte sie.

Spencer hörte seinen Dad scharf nach Luft schnappen, aber er drehte sich mit einem Gesichtsausdruck zu ihm um, der besagte, dass es okay für ihn war. Ruth war eben Ruth, und sie hatte die Angewohnheit, mit dem ersten Besten herauszuplatzen, das ihr in den Sinn kam, ganz gleich, wie unpassend es war; und das galt besonders, wenn sie getrunken hatte. Da sie schon den ganzen Tag Alkohol in sich hineinschüttete, war es kaum verwunderlich, dass ihre taktlosen Bemerkungen sich nun häuften. Doch sie meinte es nicht böse, und jeder, der sie besser kannte, wusste das.

Die Ankunft des Pfarrers und seiner Frau ersparte Spencer eine Antwort, da Ruth sofort dazu überging, dem Paar so viele persönliche Informationen wie möglich zu entlocken. Bevor er auch nur den halben Weg zur Theke zurückgelegt hatte, wankte Ruth auch schon in überraschendem Tempo auf ihn zu und stellte sich ihm in den Weg.

»Er wird heute Abend Gott und alle Engel auf seiner Seite brauchen, wenn Ruth ihn ins Verhör nimmt«, sagte Lewis, während er die alte Dame in Aktion beobachtete.

»Ich dachte, du glaubst nicht an Gott«, sagte Spencer.

»Das tue ich auch nicht, aber ich könnte eines Besseren belehrt werden, wenn er verhindern würde, dass Ruth Evans mich in die Mangel nimmt.«

»Dann bist du also ein Schönwetteranhänger?«

»Etwas in der Art.« Lewis grinste.

Jenny gesellte sich zu Millie und Dylan, die sich gerade an einen Tisch gesetzt hatten.

»Kann ich dir etwas zu trinken bringen, Mum?«, fragte Spencer.

»Ich glaube, ich nehme fürs Erste nur eine Cola – um meiner Leber eine Pause zu gönnen.«

Spencer zog die Augenbrauen hoch. »Du trinkst Cola?«

»So ein großer Schock ist das nun auch wieder nicht.«

»Es ist Weihnachten, der eine Tag im Jahr, an dem es praktisch Pflicht ist, sturzbetrunken zu sein«, sagte Spencer.

»Ich weiß, und später werde ich mir wahrscheinlich auch noch einen Drink genehmigen, aber im Moment reicht mir ein alkoholfreies Getränk.«

Spencer griff nach einem Glas und warf etwas Eis hinein. Er vermutete, dass seine Mum Gewissensbisse wegen der im betrunkenen Zustand geäußerten Bemerkungen der letzten Tage hatte und dass sie sich deshalb heute Abend zurückhielt. Aber da der Schaden bereits angerichtet war, sah er keinen rechten Sinn darin. Vielleicht fühlte sie sich auf diese Weise einfach besser, und dagegen konnte Spencer nicht wirklich etwas einwenden. Er stellte ihr eine Cola auf die Theke und legte das abgezählte Geld dafür in die Kasse. Als er sich wieder umdrehte, lag Jenny in Lewis' Armen. Bei einer anderen Gelegenheit hätte er sich vielleicht wie ein Kind verlegen abgewandt, statt seine Eltern in einem intimen Moment zu beobachten, aber diesmal tat er das nicht. Dies war keine leidenschaftliche, sondern eine tröstende Umarmung, und sie versetzte Spencer einen Stich ins Herz. Trotz seiner Versuche, es ihnen auszureden, machten sie sich immer noch Vorwürfe, und er wusste, dass das so bleiben würde, egal was er tat. Da es nichts gab, was er sagen konnte, überließ er sie sich selbst und schickte sich an, einen anderen Gast an der Theke zu bedienen.

Im Schankraum wurde es immer lauter und voller, aber Spencer war dankbar für die Ablenkung. Er hatte nicht einmal die Chance gehabt, auf sein Handy zu schauen, aber da all die vorangegangenen Gelegenheiten des Tages nur Enttäuschungen bereitgehalten hatten, war das vielleicht gar nicht so schlecht. Er konnte nicht behaupten, dass die gute Stimmung und die lebhafte Atmosphäre im *Dog and Hare* ihn glücklich machte oder aufmunterte, aber er war zufrieden, all das in sich aufzusaugen, und das Gefühl der Zugehörigkeit, das er unter Freunden und Verwandten verspürte, hatte etwas Tröstliches. Er war Teil einer Tradition, die in Honeybourne gepflegt wurde, seit er denken konnte.

Etwa eine Stunde verstrich, bevor Dylan an den Tresen kam. Es war nicht sein erster Besuch, aber dieser war anders. Spencer beobachtete ihn genau. Die leutselige Stimmung von vorhin war verflogen, und wenn Spencer es nicht besser gewusst hätte, hätte er gesagt, sein Freund sähe angespannt und nervös aus – vielleicht sogar ängstlich.

»Kumpel, ich brauche einen Whisky«, verkündete er.

»Was ist los mit dir?«, fragte Spencer, griff nach der Flasche mit dem Dosieraufsatz und schenkte ihm einen Whisky ein.

»Ich brauche etwas flüssigen Mut.«

»Eis?« Spencer stellte das Glas vor ihn auf die Theke.

»Nein, ich will ihn so pur wie möglich.« Er kippte den Whisky in einem Zug hinunter und reichte Spencer das Glas. »Noch einen.«

Spencer runzelte die Stirn. »Ernsthaft, was ist passiert?«

»Es geht nicht darum, was passiert ist«, sagte Dylan grimmig und nahm das wieder aufgefüllte Glas entgegen. »Es geht darum, was passieren wird.«

»Was wird denn passieren?«, hakte Spencer nach, der langsam unruhig wurde. »Ist es etwas, worüber du reden willst? Kann ich dir helfen? Glaubst du, du solltest mich vorwarnen, wenn's hier gleich rundgeht?«

Dylan knallte das Glas ein zweites Mal auf die Theke und schüttelte den Kopf. »Das sollte genügen«, sagte er, bevor er zurück an den Tisch ging, wo Millie mit einem breiten Lächeln auf ihn wartete.

Spencer schüttelte leicht den Kopf. Er war versucht, sich zu ihnen zu setzen, nur damit er zur Stelle war, falls oder wenn die

Sache, die Dylan so nervös machte, passierte. Sie hatten in der Vergangenheit ihre Differenzen gehabt, und ihr alltägliches Leben mochte an Orten stattfinden, die Tausende von Meilen voneinander entfernt lagen, aber Dylan war immer noch sein bester Freund, und er würde zu ihm halten, in guten wie in schlechten Zeiten.

Er wollte Colleen gerade zurufen, dass er den Tresen für einen Moment verlassen müsse, als er wieder hinüberschaute und feststellte, dass er sich keine Sorgen zu machen brauchte. Der Tisch, an dem Millie und Dylan saßen, war ganz in der Nähe, und Spencer spitzte die Ohren, um zu hören, was gesprochen wurde, denn er hatte das Gefühl, dass es doch nicht so schlimm kommen würde.

Dylan zog gerade ein kleines Päckchen aus seiner Tasche. Es war in Goldpapier gewickelt und wurde von einer roten, glänzenden Schleife zusammengehalten. »Da du heute Morgen keine Zeit hattest, deine Geschenke auszupacken, habe ich dir eins davon mitgebracht, damit du es jetzt auspacken kannst.«

»Das hätte doch warten können«, sagte Millie. »Dann hätte ich etwas gehabt, auf das ich mich freuen kann, wenn die ganze Weihnachtsaufregung vorbei ist.«

»Nicht dieses hier«, widersprach er. »Das kann keine Minute länger warten, denn die Spannung bringt mich schier um.«

Millie runzelte kaum merklich die Stirn, als sie das Päckchen von ihm entgegennahm. Sie löste die Schleife, und als sie das Papier auseinanderschlug, kam eine kleine, rote Samtschachtel zum Vorschein. Sie sah ihn fragend an, bevor sie ihre Aufmerksamkeit wieder auf das Kästchen richtete und es aufklappte. Stille senkte sich über den Pub, und alle Augen waren jetzt auf das kleine Schauspiel gerichtet, das sich an ihrem Tisch abspielte. Millie schnappte nach Luft, als sie das Kästchen ganz öffnete und das Glitzern eines Diamantrings sah. Dylan ließ sich vor ihr auf ein Knie sinken.

»Millicent Hopkin ... willst du mir die Ehre erweisen, meine Frau zu werden?«

Millies Augen füllten sich mit Tränen, und sie beugte sich vor, um ihn heftig auf die Lippen zu küssen. »Natürlich will ich das, verdammt!«, rief sie. »Ich dachte schon, du wirst mich nie fragen!«

Jubel brandete im Pub auf, und alle stürmten zu dem Paar, um ihm zu gratulieren, während Millie sich an Dylans Hals klammerte, als ginge es um ihr Leben. Dylan grinste so breit, dass es aussah, als würde sein Gesicht gleich platzen. Millie liefen die Tränen über die Wangen, und sie lachte und weinte und schien nicht recht zu wissen, wohin mit ihren Gefühlen.

Spencer beobachtete sie lächelnd. Er freute sich für seine Freunde, aber irgendwo in ihm meldete sich eine unerwünschte kleine Stimme. So hätte es für ihn und Tori sein sollen – sie hätten sich auf eine lange und glückliche gemeinsame Zukunft freuen sollen. Stattdessen stand er allein hinter einer Theke, während er zusah, wie jemand anders sein Happy End bekam. So schien es in seinem Leben immer zu laufen, und vielleicht wäre es leichter zu ertragen, wenn er aufhörte, auf etwas anderes zu hoffen.

Aber dann wurde seine Aufmerksamkeit von dem glücklichen Paar abgelenkt. Er konnte nicht sagen, was ihn veranlasste hochzuschauen, aber eine Person am Tresen schien über Dylans und Millies Ankündigung an diesem Abend alles andere als erfreut zu sein: Amy Parsons. Die nette, hübsche, unaufdringliche Amy. Die verheiratete Amy, deren tiefe Eifersucht, die deutlich von ihrem Gesicht abzulesen war, völlig unangebracht war. Spencer hatte schon lange den Verdacht gehabt, dass zwischen ihr und Dylan etwas gelaufen war, und der Dorfklatsch bestätigte es, aber wenn Amys Reaktion ein Maßstab war, war die Sache für sie keineswegs vorbei. Spencer konnte sich ein schiefes Lächeln nicht verkneifen. Wenn er nur ein klein wenig von dem hätte, was auch immer Dylan hatte, könnte er vielleicht zumindest *eine* Freundin halten, auch wenn nicht die halbe westliche Welt in ihn verliebt war. Aber er hoffte, dass Amy wenigstens ihre unerledigte Angelegenheit für sich behalten und keine schlafenden Hunde wecken würde. Der Dylan, den sie gekannt hatte, gehörte jetzt der Vergangenheit an, und dort war er auch am besten aufgehoben.

Dylan kletterte auf den Tisch. »Es sieht so aus, als würde ich heiraten!«, rief er, und weiterer Jubel hallte zur Antwort durch den Raum. »Die nächste Runde geht also auf mich!«

Sofort strömte alles an die Theke, wobei viele, ob sie wollten oder nicht, mitgezogen wurden. Es sah aus, als würde Spencer in der nächsten halben Stunde alle Hände voll zu tun haben, und er warf einen hilflosen Blick in Richtung Colleen, die nur lächelte. Aber im nächsten Moment standen plötzlich seine Mum und sein Dad bei ihm.

»Wir hatten nicht vor, dich im Stich zu lassen«, sagte Jenny und machte sich daran, ein Guinness für Saul zu zapfen. Lewis nickte zustimmend, dann zog er Spencer in einer väterlichen Umarmung an sich.

»Ganz genau«, bestätigte er lachend.

Dann drehte jemand die Musik auf, und The Pogues begannen »Fairytale of New York« zu singen, und schon ziemlich bald brüllte der halbe Pub den Text mit, Jenny und Lewis lauter als alle anderen. Es fiel Spencer schwer, sich ein Grinsen zu verkneifen, und noch schwerer fiel es ihm, nicht etwas von der Liebe im Raum in sich aufzusaugen, trotz seines eigenen Kummers. Das fühlte sich weihnachtlicher an als alles andere in den ganzen letzten Tagen, und es sah so aus, als würde das kommende Jahr zumindest für einen seiner Freunde ganz großartig werden. Bei all dem fiel es schwer, unglücklich zu sein.

Er schaute zu Millie und Dylan hinüber, denen man Platz in der Mitte des Raums gemacht hatte, wo sie miteinander tanzten, eine Art schräger, verrückter Foxtrott-Walzer, der allen Regeln trotzte und den nur sie beherrschten, während sie sich küssten und abwechselnd weinten und lachten. Sie wirkten überglücklich und schienen sich gar nicht tief genug in die Augen blicken zu können, und obwohl Spencer sich für sie freute, versetzte es ihm dennoch einen Stich. Er wandte den Blick ab und schluckte die Regung herunter, dann drehte er sich zu Ruth um, die erneut an die Theke getreten war, um sich zum achten oder neunten Mal an diesem Abend ihr Glas füllen zu lassen. Er wollte diese Eifersucht nicht empfinden; er wollte sich einfach nur für die beiden freuen.

»Was darf ich Ihnen geben, Ruth?«, fragte er mit so viel Munterkeit, wie er aufbringen konnte.

Sie zeigte betrunken grinsend mit einem Daumen hinter sich. »Du solltest erst einmal schauen, was deine junge Lady will.«

Spencer blickte auf. An der Tür des Pubs stand Tori.

ZWÖLF

Sie lächelte, in ihrer Hand ein Mistelzweig. Spencer schaute von ihr zu Ruth und wieder zurück. Er traute seinen Augen kaum. War Tori wirklich zurückgekommen?

»Worauf wartest du noch?«, fragte Ruth und verdrehte die Augen.

Eine zweite Einladung brauchte er nicht. In einem Satz sprang er auf die Theke und dann auf der anderen Seite wieder herunter. Woher er die Energie oder die Kraft nahm, wusste er selbst nicht, aber es spielte auch keine Rolle. Alles woran er denken konnte, war, zu Tori zu gelangen, während er sich durch die wogende Masse von Leibern drängelte, die ihm jetzt vor dem Tresen des *Dog and Hare* den Weg versperrte. Doch immer mehr Leute merkten auf und machten ihm Platz, sodass er die letzten Meter rennen und seine Arme um die lachende Tori werfen konnte, bevor er sie fest auf die Lippen küsste.

»Ich habe dich so sehr vermisst«, murmelte er in ihr Ohr, bevor er sie erneut küsste. »Ich war todunglücklich ohne dich.«

»Ich habe dich auch vermisst.« Sie lächelte. »Ich wusste nur nicht wie sehr, bis wir getrennt waren.«

Er drückte sie fest an sich, als würden sie, wenn er sie nur eng genug an sich zog, zu einem Ganzen, und als wollte er sie nie mehr loslassen.

Einige Sekunden später löste sie sich sanft von ihm und sah zu ihm auf. »Ich schätze, den Mistelzweig brauchte ich gar nicht.«

»Aber es wäre doch ein Jammer, ihn zu verschwenden.«

»Hm ... da hast du recht.« Sie hielt den Zweig über ihre Köpfe, und ihre Lippen trafen sich erneut, diesmal mit weniger Dringlichkeit und mehr Leidenschaft. »Um wie viel Uhr endet deine Schicht?«, fragte sie mit einem unartigen Lächeln. »Ich will dich, und ich weiß nicht, wie lange ich noch warten kann. Sich zu küssen ist toll, aber das reicht einfach nicht.«

Spencer schaute zur Theke. Jenny war dort immer noch zugange, und neben ihr stand Lewis, der ihm zunickte. Dieses Nicken sagte ihm alles, was er wissen musste. »Ich denke, sie werden eine Weile ohne mich zurechtkommen«, antwortete er. »Das einzige Problem ist, dass ich zu viel getrunken habe, wir müssten also zu Fuß zu mir gehen.«

Tori ließ ihre Hand an seinem Arm hinabwandern und verschränkte ihre Finger mit seinen. »Das macht mir nichts aus. Dann haben wir Zeit zum Reden.«

Tori konnte sich nicht erinnern, dass es sich schon einmal so natürlich und vertraut angefühlt hatte, sich mit Spencer zu lieben. Es war, als würden sie zum ersten Mal überhaupt ihre Seele vollkommen entblößen und sich dem anderen ganz hingeben, ohne etwas zurückzuhalten. Als es vorbei war, lag sie in seinen Armen, den Kopf auf seine Brust gebettet, und sie wusste, dass sich diesmal etwas verändert hatte. Sie waren wirklich eins, und nichts würde sie mehr auseinanderbringen können.

»Ich liebe dich«, sagte sie. Es war ein einfacher Satz, drei kleine Worte, die sich nicht annähernd gewichtig genug anfühlten, um auszudrücken, wovon ihr Herz überlief. *Ich liebe dich.* Das war so leicht gesagt, und so viele Menschen sagten es so oft. Wie konnte es genug sein? Und doch war es das; rein und unkompliziert. Es war der perfekteste Satz der menschlichen Sprache. Sie liebte Spencer, und mehr gab es dazu nicht zu sagen.

»Ich liebe dich auch«, gab er zurück.

Sie kuschelte sich enger an ihn und fuhr träge mit einem Finger an seinem Oberkörper hinab zu seinen Lenden, und obwohl sie gerade erst voneinander abgelassen hatten, war er sofort wieder bereit.

Sie lächelte, als er sie auf den Rücken drehte und sie küsste. Sie würden reden müssen, und es gab einiges, das es zu klären galt, bevor sie das Geschehene hinter sich lassen konnten, aber das musste warten. Dieser Augenblick war perfekt, und sie hätte ihn um nichts in der Welt ruiniert.

Viel später saß Tori in Spencers Morgenmantel auf dem Sofa vor dem Kamin. Er reichte ihr einen Becher Kaffee und ließ sich mit seinem eigenen Kaffee neben ihr nieder. »Im Pub ist jetzt fast Feierabend, was bedeutet, dass Mum und Dad bald zurück sein werden. Und wie ich sie kenne, bringen sie den halben Pub mit, zumal Dylan und Millie immer noch am Feiern sein werden«, fügte er hinzu und blickte zur Uhr. »Vielleicht sollten wir darüber nachdenken, uns etwas überzuziehen.«

»Ich komme mir vor wie ein Teenager mit Heimlichkeiten«, sagte sie.

»Ich weiß ...« Spencer fuhr sich mit einer Hand durchs Haar und schenkte ihr ein schiefes Lächeln. »Tut mir leid.«

»Es ist lustig und macht mir überhaupt nichts aus. Wir haben alle Zeit der Welt, uns zu überlegen, wie wir erwachsen werden wollen.«

»Es macht mich so glücklich, dich das sagen zu hören. Warte mal ... Wenn du willst, bitte ich meine Eltern, in dem Zimmer im *Dog and Hare* zu schlafen, das deine Eltern frei gemacht haben. Das erleichtert es uns für den Rest der Feiertage vielleicht.«

»Nein, das würde ich nicht tun, es wäre nicht fair. Außerdem mag ich deine Eltern sehr. Meine Mom und mein Dad hatten ein Problem mit ihnen, und da sie beschlossen haben, bis zu ihrem Heimflug in London zu bleiben ...«

»Kommst du damit klar?« Es war nicht das erste Mal in dieser Nacht, dass er diese Frage stellte, und sie hatte ihm jedes Mal versichert, es sei okay für sie, aber es machte ihm immer noch zu schaffen. Er hasste den Gedanken, dass sie ihm zuliebe Kompromisse einging, denn wenn das überhaupt jemand tun musste, wäre er mit Freuden dazu bereit gewesen.

»Sie haben ihre Entscheidung getroffen, und ich meine. Wenn ich wieder zu Hause bin, werde ich sie besuchen und die Wogen glätten. Und es interessiert mich gerade nicht, was sie denken, wenn sie nicht bereit sind, meinen zukünftigen Mann mit all seinem Ballast zu akzeptieren.«

»Ballast?« Spencer zog eine Augenbraue hoch und sah sie an.

»Du weißt, was ich meine.« Sie lachte. »Gott, ich habe dich heute so vermisst. Der Gedanke, dass es mit uns vorbei sein könnte, hat schrecklich wehgetan. Ich weiß, ich bin mit meinen Eltern nach London gefahren, aber eigentlich wollte ich das gar nicht.«

»Du brauchst mir nichts zu erklären.« Er küsste sie. »Es ist mir egal, was vorher war. Mich interessiert nur, was jetzt ist. Und solang wir dabei zusammen sind, ertrage ich alles.«

»Sogar die ganzen Koffer hierherzuschleppen, die ich im Pub zurückgelassen habe?«

»Sogar dein unfassbar umfangreiches Gepäck.«

»Und erträgst du es auch, dass du erst morgen die Weihnachtsgeschenke auspacken kannst, die ich für dich ausgesucht habe, weil sie immer noch in diesen Koffern stecken?«

Spencer fuhr von seinem Platz hoch. »Weihnachtsgeschenke! Ich habe dir auch noch gar nichts geschenkt!«

»Setz dich wieder.« Sie lächelte. »Das ist mir egal. Das beste Geschenk ist, wieder hier bei dir zu sein.«

Spencer dachte einen Moment nach. »Doch ein Geschenk gibt es, das ich dir jetzt geben möchte.«

Tori grinste. »Das Geschenk hast du mir doch bereits gegeben ... gleich zweimal.«

»Das meine ich nicht.« Er lachte. »Zieh deinen Mantel und deine Schuhe an.« Er sprang vom Sofa auf und stöberte unter dem Weihnachtsbaum herum. Einen Moment später kam er mit einem kleinen, in goldenes Papier gewickelten Päckchen zurück. Er runzelte die Stirn. »Ich dachte, du ziehst deinen Mantel an?«

Tori schaute von ihrem Platz auf dem Sofa zu ihm auf. »Du hast mir kaum eine Chance dazu gelassen!« Sie reichte ihm ihren Kaffeebecher, tappte zur Garderobe im Flur und kam ein paar Sekunden später zurück, während sie in ihren Mantel schlüpfte. »Wohin gehen wir? Findest du nicht, ich sollte mich vorher richtig anziehen?«

»Wir müssen nur in den Garten«, sagte er und nahm ihre Hand. »Aber heute Nacht ist es eiskalt.«

»In den Garten?« Sie hatte die Füße kaum richtig in den Stiefeln, als er sie bereits in Richtung Küche zog. »Was wollen wir denn da?«

»Das wirst du gleich sehen«, antwortete er, schloss die Hintertür auf und schob Tori vor sich her nach draußen.

Der Vollmond stand hoch am Himmel und tauchte den Garten in ein perlmuttenes Licht. Eine tiefe Stille lag darüber, wie auch über den Feldern dahinter, die noch immer von glitzernden Häufchen von verhärtetem Schnee übersät waren.

Spencer wandte den Blick zum klaren Sternenhimmel und versuchte sich kurz zu orientieren.

»So funktioniert das nicht«, sagte er einen Moment später. »Warte hier.« Er eilte ins Haus, schaltete alle Lichter aus und kehrte dann an ihre Seite zurück. Als er wieder nach den Sternen blickte, stieß er einen leisen Triumphschrei aus. »Da bist du ja!« Er zog Tori an sich und deutete nach Norden, auf einige Sterne dicht über dem Horizont. Sie folgte mit ihrem Blick der Richtung. »Siehst du diese Gruppe von Sternen?«, fragte er. »Das ist das Sternbild Cygnus, Schwan. Es steht jetzt ziemlich tief. Wenn es im Sommer hoch am Himmel steht, hat es die Form eines großen Kreuzes.«

»Ich glaube schon.« Sie spähte zum Horizont. »Aber ich verstehe es immer noch nicht. Warum sehe ich mir das an?«

»Weil ...« Er schaltete die Taschenlampe an seinem Handy ein und reichte ihr das Weihnachtsgeschenk. »Mach es auf, dann wirst du es besser verstehen. Außerdem kann ich ohne die Karte nicht herausfinden, wo das verflixte Ding genau ist.«

»Oh«, murmelte sie und las, was auf einer Art Urkunde aus ihrem Päckchen stand. Dann blickte sie mit vor Glück strahlendem Gesicht zu ihm auf. »Das hast du für mich gemacht?«

Er nickte. »Lass mal sehen ...« Zusammen beugten sie sich über die kleine Sternkarte. »Ah ja.« Wieder zeigte er auf die Sterne. »Ungefähr dort ... Siehst du ihn? Das ist jetzt dein Stern!«

»Ich liebe ihn!« Sie strahlte. »Das ist das Schönste, was mir je jemand geschenkt hat!« Sie küsste ihn. »Und du hast ihn ›So sehr‹ genannt?«, fragte sie und beugte sich erneut über die Karte. »Das ist ein interessanter Name ...«

»Er macht mehr Sinn, als du denkst. Willst du wissen, warum ich ihm diesen Namen gegeben habe?«

Sie nickte. »Schon irgendwie.«

»Weil ich, wenn du mich fragst, wie sehr ich dich liebe, auf den Stern zeigen und sagen werde: *So sehr.*«

Tori schlang die Arme um ihn. »Oh mein Gott, ich liebe dich so sehr, dass es wehtut!«

»Ich liebe dich auch. Ich könnte dir das jede Minute des Tages sagen, und es wäre immer noch nicht genug.«

»Versuch's ruhig trotzdem.« Sie lachte. »Ich will es hören.«

»Ich liebe dich.«

»Ich liebe dich auch, du britischer Idiot.«

»Versprich mir, mich nie wieder zu verlassen«, flüsterte Spencer.

»Ich verspreche es dir. Nie wieder.«

Er zog sie an sich und vergrub das Gesicht in ihrem Haar. Er war endlich zu Hause. Und ganz gleich, wo in der Welt sie landen würden, ganz gleich, was das Leben für sie bereithielt, er würde überall zu Hause sein, denn sein Zuhause war bei Tori.

MEHR VON BOOKOUTURE DEUTSCHLAND

Für mehr Infos rund um Bookouture Deutschland und unsere Bücher melde dich für unseren Newsletter an:

deutschland.bookouture.com/subscribe/

Oder folge uns auf Social Media:

facebook.com/bookouturedeutschland
twitter.com/bookouturede
instagram.com/bookouturedeutschland

EIN BRIEF VON TILLY

Ich hoffe sehr, dass ihr *Weihnachten in der kleinen Dorfbäckerei* ebenso gern gelesen habt, wie ich es geschrieben habe.

Wenn ihr euch mit mir in den sozialen Medien austauschen möchtest, findet ihr mich auf Twitter @TillyTenWriter oder auf Facebook, aber wenn ihr darauf keine Lust habt, könnt ihr euch auch in meine Mailingliste eintragen und bekommt so alle Neuigkeiten aus meiner Schreibwerkstatt. Ich verspreche, dass ich euch nie mit etwas anderem als meinen Büchern belästigen werde. Der Link ist:

deutschland.bookouture.com/subscribe/

Und ich hoffe, ihr habt die neuen Figuren dieses Buches genauso lieb gewonnen wie die alten Freunde aus der *Die kleine Dorfbäckerei*, denn genau so ist es mir auch ergangen. Wenn euch *Weihnachten in der kleinen Dorfbäckerei* gefallen hat, dann erzählt doch euren Freunden davon. Das ist das Beste und Tollste, was ihr tun könnt, um eure Wertschätzung zu zeigen. Oder lasst es gleich die ganze Welt wissen mit ein paar Worten auf einer Social-Media-Seite oder in Form einer Online-Bewertung. Das würde mich mindestens eine Woche lang zum Lächeln bringen. Zu hören, dass jemandem meine Geschichte gefallen hat, ist der Hauptgrund, warum ich überhaupt schreibe.

Also, danke, dass ihr mein kleines Buch gelesen habt, und ich hoffe, wir sehen uns beim nächsten Teil!

Alles Liebe,

Tilly x

facebook.com/TillyTennant
twitter.com/TillyTenWriter

DANKSAGUNG

Die Liste der Menschen, die mir auf meiner bisherigen schriftstellerischen Reise geholfen und mich ermutigt haben, ist schier endlos, und es würde ein ganzes Buch füllen, sie alle aufzuzählen. Mein Dank gilt jedoch jedem Einzelnen von euch. Euer Engagement, ob klein oder groß, war von unschätzbarem Wert für mich.

Es gibt allerdings ein paar Menschen, die ich unbedingt erwähnen muss. Natürlich meine Familie, die jeden meiner Wutanfälle erträgt, wenn mir etwas missglückt ist, und mich trotzdem bei sich wohnen lässt. Die Mitarbeiter:innen des Royal Stoke University Hospital, die mich schon viel länger ein Doppelleben führen lassen, als es akzeptabel ist. Die Dozent:innen der Fakultät für Englisch und Kreatives Schreiben der Universität Staffordshire, die in mir ein Talent sahen, das es wert war, gefördert zu werden, und die mich auch dann noch unterstützt haben, als sie schon lange nicht mehr dafür bezahlt wurden. Sie sind nicht nur Tutor:innen, sondern auch Freunde. Ich muss dem Team von Bookouture dafür danken, dass sie mich an Bord willkommen geheißen und mich bei jedem Schritt auf meiner Reise unterstützt haben, besonders Kim Nash, Lydia Vassar-Smith und Natasha Hodgson. Ihr Vertrauen in mich und ihre Ermutigung bedeuten mir sehr viel. Eine besondere Erwähnung verdient meine Freundin Louise Coquio, die nie zu beschäftigt ist, um einen ersten Entwurf zu lesen, wie schrecklich er auch sein mag, und die immer mit einem endlosen Vorrat an Tee, Mitgefühl und Handlungsvorschlägen zur Stelle ist. Genannt werden muss auch Kath Hickton, die immer da ist und das schon seit über dreißig Jahren. Ich muss Mel Sherratt und Holly Martin danken, Schriftstellerkolleginnen und wunderbare Freundinnen, die mich im Laufe der Jahre unglaublich unterstützt haben und an deren Schultern ich mich in den dunklen Momenten ausweinen konnte. Victoria Stone, mein Lackmustest und meine Cheerleaderin, die mir mit Heiterkeit genau das sagt, was sie denkt! Danke an Liz Tipping, Emma Davies, Jack Croxall, Dan Thompson und Jaimie Admans: Sie sind nicht nur selbst brillante Autorinnen und Autoren, sondern auch eine große Stütze für andere. Ich muss all den unvergleichlichen und engagierten Buchblogger:innen und Rezensent:innen da draußen, den Leser:innen und allen anderen danken, die sich für meine Arbeit eingesetzt, sie rezensiert, geteilt oder mir einfach gesagt haben, dass sie sie mögen. Jede einzelne dieser Aktionen ist unbezahlbar und ihr seid alle ganz besondere Menschen.

Zu guter Letzt ist da noch meine Agentin Peta Nightingale. Wo soll ich anfangen? Sie ist mehr als eine Agentin, sie ist eine Freundin, und sie hat nie den Glauben an mich verloren, selbst wenn ich den Glauben an mich selbst verloren habe. Sie ist unglaublich fleißig, unendlich geduldig, warmherzig und es macht großen Spaß, mit ihr ein Glas Prosecco zu trinken! Ohne sie und das Team der LAW-Literaturagentur würde ich das hier jetzt nicht schreiben und ich bin mir sicher, dass mir mit diesen unglaublichen Menschen noch eine sehr interessante Zukunft bevorsteht!

www.ingramcontent.com/pod-product-compliance
Lightning Source LLC
LaVergne TN
LVHW041619060526
838200LV00040B/1339